IN CERCA DI LILLY

Ricerca e soccorso Eagle Point, libro 1

SUSAN STOKER

Traduzione dall'inglese Well Read Translations

Correzione bozze: Kelli Collins, Anna Maria Sacchi (edizione italiana)

http://wellreadtranslations.com

Design di copertina: AURA Design Group

Prodotto negli Stati Uniti

Armi e Amori
Proteggere Caroline
Proteggere Alabama
Proteggere Fiona
Il Matrimonio di Caroline
Proteggere Summer
Proteggere Cheyenne
Proteggere Jessyka
Proteggere Julie
Proteggere Melody
Proteggere il Futuro
Proteggere Kiera
Proteggere i figli di Alabama
Proteggere Dakota

Forze Speciali alle Hawaii
Trovare Elodie
Trovare Lexie
Trovare Kenna (19 Oct 2021)
Trovare Monica (10 Maggio 2022)
Trovare Carly
Trovare Ashlyn
Trovare Jodelle

Mercenari di Montagna
Difendere Allye
Difendere Chloe
Difendere Morgan
Difendere Harlow
Difendere Everly
Difendere Zara
Difendere Raven

Ace Security
Il riscatto di Grace

Il riscatto di Alexis
Il riscatto di Bailey
Il riscatto di Felicity
Il riscatto di Sarah

Una raccolta di storie brevi

Un momento nel tempo

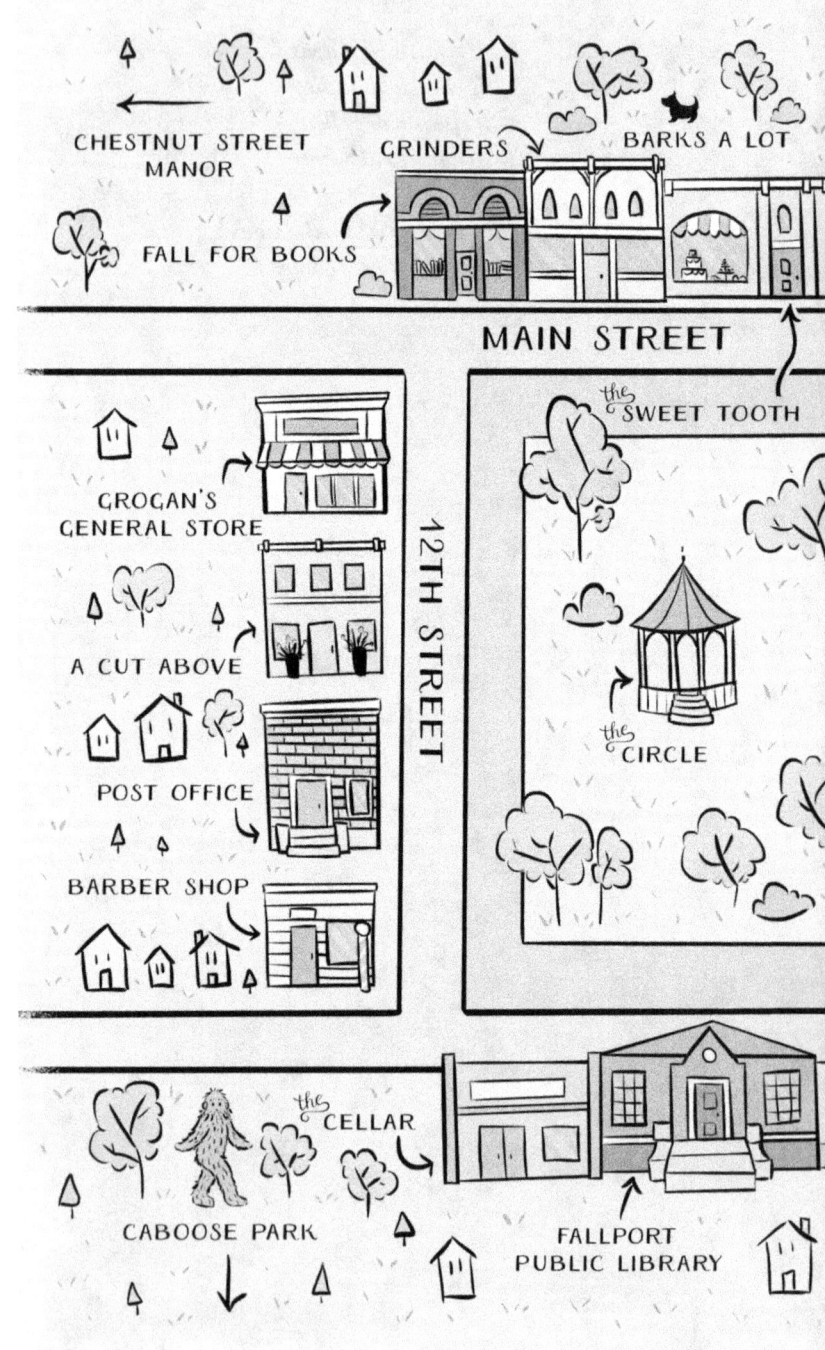

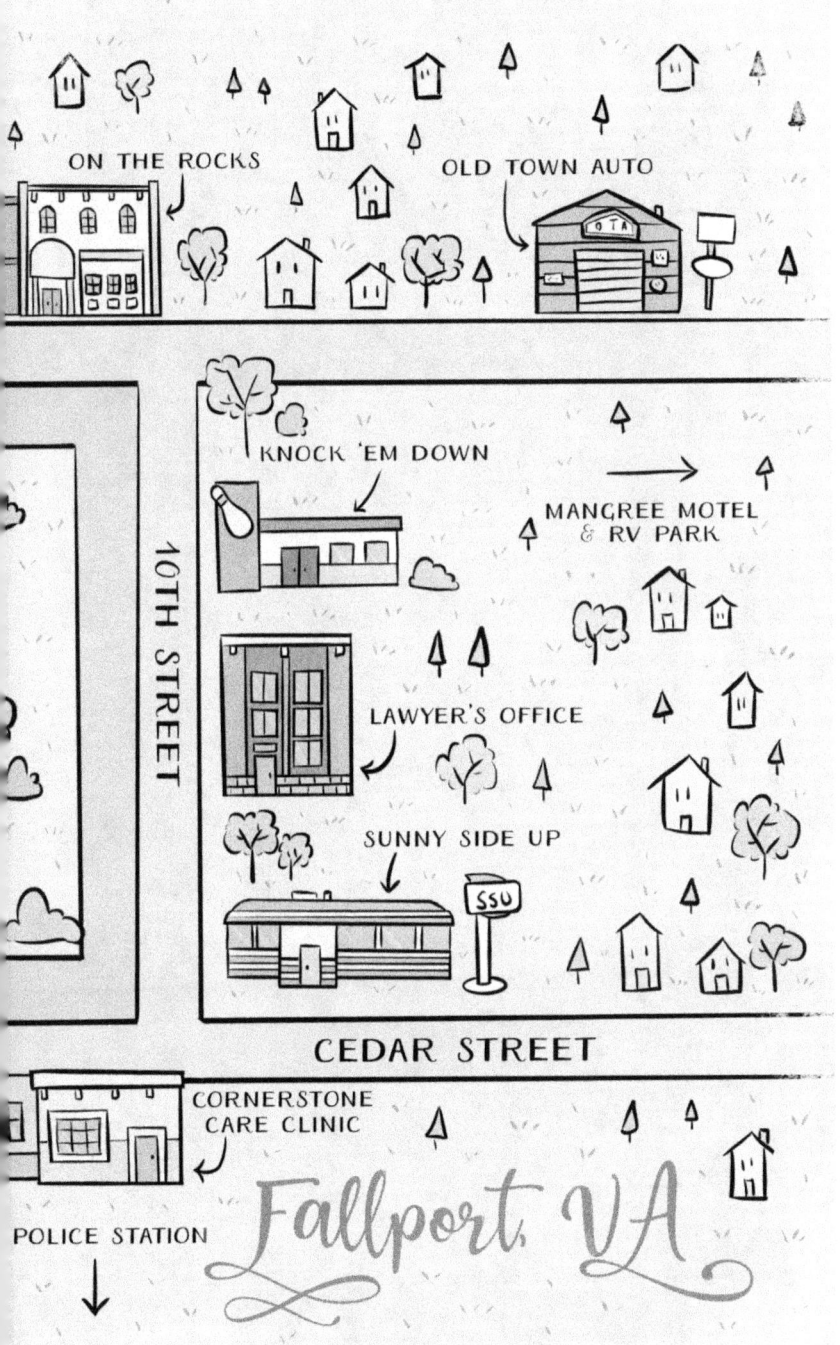

CAPITOLO UNO

"ALZI LA MANO chi ha visto Piedone."

Lilly Ray cercò di trattenere una risata... riuscendoci a malapena.

Se i suoi fratelli o il padre l'avessero vista in quel frangente, l'avrebbero presa in giro alla grande. Ma quello era il suo lavoro, era una delle quattro operatrici di ripresa di uno spettacolo innovativo, le cui puntate sarebbero state trasmesse in TV a partire dall'autunno, uno degli impieghi migliori che le fosse capitato negli ultimi tempi.

Ma quando aveva firmato il contratto, non sapeva esattamente in che cosa consistesse quello spettacolo. Anche se, a dirla tutta, saperlo non avrebbe fatto una gran differenza. Le serviva un lavoro perché si era appena licenziata, perché il regista con cui lavorava continuava a tormentarla provandoci con lei. Sebbene crescesse il numero di donne inserite nel mondo televisivo come operatrici di ripresa, evidentemente non erano abbastanza da far cambiare l'opinione di alcuni dei colleghi maschi, non convinti della serietà di una donna in un impiego storicamente considerato maschile... un pregiudizio consolidato dal termine *cameraman*, per cui erano troppi gli uomini che la presumevano pronta a elargire prestazioni di natura sessuale a chiunque si mostrasse interessato.

Lilly non era certo una verginella inibita; le piaceva fare sesso, come a tutti. Ma non con degli stronzi spacconi che pensavano di avere il diritto di portarsi a letto chi volevano.

Ecco perché si era licenziata e si era trasferita in West Virginia, tornando a vivere col padre per risparmiare, ma anche per fermarsi a riflettere su ciò che voleva fare nella vita. All'età di trentaquattro anni, era un po' imbarazzante tornare a vivere a casa col papà, che invece era felicissimo di riaverla con sé. Era andato tutto bene per circa un mese, ma poi Lilly aveva cominciato a sentirsi come soffocare... e si era ricordata il motivo per cui aveva deciso con grande entusiasmo di uscire di casa, quando aveva terminato le scuole superiori.

Aveva un papà meraviglioso, che la sosteneva e la incoraggiava, ma che era anche eccessivamente protettivo: voleva sempre sapere dove andava e quando tornava, ogni volta che Lilly metteva piede fuori di casa, facendola sentire come sotto una campana di vetro che le toglieva il fiato.

Lilly aveva quattro fratelli più grandi, copie sputate del padre. Lance aveva quarant'anni, Leon trentuno, Lucas trentasette e Lincoln trentacinque. Lei era la "piccola" della famiglia, l'unica figlia femmina, per cui era una vita che cercava di dimostrarsi indipendente, in grado di badare a se stessa. Motivo per cui tornare a casa dopo aver mollato l'ultimo lavoro era stata una pillola amara da mandar giù.

Ecco perché Lilly aveva accettato la prima opportunità di lavoro che le era capitata, un nuovo programma intitolato *Indagini paranormali*. All'inizio sembrava interessante, motivo in più per accettare: in passato aveva lavorato per molti programmi noiosissimi.

Purtroppo, l'interesse per il programma era scemato quando Lilly aveva scoperto che ogni singolo evento descritto era finto, proprio come le tette di tutte le donne dell'ultimo reality show in cui aveva lavorato.

All'inizio Lilly era stata entusiasta di andare in Messico a indagare sui famigerati Chupacabra, ma poi aveva scoperto che il produttore (un uomo viscido di nome Tucker Ward) e i quattro "investigatori" preparavano e manipolavano ogni singola ripresa per "dimostrare" che quei bestioni esistevano, quindi l'entusiasmo iniziale si era trasformato in disillusione, in disgusto.

I sotterfugi erano proseguiti nella notte trascorsa in un hotel disabitato del Nevada, che si presumeva fosse infestato da creature misteriose. I rumori che si sentivano in giro e le assi di legno che si muovevano da sole, tutto frutto del lavoro di uno dei produttori del programma.

Nella zona dell'Area 51 si era persino rischiato l'arresto, perché la troupe si era avvicinata troppo alla famosa struttura governativa nel deserto, nel tentativo di dimostrare l'esistenza degli alieni. Le due settimane passate a Roswell, in New Mexico, erano state una vera pena; avevano visitato a casa alcune persone che dicevano di essere state rapite dagli alieni, con tanto di riprese dei luoghi dei presunti rapimenti.

Infine, erano andati a Point Pleasant, in West Virginia, "indagando" sull'esistenza dei Mothman, gli uomini falena. Lilly si era sentita a disagio perché proveniva proprio da quella zona.

Non perché pensasse che al mondo non ci fossero fenomeni inspiegabili. Ce n'erano. Ma dopo aver visto Tucker che pagava la gente per farsi riprendere e raccontare "esperienze" personali (del tutto inventate), ormai Lilly era diventata molto cinica.

Il mondo del paranormale era un affare gigantesco, giravano molti soldi, le garantiva un lavoro. Le produzioni sul paranormale erano innumerevoli, dai programmi come quello a cui lavorava lei, ai drammi come *The Walking Dead*, fino a film di grande successo.

Lo scenario di ciascun episodio di *Indagini Paranormali* era sempre lo stesso. Tucker viaggiava nelle varie location in anticipo, accompagnato da tre assistenti, per fare una prima perlustrazione. Poi trovava il locale adatto per organizzare un "incontro comunale" in cui chiedere agli abitanti del posto delle storie curiose sul tema oggetto della puntata. Infine, pagava alcune persone perché *raccontassero* altre storie: quelle che Tucker aveva già abbozzato, le storie ideali. Solo allora arrivava la troupe, si svolgeva l'incontro con la popolazione e poi cominciavano le "indagini".

Lilly era responsabile di una delle quattro telecamere, ciascun operatore seguiva un investigatore. I quattro volti televisivi erano Michelle Becker, Chris Carr, Trent Morrison, Roger Kerr, erano stati scelti solo perché telegenici... non per esperienze o conoscenze particolari sul mondo del paranormale.

Trent era la spina dorsale della creazione dell'intero programma. Girava voce che lui e il suo amico Joey Richards (altro operatore di ripresa) si fossero inventati di sana pianta tutto il programma una sera, dopo aver bevuto come delle spugne.

Ecco perché si trovavano a Fallport, in Virginia, una cittadina nel bel mezzo dei monti Appalachi, nella zona sud-occidentale dello stato. Era difficile arrivare a Fallport per sbaglio, una località ben lontana da ogni strada principale, quindi bisognava volerci arrivare per forza.

A Lilly sembrava proprio come il paesino in cui era cresciuta: pittoresco, vecchio stampo... c'era un centro commerciale della Walmart, ma ben fuori dal centro abitato, lungo la superstrada 480, vicino a un bazar economico Dollar Store e a un fast food della Sonic.

Per trovare il salone adatto a incontrare la popolazione di quel paesino era servito più tempo del solito. Tucker aveva riscontrato difficoltà nel trovare gente interessata a farsi riprendere dalle telecamere, pur facendosi pagare. Quei timori non erano affatto sorprendenti: l'episodio trattava di Bigfoot, una creatura enorme e spaventosa dalle sembianze scimmiesche che infestava le foreste da secoli. Anche se gli abitanti del posto non sembravano molto interessati, Lilly doveva ammettere che il luogo scelto da Tucker era perfetto. Ogni spettatore del programma avrebbe facilmente creduto che Bigfoot avesse scelto di ripararsi in quella foresta tanto fitta e selvaggia. Il paesino era circondato da montagne e colline, il picco più alto si chiamava Eagle Point ed era una vetta maestosa, che rendeva il panorama un paesaggio tipico da cartolina.

Quella sera la palestra delle scuole superiori era piena zeppa di persone. Gli abitanti del posto non erano contentissimi delle riprese del programma, ma erano pur sempre molto curiosi e volevano scoprire esattamente cosa stesse succedendo.

Quando Chris chiese se qualcuno avesse avvistato il Bigfoot, nella palestra si alzarono le mani di quasi la metà dei presenti. Di nuovo, Lilly non fu sorpresa: negli ultimi mesi aveva visto e rivisto la stessa scena fin troppe volte.

Trent e Chris fecero a turno nel chiamare chi aveva alzato la mano, chiedendo di raccontare le varie storie personali. Ovviamente vennero scelti solo i partecipanti già pagati in anticipo da Tucker, ma Lilly, invece di alzare gli occhi al cielo per le storie stravaganti e fasulle che raccontavano, tenne un'espressione impassibile. Il produttore le aveva detto in svariate occasioni di limitarsi a fare le riprese, perché quello era il suo lavoro: non doveva attirare in alcun modo l'attenzione su di sé. Non doveva fare rumore o fare domande, mai e poi mai doveva lasciarsi coinvolgere da quanto accadeva nel programma.

Più facile a dirsi che a farsi, specialmente quando qualcuno si faceva male o si trovava in una situazione di pericolo... il che ogni tanto capitava. Poco tempo prima, Michelle stava facendo interviste a Roswell, il tema erano gli alieni, ma qualcuno aveva reagito male all'improvviso, prendendola pesantemente per i fondelli. I fratelli di Lilly avevano insegnato alla sorellina come difendersi (almeno abbastanza da poter svicolare da una situazione di pericolo per chiedere aiuto) ma Lilly non era intervenuta, sapendo che se avesse cercato di aiutare Michelle, Tucker avrebbe perso le staffe. Al produttore piacevano i litigi, persino gli scontri fisici in cui qualcuno si faceva male, diceva che aumentavano l'audience, era buona TV.

Lilly sentì uno strano brivido e all'improvviso capì che qualcuno la stava osservando. Era una sensazione strana, non bella, anche perché a lei non piaceva ignorare chi la stesse guardando. Così decise di rischiare e distolse lo sguardo dal monitor per un breve attimo, per cercare di capire chi la stesse fissando.

Si trovava in piedi vicino a una parete laterale della palestra, i presenti guardavano quasi tutti Roger, Trent, Chris e Michelle (che erano in piedi su una piattaforma leggermente rialzata in fondo al locale), oppure si voltavano verso chi raccontava storie su Bigfoot. Lilly passò gli occhi lentamente verso il fondo dello stanzone, dove c'erano circa una ventina di persone in piedi che seguivano l'incontro.

Un uomo col distintivo della polizia stava in piedi con le braccia incrociate, il viso imbronciato. Alla sua sinistra c'era un altro uomo dall'aspetto trasandato, con una maglia unta, pantaloni strappati, scarpe graffiate e cappello da baseball con la visiera abbassata, capelli neri unti, in disordine e troppo lunghi che gli uscivano da sotto il cappello. C'era anche una signora dall'aspetto vistoso, probabilmente sulla cinquantina, con un vestito nero di taglia abbondante e una decina di collane, seguiva l'incontro con un gran sorriso divertito.

Nel gruppo c'erano tanti altri uomini e molte signore, seguivano tutti con molto interesse... ma l'attenzione di Lilly fu catturata dai sette uomini che stavano in piedi vicino all'uscita, leggermente in disparte rispetto agli altri.

Erano tutti e sette piuttosto alti, muscolosi più della media, ciascuno con la barba di una lunghezza diversa rispetto agli altri. Sembravano uomini abituati alla vita all'aria aperta,

Lilly li avrebbe descritti come "ruvidi". Non aveva idea di chi fossero o del perché fossero presenti a quell'incontro... ma guardandoli sentiva un leggero brivido.

Chiunque fossero quegli sconosciuti, erano segnati dal loro passato, qualunque cosa avessero fatto. Avevano l'aspetto di uomini duri, uomini che non si perdevano in cavolate, uomini a cui senz'altro non interessavano le messinscene del tipo di quella che Tucker aveva portato in quel paesino insieme allo staff del programma.

Lilly sentì l'istinto che le suggeriva di non mettersi mai contro quei sette... anche se, a giudicare dallo sguardo deciso e poco affabile con cui uno di loro la guardava, forse se li era messi già contro, semplicemente per via del programma a cui collaborava. L'uomo che la fissava aveva capelli neri tagliati corti, occhi marrone scuro, lo stesso colore delle rive del fiume in cui lei andava sempre a pescare col padre; il viso di quell'uomo era ben squadrato, barba e baffi ben curati. La fissava corrucciato, sembrava intento a esaminarla. Anche da lontano, si vedevano un tatuaggio sul braccio destro e delle parole tatuate sull'avambraccio.

Lilly sentì un altro brivido e un po' per istinto di conservazione tornò a guardare nel monitor della telecamera. Si concentrò su Michelle, che in quel momento raccontava delle statistiche raffazzonate, che probabilmente si era inventato Tucker.

Lilly sentì il cuore batterle forte e si morse un labbro, mentre guardava le riprese dall'obbiettivo. Avrebbe voluto tornare a guardare quell'uomo, per vedere se la stava ancora fissando oppure no, ma si costrinse a rimanere concentrata sul suo lavoro. Tucker si sarebbe infuriato, se lei avesse sbagliato le riprese. Gli incontri con la cittadinanza erano l'unica parte del programma che non era possibile ripetere, se qualcosa non riusciva al meglio. Il produttore aveva più volte fatto la ramanzina a lei e agli altri operatori, Kate, Andre e

Joey, perché facessero attenzione a non spegnere mai, *mai* le telecamere, qualunque cosa accadesse.

Lilly non aveva idea del perché quell'uomo la stesse fissando, dato che lei non aveva fatto nulla per attirare l'attenzione: se ne stava in piedi in disparte a filmare l'incontro. Ma quell'uomo la guardava con un'espressione non proprio ostile... non esattamente. Era più uno sguardo inquisitorio, sembrava quasi in grado di sondarla, di capire il motivo della sua presenza in quella palestra e in quella cittadina.

Le venne quasi da ridere. La sua motivazione era uno stipendio: risparmiava i soldi guadagnati con quel lavoro per trovare casa, una volta terminata la produzione del programma. Aveva bisogno di una casa a cui tornare, un posto tutto suo in cui vivere, tra un lavoro e l'altro. Aveva già deciso di non tornare in California. Hollywood era un vortice che aveva già risucchiato gli anni migliori della sua vita. Sì, offriva impieghi continui, ma non valevano lo scotto psicologico di viverci. Per non parlare della sfilza di uomini dal tocco facile che credevano che ogni donna in circolazione fosse una donnetta allegra.

Lilly continuava a credere nell'amore vero, ma ogni anno che passava si portava via una parte del sogno di una famiglia, che diventava sempre meno probabile. Di sicuro, lei non aveva trovato il grande amore in California e forse avrebbe dovuto accontentarsi di fare la zia ai figli dei suoi fratelli.

Quando Roger cominciò a parlare dell'emozione dei giorni a venire, sottolineando l'apprezzamento di tutti gli investigatori per il contributo dei presenti, Lilly capì che era il momento di prendere la telecamera e mettersela in spalla; gli intervenuti stavano per andarsene, così lei si avvicinò a Trent, l'investigatore che le era stato assegnato per quella sera: doveva intrattenersi con alcuni dei partecipanti all'incontro, in pratica doveva fare pubbliche relazioni, come un politico... sorridere e dire tutte le frasi giuste per quella circostanza.

Lilly rimase incollata a Trent, pur sapendo che i sette

uomini non si erano scollati dal punto in cui erano prima, la parete vicino all'uscita. Era chiaro che volevano seguire l'incontro fino in fondo.

Trent cominciò a camminare tra la gente per raggiungere il fondo della palestra, Lilly sentì una stretta allo stomaco: non voleva avvicinarsi a quei sette, specialmente a quello che l'aveva fissata intensamente, ma dato che Trent stava andando proprio in quella direzione, lei doveva seguirlo. Non che avesse paura di quegli uomini, non aveva l'impressione che stessero per attaccare lei o Trent, nulla del genere, ma il modo determinato con cui scrutavano gli eventi le trasmetteva una netta sensazione di disagio.

Trent si avvicinò a Chris, che stava stringendo la mano al poliziotto.

"Grazie per essere venuto qui, quest'oggi," disse Chris.

"Volevo solo accertarmi di cosa stesse succedendo nella mia città," replicò il poliziotto senza nemmeno accennare a un sorriso.

"Questo è Simon Hill, il capo della polizia," disse Chris presentando anche Trent.

"Piacere di conoscerla," disse Trent sorridendo.

"Avete già deciso dove avverranno le riprese di questa baggianata di programma?" domandò il capo della polizia.

Lilly dovette concentrarsi al massimo per non ridere. Quel tipo le andava a genio, aveva le palle per dire ciò che anche tanti altri dei presenti avevano pensato quella sera, almeno lei lo sospettava.

Trent la guardò scuotendo leggermente la testa. Lilly lavorava con lui da abbastanza tempo per capire che quello era un segnale, per indicarle di smettere le riprese. Così si tolse la telecamera dalla spalla e rimase lì vicino, con un po' di imbarazzo. Avrebbe preferito allontanarsi, trovare qualcos'altro da filmare, ma rimase incollata nel punto in cui era.

Anche Andre aveva smesso di riprendere, ma non

sembrava minimamente in difficoltà per quel momento di tensione.

"Lei è libero di non credere agli eventi paranormali, ma posso assicurarle che quando si vedono e si vivono direttamente in prima persona, si capisce che sono reali," disse Trent.

Lilly non riuscì a evitare di alzare gli occhi al cielo. Per fortuna aveva abbassato la testa, così nessuno poteva vederla.

Almeno così credeva. Alzò lo sguardo e vide l'uomo che l'aveva fissata in precedenza: la stava squadrando ancora. Quando i loro sguardi si incontrarono, lui accennò un sorriso. Fu un movimento minimo, che sparì all'istante. Era forse contento di aver catturato l'attenzione di Lilly?

Dopo quello sguardo, lei non osò più guardare in quella direzione.

Anzi, si guardò intorno per distrarsi... ma notò con stupore che tutti gli altri erano andati via. Tutti, tranne il capo della polizia, quei sette uomini e lo staff del programma.

"Dato che mi sembrate convinti di procedere con questa farsa ridicola, penso sia meglio presentarvi gli uomini che dovranno venire a riprendervi, quando vi perderete in montagna," disse il capo della polizia.

A quel punto arrivò anche Tucker, che commentò con una certa arroganza: "Nessuno si perderà."

Uno dei sette uomini cominciò a ridere e lo si sentì da lontano; Lilly dovette impegnarsi per non sorridere.

"Appunto. È proprio quello che dicono tutti, prima di avventurarsi nei boschi," ribatté l'ufficiale. "Questi uomini compongono la nostra squadra di pronto intervento. Quando qualcuno si perde, noi li chiamiamo. Sono Ethan, Cohen, Zeke, Drew, Brock, Talon e Raiden."

Ethan. Ecco come si chiamava l'uomo che l'aveva fissata intensamente per tutta la serata. In quel momento era tutto su Tucker e gli disse con tono inflessibile: "Dovrete rendicontare in maniera dettagliata le coordinate in cui andrete a filmare."

Tucker rispose facendo spallucce. "Posso rendicontare la zona, in generale, ma noi andiamo dove ci portano le indagini. Non è possibile prevedere i movimenti di Bigfoot."

"Le garantisco che se vi addentrerete nella foresta senza un percorso predefinito, finirete per perdervi," lo avvertì Ethan.

"Così noi dovremo mollare i nostri lavori per venirvi a trovare," aggiunse l'uomo al suo fianco. Lilly pensava che quello si chiamasse Cohen.

"Per la cronaca, a noi non dispiace quando ci chiamano per un'emergenza reale, ma se saremo costretti a venire a cercarvi solo perché rifiutate di fornire un itinerario preciso e dettagliato delle vostre riprese... non ci farà affatto piacere," disse Zeke.

Lilly era d'accordo, ma rimase in silenzio. Quegli uomini avevano ragione, era più che ovvio. Tra l'altro, Tucker amava svolgere le indagini più che altro al buio, un particolare niente affatto vantaggioso. Il buio aiutava a ingannare i telespettatori facendo muovere più liberamente dei complici per mettere in atto le bufale paranormali, cosa che alla luce del sole sarebbe stata più difficile. Ma andare a zonzo per le vaste foreste dei monti Appalachi era molto diverso dall'avventurarsi per i deserti del sudovest o dal lavorare in un edificio chiuso.

Lei lo sapeva benissimo, perché il papà e i fratelli le avevano fatto un testone a forza di ripeterglielo, quando andavano a caccia: uscire dai sentieri tracciati era pericoloso. Svoltare nel punto sbagliato e perdersi era fin troppo facile... figuriamoci al buio.

Tucker alzò le braccia in segno di resa: "Nessuno vuole perdersi, specialmente se ci sono in giro creature come Bigfoot. Faremo attenzione. Mi accerterò personalmente di studiare le mappe, farò sapere alla polizia dove andremo a fare le riprese. L'ultima cosa che voglio, però, è che qualcuno scopra dove operiamo per sabotare la nostra ricerca, oppure per venire a prenderci in giro, travestendosi da Bigfoot."

"Eh sì, sarà meglio evitare burle del genere," aggiunse Raiden con un filo di voce; Raiden era il tipo con i capelli rossi e con al fianco un segugio dello stesso colore.

Lilly si morse un labbro per evitare di scoppiare a ridere.

"Ma pensate davvero di poter trovare qualcosa nelle foreste, solo in quattro, con quattro operatori... anzi, due operatori e due *operatrici*... un tecnico del suono e un produttore, a spasso per le montagne?" domandò Brock.

"Forse," rispose Trent, inserendosi nella conversazione. "A volte ci seguiranno le telecamere, ma in altri momenti ci saremo solo noi investigatori, con le nostre videocamere palmari."

Un'altra bugia. Le telecamere erano sempre presenti, senza alcuna eccezione. Tucker non si fidava dei presentatori che facevano le indagini, non credeva che potessero effettuare delle belle riprese.

Ethan sospirò e disse: "Insomma, non vogliamo fare i cazzoni. Vi sorprenderebbe sapere quanto spesso ci capiti di essere chiamati a intervenire perché qualcuno si è perso tra i monti. Arrivano sempre tutti pensando di essere ben preparati, di conoscere bene la zona. Ma se si esce dai sentieri, ci si perde. Non sto cercando di spaventarvi, o di impedirvi di fare ciò che volete fare nella foresta. Sto solo cercando di non rinunciare al buon senso. I telefoni cellulari non funzionano, appena si entra nelle foreste, quindi non potrete usarli per chiedere aiuto, qualora smarriate la via del ritorno alla civiltà."

"Abbiamo gli apparecchi radio," disse Trent, che cominciava a irrigidirsi.

"La radio è una bella comodità, basta non allontanarsi troppo, altrimenti gli apparecchi non prendono più," spiegò Drew.

"Senta," disse Tucker, che stava chiaramente cercando di fare da paciere, "faremo attenzione, non siamo degli stupidi.

C'è qualche motivo per cui non volete farci trovare le tracce di Bigfoot?"

"Oh, santo cielo," disse Raiden scuotendo la testa. "Andiamo, Duke, scommetto che ti scappa la pipì," disse al segugio. Il cagnone si alzò e si scrollò, facendo partire un po' di bava intorno a sé, per poi seguire il padrone trotterellando.

"Potreste imbattervi in un orso baribal, persino in una lince rossa, a parte le miriadi di altri mammiferi di piccole dimensioni, ma Bigfoot non si trova tra queste montagne," disse Brock.

Tucker non sembrò minimamente turbato per quello scetticismo. "Dicono sempre tutti così, prima che troviamo le prove. Quando vedrete la puntata, vi rimangerete tutto."

Lilly a quel punto si sentì totalmente a disagio. Tucker stava facendo lo sbruffone come al suo solito. Era un buon produttore, ma anche un truffatore, il che le dava molto fastidio.

Così fece un passo indietro, cercando di svincolarsi da quella conversazione, che aveva reso l'atmosfera sgradevole.

"Non muoverti, Lilly," le disse duramente Tucker riprendendola.

Lei inalò bruscamente annuendo: conosceva bene la regola d'oro di tutti gli operatori di ripresa, che non dovevano mai spegnere le telecamere, in nessuna occasione. Anche se la telecamera non era in spalla o sul piedistallo, Tucker voleva che le riprese continuassero in ogni momento... non si sa mai. In passato, aveva persino usato alcune riprese contro i soggetti che avevano parlato pensando di non essere registrati. Quindi la telecamera era sempre accesa e registrava sempre, anche quella conversazione.

Dato che Andre era riuscito a defilarsi prima che cominciasse quel dibattito, lei era bloccata.

Sentendo il tono di voce di Tucker, Ethan fece un passo in avanti allontanandosi dal muro. A giudicare dallo sguardo, sembrava incavolato. Lilly trattenne il fiato, pregando che non si avviasse una scazzottata.

"Quanto tempo vi servirà?" disse Ethan bruscamente.

Tucker sembrava confuso. "Quanto tempo ci servirà per cosa?"

"Per le indagini, quanto tempo rimarrete in città?" chiarì Ethan.

Tucker fece spallucce. "Rimarremo finché non avremo finito. Immagino servirà più tempo del solito, dato che la zona delle ricerche è molto ampia."

"Cazzo," borbottò Talon, che poi si girò e si avviò verso la porta.

Lilly quasi sospirò e si chiese per quanto avrebbe resistito a lavorare per quel programma, che era contrario a ogni suo principio morale. Menzogne, falsità, testimonianze pagate... era uno schifo, ma lo stipendio era ottimo. Mettere il guadagno prima dell'etica personale le dava molto fastidio.

Nonostante la frustrazione per il lavoro, quel poco che aveva visto di Fallport le piaceva. La gente era generalmente cordiale, per quanto sospettosa nei confronti dei nuovi arrivati, come era normale, per chi abitava in un paesino piccolo, ma nessuno si era dimostrato ostile. Ma Lilly sapeva che quell'atteggiamento poteva cambiare, se qualcuno avesse scoperto come funzionava veramente quel programma.

"Però si ricordi che non c'è solo il suo osso del collo in pericolo," disse Ethan a Tucker, "lei mette a rischio tutte le persone che collaborano al programma." Dopo di che, Ethan salutò il capo della polizia con un cenno del mento e si girò per seguire gli amici.

Se ne andarono tutti e sette, con Ethan che faceva strada agli altri.

Appena se ne furono andati, Lilly tirò il fiato che non si era nemmeno accorta di aver trattenuto. Si sentiva sollevata ma anche dispiaciuta perché la squadra di ricerca e soccorso se n'era andata.

"Spero che non diventino un problema," disse Tucker all'ufficiale di polizia.

Il poliziotto anziano fece spallucce: "Non diventeranno un problema, anzi, qualora succeda qualcosa sulle montagne," fece un gesto verso gli alberi, fuori dalle finestre, "sarete contenti di rivederli."

"Sono davvero così bravi?" domandò Tucker, con un tono un po' scettico.

"Sì," rispose l'altro succintamente.

"Sono certo che non avremo problemi," insisté Tucker, "adesso ci scusi, ma dobbiamo organizzare la troupe."

Il capo della polizia annuì. "Dopo di lei," gli rispose, indicando la porta.

Lilly approfittò di quel momento per andare a riprendere la borsa della telecamera, per poter uscire. Aveva un mezzo timore che Ethan fosse fuori con gli amici ad aspettare Tucker e gli altri, ma uscendo trovò il parcheggio vuoto.

"Poi vi telefono e vi faccio sapere dove ci troviamo domani," disse Tucker a Lilly e agli altri operatori. Come sempre, la scaletta delle registrazioni era decisa dal produttore e dalle star, gli investigatori. Lilly e gli altri dovevano solo presentarsi dove e quando erano convocati. Era un bel vantaggio, perché così aveva sempre del tempo libero tra una registrazione e un'altra.

Lo *svantaggio* era non sapere minimamente cosa sarebbe successo e quali fossero i piani per "dimostrare" i fenomeni di cui il programma aveva bisogno per continuare a tenere alto l'interesse.

Andre e Kate annuirono e andarono subito verso la macchina noleggiata da Andre. Durante le registrazioni del programma, erano diventati molto amici e non avevano alcun problema a rimanere fuori dalle decisioni quotidiane della produzione. Joey e Trent si diressero verso l'auto a noleggio di Trent. Erano grandi amici e Lilly riteneva molto plausibili le voci che i due avessero escogitato insieme quel programma ridicolo.

Michelle, Chris, Roger e Tucker, insieme a Brodie, il tecnico audio, andarono tutti verso il furgone che avevano noleggiato. Di solito preferivano viaggiare insieme e Lilly ne era contenta: quei cinque bevevano un po' troppo, per i suoi gusti.

Lei non aveva fatto amicizia con nessun altro del gruppo. Non aveva molto in comune con loro, anzi, condivideva così poco che nelle ultime location di registrazione lei aveva preferito trovare alloggio in strutture diverse dal resto della troupe. A lei piaceva pernottare in strutture più ridotte, indipendenti, come i Bed & Breakfast che sostenevano l'economia locale, piuttosto che negli alberghi delle grandi catene, dove gli altri preferivano alloggiare.

A lei piaceva stare un po' lontana dai colleghi, le piaceva starsene un po' da sola, a differenza di tanti altri. Forse perché da piccola aveva sempre pochissimo tempo e non era mai da sola. I fratelli le chiedevano sempre di riferire dove andava, cosa faceva, con chi era. Da ragazza, le era piaciuto anche uscire con i fratelli, ma alcuni giorni preferiva stare da sola e non ci riusciva spesso, perché era sempre circondata da maschi iperprotettivi.

Lilly si diresse verso la macchina che aveva noleggiato, mise la telecamera sul sedile posteriore, poi si accomodò dietro al volante per tornare al delizioso B&B che si era trovata. Si chiamava Residence Chestnut Street ed era gestito da una signora anziana dolcissima di nome Whitney Crawford. Quella sera per cena c'era brasato, Lilly non vedeva l'ora. Era passato tantissimo tempo dall'ultima volta che aveva mangiato un brasato fatto in casa.

Cercò di togliersi di testa i pensieri delle settimane di lavoro che l'aspettavano (ma anche l'immagine dell'uomo di nome Ethan, che era riuscito a farla sentire a disagio e ad eccitarla allo stesso tempo), poi fece manovra e uscì dal parcheggio.

———

L'uomo sistemò la valigia nella camera d'albergo e si sedette sul letto fissando la parete con lo sguardo vuoto e un'espressione accigliata. Era stata una giornata frustrante; a ogni registrazione, diventava sempre più chiaro che nulla andava come previsto.

Quella sera si erano comportati tutti da perfetti idioti, dimenticando ciò che era stato detto loro sulla zona e su Bigfoot, proprio prima di avviare le registrazioni. Le telecamere erano rivolte nella direzione sbagliata, gli interventi si erano trasformati in stupidaggini da modificare in fase di post-produzione, la qualità audio era quasi impossibile, nella palestra enorme. Non solo, ma gli abitanti di quella cittadina sembravano molto più scettici rispetto a tutte le altre location visitate dalla troupe. Non si era trovato nessuno disposto a mentire sugli avvistamenti di Bigfoot, se non all'ultimo minuto, prima dell'incontro con la popolazione.

Sì, si poteva ben dire che quella puntata partiva con dei presagi poco propizi. Invece doveva filare tutto liscio.

Finora, la produzione dello spettacolo si era rivelata una continua delusione, rispetto alle aspettative, e con lo scetticismo che avevano incontrato, quell'episodio poteva rivelarsi il punto di svolta di tutto il programma, nel bene o nel male. Lui avrebbe preferito non scegliere Fallport come location per quella puntata, anche in questo aveva avuto ragione. Ma qualcuno forse lo ascoltava? Certo che no.

Che scemi.

Bisognava cambiare il modo in cui veniva sviluppato il programma... doveva insistere e far accettare le sue richieste, altrimenti avrebbe smesso di partecipare a fine stagione.

Per un momento, si chiese se qualcuno ci sarebbe rimasto

male. Poi strinse i denti e allontanò quel pensiero dalla mente.

Ma certo che ci sarebbero rimasti male: quel programma non sarebbe esistito, senza di lui.

Fece un respiro profondo, si alzò in piedi e cominciò a disfare i bagagli. Una settimana, prendere o lasciare. Una settimana per completare quell'episodio, poi tutti in Canada, per il gran finale.

Allora, finalmente sarebbe cominciato il lavoro *vero*: passare centinaia di ore di registrazione, cercare di dare a tutti un tono più deciso, raffazzonare il materiale per ogni singolo episodio migliorando un sonoro schifoso.

Per fortuna sapeva di essere sul punto di sfondare nel settore, altrimenti si sarebbe girato subito per andarsene. Ma lui era convinto di quel progetto e avrebbe fatto di tutto per avere successo. A costo di mentire, di barare, di rubare.

Niente e nessuno gli avrebbe impedito di diventare famoso.

CAPITOLO DUE

ETHAN "CHAOS" Watson camminava avanti e indietro per il salotto di casa, in preda all'agitazione. Non sapeva bene il perché, ma era molto nervoso per quanto successo all'incontro comunale, per la resistenza del produttore, che non ascoltava ragione.

"Vedrai che ci creeranno dei problemi, segnati le mie parole," disse al fratello, Cohen "Rocky" Watson.

Rocky fece una smorfia: "Eggià."

Ethan si fermò a metà falcata e si girò verso il fratello gemello. Non si somigliavano molto, se non per l'altezza e per gli occhi color nocciola. In molti non sapevano nemmeno che fossero parenti, figurarsi gemelli, sia pur dizigotici. Invece i due fratelli erano molto affiatati. Erano entrati insieme in marina, avevano completato il corso di base delle forze speciali, il BUD/S, diventando insieme dei SEAL. Non erano stati assegnati alle stesse squadre, ma spesso avevano lavorato in missioni congiunte.

Quando era arrivato il momento di continuare nella marina o uscire, avevano preso anche quella decisione insieme. Poi si erano trasferiti a Fallport, in Virginia, con l'entusiasmo e la voglia di cominciare una nuova vita. Ethan aveva reclutato gli altri, alcuni dalla comunità delle forze speciali, persone conosciute durante la carriera militare, altri erano stati raccomandati dall'amico Tex, anche lui un ex SEAL che sembrava conoscere tutti; Ethan si fidava ciecamente di lui.

"Perché mai stai sorridendo?" domandò Ethan a Rocky. "Cazzo, non c'è niente da ridere."

Rocky fece spallucce. "Non mi avevi detto proprio ieri l'altro che ti stavi annoiando?" gli chiese.

Ethan sospirò. Era *vero*, l'aveva detto, ma non perché sperava che arrivasse in città una troupe televisiva a indagare su Bigfoot, con l'intenzione di andare a zonzo sulle montagne, perdendosi.

"L'ultima volta che uno di noi ha detto che si annoiava, abbiamo trovato i corpi di quei due che erano stati torturati e uccisi da quel serial killer, Andrew Ferry," spiegò Rocky.

Quella non era stata una bella giornata. Diamine, non era stato un bel mese. Prima gli omicidi, poi la caccia al serial killer, in città se n'era parlato per settimane. L'unico esito positivo di tutta la vicenda era che finalmente la comunità locale aveva smesso di trattare gli uomini della squadra come degli estranei.

"È solo che... c'è qualcosa di sospetto in quel tipo, Tucker, e in tutto quel programma," spiegò Ethan al fratello.

"Sono d'accordo," replicò Rocky.

"Sarà anche vero che noi siamo arrivati qui solo cinque anni fa, ma se il vecchio Richards ha visto davvero Bigfoot dieci anni fa nella sua proprietà, mi vesto da pagliaccio alla parata dell'indipendenza, il quattro luglio, qui a Fallport."

Rocky scoppiò a ridere per quella battuta: "Ma tu odi i pagliacci."

"Lo so, è proprio questo il punto. È impossibile, piuttosto mi faccio friggere."

"Pensi che quell'altro ragazzo abbia davvero visto quelle orme nella foresta, dietro casa sua?"

"No."

"Allora mentivano entrambi."

"Sì," rispose Ethan.

"Ma perché?"

"È proprio questo il dilemma, perché? Ma visto che me lo chiedi, ti dico cosa penso," proseguì Ethan. "Penso che questo Tucker sia un manigoldo truffatore, è solo un produttore di Hollywood che spera di sfondare con questo programma, vuole le prime pagine. L'unico modo per catturare l'attenzione del pubblico è trovare davvero delle 'prove' dell'esistenza delle creature a cui quegli investigatori danno la caccia."

"Quindi il vecchio Richards e l'altro ragazzo sono stati pagati? Per fare una recita?" domandò Rocky.

"Io la penso così, sì."

"Beh, non è un reato, non esattamente," aggiunse Rocky.

"No, non è un reato. Ma se quegli stronzi si perdono andando a zonzo per la foresta, poi tocca *a noi* andarli a ritrovare. Tu hai appena ricevuto l'incarico di ristrutturare quella bella casa in periferia, io sono occupatissimo perché ultimamente tutti cercano un elettricista. Per non parlare degli altri, sai che rottura venire strappati dalle proprie faccende, dai propri lavori, per andare a ritrovare qualcuno che si è perso cercando quel cazzo di Bigfoot."

Rocky socchiuse gli occhi scrutando il gemello. "Cos'è che ti dà *tanto* fastidio, in questa faccenda?" gli chiese. "Ogni estate arriva un sacco di gente, qui in città, in tanti partono per le montagne, in tanti si perdono. Che differenza fa?"

Ethan sospirò e riprese a camminare avanti e indietro. "Non lo so."

Rocky alzò gli occhi al cielo. "Non dire cazzate, ti conosco, bello. Insieme abbiamo affrontato i ribelli, praticamente pensiamo con la stessa testa. Dimmi la verità."

Ethan si girò per guardare in faccia il fratello: "Penso sia perché quando un turista si avventura nella foresta senza adeguata preparazione mette in pericolo prima di tutto se stesso, solo se stesso. Invece quell'idiota si trascina dietro una decina di altre persone."

"Magari sono tutti d'accordo col produttore," commentò Rocky cercando di ragionare.

Ethan sapeva che il fratello stava cercando di fare un po' l'avvocato del diavolo. Era un loro modo di discutere le situazioni, ma quella sera lui lo trovava più irritante.

"Quando quella donna ha abbassato la telecamera, non l'ha spenta," ammise Ethan.

"Sì, l'ho notato anch'io," confermò Rocky annuendo.

Ethan non fu sorpreso dal fratello, che sapeva esattamente di che donna stessero parlando senza dover chiedere. Era normale per entrambi, sapere in anticipo la linea di pensiero del gemello. "Ma hai sentito il modo in cui quel bastardo di produttore le si è rivolto?"

Rocky strinse le labbra e annuì di nuovo.

"C'è qualcosa di strano in quel programma, i miei sensori sono tutti in allerta," disse Ethan. "Ricordati quello che ti dico: vedrai che succederà qualcosa."

"Ti piace," disse Rocky all'improvviso.

"Cosa?"

"La tipa che fa le riprese. Ti piace."

"Oh, ma dai. L'ho appena intravista. Diamine, non la conosco. Non le ho nemmeno parlato," rispose Ethan protestando.

"Lo so... ma non pensare che non abbia notato i tuoi sguardi, non riuscivi a toglierle gli occhi di dosso."

Merda. Ecco cosa succedeva a essere troppo affiatati: era quasi impossibile nascondere qualcosa al fratello gemello. "Mi sembra diversa da quegli altri ignoranti," spiegò Ethan.

"Diversa in che senso?"

Ethan non percepì alcuno scetticismo o alcuna censura nel tono di voce del fratello. Era solo puramente curioso di chiedergli cosa ci avesse visto in quella donna. "L'ho vista che sbuffava esasperata quando parlava uno dei presentatori del programma. Sembrava sincera, ho l'impressione che non credesse a quel mare di palle. Poi, quando ha guardato verso di noi, non ha fatto la faccia di una che ci considerava degli zotici fuori dal mondo. Ha visto solo... *noi*." Non si stava spiegando molto bene e se ne rendeva conto, anche perché in fondo non sapeva esattamente *cosa* avesse pensato quella donna, ma Rocky sembrava seguire quella spiegazione e capirla.

"Sì, anch'io ho avuto la stessa impressione," confermò il fratello.

"Non solo, è l'unica della troupe che non pernotta all'albergo in periferia."

"Tu *come fai* a saperlo?" gli domandò Rocky, chiaramente divertito.

"Ho sentito di sfuggita che Otto e Art parlavano, prima che cominciassero le riprese."

Rocky rise. "Te lo giuro, quei due sono dei veri chiacchieroni, peggio della CIA. Mettici anche Silas e in tre conoscono tutti i segreti di questa città."

Ethan non poteva che essere d'accordo. Quei tre signori, dall'alto della loro età avanzata, ficcavano il naso in tutto ciò che ritenevano importante e sapevano tutto ciò che accadeva nei paraggi. "Verissimo. In questo caso, sanno che quella sta al B&B di Whitney."

"E quindi?" domandò Rocky. "Se non sta nell'albergo insieme agli altri cosa significa?"

"Non lo so," ammise Ethan.

"Questa cosa ti fa impazzire?"

"Devi ammettere che è strano. Perché mai ha deciso di non alloggiare nello stesso albergo degli altri, cast e troupe? Non sembrava nemmeno troppo pappa e ciccia con quei tipi. Forse è per questo."

"Forse è solo nuova, magari è la prima volta che lavora con loro."

Ethan alzò le spalle. "Non lo so. È solo che... si è distinta dagli altri."

"Whitney sarà felice di avere una cliente," disse Rocky.

"Lo so, sarà anche molto felice di poter chiacchierare con qualcuno, probabilmente," commentò Ethan.

"Insomma... allora? Ti dà fastidio che una persona a posto come lei sia coinvolta in un programma farsa come quello?" gli domandò Rocky.

Ethan cercò di scandagliare meglio le proprie emozioni. "Sì, bene o male è così."

"Sai che alloggia da Whitney, se vuoi puoi sempre presentarti là per parlarle, senza tutta la ressa di imbecilli," gli suggerì Rocky.

Ethan avrebbe scartato il suggerimento del fratello... non fosse stato per la scintilla di entusiasmo che si sentì dentro nel profondo, a quel pensiero, un'emozione che non poteva ignorare.

Rocky sorrise.

"Che c'è? Non ho aperto bocca," disse Ethan.

"Non ce n'è bisogno. Ti conosco. Senti, sono contento per te, se incontri qualcuna. È passato tanto tempo da quando almeno uno di noi due ha avuto un rapporto più o meno stabile, quindi faccio il tifo per te. Ma soprattutto, se la conosci meglio, anche solo a livello amicale, niente di più, potremmo avere qualche informazione in più su cosa succede esattamente durante le riprese di quel programma schifoso. Se possiamo tenere al sicuro quei balordi mentre se ne vanno a spasso per la foresta e al buio, è un vantaggio per tutti. Se poi nel frattempo ci guadagni qualcosa a livello personale... buon per te."

Ethan non trattenne una risata. "Senti, è arrivata da quanto, una settimana? Non è che posso decidere se è la mia anima gemella e chiederle di venire a vivere con me, in così poco tempo."

"Non intendevo quello," gli disse Rocky con una smorfia di malizia. "Ma se stai già pensando di vivere con lei per il resto della tua vita..."

"Ma dai," replicò Ethan alzando gli occhi al cielo.

"Ehi, guarda che non stiamo certo ringiovanendo..."

"Ho trentacinque anni, non sono certo vecchio," lo interruppe Ethan.

"Non sei vecchio, ma lo sai che la mamma e il papà si sono conosciuti e sposati che avevano appena vent'anni o poco più? Sono stati bene. Accidenti, dopo che il papà è morto, la mamma non ha mai cercato un altro uomo. Ormai con noi avrà perso le speranze, si aspetterà che rimaniamo single per sempre," disse Rocky.

"Non rimarremo da soli, almeno siamo insieme, noi due," disse Ethan senza esitazione. Lo dicevano sempre anche alla madre, quando la vedevano commossa; quando andavano a trovarla, per le vacanze, la madre si emozionava molto parlando della vita sentimentale dei figli (o dell'assenza di legami sentimentali).

"Dico solo che quella donna ha catturato la tua attenzione, cosa che non succedeva da secoli. Poi lo sai che qui a Fallport non c'è un'ampia scelta di donne da conoscere. Non dico che tu debba partire in quarta promettendo un amore senza fine, ma potreste almeno conoscervi, magari anche divertirvi un po', non c'è niente di male. È un po' di tempo che sei sempre un brontolone."

"Non è per mancanza di sesso," brontolò Ethan, "è quel sindaco che mi fa incazzare."

"Il sindaco ci fa incazzare *tutti*," ribatté Rocky. "Non è una novità. Quel deficiente pensa di essere più bravo di tutti... però non controlla la nostra squadra e gli dà un fastidio tremendo. Senti, a me non interessa se ti fai una scappatella o no, ti voglio bene e ti rispetto in ogni caso. Ma davvero, è tantissimo tempo che non ti vedo così coinvolto. Hai visto qualcosa di speciale in quella donna, ti interessa. Magari è molto brava a nascondere ciò che prova e pensa, potrebbe anche essere una stronza. Ma chissà, magari non è così. C'è una possibilità che anche lei ritenga tutto il programma una bufala, magari ha preso una camera lontano dal cast e dalla troupe perché non vuole avere alcun legame e non vuole essere scambiata per una di loro, allora se non ti dai una possibilità di conoscerla poi te ne pentirai e ti prenderai a calci da solo."

"Va bene," sbottò Ethan. Poteva anche far finta di avercela con il fratello, ma nel profondo si sentiva sollevato, per il suo beneplacito. "Allora domani le parlo. Vediamo se sa dove partiranno le ricerche, così sapremo da dove cominciare, qualora si perdessero."

"Sai se cominciano domani le riprese?" gli chiese Rocky.

"No, non lo so, ma ci scommetto l'osso del collo che se passo dall'ufficio postale e chiedo, Silas o uno degli altri lo sapranno già e li convincerò a dirmelo senza troppa fatica."

"Fai senza scommettere," borbottò Rocky, "allora, stai meglio adesso?"

Ethan sorrise; il fratello l'aveva accompagnato a casa solo per vedere come stava, non aveva dovuto dirgli nulla, Rocky sapeva che c'era qualcosa che turbava il gemello. "Sto meglio," gli rispose Ethan.

"Allora sarà meglio che vada verso casa," rispose Rocky.

"Fammi sapere quando hai bisogno di me, così passo a sistemarti l'impianto elettrico," disse Ethan.

"Sarà fatto. Se tutto va bene, non dovremo rivederci per una caccia all'uomo nella foresta se non dopo aver rifatto l'impianto elettrico di casa mia," concluse Rocky.

Ethan annuì, condivideva la stessa speranza, ma l'intuito gli diceva che il gruppo di Hollywood avrebbe vanificato quel sogno, rendendolo impossibile.

Rocky salutò il fratello con un cenno del mento e poi se ne andò.

Ethan chiuse la porta a chiave e sospirò, poi riprese a camminare avanti e indietro.

Il suo appartamento non era molto grande, quindi non c'era molto da camminare, per andare da una parete all'altra del salotto. L'edificio era piuttosto scalcinato, l'unico vantaggio era che Rocky aveva un appartamento nello stesso condominio. Anche se preferivano non vivere più insieme, per entrambi era impensabile trasferirsi e vivere in città separate.

Ethan tornò a pensare all'incontro della cittadinanza e per la prima volta si accorse di non conoscere il nome della donna che non riusciva a togliersi dalla testa. Non sarebbe stato difficile scoprire come si chiamava; fece un gran sorriso e scosse la testa. La rete di gossip della cittadina funzionava meglio dei servizi segreti della marina.

L'indomani avrebbe scoperto non solo il nome di quella donna, ma avrebbe anche verificato se l'impressione che si era fatto di lei era giusta.

Lui ci sperava. Sperava *davvero* di avere ragione, perché quella donna aveva qualcosa di particolare, qualcosa degno di attenzione. Non era per il suo aspetto esteriore, anche se era abbastanza bella: stazza media, poco più di uno e settanta, capelli biondo spento raccolti in uno chignon semplice ma ordinato. Occhi azzurri che sembravano brillare di vita... almeno quando abbassava la guardia e mostrava le proprie emozioni. Ethan immaginava avesse delle belle curve, anche se era stato difficile intravederle, con i pantaloni cargo e la maglia oversize che indossava. Gli stivaletti che portava ai piedi erano robusti e adatti alla zona e al lavoro che stava svolgendo.

Tutto sommato, lo stile di quella donna era alquanto dimesso... quindi Ethan non capiva come mai non riuscisse a smettere di pensare a lei.

No, non proprio, lui in realtà sapeva il motivo. Era perché, quando lei aveva osservato lui e gli altri della squadra di ricerca e soccorso Eagle Point, che si erano messi in disparte in fondo al locale, nonostante il leggero disagio iniziale (chissà per quale motivo), alla fine gli era sembrata... incuriosita? Forse perché li aveva visti tutti alti e muscolosi e si era sentita un po' intimidita. Oppure solo perché non erano poi così brutti, da guardare. Almeno secondo le altre donne che li conoscevano.

Qualunque fosse il motivo, Ethan era curioso. Gli altri impiegati del programma non sembravano molto attenti a ciò che succedeva intorno a loro, erano troppo assorbiti dal loro lavoro.

Invece la donna che faceva le riprese, Lilly, li aveva guardati e istintivamente aveva capito che dietro la loro apparenza c'era molto altro, chissà come aveva fatto. Forse con il linguaggio del corpo, forse con lo sguardo, lo aveva convinto di essersi accorta che non erano solo un gruppo di ragazzoni di paese con la barba lunga.

Infatti, era proprio così: Ethan e Rocky erano stati SEAL della marina. Zeke era stato nei berretti verdi, le forze speciali dell'esercito. Drew aveva lavorato per la polizia di stato della Virginia. Brock era stato nella polizia di frontiera, mentre Talon veniva dal servizio navale speciale del Regno Unito, un'unità delle forze speciali della marina britannica. Raiden aveva lavorato nell'unità cinofila della guardia costiera. Ognuno di loro aveva dei talenti propri, delle abilità che rendevano la squadra di ricerca e soccorso una delle migliori di tutto lo stato... forse di tutta la costa est.

In ogni caso, quella donna incuriosiva molto Ethan, che non si sentiva così interessato da un po' di tempo. Quindi l'indomani avrebbe seguito il consiglio del fratello e avrebbe soddisfatto la propria curiosità.

Molto probabilmente Lilly sarebbe stata impegnata, comunque, forse doveva filmare quei balordi alla ricerca di Bigfoot. Oppure l'avrebbe guardato dall'alto al basso per il paese in cui viveva o per come si guadagnava da vivere.

Magari voleva solo fare il suo lavoro e andarsene alla svelta da Fallport, che non era proprio una metropoli... motivo per cui Ethan e gli altri ci si trovavano bene.

Non riuscire a smettere di pensare a quella donna era frustrante, così Ethan si trascinò nel cucinotto, tutt'altro che la cucina di un gran ristorante. C'erano pensili in formica, elettrodomestici in plastica bianca, ben lungi dall'acciaio inox che andava tanto di moda. Il pavimento era finito con mattonelle in vinile, una scelta economica... ma non interessava a nessuno. Lui era un uomo semplice, non gli importavano tanto i fronzoli e le decorazioni. Era felice di avere un posto sicuro in cui stare la notte.

Tirò fuori dal frigo un cartone di latte, riempì un bicchiere fino all'orlo e se lo scolò tutto d'un fiato. Poi si asciugò la bocca con la manica e fece un gran sorriso. Rocky lo prendeva sempre in giro perché beveva il latte nel bicchiere, tanto più che viveva da solo. Volendo, poteva anche bere direttamente dal cartone, nessuno lo avrebbe ripreso.

Ma la mamma aveva cominciato molto presto a insegnare ai figli le buone maniere e anche dopo i tanti anni trascorsi da quando era andato a vivere per conto suo Ethan non riusciva nemmeno sforzandosi a fare dei gesti rozzi come bere direttamente dal cartone.

Mise il bicchiere nel lavandino e si avviò verso il salotto, portando con sé il computer portatile. Doveva controllare la posta elettronica e vedere gli impegni professionali in programma per i giorni a venire. Non ne aveva molti, ma almeno per una volta ne fu contento: così avrebbe avuto tempo in abbondanza per andare a conoscere l'addetta alle riprese, magari poteva anche offrirsi di farle da guida.

Quell'idea gli piaceva. Poteva passare più tempo con Lilly, magari nel frattempo avrebbe scoperto più informazioni sul programma, sulle location delle ricerche.

Non era solo una scusa, lui *voleva* davvero che nessuno si perdesse nella foresta durante le riprese. Ma Rocky aveva ragione: era passato *tantissimo* tempo dall'ultima volta che una donna aveva attirato la sua attenzione. L'indomani, avrebbe scoperto se quella donna era interessante e valeva la pena di conoscerla, come lui sospettava... oppure se si stava solo rinci-trullendo.

CAPITOLO TRE

IL MATTINO DOPO, Lilly sedeva al tavolo della cucina di Whitney Crawford e fissava incredula le marmellate; era l'unica cliente del B&B, in quel momento, ma Whitney aveva preparato comunque dei waffle, uova strapazzate, patate schiacciate e fritte, girelle alla cannella, panetti alla banana, oltre che salsiccia e pancetta. Sulla tavola c'erano talmente tanti vassoietti pieni che quasi non c'era posto per il piatto che l'anziana signora aveva messo davanti a Lilly, dopo che si era seduta.

"Non ero sicura di cosa ti piacesse, quindi ho preparato un po' di tutto," disse Whitney con un sorrisone.

Lilly sorrise di rimando: nel frattempo pensò che quella signora, la proprietaria del B&B, da giovane avesse fatto girare parecchie teste. Era ancora una signora affabile, capelli castano chiaro, occhi grigi e che sembravano brillare di vita a ogni sguardo. Aveva molte rughe in viso (chiara conseguenza del fatto che sorrideva sempre) ed era vagamente paffutella. Era una signora gentile e accogliente, Lilly si era sentita benvoluta fin dal primo momento, addirittura da quando aveva telefonato per prenotare la camera.

Dato che aveva ricevuto un SMS in cui le si comunicava

che non doveva lavorare se non dopo pranzo, Lilly aveva dormito a lungo, quel mattino. Il letto era esageratamente comodo e i grilli che cantavano all'aperto le avevano ricordato casa sua, in West Virginia. La doccia era molto potente, fantastica, quindi Lilly era rimasta sotto il getto d'acqua calda fin troppo a lungo. Poi aveva controllato la posta elettronica, inviando saluti a ciascuno dei fratelli e al padre anche per far sapere che si trovava a Fallport, che stava bene e che le riprese sarebbero cominciate quel giorno. Sapeva bene di doversi tenere in contatto, altrimenti si sarebbero preoccupati (magari fino al punto di presentarsi di persona per controllare che stesse bene).

Era la piccola di famiglia, l'unica femmina, a volte era una rottura di scatole, ma in genere le faceva piacere sapere di essere amata così tanto. Era estremamente attaccata alla famiglia e le andava bene così. Non aveva mai sentito la mancanza della mamma, da ragazza, perché il papà era stato meraviglioso nel crescerla, non passava giorno che non le ribadisse quanto era importante e speciale.

Il rischio era di crescere come una ragazza viziata fino al midollo, ma ci pensavano i fratelli a evitare che lei si desse troppe arie. Lilly aveva passato gran parte dell'infanzia seguendo i fratelli, voleva sempre fare quello che facevano loro... quindi aveva imparato a cacciare, a sparare, a cambiare le gomme dell'auto, a riparare i guasti in casa. Le piaceva guardare film di guerra, amava gli sport e in generale si divertiva a stare tra la gente.

"C'è qualcosa che non va?" le domandò Whitney con una certa preoccupazione.

"Oh, no, sembra tutto delizioso," rispose subito Lilly, "è solo che stavo pensando alla mia famiglia."

"Ti manca la famiglia?" chiese Whitney.

"Mi manca ogni giorno," rispose Lilly, "anche se poi mi basta una giornata in presenza dei miei fratelli per chiedermi come mai mi mancassero così tanto."

La signora si mise a ridere. "Sì, ti capisco. Noi eravamo in nove, tra fratelli e sorelle."

"Wow, io ho quattro fratelli e pensavo fossimo già in troppi," commentò Lilly sorridendo.

Lilly si servì, prendendo un pochino di tutto, mentre Whitney proseguì raccontandole della propria famiglia. Aveva parenti sparsi in tutti gli stati, molti erano sposati e non rimanevano troppo in contatto, ma era chiaro che lei voleva molto bene a tutti.

Lilly mangiò la sua colazione, si riempì così tanto che non avrebbe avuto bisogno di pranzare, altrimenti le sarebbe scoppiata la pancia mentre cercava di trascinarsi dietro la telecamera per seguire uno dei presentatori, quello che le sarebbe stato assegnato per quel giorno. Appena finì di mangiare, dalla porta della cucina si sentì bussare. Whitney si alzò in piedi e andò ad aprire.

Lilly si voltò e sbatté le palpebre sorpresa, vedendo chi era entrato.

Ethan. L'uomo che la sera prima aveva catturato la sua attenzione, quello che sembrava fissarla.

Quello che aveva detto senza mezzi termini di non essere positivamente impressionato da Tucker e dal programma, quello che avrebbe preferito non accogliere la troupe in città o nella foresta.

Non era certo *lui* il proprietario della foresta, ma Lilly immaginava che se qualcuno gliel'avesse fatto notare, lui avrebbe reagito mettendolo in riga.

"Ma guarda chi c'è!" esclamò Whitney con un sorriso raggiante. "Non so se voi due vi siete già conosciuti. Ethan, lei è Lilly Ray. Lilly, questo è Ethan Watson. Lilly fa le riprese di quel programma sul paranormale," disse la signora.

"Lo so."

La voce di Ethan era profonda e un po' pastosa... Lilly non poté far altro che sforzarsi di non sciogliersi direttamente sulla sedia, a quel suono. Si alzò in piedi e gli porse la mano.

"Ci siamo visti ieri sera all'incontro pubblico," spiegò Lilly a Whitney, "ma piacere di conoscerti ufficialmente, Ethan."

Quando lui le strinse la mano, lei sentì un formicolio risalirle il braccio e non fece altro che rimanere impalata a fissarlo.

"Piacere mio," le disse Ethan, "chiedo scusa per l'intrusione."

Non le aveva ancora lasciato andare la mano e Lilly non riusciva a convincersi a lasciarla andare. La sensazione delle dita di Ethan che le sfioravano il palmo della mano fece venire i brividi a Lilly.

Poi lui accennò un sorrisetto, come avendo capito l'effetto che le aveva fatto. Come poteva sfuggirgli? Lilly aveva l'impressione che niente sfuggisse a quell'uomo, il che lo rendeva più... pericoloso, da evitare.

Forse non era quella la parola migliore, ma in generale nessuno la notava, mentre era impegnata a riprendere. Era proprio quella l'intenzione, in realtà, non doveva farsi notare mentre lavorava. Anche lei preferiva non attirare l'attenzione. A volte reagiva a ciò che veniva detto sul set, alzava gli occhi al cielo o accennava un sorriso, ma nessuno lo notava: si sentiva più sicura dietro la sua telecamera.

Ma a Ethan Watson non sfuggiva nulla... ecco perché era pericoloso per la tranquillità di Lilly. Con lui nei paraggi, lei sentiva di dover fare più attenzione a come si comportava. L'ultima cosa che voleva era che Tucker, o *chiunque* altro dei colleghi, si accorgesse di quanto poco lei li rispettava. L'avrebbero licenziata in un batter d'occhio.

"Hai fame, Ethan?" gli domandò Whitney interrompendo quello strano incontro. "Stamattina ho preparato un po' troppo."

Lui ridacchiò, con un suono libero, sciolto. "Direi che 'un po' troppo' è un eufemismo. Ma mi farebbe molto piacere unirmi a voi, se non vi reca troppo disturbo."

"Ma certo che no," rispose Whitney, "aspetta che ti prendo un piatto."

Mentre la signora si avviava verso un pensile, Lilly rimase in piedi imbarazzata, senza sapere che dire. Per fortuna, la padrona di casa tornò subito e Ethan cominciò a riempirsi il piatto.

Si sedettero tutti intorno al tavolo e Lilly si impegnò a prender parte alla conversazione. Non era mai stata bravissima a chiacchierare, senz'altro non con delle persone che non conosceva bene. In famiglia la prendevano in giro dandole della "lingua lunga" e l'epiteto non era del tutto sbagliato. Era come se si tenesse dentro tutto ciò che non si sentiva di dire nella vita di tutti i giorni, conservando le parole per quando aveva intorno solo le persone a cui voleva bene e di cui si fidava di più al mondo, per poi far uscire tutto.

"Allora, cominciate oggi le riprese?" domandò Ethan.

Lilly annuì.

Lui accennò un altro sorriso, era come se la trovasse divertente ma si controllasse, evitando di commentare la mancanza di entusiasmo con cui lei parlava del lavoro.

"Come hai cominciato a fare l'operatrice di ripresa?" le chiese.

Lilly a quel punto si pentì di aver già finito di mangiare; almeno avrebbe avuto qualcos'altro su cui concentrarsi, distraendosi da Ethan. Ma Whitney le aveva già portato via il piatto per metterlo nel lavandino, quindi non c'era più alcuna distrazione: "Ci sono arrivata un po' per caso," gli rispose sinceramente, "mi sono sempre trovata a mio agio, dietro una telecamera; quando ero al college, una mia amica era nell'associazione cineforum e mi ha convinta a partecipare a un incontro. Ho scoperto che mi piaceva il modo in cui gli spettacoli e i programmi venivano creati, mi piaceva seguire i retroscena... tutto il resto è storia."

Mentre stava parlando, Ethan la guardava fisso negli

occhi, facendola sentire la persona più importante al mondo, in quel momento. Sembrava catturato da ogni parola che gli diceva. Era uno sguardo intenso... allo stesso tempo molto lusinghiero. Lei non ricordava nessuno che avesse mai prestato così tanta attenzione, mentre lei parlava.

"Scommetto che avrai assistito a un sacco di follie," le disse Whitney.

Lilly si costrinse a distogliere lo sguardo dagli occhi marroni di Ethan e annuì.

"Gira voce che siate reduci da una registrazione in Nevada," le disse Ethan.

Lilly annuì di nuovo.

"Al Goldfield Hotel?"

A lei non interessava davvero tanto parlare di lavoro, ma non voleva nemmeno essere sgarbata: "Sì."

"Che cos'è?" domandò Whitney.

Ethan si voltò verso la proprietaria del B&B e spiegò: "Goldfield, in Nevada, era una delle cittadine cresciute col boom della corsa all'oro, piena di miniere, a inizio XX secolo. Il Goldfield Hotel era la perla del centro città, ma adesso è abbandonato e viene considerato uno degli edifici più infestati di tutti gli Stati Uniti. Tantissime persone ci sono andate a filmare, negli anni, per cercare di dimostrare che i fantasmi ci sono davvero, magari per catturarne qualcuno in diretta."

"Santi numi," commentò Whitney girandosi verso Lilly, quasi tremando di entusiasmo. "Avete trovato quei fantasmi?"

Merda. Lilly non sapeva che dire. Erano stati in quel posto diverse notti, ma le telecamere non avevano ripreso un bel nulla. Tuttavia, Lilly si era sentita estremamente a disagio per tutto il tempo che aveva passato in quell'hotel. Vero disagio. La sensazione di sentirsi osservata le era passata solo una volta lasciata quella cittadina. Quell'albergo non le aveva trasmesso vibrazioni negative di pericolo, ma piuttosto di tristezza. Specialmente nella camera 109, la stanza in cui si diceva che una donna di nome Elizabeth fosse stata incatenata al termosifone, costretta a partorire il figlio del proprietario dell'hotel, un figlio che lui non voleva. I racconti dell'accaduto cambiavano sempre, alcuni dicevano che fosse morta durante il parto, altri che il proprietario l'avesse uccisa. Qualunque fosse la verità, Lilly in quella stanza aveva sentito la presenza di *qualcosa*.

Ovviamente una mera *sensazione* non bastava per fare buona TV, quindi Tucker aveva chiesto a Brodie di andare in fondo al corridoio e riprodurre una clip di un neonato piangente, mettendosi dietro una porta chiusa. Il risultato era stato un effetto sonoro inquietante e spettrale dall'interno della camera 109, esattamente ciò che il produttore voleva. Poi Roger, Trent, Chris e Michelle erano stati ripresi mentre si aggiravano nei paraggi, fingendosi sbalorditi e spaventati, al limite del panico.

La notte successiva, cercando di copiare la scena di un altro programma investigativo visto in TV, Tucker aveva chiesto a Joey di lanciare un asse di legno contro Trent e Michelle, che stavano in piedi nel seminterrato. Ma Joey aveva dosato male le proprie forze e aveva colpito Michelle sullo stinco, lasciandole sulla gamba una chiazza paonazza.

Ovviamente a Tucker quelle riprese erano piaciute tantissimo, era entusiasta al massimo di quell'incidente.

Tenendo presente tutti i retroscena, Lilly non sapeva bene come rispondere a Whitney. Aveva visto dei fantasmi? No. Ne aveva sentito la presenza? Sì.

Accorgendosi di aver aspettato troppo prima di rispondere, fece un sorriso dolce alla signora. "Ho firmato un accordo di riservatezza, quindi non posso parlare dei retroscena del programma. Ma *posso* dirle che mai e poi mai vorrei passare la notte da sola in quell'edificio."

Whitney le fece un sorriso radioso. "Ooooh, non vedo l'ora di guardare quella puntata del programma!"

Lilly riuscì a non fare alcuna smorfia, sia pur a malapena.

Poi passò lo sguardo dalla padrona di casa a Ethan e non si sorprese di trovarlo che la scrutava attentamente.

"Oggi girate nelle foreste?" le chiese.

Contenta di non dover commentare ulteriormente la propria convinzione dell'esistenza dei fantasmi e di non subire altre pressioni per dare informazioni su quell'hotel, Lilly fece spallucce. Aveva firmato *davvero* un accordo di riservatezza e per quanto odiasse la falsità di tutti gli eventi presentati dal programma, non poteva parlarne senza rischiare di essere querelata dall'azienda produttrice. "Non ne sono sicura. Non ho ancora ricevuto gli orari di oggi da Tucker. Di solito partiamo con le interviste alle persone con le storie più interessanti, le storie su cui ci concentriamo. Poi andiamo nei luoghi in cui ci sono stati gli avvistamenti, i presentatori si impegnano nelle ricerche, svolgono le indagini e alla fine cerchiamo di catturare il tutto con le telecamere."

"Ci sono ben quattro telecamere con operatori, mi sembra un po' tanto," commentò Ethan.

"Non è tanto, in realtà," gli rispose Lilly, "a volte ogni tele-camera è assegnata a uno degli investigatori, ma di solito ci dividiamo in base alle inquadrature, uno fa i campi lunghi, un altro riprende spezzoni di paesaggio da inserire in fase di montaggio, poi ci sono i primi piani. Dipende tutto da dove andiamo e dal tipo di taglio che si cerca nella puntata."

Ethan annuì. "Il programma è mai stato prima nella foresta?"

Lilly scosse la testa. "No. Finora siamo stati al chiuso, oppure in zone aperte ma confinate, come un cimitero. Abbiamo girato all'aperto, ma in zone libere, ad esempio in Nevada e in New Mexico."

"Fammi indovinare... alieni?" le chiese Ethan.

Nel tono della sua voce c'era un chiaro scetticismo. Lilly si mise sulla difensiva e si irrigidì, per quanto lei stessa fosse sempre più cinica sul programma; non ebbe però il tempo di rispondere perché intervenne Whitney.

"Alieni? Mamma mia!"

Quel grande entusiasmo fece sorridere Lilly, che cercò di ripetersi che quanto Tucker faceva non era illecito. No, gli esseri paranormali che avevano filmato non erano veri... ma solo trucchi televisivi per far divertire gli spettatori. Inventare delle storie e pagare qualcuno per inscenare degli avvistamenti fasulli in fondo non faceva del male a nessuno. Guardare il programma era un bell'intrattenimento, un diversivo per molti, che così si distraevano dalla realtà di tutti i giorni.

Ethan spinse via il suo piatto, ormai vuoto, e appoggiò i gomiti sul tavolo, sempre guardandola dritto negli occhi. "Devi fare attenzione. Fidati, è meglio non perdersi nella foresta."

"Lo so," gli rispose sottovoce.

"Sarei lieto di incontrarmi con Tucker per mostrargli quali sono i sentieri più belli," si offrì Ethan.

Lilly strinse le labbra. Mai e poi mai Tucker avrebbe accettato consigli da un abitante del posto che gli suggeriva dove svolgere le riprese. Il produttore era arrogante e presuntuoso, non era mai stato prima a Fallport e senz'altro non era un tipo abituato ai grandi spazi, eppure pensava sempre di saperla più lunga degli altri. Inoltre, non voleva mai far sapere in giro dove avvenivano le riprese, nel timore che qualcuno si infiltrasse e notasse gli inganni che lui metteva in atto. Lilly non escludeva del tutto che nei bagagli del produttore o di uno dei presentatori ci fosse anche un Bigfoot a grandezza naturale.

"Ecco, non credo che accetterà i miei consigli," concluse Ethan senza che Lilly dovesse aggiungere altro. "C'è nella troupe o nel cast un esperto di vita nella natura incontaminata?"

"Solo io," rispose Lilly istintivamente.

Ethan inarcò un sopracciglio: "Tu?"

Lilly sbuffò irritata: "Sì, io. Sono un'*esperta*, non un esperto."

Ethan annuì in segno di comprensione. "Come mai ti ritieni esperta?"

"Ho quattro fratelli più grandi di me, siamo cresciuti in una cittadina in West Virginia molto simile a Fallport. Non c'era la televisione via cavo, niente del genere, quindi ci divertivamo avventurandoci nei boschi. Ho cominciato a seguire i miei fratelli da quando ho imparato a camminare. Non ho potuto entrare nei boy-scout solo perché ero una femmina, ma ho svolto tutte le attività con loro, mentre loro si guadagnavano tutti i distintivi di specialità. Sono anche andata a caccia coi miei fratelli, ho imparato a sparare a otto anni. Però non mi piace uccidere gli animali. Mi piaceva solo passare il tempo con mio papà e coi miei fratelli, immersi nella foresta, nell'attesa che passasse qualche coniglio.

"Poi il campeggio era una delle attività di famiglia preferite. Sono in grado di accendere un fuoco con la scintilla generata da due legnetti, so individuare le orme di tanti animali che vivono in questa zona, posso orientarmi con le stelle se non ho una mappa dettagliata. Un'estate ci siamo anche avventurati in una parte del sentiero degli Appalachi. È passato un po' di tempo dall'ultima volta che ho avuto il piacere di andare in campeggio, ma non ho dimenticato l'aspetto dell'edera velenosa o delle ortiche selvatiche, insomma, penso che potrei anche costruirmi un discreto capanno per proteggermi."

Lilly si stupì del fiume di parole che aveva appena vomitato, ma se l'era presa per lo scetticismo di Ethan: a lei dava molto fastidio che, per alcuni, le donne non fossero all'altezza degli uomini in molti campi. Le piaceva molto dimostrare il contrario.

Ethan annuì e Lilly ebbe la netta impressione di notare un po' di rispetto nei suoi occhi. Ma invece di continuare a interrogarla sulle intenzioni di Tucker e sulle riprese, oppure di approfondire i piani precisi per trovare Bigfoot, Ethan le chiese: "La vita all'aria aperta piaceva anche alla tua mamma?"

"Mia mamma se n'è andata subito dopo la mia nascita."

Ethan sbatté le palpebre e fece una smorfia di sorpresa: "Mi dispiace."

Lilly fece spallucce: "Non preoccuparti, la mia è stata comunque un'infanzia felice. Mio papà è una persona meravigliosa, non cambierei una virgola di come sono cresciuta."

"Infatti non dovresti," concordò Ethan tranquillamente.

Lilly squadrò l'omone seduto vicino a lei, non sapendo che aggiungere.

Sentì l'improvviso stimolo di confidarsi con lui, di dirgli che quel Tucker era uno stronzo, che lei odiava il programma a cui collaborava, che era d'accordo con lui, che portare le riprese nei boschi con un manipolo di persone che non avevano idea di ciò che combinavano in un ambiente come quello era una pessima idea. Invece rimase seduta in silenzio a fissarlo, come un'inetta totale.

"Beh... non badate a me, adesso metto in frigo i resti della colazione," disse Whitney alzandosi dal tavolo con un sorrisetto in viso.

Per qualche motivo, Lilly arrossì: non si era accorta di quanto tempo avessero passato lei e Ethan a guardarsi negli occhi.

"Hai già fatto un giro per Fallport?" le chiese Ethan.

Lilly scosse la testa.

"Vuoi fare un giro, quando hai tempo? Cioè, immagino che tra una ripresa e l'altra ti rimanga del tempo libero."

"È così. Quando cominciano le riprese, le giornate si fanno intense, ma Tucker non può farci lavorare ventiquattr'ore al giorno. Per fortuna ci sono delle regole contrattuali contro lo sfruttamento."

"Allora?" le chiese.

"Allora... cosa? domandò Lilly confusa.

Lui le fece un gran sorriso. "Vuoi fare un giro?"

"Oh, scusa! Ehm... non devo lavorare a ogni ora del giorno, ma è anche vero che non so ancora quando avrò del tempo libero. Cambia sempre, in base agli orari delle riprese."

Ethan fa un lavoro flessibile," intervenne Whitney dal punto della cucina in cui stava sistemando, di spalle rispetto a loro; stava mettendo in un contenitore di plastica Tupperware la pancetta rimasta. "Fa l'elettricista, ed è anche molto bravo. Lavora quando lo chiamano, quindi può sempre regolare i suoi orari in base ai tuoi."

Ethan a quelle parole scossa la testa e allargò il suo sorriso: "Ha ragione. Ti lascio il mio numero, così puoi farmi sapere quando hai tempo."

Si stavano scambiando il numero di telefono? Lilly pensò di gridare. Non le succedeva mai. Lei era la solita e semplice Lilly Ray. Nessuno la notava mai. Ma del resto Ethan non le stava esattamente chiedendo di uscire con lui. Probabilmente voleva solo tenere d'occhio lo svolgimento delle riprese, ascoltare cosa succedeva. Forse voleva solo assicurarsi che nessuno si perdesse nella sua foresta.

"Ehm... va bene."

"Devi proprio farle vedere Grinders. Oh! Anche The Sweet Tooth, la pasticceria in centro. A te piacciono le paste, vero Lilly?" domandò Whitney.

"A chi non piacciono le paste?" domandò Lilly di rimando.

"Le persone non finiscono mai di sorprendere," borbottò Ethan.

"Piacciono a tutte le persone che conosco," aggiunse Whitney ignorando il commento di Ethan, "e l'Occhio di Bue da fuori sembra una bettola, invece è una delle tavole calde migliori nella contea, si mangia benissimo. Devi portarla anche lì, Ethan."

"Vedremo," disse lui con diplomazia, "ma nessuno fa un polpettone più buono del tuo, Whit."

L'anziana signora arrossì: "Oh, ma dai, smettila; di sicuro anche Zeke avrà piacere di vedervi al suo bar."

Ethan guardò Lilly: "L'hai incontrato ieri, Zeke, è il proprietario del pub del paese, On the Rocks."

"Che nome carino," commentò Lilly.

"Eh sì."

Gli occhi di Ethan brillarono divertiti, una gioia facile da vedere.

Lilly non capiva bene cosa stesse succedendo; la sera prima, aveva avuto l'impressione che quell'uomo e i suoi amici non la vedessero di buon occhio, che non accettassero *nessuno* di quelli che lavoravano al programma. Anche quello stesso mattino, quando lui era arrivato, le aveva trasmesso le stesse vibrazioni. Invece in quel momento era seduto col sorriso stampato in volto e le proponeva una visita guidata di tutta Fallport (a dire il vero, una visita non troppo lunga, dato che il paese era proprio piccolo).

Lei aveva dato un'occhiata veloce in giro, c'era il centro del paese, dove si trovava il municipio e quasi tutti i negozi, quasi tutti distribuiti intorno alla piazza centrale (una piazza ampia con un prato e con tanto di padiglione centrale. La strada principale, Main Street, passava di fianco alla piazza e collegava il centro ai palazzi dei negozi in franchigia più popolari, vicino alla superstrada 480: c'erano alcuni alberghi e dei fast food. La superstrada 480 portava allo svincolo con l'autostrada federale, una cinquantina di chilometri più a est.

Mentre Lilly faticava a trovare qualcos'altro da dire, le squillò il cellulare; lei si girò per tirar fuori il telefonino dalla tasca: era Tucker.

"Scusa tanto, devo rispondere," disse a Ethan.

Lui annuì.

Lilly si alzò e si spostò dalla cucina al salotto elegante. Whitney le aveva detto il giorno prima che gli ospiti solitamente mangiavano in salotto, ma dato che c'erano solo loro due le aveva chiesto se potessero mangiare in cucina, se per lei andava bene lo stesso, pur essendo meno formale. Lilly aveva accettato di tutto cuore; lei preferiva sempre le soluzioni più informali a quelle formali, in qualunque occasione.

Si avvicinò alla finestra dall'altra parte della camera e guardò nel cortile sul retro, gli alberi sembravano susseguirsi all'infinito. Il Residence Chestnut Street era sul limitare della foresta ed era un luogo estremamente pacifico. Lilly sentiva di aver bisogno di quell'ambiente per rilassarsi, per riuscire ad affrontare le riprese.

"Pronto?" rispose al telefono dopo aver cliccato sul nome di Tucker.

"Devi venire al padiglione in centro città per le undici e mezza. Partiremo dalla casa del ragazzo, lo filmiamo mentre ci racconta di nuovo la storia, poi andiamo a casa dell'altro signore. Registriamo anche lui, poi riprendiamo il cast che discute la strategia."

Lilly si era abituata al modo in cui Tucker si spiegava, molto diretto e senza fronzoli; non le chiedeva mai come stesse, se avesse dormito bene. Il produttore era anche infastidito dal fatto che Lilly insistesse ad alloggiare nei Bed & Breakfast del posto, quando possibile, invece di adeguarsi agli stessi hotel del resto della troupe, ma dato che lei si pagava la differenza, qualora l'alloggio le costasse di più, lui non glielo faceva pesare più di tanto.

"Va bene, oggi andiamo nella foresta?"

"Perché?"

Lilly sbatté le palpebre per quel tono tagliente. "Lo chiedevo solo per scegliere i vestiti da indossare."

"Che *differenza* farà mai?"

Quella domanda era un'altra dimostrazione della scarsa preparazione del produttore nei confronti delle registrazioni all'aria aperta. Lilly non aveva intenzione di spiegargli perché volesse indossare pantaloni lunghi e stivaletti, vestendosi a strati, per andare nella foresta. Tucker si sarebbe solo irritato e avrebbe sospettato che lei volesse insegnargli qualcosa che lui non sapeva già. Così gli rispose: "Ero solo curiosa."

"Decidiamo sul momento, vediamo come va. Potremmo fare un giro di esplorazione, qualche ripresa durante il giorno. Dobbiamo anche ricreare le storie dei testimoni, molte delle riprese devono essere ambientate nella foresta."

Lilly sapeva bene che le riprese non si sarebbero svolte nei luoghi precisi in cui i cosiddetti testimoni affermavano di aver avvistato Bigfoot. Tucker avrebbe ambientato le scene nei punti che lui riteneva migliori per le inquadrature. "Va bene."

"Undici e mezza. Non tardare," le disse Tucker, che poi riattaccò.

Lilly si imbronciò col telefono in mano: quand'era stata l'ultima volta in cui lei si era presentata al lavoro in ritardo? Mai, ecco quando.

Più andavano avanti le registrazioni per il programma, più Lilly perdeva rispetto per Tucker, non solo per lui, ma anche per gli altri del cast. Presi uno alla volta, Roger, Trent, Chris e Michelle erano persone a posto. Ma ciascuno di loro sperava che quel programma fosse l'occasione per "sfondare". Volevano tutti diventare delle grandi star televisive... ed erano tutti disposti a mettere da parte ogni remora sul piano etico per farcela.

"Va tutto bene?"

Lilly sussultò al suono della voce profonda di Ethan, si girò e lo vide appoggiato allo stipite della porta della cucina.

Lilly si infilò il telefono di nuovo in tasca e annuì. "Sì, devo presentarmi al padiglione in centro per le undici e mezza."

"Noi lo chiamiamo 'il cerchio'."

Lilly annuì. Era un soprannome logico: si trattava di un padiglione in legno molto bello, di forma circolare, dal design assai elaborato. "Scommetto che ci fanno molte cerimonie di nozze," commentò ragionando ad alta voce.

Lui annuì: "Eh sì. Allora... oggi andate nella foresta?"

Ovviamente Ethan l'aveva sentita parlare con Tucker.

"Non si sa ancora, non hanno deciso. Quindi devo essere pronta a tutto."

"Allora scarponcini da montagna, pantaloni cargo e giacchetta sulla maglia, sopra la canotta, eh?"

A Lilly scappò da ridere: "Eh sì. Se girassimo solo in città potrei anche cavarmela con dei pantaloncini e scarpe da ginnastica, ma se andiamo nella foresta sarà meglio che mi copra, senz'altro. Capita spesso che dobbiamo spostarci per trovare le inquadrature migliori, magari mi devo infilare dietro un cespuglio o chissà che altro."

"Esatto. Allora... il tuo numero?" le domandò Ethan tirando fuori il telefonino.

Lilly all'improvviso si sentì incerta: la sua permanenza era legata alle riprese del programma, poi se ne sarebbe andata. Per fortuna rimaneva solo un'altra puntata da girare per la prima stagione del programma, poi avrebbe dovuto valutare se tornare o meno in West Virginia e che lavoro andarsi a cercare.

Non le mancava certo la voglia di sistemarsi, magari di costruirsi una vita propria in una cittadina come Fallport, non troppo lontana dalle sue origini, dalla famiglia. Per quanto riguarda il lavoro, doveva pensarci: lavorava come operatrice di riprese fin dai tempi del college, ma doveva ammettere che non le dava più le stesse emozioni di un tempo, era diventato meno interessante. Però non aveva idea di che altro fare.

"Lilly?" Ethan la chiamò. "Se non te la senti di lasciarmi il tuo numero di telefono, puoi anche fermarti all'On the Rocks e dire a Zeke che mi stai cercando, lui saprà rintracciarmi. Oh, accidenti, anche Whitney ha il mio numero. Le ho rifatto quasi tutto l'impianto elettrico di casa. Può chiamarmi anche lei."

"No no, va bene," gli disse rapidamente Lilly; in fondo doveva solo lasciargli il numero di telefono, non era certo l'inizio di un trasloco o chissà che altro. A quel pensiero, Lilly arrossì.

"Sarà meglio che non ti chieda il motivo per cui arrossisci?" le domandò Ethan con un sorrisetto.

Merda. Si era già dimenticata che lui era un ottimo osservatore. In molti non l'avrebbero nemmeno notato, oppure avrebbero evitato di parlarne, per educazione... ma non Ethan.

"No," gli rispose, sentendosi arrossire ancor di più.

Allora lui la fissò con un sorriso enorme in volto.

Cacchio, stava davvero aspettando che gli raccontasse i propri pensieri? Lilly non avrebbe ammesso per nulla al mondo ciò che le era passato per la mente, cioè che l'idea di trasferirsi da lui non era affatto ripugnante.

"Mi piacerebbe molto leggere la mente delle persone, ma non ci riesco, Lil. Il tuo numero?"

Oh! Stava solo aspettando che lei gli dicesse il numero di telefono. Lilly si stupì di se stessa; santo cielo, si comportava da stupidotta. Balbettò le cifre rapidamente e lo guardò digitarle sul cellulare.

"Salvato," le disse staccandosi dal muro per andarle incontro.

Lilly alzò il mento mentre lui si avvicinava: Ethan era all'altezza giusta, perfetta per lei... non che lei lo stesse considerando su *quel* piano.

Al diavolo, chi voleva prendere in giro? Certo che lo stava considerando. Quell'uomo era affascinante in maniera quasi esagerata.

Lui la fissò per un momento, poi annuì come se avesse intercettato negli occhi di Lilly ciò che stava cercando. "Fai attenzione, oggi. Ieri sera non stavo scherzando, quando ho detto che è molto facile perdersi nei boschi."

"Non pensavo che scherzassi. Ho con me un GPS, dovrei essere a posto."

Ethan sbatté le palpebre sorpreso: "Hai un GPS?"

"Ma certo. Appena ho saputo che dovevamo cercare

Bigfoot, ho capito che non l'avremmo certo cercato tra i grattacieli di New York."

A quelle parole, Ethan sembrò sollevato. "Ottimo. Adesso mi sento meglio."

"Anch'io," disse Lilly, "non so come andranno le riprese, cosa succederà quando andremo nella foresta, ma immagino che i presentatori non faranno troppa attenzione a dove mettono i piedi. Appena sentiranno un rumore, scatteranno di punto in bianco e noi dovremo seguirli con le telecamere, rincorrendoli meglio che potremo."

Ethan accennò un sorriso.

"Del resto, se si perdono, forse il programma ci guadagna anche in audience." Lilly si sentì quasi in obbligo istintivamente di puntualizzare.

Tutta la serenità svanì dal volto di Ethan. "Si perderebbero di proposito? Sarebbe una preoccupazione per la gente del posto, costringerebbero tutta la mia squadra a mollare il lavoro della giornata, forse anche di più, solo per aumentare l'audience?"

Lilly si sentì in imbarazzo: "Ehm..."

"Lascia stare, non rispondere, non c'è bisogno."

"È solo che, sai, io ho il mio GPS, ma non mi permettono di interferire in ciò che succede davanti alle telecamere, quando riprendiamo. Mi licenzierebbero sul posto, se facessi qualcosa che svelasse ai telespettatori che gli investigatori non si aggirano per i boschi da soli."

"Ma è ridicolo," commentò Ethan disgustato.

"Quale parte? Che non possiamo aiutare, che non possiamo dire nulla, o che chiunque segua il programma in TV non può pensare che ci siano quattro operatori, un produttore e un tecnico del suono che seguono da vicino i presentatori?"

"Sì, tutto questo," rispose Ethan con decisione.

Lilly non ce la fece a resistere e scoppiò a ridere: "Beh, in un certo senso tutti i reality funzionano nello stesso modo. A me non piace, ma quando ho firmato il contratto e ho accettato il lavoro sapevo a cosa andavo incontro."

"Allora senti, ho un'idea: se quei balordi si perdono, tu puoi usare il tuo GPS per scaricare le coordinate, poi te ne vieni via, vieni a trovarmi. Li lasciamo nuotare nel loro brodo per un po', poi andiamo a tirarli fuori. Che ne dici?"

"Ci sto," disse Lilly con un sorriso.

"Non sei come pensavo," le disse Ethan all'improvviso.

"Lo so," gli rispose Lilly seriamente. Se lo sentiva dire da una vita. La gente si faceva un'idea diversa di lei, pensavano che fosse più estroversa, più interessante, più femminile.

"In realtà sei molto meglio," spiegò Ethan, quasi parlando a se stesso. Poi fece un passo indietro e annuì. "Più tardi ti mando un messaggio per sapere come va. Fate pausa per pranzo?"

A Lilly servì qualche secondo per concentrarsi su quella domanda; stava ancora pensando al "meglio" che le aveva detto. "Non lo so."

Lui si fece serio: "Non sai nemmeno se vi danno una pausa per mangiare?"

"Beh, a volte sì, ma se le riprese stanno uscendo particolarmente bene, proseguiamo senza sosta fino a cena. Non è un grosso problema."

"Invece sì," insisté Ethan, "ma va bene. Allora che ne dici di mandarmi tu un messaggio quando hai tempo? Così posso telefonare a Sandra (è la proprietaria dell'Occhio di Bue) e farmi preparare qualcosa da asporto, posso portartelo, se non hai tempo di organizzarti per il pranzo."

Lilly inclinò la testa e lo scrutò.

"Che c'è?" le chiese.

"Come mai sei così gentile con me?" gli chiese, con sincero interesse.

"Non lo so," le rispose.

Lilly a quel punto fece un gran sorriso. Le aveva risposto con la massima onestà. In modo diretto.

"Oggi sono venuto qui per metterti sul chi va là, nella sola speranza che tu potessi parlare con Tucker. Non c'è nessun cacchio di Bigfoot su queste montagne, fidati, le ho percorse *tutte* in lungo e in largo e non ho visto né sentito alcunché di anomalo. Ci sono orsi, linci rosse, ma anche personaggi loschi che non vedono di buon occhio dei forestieri che ficcano il naso nei loro affari. Ma non c'è alcun Bigfoot. Nessun Piedone, Piedoni. Come si fa il plurale di Bigfoot, secondo te?"

Lilly fece spallucce: "E chi lo sa?"

"Comunque, immagino che non trovare nulla non sia positivo per l'audience della TV e dato che gli investigatori, come li chiamate, non troveranno di certo una carcassa di un Bigfoot morto, di conseguenza ci sarà dietro qualche giochetto. È anche probabile che tu sappia tutto di quei giochetti, o anche che tu sia coinvolta... ecco perché hai dovuto firmare un accordo di riservatezza. Quindi, in realtà, sono passato per cercare di intimidirti e passare parola che, se la mia squadra dovesse venire a cercare qualcuno che si è perso, non ci farà piacere."

Lilly deglutì a fatica; che uomo intelligente, aveva capito Tucker al primo sguardo e non aveva creduto a tutte le palle del programma. A lei non piaceva essere accomunata con Tucker e con tutti gli altri, ma alla fine della fiera lei *era* coinvolta.

"Ma a parte l'avvertimento... mi interessava incontrarti. Mi sei sembrata una donna intrigante, nel complesso, c'è qualcosa in te che ha catturato la mia attenzione," concluse Ethan.

"Non sono complessa," sbottò lei, "sono proprio come mi vedi."

"Vedremo," commentò lui con un po' di mistero.

"Dico davvero, Ethan."

"Va bene."

"Poi me ne andrò appena finiremo di registrare la puntata."

A quel punto lui corrucciò la fronte. "Lo so, ma saperlo non mi fa passare la voglia di conoscerti."

Lilly rimase stupefatta: avrebbe voluto dargli del ridicolo, perché lei non era il tipo da avventura sfuggente, lei voleva sistemarsi... metter su famiglia, avere figli, comprare casa. Invece sbottò: "Mi disorienti."

Lui fece un gran sorriso: "Lo so. Dammi un po' di tempo e mi capirai." Poi le annuì di nuovo e si girò per tornare in cucina.

Lilly invece rimase dov'era. Lo sentì ringraziare Whitney per la colazione e salutarla. Poi la porta che dalla cucina dava all'esterno si aprì e si chiuse, mentre Lilly restava ancora ferma dov'era.

Doveva darsi una mossa, aveva da fare. Doveva cambiarsi e controllare che la telecamera e tutte le attrezzature funzionassero e fossero pronte per le registrazioni di quel giorno, invece era rimasta in piedi, come impalata, a chiedersi che diamine fosse appena successo.

Whitney si affacciò in salotto e si mise a ridere: "I ragazzi di Eagle Point fanno lo stesso effetto a tutte," le disse, notando gli occhi quasi ipnotizzati di Lilly.

"Sono abituati a prendere in giro?" sbottò Lilly, sperando di ottenere più informazioni su Ethan Watson, prima di fare una qualunque stupidaggine... come ad esempio innamorarsi follemente di lui.

"Neanche per scherzo," le rispose Whitney, "per quanto ne so, da quando sono arrivati in città non sono mai usciti con nessuna, e sono passati cinque anni!"

Lilly spalancò gli occhi: "Con nessuna?"

"Esatto. Ma guarda che di inviti ne hanno ricevuti. Sono bravi ragazzi," proseguì Whitney, "la città ci ha messo un po' per accettarli, ma dopo tutte le persone che hanno aiutato, sia abitanti del posto che forestieri, ormai sarebbe brutto trattarli da estranei."

Lilly annuì. Sapeva bene come funzionavano i paesini. Per essere uno del posto bisognava solo esserci nati. Suo papà aveva vissuto nel paese dov'era nata lei per oltre quarant'anni, eppure qualcuno ancora lo considerava un nuovo arrivato.

"Sono tutti ex militari," sussurrò Whitney, quasi temendo che la casa fosse sotto sorveglianza e che qualcuno la intercettasse. "A parte Drew, lui è stato nella polizia di qui, della Virginia. Ma è capitato a tutti loro di aver vissuto esperienze piuttosto intense, negli anni. Si sono trasferiti qui in paese per il ritmo di vita più rilassato. Qui almeno non devono guardarsi le spalle ogni tre per due."

"Come fa lei a sapere tutti questi dettagli su di loro?" le chiese Lilly.

Whitney fece una risata: "La rete di informazioni qui in città funziona molto meglio delle agenzie altisonanti del governo, come la CIA o l'FBI," le disse. "Ti do un consiglio da amica: se incontri per caso Otto, Silas o Art, non dir loro *nulla* che non vuoi far sapere a tutti gli altri che abitano nei paraggi."

Lilly prese a cuore le parole di quella signora. Anche nella cittadina da dove proveniva lei c'era un gruppetto di persone specializzate in gossip, solo che erano tutte donne che si divertivano a raccontare in giro tutto ciò che sentivano, anche voci completamente false.

"In ogni caso, dico solo che non può capitare un partito migliore di Ethan Watson."

"Ma io non sto cercando qualcuno con cui uscire," le disse Lilly, "sono qui solo per lavoro, tutto qua."

"Um-hmm," fece Whitney annuendo, "ma l'amore non tiene conto dei programmi delle persone. Quando arriva arriva, se sei furba non rifiuti l'occasione giusta."

Sembrava quasi che Whitney la stesse riprendendo, anche se Lilly non aveva fatto nulla di sbagliato.

"Se non altro, è un buon amico," aggiunse Whitney, "vuoi che ti prepari un pranzo al sacco?"

"No, ma grazie lo stesso," rispose dandosi dei colpetti sulla pancia, "ho mangiato talmente tanto a colazione che mi basterà per un bel po'."

"Adesso ti sembra, ma poi a forza di tenere sulla spalla quella telecamera, pesante com'è, fuori al caldo, vedrai che cambierai idea. Almeno lascia che ti prepari uno spuntino."

Whitney fece per tornare in cucina, ma si fermò e si girò di nuovo verso Lilly dicendole sottovoce: "È un brav'uomo, mi ricorda molto il mio caro marito, pace all'anima sua. Potrebbe capitarti di peggio, molto peggio." A quel punto, sparì in cucina.

Lilly sospirò a lungo; si era dimenticata di quanto potessero essere impiccioni gli abitanti di una cittadina, ma a lei non dava fastidio. In fondo, non doveva cominciare una relazione con Ethan, se ne sarebbe andata presto e non ci sarebbe stato il tempo per formare un legame affettivo. Però non per questo doveva rifiutare l'offerta di farsi portare in giro a conoscere la zona; ciò che aveva visto in giro le era piaciuto, era curiosa di conoscere tutti i posti di cui Whitney aveva parlato. Che male poteva esserci, nel farsi portare in giro da Ethan?

Presa quella decisione, Lilly attraversò il corridoio per andare in camera sua; non voleva arrivare in ritardo e innescare il caratteraccio di Tucker, altrimenti la lunga giornata di lavoro sarebbe sembrata ancora più lunga. C'erano ancora le telecamere da controllare, poi doveva andare in centro, cercando di arrivare ben prima delle undici e trenta. Magari sarebbe riuscita a ottenere da Kate o Michelle qualche informazione in più sui programmi della giornata.

Fece del suo meglio per togliersi dalla testa Ethan Watson e il modo in cui l'aveva fatta sentire guardandola, cioè come se fosse stata l'unica donna al mondo. Lei era in quella cittadina solo per lavorare. Niente di meno, niente di più.

CAPITOLO QUATTRO

Avrebbe dovuto accettare l'offerta di Whitney, farsi preparare il pranzo. Lilly aveva consumato da tempo lo spuntino che la proprietaria del B&B le aveva gentilmente preparato. Il cast si era diviso, Roger e Trent erano andati a casa del ragazzo, mentre Chris e Michelle erano andati dal signore più anziano. Lilly era stata assegnata a Chris, per quel giorno; c'era voluta molta forza di volontà per non mettersi a ridere alle pagliacciate esuberanti del presentatore e dell'altro signore, che avevano riempito di fronzoli la storia di fantasia sulla notte in cui Bigfoot era entrato in quel giardino, aveva arraffato il cane e se n'era sparito nella foresta.

Quando le interviste furono terminate, la troupe si era riunita per intero nella zona del parcheggio per Barker Mill Trail, un sentiero molto popolare che portava dritto nella foresta; rimaneva circa un'ora di luce e Tucker voleva cominciare quello stesso pomeriggio le riprese esterne.

Aveva appena spiegato il programma quando Roger scosse la testa: "È troppo tardi."

Tucker si girò verso di lui lanciandogli un'occhiataccia di avvertimento: "Mi *aspetto* che non ci siano obiezioni."

Lilly si preparò al peggio: chiaramente Tucker non era di

buon umore e Roger non stava certo alleggerendo la situazione... per quanto il suo dubbio fosse totalmente condivisibile.

"Sai bene quanto me che le riprese notturne sono molto più complicate delle riprese diurne. In ogni caso, dobbiamo cambiarci tutti, non possiamo indossare gli stessi vestiti delle interviste. Domani potremo esaminare le mappe e decidere quali sono i punti migliori per filmare."

"Ho già esaminato le mappe," replicò Tucker con acidità, "pensi che potrei mai andare a zonzo senza un piano preciso?"

Lilly cercò di trattenere al massimo lo sbuffo di incredulità, perché Tucker si comportava sempre esattamente in quel modo: quando si trattava di programmi e orari, era il re dell'improvvisazione.

"Magari stasera potremmo intanto andare a vedere," disse Trent.

Trent era il più leccapiedi dei quattro investigatori. A Lilly non importava molto di quei quattro, ma sapeva che Trent era sempre il primo a chinare il capo nei confronti del produttore. Forse anche per assicurarsi una quota più ampia di riprese e interventi nel programma... come in Nevada. Era stato lui a "vedere" le luci nel cielo. Si era offeso quando Michelle era stata scelta per essere colpita dall'asse di legno lanciata al Goldfield Hotel, ma Tucker lo aveva tranquillizzato, spiegandogli che era meglio fosse una donna a ferirsi, perché il pubblico sarebbe entrato più in empatia.

"Vedete? Trent è d'accordo, perché non prendete esempio da lui?" domandò Tucker rivolgendosi a Roger in particolare.

Lilly trattenne il fiato in attesa della reazione di Roger.

"Perché lui è disposto a tutto e accetta sempre ciò che gli dici, anche le idee più ridicole, per fare il cocco del produttore, lo sappiamo tutti che è il tuo preferito."

Tucker incrociò le braccia al petto e fissò Roger dritto negli occhi: "Per caso c'è qualche problema?"

"Esatto, direi di sì," rispose Roger senza esitare.

Lilly si guardò attorno e fu contenta di constatare che nel parcheggio non c'era nessun altro, solo la troupe. Non sarebbe stato bello, se qualcuno avesse sentito o visto di sfuggita quel litigio. Il programma doveva ancora essere trasmesso, ma far sapere in giro che c'erano delle diatribe non sarebbe stato positivo.

Roger era il più grande dei presentatori, aveva ventisette anni, era alto poco più di uno e ottanta, aveva capelli castani e occhi color nocciola. Gli investigatori erano tutti e quattro di bell'aspetto. Michelle aveva ventidue anni, era una ragazza minuta, bionda, molto prosperosa, ma per il resto snella come una modella. Il suo compito principale era sorridere sempre, indossare maglie molto scollate e fare gli occhi da cerbiatta con gli altri tre.

Chris aveva venticinque anni, era alto quasi uno e novanta, corporatura massiccia, portava la barba lunga e interpretava lo scettico del gruppo. Il suo compito era ipotizzare spiegazioni alternative per ciò che gli altri vedevano o sentivano, ma ovviamente, alla fine di ogni episodio, "ammetteva" di non poter spiegare i fenomeni in modo razionale.

Trent aveva ventiquattro anni, era poco più alto di Lilly, sotto il metro e ottanta, capelli neri e occhi marroni, zigomi pronunciati e fossette, scherzava sempre davanti alla telecamera. Faceva l'amicone e riusciva sempre ad andare d'accordo con gli abitanti del posto, per via della sua natura estroversa e alla mano.

Ovviamente era tutta scena. Lilly l'aveva visto perdere le staffe in più di un'occasione... gli era successo quando non aveva ricevuto un biglietto di prima classe in aereo, oppure quando non gli era stata messa a disposizione una macchina a noleggio. Quando gli faceva comodo, trattava bene gli altri, altrimenti faceva il superiore e li ignorava. Non ringraziava mai gli operatori, o Brodie; anzi, man mano che le riprese andavano avanti, li trattava sempre peggio.

Roger era l'unico dei quattro ad essere già andato in televisione. Certo, aveva partecipato a un programma di breve durata sulle gare di consumo di cibo; lui era stato il presentatore e il programma aveva ricevuto un'accoglienza terribile dalla critica, ma lui pensava comunque di saperla più lunga degli altri, per via di quell'esperienza.

Tucker era il più anziano, aveva sui quarantacinque anni; il pancione gli sporgeva dalla cintura dei pantaloni e la fronte si stava stempiando... Lilly era certa che non gli piacesse nulla di quel lavoro, si chiedeva addirittura come mai fosse stato assunto proprio lui; l'unico legame col successo era un suo nonno che tanti anni prima era stato un regista affermato. Probabilmente qualcuno era stato pagato per dare il controllo della produzione a Tucker, così almeno immaginava Lilly.

Tucker fece un passo verso Roger, sembravano pronti ad affrontarsi nel parcheggio. Kate, Andre e Joey, gli altri operatori di ripresa, rimasero in silenzio a guardare quella resa dei conti.

"Pensi di saperla più lunga di me?" domandò Tucker.

"A dire la verità, penso proprio di sì," confermò Roger senza arretrare nella sua posizione.

"Ti starebbe proprio bene se me ne andassi via immediatamente e ti lasciassi da solo coi tuoi aggeggi."

Qualunque fosse il motivo di quel confronto, sembrava riguardare molto più che la semplice decisione di proseguire o meno le riprese quella sera; ma dato che Lilly non era al corrente delle discussioni del cast e della troupe, durante il tempo libero, si tenne volutamente in disparte, non sapendo quale fosse il vero problema.

Roger alzò gli occhi al cielo e si passò una mano nei capelli, acconciati in modo impeccabile. Lilly trattenne l'istinto di sistemare anche i propri capelli: in mattinata se li era acconciati alla svelta, con uno chignon raffazzonato, perché le era venuto caldo; ormai era sicura di avere i capelli in disordine, come un gomitolo con cui avesse giocato un gatto.

"Non sarebbe una cattiva idea, fare qualche ripresa preliminare questa sera," cercò di suggerire Michelle un po' incerta.

"Sì, possiamo sempre preparare qualche clip mentre camminiamo tra gli alberi, con la luna, cose così," aggiunse Chris.

Roger sbuffò e fece un passo indietro, allontanandosi da Tucker. "Va bene, come vi pare."

"Ottimo, allora è deciso, possiamo andare a fare il nostro cazzo di lavoro," brontolò Tucker. "Stasera andiamo fuori a fare alcune riprese preliminari, così perlustriamo la zona. Kate e Andre domani penseranno alle riprese in città, così le possiamo inserire in fase di montaggio. Joey e Lilly, domani avrete il pomeriggio libero perché lavoreremo di sera: andremo nella foresta dopo il tramonto e rimarremo per tutto il tempo necessario a sviluppare delle riprese utili."

Lilly non sapeva il perché, ma tutti gli eventi paranormali si sviluppavano sempre al buio, come se Bigfoot fosse un animale notturno, insieme ai fantasmi, agli alieni e a tutto ciò di cui il programma si era occupato. Lei non era una persona notturna, ma era meglio non dissentire da Tucker.

Andre era l'operatore di ripresa più anziano e con maggiore esperienza... l'unico col coraggio di chiedere: "Abbiamo degli orari, un programma? Quanto tempo rimarremo in questa cittadina?"

"Tutto il tempo necessario," rispose Tucker senza esitazione, poi annuì: "faremo qualche ripresa notturna con tutto il cast, poi ci divideremo a coppie. Gli investigatori faranno finta di parlarsi tra loro alla radio, produrranno dei suoni e ne sentiranno degli altri in risposta. Poi chiameranno la bestia e sentiranno dei versi. Chiuderemo il tutto trovando delle orme inspiegabili, magari un'ombra misteriosa che si aggira tra gli alberi."

Lilly sospirò: odiava sotterfugi di quel genere. Le orme sarebbero state prodotte senza dubbio da qualcuno della troupe, come anche i rumori tra gli alberi e tutto ciò che i presentatori avrebbero sentito. C'era solo da sperare che il produttore non avesse comprato un costume enorme da Bigfoot: sarebbe stata un'esagerazione.

"Tucker, stavo pensando, che ne dici se osassimo un po'? Uno di noi potrebbe anche passare la notte nei boschi. Potremmo rimanere con la videocamera portatile," spiegò Trent, "magari compriamo una tenda in negozio e la montiamo tra gli alberi, così possiamo registrare tutta la roba inquietante che succede di notte."

"Amico mio, è proprio quello che fa l'altro programma in cerca di Bigfoot. Stiamo già rischiando con gli incontri pubblici e le altre cagate che fanno anche loro. Se poi ci mettiamo una missione notturna in solitaria, diventa chiaro che è una copia palese dell'altro canale," spiegò Joey scuotendo la testa.

Joey e Trent erano diventati molto amici, per questo non si facevano problemi a parlare, almeno così pensava Lilly. Ma pur essendo molto amici, Joey era sempre in disaccordo con quanto proponeva Tucker e si inseriva con suggerimenti propri per determinare l'andamento del programma.

"No, invece penso sia una buona idea," rispose Tucker," anzi, dato che sei stato tu a suggerirlo, puoi farlo tu. Magari per due notti."

Trent fece un gran sorriso, era ovvio che sperasse di essere scelto per quelle riprese in solitaria.

Tucker si rivolse a Lilly. "Dato che domani non lavori, puoi andare in negozio a comprare la tenda e il resto che ci serve, ma non esagerare, compra la roba che costa meno."

Lilly si morse la lingua: voleva protestare, dicendo che lei era un'operatrice di ripresa, non la galoppina della spesa, ma si limitò ad annuire; non valeva la pena di far incazzare il produttore, anche perché non era la prima volta che uno della troupe veniva mandato a occuparsi di altre faccende.

"*Lui* ha già fatto le notturne in Nevada," si lagnò Michelle.

"Vorresti rimanere da sola nei boschi, in piena notte?" le chiese Chris con fare un po' beffardo, "carina, ma se hai paura dei ragnetti. Nessuno dei nostri telespettatori, dopo averti vista urlare quella volta con gli insetti in Messico, crederebbe che tu abbia passato tutta la notte all'aperto da sola."

Si misero tutti a ridere, anche Lilly; la lamentela di Michelle *era* stata davvero divertente.

"Ma stai zitto, stronzo," borbottò Michelle.

"Kate, prepara la videocamera portatile per Trent," le ordinò Tucker.

L'altra operatrice annuì.

"Va bene, allora, domani sera faremo delle riprese di voi quattro che andate in giro a cercare Piedone, poi Trent si addentrerà nella foresta per passare due notti da solo. Noi intanto faremo altre riprese con gli altri tre che vanno in giro a fare scoperte."

"Un momento, vuol dire che si fermerà davvero in tenda per due notti da solo?" domandò Brodie.

"Sì, perché?"

"L'audio farà schifo," si lamentò Brodie.

"Sarà tutto più naturale e autentico, se non mettiamo microfoni esterni e cavi. La videocamera portatile dovrà bastare, con quel microfono scarso i suoni degli alberi saranno ancor più inquietanti."

Brodie fece spallucce, non era convinto.

"Il rischio che si perda sarà ancora maggiore, se si ferma nei boschi da solo," disse Lilly, sentendosi in obbligo di puntualizzare.

"Se la caverà," rispose Tucker, ignorando ogni preoccupazione.

"Allora lavoreremo di notte per i prossimi giorni?" chiese Chris.

"Sì."

"Che schifo, stare sveglia tutta la notte," si lamentò Michelle.

"Faremo in modo che *sembri* una registrazione per tutta la notte, ma probabilmente finiremo per l'una o per le due," spiegò Tucker, abituato a sfottere Michelle. "Prima azzeccate le scene e prima finiremo. Andre, dato che sei il più alto, farai tu Bigfoot," lo informò il produttore.

"Che felicità," ribatté il cameraman impassibile. "Un momento... pensavo di lavorare domani durante il giorno e di avere la notte libera."

"Infatti. Le riprese di Bigfoot nella foresta le facciamo la notte dopo," spiegò Tucker.

"Ti prego, dimmi che non dovrò indossare un cacchio di costume," borbottò Andre.

"Non ne ho trovato uno che fosse abbastanza verosimile," ammise il produttore, "quindi dovrai vestirti di nero e ti faremo camminare nei boschi da lontano, così funzionerà."

Lilly non ne era del tutto convinta; gli altri programmi sfruttavano tecnologie e attrezzature specializzate, come sensori di temperatura; loro invece non avevano nulla del genere. Era difficile pensare che Roger, Trent, Chris e Michelle convincessero gli spettatori dell'avvistamento di Bigfoot, quando nessun altro programma ci era mai riuscito, ma non le importava più di tanto, non era un problema suo. Lei doveva solo puntare l'obiettivo e filmare ciò che accadeva. Punto.

Come leggendole nella mente, Tucker disse a tutti in generale con decisione: "Ricordate che avete firmato tutti un accordo di riservatezza; se sento voce che qualcuno ha spifferato ciò che succede sul set, gli facciamo il culo in tribunale. Capito?"

Tutti si dissero d'accordo borbottando.

"Ottimo. Adesso abbiamo finito con le cazzate? Dobbiamo lavorare," aggiunse, per poi girarsi e imboccare l'inizio del sentiero.

Lilly guardò di sfuggita l'orologio, era impossibile sapere

per quanto tempo Tucker avrebbe trattenuto la troupe nei boschi a camminare, quella sera.

"Che rottura," mormorò Kate mettendosi in fila dietro a Lilly, mentre il gruppo entrava nella foresta.

Lilly le fece un rapido sorriso per farle capire che anche lei la pensava allo stesso modo, poi abbassò una mano per resettare il GPS agganciato al passante della cintura. Non aveva visto altri usarne uno, ma almeno Tucker sembrava avere in mano una mappa del sentiero. Certo, sarebbe stato sorprendente se fosse stato in grado di leggere a dovere la mappa, ma lei non intendeva certo chiederglielo. Se Tucker si perdeva, con tutti al traino, lei aveva sempre il suo GPS, con tanto di sentiero tracciato e coordinate del parcheggio salvate: Lilly sarebbe stata in grado di riportare tutti fuori dai boschi, in modo da non dover chiamare aiuto.

Pensando agli uomini incaricati del soccorso forestale, la sua mente tornò a Ethan. Quel tipo le era tornato in mente più volte, durante il giorno, il che non le capitava mai. Ma l'onestà con cui l'aveva affrontata quella mattina era intrigante; era impossibile toglierselo completamente dalla testa.

Lilly non aveva avuto occasione di mandargli un messaggio, durante il giorno, anche se le avrebbe fatto molto comodo farsi portare da mangiare dal ristorante locale. C'era stata una pausa per il pranzo, faceva parte del contratto del settore televisivo e cinematografico, ma lei si era fatta bastare lo spuntino preparatole da Whitney. Non aveva voluto esagerare col cibo, si aspettava di dover camminare nei boschi molto prima. Invece aveva dovuto gestire le bizze dei presentatori, un produttore tirato all'esasperazione dalle riprese parallele in due case diverse, oltre alle reazioni esagerate di dolore dei due testimoni.

Ethan la confondeva. Quasi la spaventava. Ma Lilly doveva ammettere che non si sentiva così emozionata da tanto tempo, per una persona appena incontrata. A un certo punto inciampò in una radice sul sentiero, perché pensava a lui, quasi cadde faccia a terra (rischiando di rompere la telecamera costosa che portava)... *eppure* non riusciva a togliersi quell'uomo dalla testa.

Ma non importava quanto fosse intrigata: sarebbe rimasta nei paraggi solo per una settimana, forse qualche giorno in più, poi basta. Non c'era il tempo di imbastire una relazione. Con Ethan poteva essere cordiale, niente di più.

Il pensiero di rischiare di perdere qualcosa, prima ancora di averlo veramente raggiunto, colpì forte Lilly, ma lei se lo scrollò di dosso. Era troppo grande per una sveltina da una notte, Ethan era chiaramente troppo felice dov'era, a Fallport, con gli amici, un ottimo lavoro; forniva un servizio molto utile sia per gli abitanti che per i turisti. Non se ne sarebbe andato e lei non poteva restare. Fine del discorso.

Però dentro di lei, nel profondo, c'era una vocina che insisteva nel ricordarle che non era *più* contenta del lavoro che faceva, che gli anni passavano e che la possibilità di avere dei figli stava per scemare rapidamente, a meno che non si fosse messa sul serio a cercare qualcuno con cui passare il resto della vita, altrimenti si sarebbe ritrovata da sola e inacidita.

"Lilly! Corri avanti e fai delle riprese del cast che ti viene incontro. Tutti gli altri via dal sentiero, fuori campo!" urlò Tucker.

Lilly fu grata per l'interruzione, perché per quanto continuasse a ripetersi di smettere di pensare a Ethan, non ce la faceva proprio. Doveva concentrarsi sulle inquadrature e sulle riprese richieste da Tucker, in modo da distrarre la propria attenzione, anche per uscirsene alla svelta dalla foresta.

―――――

Dopo cinque ore, cast e troupe riemersero dal sentiero nella foresta; erano stanchi, irritati al punto da non parlarsi tra loro. La camminata dal sentiero al parcheggio avvenne in quasi totale silenzio, il che non succedeva spesso. C'erano sempre delle battute, degli scherzi reciproci, oppure si parlava delle riprese successive, della giornata di lavoro dell'indomani.

Chiaramente, camminare al buio nella foresta era molto più stressante per tutti, piuttosto che lavorare in un edificio o nello spazio confinato di un cimitero, o persino del deserto aperto. Era capitato a tutti di cadere almeno una volta, le zanzare erano arrivate poco prima del tramonto e li avevano fatti impazzire.

Tucker era stato insopportabile... più del solito. Joey e Andre si erano incupiti, persino i presentatori avevano fatto fatica a essere convincenti, davanti all'obiettivo. Lilly non era certa che le riprese di quella sera fossero riuscite, forse erano tutte da buttare, ma lei non aveva detto nulla. Punta e gira, quello era il suo lavoro.

Mai come in quel frangente era stata sollevata di alloggiare in un albergo diverso da quello degli altri. Se ne partirono tutti senza nemmeno salutare, neppure lei.

Lilly sospirò e tirò fuori il telefono dalla tasca. Nessun messaggio. Che strano, anche perché di solito le arrivavano email o messaggi dai parenti. Poi notò che non aveva campo, nessuna linea di segnale, giusto come le aveva detto Ethan, avvertendola.

Proprio in quel momento, le tornarono di nuovo i pensieri dell'uomo che era riuscita a togliersi dalla mente durante il lavoro.

Scosse la testa, avviò il motore e partì per la città. Si chiese se fosse o meno il caso di fermarsi al ristorante per prendersi qualcosa, uno spuntino per placare l'appetito fino all'indomani, ma decise che era meglio di no. Era sudata, si sentiva scombussolata, probabilmente anche lei in quel momento poteva essere scambiata per un fenomeno paranormale. L'ultima cosa che voleva era diventare la protagonista del gossip del giorno dopo. Inoltre, non era in una metropoli, probabilmente l'Occhio di Bue era già chiuso, a quell'ora.

Così arrivò fino al Residence Chestnut Street, cercando di

ignorare lo stomaco che brontolava. Non si aspettava che Whitney se la prendesse, se lei avesse aperto il frigo per cercare qualcosa da mangiare al volo. La padrona di casa aveva insistito per farla sentire a suo agio, come a casa sua, per tutta la permanenza.

Subito dopo aver accostato nel parcheggio dietro casa, il telefono cominciò a suonare per le notifiche. Spense il motore, prese il telefono e sorrise. Sì, era senz'altro rientrata nel territorio della telefonia mobile, perché aveva ricevuto sul cellulare tre email (di cui due dei fratelli e una del papà), un messaggio vocale in segreteria, era un tentativo di frode, qualche delinquente che affermava che le avevano sospeso il codice fiscale, poi c'era un SMS da un numero che lei non conosceva.

Era troppo stanca per muoversi, in quel momento, così rimase seduta in macchina a leggere le mail dei parenti. Non c'era niente di particolare, andava tutto bene, volevano solo farsi sentire per chiacchierare. Cliccò sull'SMS, pronta a cancellarlo per poi entrare in casa.

Invece si accorse che gliel'aveva mandato Ethan e non era un messaggio solo: gliene aveva inviati alcuni, nell'arco di poche ore. All'improvviso non si sentì più tanto stanca.

Sconosciuto: Ciao, sono Ethan. Volevo solo farmi sentire come promesso. Hai fame? Dicevo sul serio, se vuoi ti porto qualcosa dall'Occhio di Bue.

Sconosciuto: Spero che il tuo silenzio sia perché siete dove non c'è campo e non per ignorarmi. Fammi sapere quando ti arriva il messaggio.

Sconosciuto: Meno male che stasera siete nei boschi a registrare, altrimenti sarei preoccupato. Ma prima che tu me lo chieda... siamo a Fallport, c'è sempre qualcuno che sa cosa succede in giro e ha tanta voglia di far girar voce. Mi fai sapere quando torni al B&B? Solo, così so che non ti sei persa nella foresta e non sei costretta a ricorrere al cannibalismo. :)

Lilly a quel punto scoppiò a ridere. Senza esitare e con un enorme sorriso in volto, rispose muovendo il pollice rapidamente sullo schermo.

Lilly: Prima di tutto, è primavera, non siamo in pieno inverno. Secondo, se pensi che potrei mangiare qualcuno dei miei colleghi, sei matto. A giudicare dal tasso di acidità raggiunto questa sera, avrebbero un sapore amaro e sarebbero indigesti.

Cliccò per inviare il messaggio senza rendersi conto che era quasi mezzanotte. Capperi. Probabilmente non era il caso di mandare un messaggio a quell'ora tarda, per quanto gliel'avesse chiesto *lui*.

Quando vide i tre puntini in movimento nella parte bassa dello schermo, si sentì un po' meno in colpa.

Sconosciuto: Ti chiederei com'è andato il lavoro questa sera, ma penso che la tua risposta sia già abbastanza chiara. Mangi?

Lilly fissò quel messaggio per un lungo momento. Non sapeva bene come prenderlo.

No, era una bugia: sentirlo preoccupato per lei la faceva star bene. Molto bene.

Si accorse di avere gli occhi lucidi e si prese un momento per memorizzare il numero di Ethan nel telefonino. La giornata era stata pesante e spiacevole, almeno la seconda parte, in quel preciso momento l'interesse di Ethan per lei, una sconosciuta, quasi la sopraffaceva. Una volta ripreso il controllo delle proprie emozioni, Lilly digitò lentamente un messaggio di risposta, impegnandosi al massimo per contenere il sarcasmo al minimo.

Lilly: Ho pensato di sterrare delle larve mentre camminavamo in giro sempre negli stessi posti, mentre Tucker cercava il punto perfetto per una ripresa di tre minuti in cui un presentatore doveva discutere delle interviste registrate oggi, ma ho deciso di resistere e preferire quello che avrei trovato nel frigo di Whitney.

Ethan: Ti capisco. Whit è una cuoca fantastica, di sicuro troverai un sacco di avanzi da sgraffignare. Vuoi fare un giro domani? I tuoi programmi sono cambiati?

Lilly: Domani pomeriggio non lavoro, sono impegnata la sera e la notte... probabilmente sarà così per qualche giorno. Come mai Piedone si trova solo al buio?

Ethan: È solo che è più facile camuffare delle balordate mentre lo si cerca. Che ne dici se passo più o meno alla stessa ora di questa mattina? Così avrai un po' di libertà per dormire.

Lilly fissò il telefono: ma faceva sul serio? Era un tipo divertente, attento, sembrava aver voglia di passare del tempo con lei. Era incredula, non ne capiva il motivo.

Lilly: Forse non è una buona idea. Devo andare in negozio a prendere della roba che serve per le riprese. Dato che mi aspettano delle riprese notturne, probabilmente dovrei dormire un po', prima di andare al lavoro.

Lilly trattenne il fiato, perché non lo vedeva reagire. Poi ripresero i tre puntini.

.   .   .

Ethan: Oggi ho pensato a te.

Ethan: Non mi succede mai. Mai.

Ethan: Quando incontro qualcuna che sta in città solo per delle passeggiate, in vacanza, me ne vado subito. So che sembro maleducato, ma è la verità.

Ethan: A me piace Fallport. Mi sono fatto in quattro per difendere la patria e le nostre libertà, per poter vivere il resto della mia vita in una cittadina tranquilla, proprio come questa.

Ethan: Non ho una vera relazione da anni, perché io voglio vivere qui e tantissime donne non vedono l'ora di andarsene. Ma tu sei la prima che ho incontrato e che non sono riuscito a togliermi dalla testa. Lo so che sei qui solo per lavoro, so che te ne andrai, solo che non riesco a lasciarmi dissuadere.

Ethan: Solo qualche ora, Lil. Lascia che ti mostri Fallport. Se non altro, magari potresti approfittare per scoprire qualcosa di utile per quel cavolo di programma.

Lilly fece un respiro profondo e chiuse gli occhi. Poteva immaginarsi Ethan che digitava tutto il messaggio alla svelta e poi premeva il tasto invio, senza preoccuparsi di mandare più messaggi; le aveva scritto tutto, in modo onesto e diretto.

Prima ancora di prendere una qualunque decisione, il pollice si mosse da solo.

Lilly: Ok.

Ethan: Grazie. Allora ci vediamo domani. Possiamo sbrigare insieme le tue faccende, poi ti offro un giro della città. Di sicuro Whitney ti preparerà una colazione abbondante, come quella di oggi, quindi possiamo anche pranzare sul tardi, così avrai tutte le energie per lavorare, magari a quell'ora ci saranno meno persone in giro a impicciarsi mentre mangiamo. Ti riporterò al B&B in tempo per poterti riposare, prima di andare al lavoro. Adesso dove sei?

Wow, che cambio di argomento repentino. Lilly però non era sicura di volerci pensare, essere al centro dell'attenzione di Fallport, con la gente che la fissava e si impicciava mentre lei mangiava; così si lasciò deviare volentieri.

Lilly: Al B&B, ancora in auto. Ho controllato i messaggi dopo aver parcheggiato, perché mi sono arrivate mille notifiche e il telefono è impazzito, quando sono rientrata nel mondo civilizzato.

Ethan: lol. Sentir parlare di Fallport come di un mondo civilizzato è divertente. Ma capisco cosa intendi. Qua non è come nelle grandi città, ma che tu ci creda o no, anche qui ci sono dei criminali. Quindi vai dentro, Lil, fai uno spuntino e vai a dormire. Ci vediamo domani.

Ecco, si stava ancora preoccupando per lei, facendola fremere.

Lilly: Ok. Scusa se ti ho scritto a quest'ora tarda.

Ethan: Hai fatto bene. Ero preoccupato, poi comunque non stavo dormendo.

Lilly: Non stai bene?

Ethan: Sto bene, ma a volte non mi addormento facilmente. Ho la testa troppo incasinata.

Lilly si fece seria. Chissà perché, quel commento non le piacque. Eppure, non sapeva nulla di Ethan: quanti anni avesse, come fosse arrivato a Fallport, cosa causasse tutti quei pensieri incasinati. Però il suo commento precedente, sul farsi in quattro per proteggere il paese e le libertà, aveva confermato ciò che Whitney le aveva già detto quel mattino. Lilly non si era sorpresa, scoprendo che Ethan era stato un militare: lo si vedeva chiaramente... anche nei suoi amici, in realtà.

Ethan: Lil?

   Lilly: Mi dispiace per i pensieri incasinati.

   Ethan: Grazie del pensiero. Ogni giorno va un po' meglio. Adesso però vai in casa, se no mi tocca venire lì a controllare che tu sia sana e salva.

   Lilly: I miei fratelli mi hanno insegnato come difendermi. Sono al sicuro.

   Ethan: Sono contento di saperlo, ma insomma... starò molto meglio quando sarai in casa con la porta chiusa.

   Lilly: Vado, vado. Ethan?

   Ethan: Sì?

   Lilly: Grazie per aver reso una serata schifosa un po' meno schifosa.

   Ethan: Quando vuoi. Buona notte.

   Lilly: Notte.

Lilly uscì sorridendo dalla macchina a noleggio, prese la borsa con la telecamera ed entrò in casa in punta di piedi. Aveva in viso ancora un gran sorriso, quando si portò un piatto in camera, Whitney glielo aveva preparato in frigo con un appunto che diceva: *Lilly, mettilo nel microonde due minuti. Buon appetito.*

Lo stufato era delizioso e le riempì lo stomaco al punto giusto. Lilly si fece una doccia, si preparò per la notte, si lavò i denti, poi si infilò sotto le lenzuola. L'aspettava una settimana pesante; con tutti i turni serali e le persone del cast e della troupe, cominciava a sentire lo stress dovuto al programma di lavoro e alla location, almeno a giudicare da quella giornata.

Ma era più corretto dire che lo stress era cominciato già da un paio di settimane. L'entusiasmo del nuovo programma e dei colleghi era scemato, lasciando il posto agli screzi tra i caratteri diversi.

Nonostante tutto, Lilly non riusciva a smettere di sorridere, ripensando all'indomani... quando avrebbe conosciuto meglio Ethan. Il loro rapporto non poteva andare molto lontano, lui non voleva andarsene da Fallport e lei doveva viaggiare per lavoro. Ma ciò non le avrebbe impedito di passare del tempo con lui, l'indomani. Poteva trattarsi di un errore... ma al diavolo.

Decise di prendere un giorno alla volta, divertendosi e conoscendo un uomo interessante che la faceva sorridere. Succedesse pure ciò che doveva succedere.

Con quel pensiero in mente, Lilly si addormentò senza sognare; era entusiasta di ciò che l'aspettava il giorno dopo, per la prima volta da mesi.

———

Più lavorava a quel programma e più si sentiva infelice. La mancanza di rispetto con cui veniva trattato era ridicola. Nessuno lo ascoltava... ogni suo suggerimento veniva scartato senza considerazione. L'avevano preso per uno stupido o che?

Beh, non aveva intenzione di sopportarlo più a lungo. Doveva cambiare qualcosa. Non sapeva bene che cosa, ma sarebbe rimasto sul chi va là per sfruttare ogni errore dei colleghi. Il programma era la sua occasione per sfondare, ma fino a quel momento era stato solo un programma spazzatura.

Toccava a lui dare uno scossone alle riprese. Doveva trasformare il programma in un evento a cui nessuno potesse più resistere. Un programma di cui si parlasse sui social media. Un programma virale, a qualunque costo.

Qualunque costo.

Doveva solo star pronto a fare la mossa giusta, nel momento giusto.

Si sentì meglio dopo aver deciso, pur non sapendo bene cos'avrebbe fatto; si rilassò un poco. Nessuno gli avrebbe portato via quella chance di diventare *qualcuno*, l'avrebbe difesa con le unghie e con i denti.

CAPITOLO CINQUE

ETHAN GUARDÒ di sfuggita Lilly mentre guidava verso il centro commerciale Walmart alla periferia del paese. Si era svegliato presto, nonostante fosse andato a dormire più tardi del solito. Aveva pensato a Lilly fin troppo... poi il suo riposo era stato interrotto da un incubo inquietante, ma lui in quel momento non voleva tornare a pensarci.

Fallport non era lo stereotipo del posto fantastico in cui mettere radici, ma lui se n'era innamorato. Gli piaceva tantissimo che le persone si conoscessero quasi tutte, che non ci fossero molti segreti tra le persone. Si sentivano un po' tutti come in famiglia. A volte poteva dar fastidio, ma nei momenti di bisogno, quando serviva aiuto, tutti gli abitanti del paese si compattavano tra loro.

Lui se n'era accorto col tempo, più volte, quando la squadra di ricerca e soccorso Eagle Point entrava in azione. Tutti gli abitanti si riunivano intorno alla famiglia e agli amici delle persone scomparse, provvedevano a portare da mangiare, a tenere compagnia facendo a turno mentre le ricerche proseguivano; se l'esito dell'intervento non era positivo, a volte purtroppo capitavano delle tragedie, raccoglievano fondi per le cerimonie funebri e per tutto l'occorrente.

Che la persona scomparsa fosse un abitante del posto o un estraneo, non faceva alcuna differenza.

Ethan e il fratello (accidenti, insieme a tutti i membri della squadra di Eagle Point) si erano meritati l'accoglienza di Fallport, dopo tutto ciò che avevano visto e fatto. Si erano ambientati con dei lavori qualunque, eppure nutrivano ancora il loro animo desideroso di essere al servizio degli altri. Il comune li pagava per il tempo che trascorrevano a fare ricerche, ma la paga era misera, affatto sufficiente a mantenersi; ma grazie anche agli altri impieghi di ognuno, non c'era pericolo di morir di fame o di non avere un tetto sulla testa. Tutti i compagni di squadra erano più che soddisfatti dell'aspetto economico e di Fallport.

Lilly era l'esatto opposto di Ethan: aveva un lavoro che la portava in tutti gli Stati Uniti, tanto che nel giro di una settimana o poco più se ne sarebbe andata, appena terminate le riprese per quell'episodio.

Ethan lo sapeva, ma non gli importava. C'era qualcosa in lei, qualcosa di irresistibile. Poteva sempre rivelarsi una stronza insopportabile... ma lui non aveva quell'impressione. Negli anni, aveva affinato l'abilità di leggere le persone in poco tempo. In Lilly aveva visto qualcosa a cui non riusciva a resistere.

Per cominciare, lei non si prendeva troppo sul serio. A Ethan non era sfuggito il modo in cui lei reagiva alle ridicolaggini raccontate su Bigfoot e sugli avvistamenti; Lilly aveva più volte alzato gli occhi al cielo, durante l'incontro comunale. Poi sembrava irritata con Tucker, che si era comportato in modo irruento e sgarbato, non solo con i collaboratori e le collaboratrici, ma anche con gli abitanti di Fallport. Lilly era molto vicina ai parenti, anche lui, ed era molto grata a Whitney per l'ospitalità. Detto così, poteva sembrare normale, ma lui aveva notato come alcuni ospiti ingrati si approfittavano molto di quella signora.

In parte, Ethan sperava davvero, passando più tempo con

lei, di trovare qualcosa in lei che non gli piacesse, qualcosa che gli rendesse più semplice dirle addio, quando se ne fosse andata. Era un atteggiamento un po' da stronzo, lui se ne rendeva conto, ma era troppo preoccupato, aveva paura che lei gli piacesse *troppo*, che lo abbandonasse ferendolo.

"Grazie per il tuo aiuto," gli disse tranquillamente, rompendo il lungo silenzio che si era creato in macchina.

"Ci mancherebbe."

"So che avrei potuto anche scegliere il negozietto che ho visto in centro, ma Tucker è uno col braccino corto, quando si parla di spendere, immagino che in centro l'attrezzatura da campeggio costerebbe di più che da Walmart."

"Di sicuro hai ragione. Il vecchio Grogan fa dei bei prezzi per gli alimentari e per gli oggetti quotidiani, perché sono gli acquisti comuni per chi abita in paese, ma tutto ciò che può interessare ai turisti ha un prezzo gonfiato," spiegò Ethan facendo spallucce.

"In realtà è molto furbo, è come andare a fare la spesa all'aeroporto, oppure quando sei nei villaggi turistici. La gente che arriva compra ciò che vuole a prescindere dal prezzo, solo per comodità," disse Lilly con un sorriso.

"Esattamente. Allora... attrezzatura da campeggio?" domandò Ethan; non voleva impicciarsi e chiedere cosa dovesse acquistare Lilly, potevano essere oggetti personali, come prodotti per l'igiene femminile, non voleva imbarazzarla parlandone. Ma dato che era stata lei ad accennarne, immaginò non fosse un problema.

Lei arricciò il naso, facendo sorridere Ethan con quell'espressione carina.

"Sì. Trent ha avuto la brillante idea di passare da solo la notte nella foresta, per vedere che tipo di prove può trovare sull'esistenza di Bigfoot. Ha detto qualcosa del tipo che il bestione si sarebbe incuriosito e si sarebbe avvicinato a lui per osservarlo, ma solo trovandolo al di fuori del gruppo; sai, idee ridicole di questo tipo. Come se non ci fossero già state

migliaia di persone in campeggio sui Monti Appalachi, che
però *non hanno* vissuto un incontro ravvicinato con un
Piedone incuriosito in visita nei paraggi. Insomma, Trent ha
bisogno di una tenda e di un sacco a pelo, delle cose
essenziali."

"Non fraintendermi, ma non mi sembra il tipo abituato a
stare all'aperto," commentò Ethan.

Lilly rise ed Ethan dovette concentrarsi per non andare
fuori strada: era bellissima, con quel sorriso in volto.

"Sì, infatti, proprio non è il tipo. Dovresti vederlo con le
sue salviette antibatteriche. Sono una vera e propria ossessione, per lui. Quando abbiamo girato al Goldfield Hotel, si è
rifiutato di toccare in giro per via di tutta quella polvere, c'era
sporco dappertutto. Andre, uno degli altri operatori, non l'ha
certo aiutato, quando gli ha detto cosa si nasconde nella
polvere. Tra cellule di pelle morta che si stacca dal corpo,
acari della polvere, parti di insetti morti, fibre tessili, batteri...
poi ha esagerato, gli ha detto che la polvere in quell'edificio
poteva anche provenire dai corpi delle persone morte decenni
prima. L'espressione sul viso di Trent era impagabile."

A quel punto toccò a Ethan scoppiare a ridere: "Allora mi
sa che dovrò spolverare, appena torno a casa," le disse dopo
un momento.

Così Ethan fece ridere anche Lilly ed ebbe l'impressione
che farla ridere potesse diventare per lui come un'ossessione,
in futuro.

"Insomma, sì, mi hanno detto di comprare la roba che
costa meno, di spendere il meno possibile, tanto sappiamo
che poi non si userà più. Aspetta, magari c'è qualcuno che
potrebbe riutilizzare l'attrezzatura da campeggio? Posso
convincere Tucker a donarla, quando finiamo le riprese."

"Ma certo. Mi vengono già in mente un paio di persone a
cui potrei chiedere," rispose Ethan.

"Ottimo. Pensavo di comprare una tenda, un sacco a pelo,
una borsa frigo, una sedia da campeggio, magari una lanterna,

perché fa sempre scena, credo. Ho già un sacco di lampade e di torce, quindi non devo comprarne."

"Materassino? Cuscino? Martello di gomma per i paletti della tenda? Ghiaccio per la borsa frigo? Piatti e posate per farlo mangiare? Ma poi, ce li ha i vestiti adatti a passare la notte all'aperto? Maglie termiche che proteggano dall'umidità, cose così? Tra qualche giorno mettono pioggia. Oh, anche la carta igienica."

"Allora, a costo di darti l'impressione di essere una senza cuore... no, manca quasi tutto ciò che hai detto. Primo, Tucker mi prenderebbe a calci in culo se comprassi tutta quella roba; secondo, scommetto che Trent si porterà un cuscino dall'albergo, anche se è un'idea di merda, ma lui è fatto così. Il ghiaccio si può prendere anche dopo, qualcuno glielo porterà. Se lo prendo adesso, si scioglie. Poi prenderà qualcosa da mangiare al fast food, prima di uscire per la notte, o magari si fa dei panini, qualcosa del genere. Quindi non gli serviranno né piatti né posate; comunque sono certa che non si fiderebbe di farmi scegliere quello che vuole mangiare."

"Non ho idea di cosa indossi, ma del resto non è un problema mio. Diamine, lo dice sempre anche Tucker, la sofferenza davanti all'obiettivo fa audience, quindi se si becca la pioggia e il freddo è meglio per il programma. Comunque gli dirò dell'abbigliamento termico, forse lo può comprare anche in albergo."

Ethan non commentò; quella risposta non lo sorprese più di tanto.

"Tutti pensano che il programma avrà grande successo," disse Lilly tranquillamente.

Qualcosa nel modo in cui lo disse spinse Ethan a voltarsi rapidamente verso di lei, per poi tornare a guardare la strada: "Tu non lo pensi?"

"Lo so che dovrei sostenere la produzione e fare pubblicità ai programmi per cui lavoro... ma questo è un vero disastro. Tutti gli eventi paranormali che abbiamo trattato erano già stati approfonditi da tanti altri programmi. Al momento ci sono, tipo, quattro programmi in TV che si occupano di Bigfoot... e parlo solo di quelli *specifici* su Piedone, non di eventi paranormali in generale. Lo stesso vale per i programmi sui fantasmi. La produzione non si concentra su qualcosa, il che penso che sia un errore. Per non parlare del fatto che non facciamo nulla di diverso da tutti gli altri del settore, non abbiamo nemmeno tecnologie speciali. Andiamo solamente in giro al buio, fingendo di vedere o sentire qualcosa che non c'è."

Lilly sospirò: "Cacchio. Fai finta che non ti abbia detto quest'ultima parte; potrei passare dei grossi guai se si sapesse in giro che te ne ho parlato apertamente."

"Non preoccuparti, so tenere un segreto. Puoi parlarmi di quello che vuoi, non lo saprà anima viva. Del resto, non si sa mai," aggiunse Ethan con diplomazia, "questo programma potrebbe sempre vivere di passaparola e raggiungere molti spettatori."

"Potrebbe," confermò Lilly facendo spallucce, mentre lui entrava nel parcheggio del grande magazzino.

Ethan sistemò la macchina nel parcheggio e spense il motore. "Andiamo, prendiamo la roba per quel tipo, così poi ti faccio vedere la città."

Lilly gli regalò un sorrisetto: "Vuoi dire che c'è qualcos'altro, oltre a quello che ho già visto?"

Lui ridacchiò: "No, ma immagino tu non sia entrata in ogni negozietto. In questo paesino vive un sacco di gente meravigliosa, penso che saranno entusiasti di conoscerti."

"Di conoscermi?" Lilly scosse la testa. "Penso che sarebbero più contenti di conoscere Roger, o uno degli altri presentatori. Sono loro che puntano a diventare famosi."

"No no. Cioè, certo, farebbe piacere a tutti incontrare anche i presentatori, ma so che tutti gli altri, sia il cast che la troupe, rimangono segregati in albergo appena fuori città, quindi non credo siano troppo interessati a conoscere gli abitanti del posto. Tu invece hai già attirato l'attenzione perché alloggi da Whit."

"Mi piace sostenere l'economia locale," ammise Lilly.

"Proprio per questo penso che saranno contenti di conoscere te, più che gli altri," le spiegò Ethan, che poi si girò e saltò giù dall'auto. Lilly lo incontrò dietro il veicolo e insieme si incamminarono fianco a fianco verso l'ingresso.

"Non sorprenderti se mi guardano in modo strano," l'avvertì Ethan.

"Perché mai dovrebbero guardarti male?" gli chiese Lilly.

"Prima di tutto, perché non vengo qui spesso a fare acquisti. In secondo luogo, non sono mai in compagnia di una bella donna. Terzo, probabilmente saranno sorpresi di vederti in mia compagnia."

"Va beh, come vuoi," commentò Lilly con una risatina.

Ethan però non stava scherzando, ma lasciò perdere; lui non era quello col carattere più affabile, tra tutti i compagni di squadra, non era come Drew, che era stato nella polizia e quindi era la persona ideale per rassicurare i compaesani, quando serviva; anche Zeke era diverso, era il proprietario dell'On the Rocks e conosceva praticamente tutti. Beh, almeno tutti quelli che andavano a bere qualcosa al bar. Zeke era un uomo con cui era molto piacevole conversare.

Lilly sbrigò gli acquisti che aveva in elenco molto alla svelta, non perse tempo a curiosare, andò solo nella sezione dedicata al campeggio. Comprò ciò che doveva comprare e andò dritta in cassa. Ethan salutò con un cenno del capo alcune persone che conosceva; proprio come si aspettava, quando lo vedevano in compagnia, si voltavano per guardare di nuovo: di solito, quando andava in giro, era da solo o in compagnia di un compagno di squadra. Vederlo con una donna era decisamente una novità. Ebbe la sensazione che, per quando avesse fatto rientro in città, tutti avrebbero già sentito parlare della Lilly con cui usciva.

Mentre Ethan spingeva fuori verso l'auto il carrello con il

necessario per il campeggio, Lilly gli disse: "Grazie ancora per esserti preso il tempo di aiutarmi con questa roba."

"Ma certo. Devi portare questa roba da qualche parte?"

"No, mi basta portarla con me questa sera, al ritrovo."

"Ottimo." Ethan mise gli acquisti nel retro della sua Subaru Outback, poi andò sul lato passeggero e aprì la portiera per Lilly, per poi chiuderla una volta che lei si fu sistemata sul sedile. Quando anche lui si sedette al posto di guida, Lilly lo stava guardando con una strana espressione in volto. "Che c'è?" le chiese.

Lei scosse la testa. "Nulla."

"Dai, davvero, cosa c'è? Non aver timore di parlare con me," le chiese con decisione.

"Potevo pensarci da sola a svuotare il carrello," gli rispose.

"Lo so che potevi farlo da sola," le disse, "ma non me ne sarei certo stato lì a guardare, o anche peggio, non mi sarei messo seduto in auto ad aspettare. Sarei stato un gran maleducato. Non succederà mai, finché ti sto attorno."

"Sei... carino."

"Intuisco che gli uomini che hai frequentato non si sono mai impegnati tanto a fare i galanti, in passato, eh?" le chiese mentre avviava il motore.

Lilly scoppiò a ridere, sorprendendolo. "I miei fratelli di solito dicevano: 'L'ultimo che arriva alla macchina riporta indietro il carrello,' e ovviamente io ero sempre l'ultima, perché ero la più bassa e la più giovane. Ma crescendo ho sempre voluto comportarmi come i miei fratelli, quindi non ho mai fatto la primadonna, non ho mai chiesto agli altri di servirmi."

Ethan sorrise. "Che mi dici degli uomini con cui sei uscita?" La stava un po' pressando, ma era innegabilmente curioso.

"No. Nemmeno loro. Devi capire che di solito, quando frequento dei gruppi di persone, me ne sto sempre in disparte. Nessuno si accorge degli operatori di ripresa. Siamo

solo... siamo uno sfondo. Quelle poche volte che ho provato a
uscire con qualcuno, di recente, è stato un disastro. Peraltro,
so benissimo badare a me stessa. Ho imparato bene da mio
papà e dai miei fratelli. Sai, quando cominci a farti benzina da
sola, a riparare i gradini del porticato e a tagliare la legna per
il fuoco, alcuni uomini perdono interesse. Altrimenti pensano
che non serva più comportarsi da gentiluomini, aprendo lo
sportello dell'auto o difendendoti quando qualcuno fa dei
commenti sgarbati."

Ethan avrebbe voluto commentare tante delle cose che lei
gli aveva detto, ma decise di andare per gradi e le disse apertamente: "Sei stata la prima persona che ho notato, all'incontro
comunale."

Lei lo guardò sorpresa.

"I presentatori erano tutti in primo piano, sono dei talenti
giovanissimi, ma il modo in cui trattavano tutti, dall'alto al
basso, mi irritava. Così ho cominciato a guardarmi attorno... e
ti ho vista che reagivi a qualcosa che dicevano alzando gli
occhi al cielo. L'hai fatto con sottigliezza, ma io me ne sono
accorto e quella reazione ha destato il mio interesse abbastanza da continuare ad osservarti... e devo dire che mi è
piaciuto ciò che ho visto: una donna a suo agio con se stessa,
molto più sexy di chiunque si impegni al massimo imbrattan-
dosi di trucco o infilandosi in abiti troppo stretti."

Lilly si limitava a fissarlo, così Ethan proseguì. Forse era
un bene che stesse guidando, così almeno non la fece spaven-
tare con l'intensità del suo approccio. La madre gli diceva
sempre che doveva calmarsi, che non doveva sempre essere
troppo serio, ma lui era fatto così.

"Se gli uomini con cui sei uscita sono stati dei disastri, la
colpa era *loro*, non tua. Penso sia meraviglioso, che sai badare
a te stessa. Sono convinto che non sia affatto interessante
dover essere responsabile di ogni aspetto tradizionalmente
considerato 'maschile' all'interno di un rapporto. Anche se
preferisco lavorare fianco a fianco, quando c'è da sistemare la

macchina o da tagliare la legna, di sicuro non spegne il mio interesse sapere che puoi arrangiarti anche da sola. Non c'è alcun collegamento, tra la tua capacità di svolgere determinati compiti e il mio essere gentile con te.

"Per finire, io e te non stiamo uscendo insieme, ma ciò non toglie che non permetterei a nessuno di trattare male te o chiunque altro, uomo, donna o bambino. Se un uomo con cui esci non reagisce immediatamente, quando qualcuno fa il maleducato con te, puoi anche evitare di frequentarlo. Però non riesco a immaginare un motivo al mondo per cui qualcuno potrebbe avere un problema con te."

"Hollywood non è un bel posto in cui vivere," gli disse lei in tutta risposta.

Ethan le lasciò il tempo di spiegare, ma lei non proseguì quindi le disse: "Allora?"

Lilly sbuffò: "Mi sentivo come un elefante in un negozio di porcellane. Erano sempre tutti preoccupati dell'aspetto esteriore, del peso, dell'immagine, mentre a me non interessavano per nulla quegli aspetti. Non sono certo mingherlina, non lo sarò mai; mi piace mangiare e anche se cerco di mangiare sano, a volte quando lavoro mi è proprio impossibile."

"Una volta sono uscita con uno... penso fosse tipo il quarto appuntamento, quindi non era proprio la prima volta, anche se non eravamo ancora diventati intimi, sai. Siamo andati in una pasticceria e mi sono presa una ciambella. Avevo appena terminato un turno di lavoro di dodici ore, ero stremata, ma lui voleva vedermi davvero tanto, così gli avevo detto di trovarci per un caffè prima che tornassi a casa a schiantarmi sul letto. Insomma, la commessa della pasticceria ha fatto una smorfia e poi ha fatto una battutaccia, dicendo che forse era meglio se evitavo i dolci. Poi si è messa a fare gli occhietti dolci al mio tipo intanto che aspettavamo i caffè. Lui che fa? Non solo non la riprende per la battuta maleducata, ma ricambia e si mette a flirtare con lei."

"Che stronzo," le disse Ethan, "spero proprio che tu l'abbia cacciato via a calci in culo."

"Certo che l'ho mollato," proseguì Lilly, "cioè, so bene che quella ciambella era meglio saltarla, ma non mangiavo dalla colazione, morivo di fame."

"Ma che cazzo, non importa se avevi appena pasteggiato con quattro portate, se avevi voglia di mangiare una ciambella, erano solo affari tuoi e di nessuno altro. Per la cronaca, non c'è niente di sbagliato nella tua forma fisica. Niente affatto." Ethan non trattenne gli occhi dal dare una bella guardata al corpo di Lilly. Non era certo pelle e ossa, ma nemmeno obesa. Era... normale, proprio come piaceva a lui, e anche molto.

"Il fatto che sia rimasto lì a flirtare con la commessa, dopo che quella ti aveva insultata, è proprio una carognata; spero che tu lo sappia."

Lilly annuì. "Lo so. Ma sai, ci sono davvero abituata. Mi sembra sempre che gli uomini che frequento stiano solo aspettando la prossima, migliore di me. Una più furba, una che guadagna di più, una più bella. Sinceramente, faccio prima a starmene da sola."

"È solo che non hai incontrato il tipo giusto di uomo," le disse Ethan.

Lei lo squadrò brevemente, ma senza commentare.

Ethan avrebbe voluto rassicurarla, dicendole che *lui* era il tipo giusto di uomo, ma ebbe la sensazione che il loro dialogo si stesse già facendo troppo intenso. La conosceva da poco più di due secondi, lei non si sarebbe fidata, era giusto così.

Anche se Lilly doveva fermarsi in città solo per una settimana, Ethan si ripromise di dimostrarle che al mondo c'erano anche uomini che potevano apprezzare una donna come lei; così cambiò argomento.

"Immagino tu non abbia fame, non ancora, perché Whitney ti avrà preparato una colazione abbondante, prima che uscissi di casa, quindi pensavo di fare una passeggiata in piazza, così posso presentarti un po' di persone, mostrarti il fascino di Fallport."

"Hai ragione sulla colazione, quindi va bene, vada per la passeggiata in piazza. Vedere i negozi e il resto dalla macchina non è come entrare, parlare alla gente, imbastire legami."

Ethan la vide molto rilassata sul sedile dell'auto, anche perché non stavano più parlando di lei. Ecco un altro punto che la distingueva dalle altre donne che lui conosceva: molte amavano mettersi al centro di ogni discorso, ma non Lilly.

Rimasero in silenzio mentre tornavano verso il centro. Passarono davanti all'unica officina meccanica, dove lavorava Brock. Qualche casa, un paio di negozi, poi arrivarono nella piazza in centro. C'erano strade ed edifici su tutti e quattro i lati della piazza, mentre nel centro c'era un ampio parco. Il padiglione, quello che la gente del posto chiamava "il cerchio", era il fiore all'occhiello della cittadina, era stato finanziato anche raccogliendo fondi privati, avevano contribuito quasi tutti. I momenti di spicco durante l'anno erano le parate per Natale e per l'Indipendenza, il 4 luglio, parate che terminavano proprio in piazza, con carri allegorici allestiti dalle associazioni locali e dai ragazzi della scuola superiore. Nel parco si tenevano anche alcuni festival e ogni tanto qualche concerto. Non arrivavano le band di fama internazionale, piuttosto cantanti o gruppi dal sudovest della Virginia che cercavano di guadagnare consenso e spettatori andando in tour.

Dietro gli edifici c'erano dei parcheggi, ma Ethan fu fortunato e trovò un posto proprio davanti all'ufficio postale; sorrise, quando vide il trio di chiacchieroni più famoso di Fallport, sempre al solito posto, giocavano a scacchi sul marciapiede, sotto l'enorme tendone che proteggeva l'accesso.

"Sei pronta a incontrare i ficcanaso più famosi di Fallport?" le chiese spegnendo il motore dell'auto.

Lei fece un gran sorriso: "Pronta."

"Me lo faresti un favore?" le chiese.

"Certo."

"Stai seduta e lascia che venga io ad aprirti la portiera. Lo so che sei perfettamente in grado di aprirti lo sportello, ma se non te lo apro io, Art e i suoi compari non me lo perdoneranno *mai*."

Lilly scoppiò a ridere: "Perfetto. Si può fare."

"Grazie mille," concluse Ethan, che poi aprì rapidamente lo sportello sul lato guida, ben sapendo di avere incollati addosso tre paia di occhi, camminò sul lato del passeggero e aprì la portiera di Lilly, che alzò la mano con grazia per farsi aiutare a scendere.

"Ottima trovata," le borbottò Ethan, che la vide abbozzare un sorriso mentre l'accompagnava verso quegli uomini, che non cercavano nemmeno di dissimulare la loro attenzione.

"Otto. Silas. Art," disse Ethan salutando ciascuno di loro e annuendo. "Lei è Lilly Ray, è in città perché lavora al programma su Bigfoot."

"Ho sentito che Harry ha già ordinato magliette e cappellini con su scritto 'Fallport, la città di Bigfoot'," brontolò Silas in tutta risposta.

"Se la città si riempie di curiosi che vogliono vedere da vicino Piedone, dovrò inoltrare una lamentela scritta al sindaco," intervenne Otto.

"Io invece penso che sarebbe bello, c'è bisogno di più bellezze in città," commentò Art facendo l'occhiolino verso Lilly.

"Tanto a te che interessa? Il tuo fringuellino ormai non funziona più," mugugnò Silas.

"Sarò anche più vecchio di te, ma non c'è niente di male a guardare," ribatté Art. "Magari se non tenessi sempre la testa abbassata riusciresti ad apprezzare una bella donna, come faccio io."

Ethan si arrischiò a guardare di sfuggita Lilly e notò che stava facendo di tutto per non scoppiare a ridere.

Quei tre litigavano sempre, anche se erano grandi amici. Art era il più anziano, aveva novantuno anni, ma non gli sfuggiva mai l'occasione di ribadire agli altri che lui era quello più saggio. Aveva i capelli castani, raramente se li pettinava, infatti anche in quel momento erano liberi al vento, tutti in disordine. Indossava una tuta da lavoro e aveva ai piedi sempre le stesse pantofole.

Silas invece aveva sessantanove anni e gli altri due gli davano sempre addosso dicendogli che non ne sapeva nulla, in un campo o nell'altro. Era completamente calvo e indossava ogni giorno lo stesso cappellino con visiera, fin da quando Ethan si era trasferito. Era molto sovrappeso, di almeno una cinquantina di chili, ma si vantava di poter ancora competere con i concorrenti più giovani, alla gara del 4 luglio, quando vinceva chi mangiava più hot-dog. Indossava una camicia tutta spiegazzata e logora, ma non gli importava. Era completamente a suo agio così com'era.

Otto di solito faceva da paciere, dato che aveva un'età intermedia tra gli altri due, ben ottant'anni. Era magrolino, tanto quanto Silas era sovrappeso, ma Ethan sapeva che la mancanza di grasso non era dovuto a una dieta da fame, perché l'aveva visto mangiare più di quanto mangiasse tutta la squadra di Eagle Point in un solo pasto. Il viso era ben abbronzato e pieno di rughe, ovviamente aveva passato tanto tempo all'aria aperta, nella vita. In contrasto con la pelle scura, aveva i capelli bianchi come la neve, sempre pettinati con estrema cura. Quando c'era vento, come quel giorno, portava sempre con sé un pettine per riordinare continuamente i capelli.

Erano tre grandi amici, tutti nati e cresciuti a Fallport, poi se n'erano andati, si erano sposati, ma quando erano rimasti vedovi avevano ritrovato la via di casa, nella cittadina di cui avevano sempre sentito la mancanza. Abitavano tutti e tre vicino al centro, ogni mattina giravano per città, dopo cola-zione, per andare a sedersi davanti all'ufficio postale e giocare a scacchi, scoprendo nel frattempo tutti i pettegolezzi da chi passava. A ora di pranzo andavano alla tavola calda, infine tornavano a casa intorno alle cinque, quando l'ufficio postale chiudeva.

"Molto piacere di conoscervi," disse Lilly salutando i tre signori.

"Perché? Non ti abbiamo ancora detto nulla," rispose Otto un po' bruscamente.

"Non essere sgarbato," lo riprese Art, prima di guardare Lilly, "piacere di conoscerti. Tu credi in Bigfoot?"

Silas fece un rumorino strano con la gola: "Non puoi farle questa domanda."

"E perché no?" gli chiese Art inclinando la testa.

"Perché no! Lavora al programma e se ti dice di no il programma che figura ci fa?"

"E se risponde di sì?" domandò Otto.

Silas sembrò confuso per un attimo, poi si sistemò sulla sedia dicendo: "Allora mentirebbe."

Lilly scoppiò a ridere e Ethan non riuscì a trattenersi e si unì a lei ridacchiando.

"Che bel sorriso," le disse Silas.

Ovviamente il complimento la mise a disagio e il sorriso che quel signore tanto aveva ammirato svanì. "Ehm... grazie."

"Che ci fai qui con Ethan?" le chiese Art.

"Beh, si è offerto per farmi fare un giro," rispose Lilly.

"Non c'è molto da vedere," le disse Otto un po' accigliato.

"Oh, io credo di sì. Infatti, se non mi avesse portato a fare un giro, non avrei incontrato voi tre," disse Lilly con diplomazia.

"È vero," rispose Silas. "Ehi, vuoi pranzare con noi? Ho sentito che da Sandra oggi c'è un pollo fritto speciale."

"Oh, ehm..." disse Lilly incerta guardando Ethan per farsi salvare.

Lui non si fece problemi a tirarla fuori da quella situazione, specialmente perché non era ancora pronto a condividerla con altri. Quel pensiero avrebbe dovuto bastargli per capire di essere già molto preso da quella donna, anche se lui si rifiutava di ammetterlo. "Scusate, ragazzi, ma dobbiamo incontrare ancora tanti altri, poi Lilly dovrà riposare perché deve lavorare tutta la notte alle riprese del programma... tra l'altro, Whitney le ha preparato un altro dei suoi pasti pantagruelici per colazione."

Gli altri tre annuirono e Ethan capì che l'ultimo dettaglio li aveva convinti.

"Vorrei tanto che Whitney lavorasse per Sandra," commentò Art.

"Che cuoca fantastica," aggiunse Otto.

"Ti pentirai di non aver mangiato il pollo," borbottò Silas con un filo di voce.

Ethan sentì Lilly che ancora una volta smorzava una risata, così le chiese: "Sei pronta per il tour?"

"Sì."

"Non farti convincere da Harry a comprare una di quelle magliette infernali con su Bigfoot," l'avvertì Silas.

"Comprerà un po' quel che vuole," intervenne Art riprendendo l'amico.

"È una questione vana, perché Harry non ce le ha ancora, quelle cacchio di maglie," aggiunse Otto. "Possiamo tornare alla partita?"

Nonostante gli scacchi fossero un gioco per due persone, i tre amici riuscivano comunque a giocarci in tre. Ethan non aveva idea delle regole che si erano scelti, per giocare a scacchi in tre, ma loro erano contenti così, quindi lui non intendeva certo commentare.

Lilly salutò i tre amici con un cenno della mano, poi guardò Ethan.

Lui le porse il gomito: "Andiamo?"

Lei infilò il braccio sotto quello di Ethan con gli occhi che le brillavano: "Ti seguo."

Per un attimo, lui sembrò come paralizzato. Quel contatto l'aveva fatto tremare, dandogli un senso di eccitazione che gli era piaciuto molto; era curioso, sì, anche attratto, tanto che lei glielo leggeva negli occhi. Sembrava pronto a saltare il tour per portarla in uno dei suoi posticini preferiti nella foresta. Il posticino che aveva dato il nome alla squadra di ricerca e soccorso. Un punto lontano dalla civiltà, dove poter stare da soli... magari togliersi una volta per tutte quello sfizio.

Era convinto che si trattasse solo di un'attrazione passeggera, lei era in città in un momento in cui lui si sentiva solo. La sorella di Ethan aveva appena partorito, la mamma lo tormentava perché anche lui trovasse una donna con cui sistemarsi. A lui piaceva stare da solo, ma si sentiva anche a un bivio. Doveva trovare una donna nel prossimo futuro, una con cui si vedesse nei quarant'anni a venire, altrimenti sentiva che non sarebbe successo mai più. Rischiava di finire proprio come Otto, Silas e Art... a giocare a scacchi davanti all'ufficio postale di Fallport, con qualcuno dei compagni di squadra, che gli somigliavano più di quanto fossero disposti ad ammettere.

"Ethan?" Lilly lo chiamò guardandolo un po' impensierita.

Lui si scrollò di dosso quei pensieri, soprattutto l'immagine di baciarla. Si ricordò di nuovo che Lilly sarebbe rimasta in città solo per una settimana o poco più e che quel giorno era forse l'unica occasione per passare del tempo insieme, dato che lei doveva lavorare di notte. "Scusa, ero soprappensiero. Cominciamo da questa parte della piazza, poi facciamo il giro. Ti va?"

"Ma certo. Sei tu la guida turistica."

Ethan era riuscito a mantenere il controllo finché lei non gli strinse il braccio, per poi cominciare a far scivolare via la mano. Allora lui alzò l'altra mano per tenerla sottobraccio, fermandole la mano. Rimasero così per qualche attimo, fissandosi negli occhi.

"Non sarà un gran giro, se ve ne rimanete lì impalati," osservò Art un po' sgarbatamente.

"*Shhhh*. Ma non lo vedi che si stanno facendo il filo?" disse Silas con un finto sussurro.

"Il filo più strano che abbia mai visto," borbottò Otto.

Lilly gli sorrise, rompendo la magia che aveva paralizzato Ethan, che si voltò e l'accompagnò lungo il marciapiede, verso il parrucchiere in piazza. Anche là avrebbero incontrato un sacco di persone da farle conoscere, Ethan ebbe l'impressione che sarebbe stato molto meglio avere tante persone intorno.

Altrimenti, l'istinto di baciare Lilly, di scoprire se anche lei era attratta nello stesso modo, l'avrebbe sopraffatto e lui l'avrebbe invitata a fare un giro all'osservatorio di Eagle Point, fosse o meno una decisione intelligente.

CAPITOLO SEI

A LILLY GIRAVA LA TESTA, tanti erano i nomi delle persone che Ethan le aveva presentato. Per ogni negozietto in cui entravano, si innamorava un po' di più di Fallport e di chi ci abitava. Era una località molto pittoresca, una cittadina in cui le persone erano molto alla mano e si aprivano con sincera cordialità. Di tutte le persone che aveva conosciuto, almeno la metà era interessata al programma. L'altra metà invece era scettica per partito preso.

Si erano fermati dal parrucchiere, Taglio Perfetto, poi erano entrati nel bazar di Grogan, incontrando l'anziano proprietario e ascoltandolo parlare del disegno meraviglioso di Bigfoot che aveva fatto creare al nipotino per le maglie e i cappellini che aveva ordinato. Poi Ethan l'aveva portata al Libro Aperto, il negozietto di compravendita di libri di seconda mano, le aveva indicato il Dieci Birilli, la pista da bowling, per poi parlarle della Tana... presentandogliela come un circolo del biliardo frequentato dai residenti di Fallport meno affabili e avvertendola di non andarci mai da sola, cosa che Lilly promise senza alcun problema.

Poi Ethan le aveva offerto un caffè da Grinders, la caffetteria di cui le aveva parlato Whitney; Lilly si era sciolta, in quel locale così particolare. Invece di avere le pareti pitturate in modo classico e magari un po' noioso, si potevano leggere delle citazioni di libri, alcune anche famose, tanto che Lilly le riconobbe, anche se in gran parte le erano sconosciute. Erano quasi tutte frasi attinenti al bere caffè.

Infine, Ethan aveva insistito a prenderle un rotolino alla cannella da Sweet Tooth, la pasticceria attigua. Lilly non era riuscita a trattenere un gemito di piacere al primo morso: era una delle paste migliori che avesse mai mangiato. Nulla a che vedere che le ciambelle in vendita nei negozi di alimentari.

In quel frangente, Ethan aveva reagito con uno strano rumore al gemito di Lilly, che lo aveva guardato confusa. La scintilla di desiderio che gli aveva intravisto negli occhi le aveva quasi fatto andare di traverso il boccone di rotolino alla cannella. Lei non intendeva fare dei suoni ammiccanti o sensuali, mentre mangiava quel dolcetto, ma si accorse alla svelta dell'impressione che poteva dare a chi la guardava o la ascoltava.

Poi il tour era proseguito intorno alla piazza, Ethan le aveva presentato alcuni dei senzatetto più cordiali che lei avesse mai incontrato in vita sua. Davis Woolford sembrava quasi sulla quarantina e le aveva detto senza problemi di essere finito a Fallport per caso: era sceso alla fermata sbagliata dell'autobus e non se n'era più allontanato.

Dopo che Davis se ne fu andato, Ethan si abbassò verso Lilly dicendole: "È stato un marine, ha un disturbo molto pesante, PTSD[1], lo seguiamo un po' tutti. Quando comincia a fare freddo, ci assicuriamo sempre che abbia un posto in cui dormire. Tanti negozianti sono gentili e gli danno da mangiare gli alimentari in scadenza, quelli che altrimenti andrebbero buttati. Va dal barbiere e non paga il taglio dei capelli, Zeke lo lascia bazzicare all'On the Rocks, basta che non crei alcun problema."

Al che Lilly gli chiese: "Mi sembra tutto fantastico, ma

come mai nessuno gli offre un lavoro? Lo aiuterebbe a non vivere più sulla strada."

"Perché sembra un tipo a posto, felice, ma ha dei problemi gravi," le rispose Ethan, "non può impegnarsi a lavorare. Che tu ci creda o no, fa un po' da guardiano di Fallport. Quando è venuto un infarto al vecchio Grogan, nel suo negozio, Davis è stato il primo a trovarlo e gli ha fatto il massaggio cardiaco e la respirazione finché non è arrivata l'ambulanza. Gli ha salvato la vita. Quando una bambina è sfuggita all'occhio attento della madre mentre giocava in piazza, Davis l'ha afferrata un attimo prima che corresse in mezzo alla strada, proprio quando arrivava una macchina. Noi della squadra abbiamo provato a trovargli una camera in cui stare... sai, niente di eccezionale, tanto per toglierlo dalla strada, ma lui dice che preferisce stare all'aria aperta, senza essere confinato tra quattro mura."

Lilly sentì ancor più rispetto per Ethan e per quella cittadina; le dava molto fastidio il pensiero che ci fossero persone senza l'essenziale, acqua, cibo, un rifugio, ma le sembrava che Davis fosse almeno contento di come viveva.

"Sei pronta per mangiare qualcosina?" le domandò Ethan dopo averle mostrato il parco per i cani che stava dietro una fila di edifici, su un lato della piazza.

Lei non aveva fame, ma annuì comunque: non voleva che quella giornata arrivasse al termine, si stava divertendo a incontrare gli abitanti di Fallport... anche perché passava il tempo con Ethan.

"Ti dispiace se pranziamo con qualcun altro della mia squadra?"

Lilly non era sicura di come rispondere; di solito non le piaceva troppo frequentare persone nuove, ma si accorse di voler fare una buona impressione a Ethan... se uno degli altri, per chissà quale motivo, non l'avesse apprezzata, non sarebbe stato il modo migliore per concludere quella giornata. Ma finì comunque per annuire.

Ethan, che era molto furbo, le si avvicinò con un passo, dandole la sensazione che al mondo ci fossero solo loro due, anche se probabilmente c'erano molti occhi curiosi a osservare, dai vari negozi. "Puoi anche dire di no," le disse con tono tranquillo, per rassicurarla.

"No, no, va bene," confermò Lilly sforzandosi di sorridere, "che male c'è?"

"Beh, per quanto a me piacciano i miei amici, sarei tentato di dar buca dicendo loro che i piani per il pranzo sono saltati. Mi piace averti tutta per me."

"Pensi di startene lì impalato tutto il giorno, o finalmente darai da mangiare alla ragazza?" gli gridò Otto dall'altra parte della strada, dopo essersi seduto di nuovo al solito posto, davanti all'ufficio postale.

Sia Ethan che Lilly scoppiarono a ridere.

"Immagino sia il momento di andare," le disse Ethan porgendole di nuovo il braccio.

Lilly gli avvolse la mano intorno al gomito e sorrise, mentre lui le faceva strada verso la tavola calda.

"Laggiù c'è la biblioteca," le disse Ethan, facendo un cenno verso il lato della piazza da cui non erano ancora passati. "Ci lavora Raiden, è quello coi capelli rossi e col cane, il segugio. Talon fa il barbiere, il suo negozio è sull'angolo. Drew invece fa il commercialista, ma lavora da casa. Zeke è il proprietario dell'On the Rocks, Brock lavora all'officina meccanica appena fuori il centro, mentre mio fratello ha un'azienda edile."

"Aspetta... tuo fratello? Cioè, fratello *di sangue*?"

Ethan ridacchiò chiedendole: "Perché, esistono anche i fratelli per finta?"

Lilly fece spallucce: "Pensavo solo che dicessi così per dire."

"Beh, anche gli altri sono come dei fratelli, per me, in un certo senso, ma Cohen è il mio vero fratello, si fa chiamare Rocky. In realtà, siamo proprio gemelli."

Lilly sembrò sorpresa: "Ma non vi somigliate per niente."

Ethan sorrise come se lo avesse sentito dire già molte altre volte, in passato. "Lo so. Siamo gemelli eterozigoti, ma se vuoi una prova alla mano, di sicuro possiamo trovare tra le scartoffie anche i nostri certificati di nascita, se vuoi vederli."

Lilly arrossì: "No, no, no, scusami, è solo... è solo che non lo sapevo proprio."

"Siamo stati insieme anche nell'esercito, ne siamo usciti, poi un nostro amico, un ex SEAL che conosciamo, ci ha detto che a Fallport volevano creare una squadra di ricerca e soccorso. Credo che nessuno dei due saprebbe come fare, senza il fratello vicino."

"Posso capirlo, a me i miei fratelli mancano da morire, immagino che se avessi un gemello sarebbe anche peggio."

Ethan annuì. "È difficile da spiegare, ma penso ci parrebbe di aver perso una parte di noi stessi, se non vivessimo vicini. Comunque, Raid mi aveva detto che ci avrebbe raggiunti per pranzo. Anche Tal e Zeke. Spero che non sia un problema. Gli altri erano dispiaciuti di non riuscire a liberarsi, ma farebbe piacere a tutti passare un po' di tempo con te, uno di questi giorni."

"Per me va bene, ma..." Lilly si morse un labbro mentre si avvicinavano alla tavola calda, "...non capisco bene perché siano interessati a conoscermi."

"Perché sono curiosi di saperne di più sul programma. Perché non hanno mai incontrato prima un'operatrice di ripresa professionista. Perché vogliono scoprire se svelerai i programmi per le riprese, così da sapere se dovremo uscire nella foresta per recuperare qualcuno. Infine, perché è passato tantissimo tempo da quando una donna ha suscitato il mio interesse... ecco perché sono curiosi."

Sentendo le ultime parole, Lilly alzò lo sguardo rapidamente verso di lui: non sapeva proprio che dire. Era bello scoprire di non essere l'unica a sentire quello strano legame, ma non era sicura di come comportarsi, dato che presto se ne sarebbe andata, appena terminate le riprese.

"Eccoci qui," le disse Ethan, che sembrava ignaro del tumulto interiore che le aveva scatenato con quanto le aveva detto. Le aprì la porta della tavola calda e le fece cenno di precederlo.

Nell'attimo stesso in cui Lilly mise piede all'interno, lo stomaco le brontolò. Non si aspettava di avere fame, dopo l'abbondante colazione che Whitney le aveva servito, poi aveva mangiato anche il rotolino alla cannella, invece il profumino dell'aglio e del pane fresco era irresistibile.

Ethan accennò un sorriso: "Te lo giuro, ogni volta che entro qui mi riprometto di non mangiare troppo, ma poi non so trattenermi. Tutto ciò che trovi sul menù ha un sapore ottimo, proprio come il profumo. Garantito."

Lilly non ebbe modo di rispondere, perché una donna venne loro incontro.

"Ethan! Che bello rivederti! Non passi di qui da quanto, tre giorni o anche più?" domandò la donna con un sorriso. Era una signora sui quarantacinque che avrebbe potuto senza difficoltà sfilare in passerella a Parigi... tanto era bella. Aveva delle treccine corte e ben ordinate in stile afro che davano un tocco finale al viso, dalla pelle nocciola senza alcuna imperfezione; Lilly si accorse di sorridere, mentre osservava Ethan che interagiva con quella donna, che lo abbracciò brevemente; era una signora alta e snella, che grazie ai tacchi da otto centimetri arrivava alla stessa altezza di Ethan.

Era proprio una donna a suo agio con se stessa e non aveva problemi a darlo a vedere.

Ethan ricambiò l'abbraccio, poi tornò da Lilly: "Sandra, vorrei presentarti Lilly Ray, è qui perché lavora al programma della TV, è una delle operatrici di ripresa. Lilly, ti presento Sandra Hain, la proprietaria dell'Occhio di Bue, è colpa sua se non ho più la pancia piatta come quando mi sono trasferito qui."

Sandra rise sonoramente e Lilly notò che anche quella grassa risata era molto bella.

"Piacere di conoscerti," le disse Sandra porgendole la mano.

Lilly gliela strinse con un certo imbarazzo per i calli sui propri palmi, dovuti all'impugnatura frequente della telecamera.

"Ho sentito che stai al Residence Chestnut Street... non potevi scegliere un B&B migliore, anche per mangiare bene, perché so che Whitney non si risparmia, quando c'è da cucinare per gli ospiti. Di solito sono talmente contenti e sazi che qui non ci mettono mai piede."

Ovviamente Sandra era amica di Whitney, da come ne aveva parlato non si percepiva alcuna animosità, l'ampio sorriso sembrava sincero, genuino.

"Hai proprio ragione," rispose Lilly, "stamattina ho mangiato così tanto che avrei giurato di non riuscire a mangiare ancora fino a domani, ma nel momento stesso in cui sono entrata qui il mio stomaco ha brontolato come se fosse completamente vuoto e se adesso non lo riempio con le tue prelibatezze ho paura che si rivolti contro di me."

Sandra scoppiò a ridere di nuovo e Lilly non trattenne un sorriso.

"Che dolce," le disse Sandra, che poi si rivolse a Ethan ripetendo: "È dolce."

"Davvero," confermò Ethan.

"Beh, come potete vedere, al momento non siamo strapieni, quindi sedetevi dove volete. I piatti speciali della cena non sono ancora pronti, ma se accettate suggerimenti, il pollo fritto di oggi è fantastico. Poi stiamo per sfornare la prima teglia di pretzel con aglio e parmigiano, è un nuovo antipasto che stiamo sperimentando. Magari potreste dirmi se vi piace... o se ci va più aglio o più parmigiano, o che altro. Quando avrete finito il pranzo, di sicuro arriverà anche la prima sfornata di torte vulcano."

Lilly sentiva già l'acquolina in bocca ancor prima che Sandra finisse di parlare, così disse di getto: "Sì."

Sandra fece un gran sorriso e le chiese: "Sì a cosa?"

"A tutto. Sì a prescindere."

"Mi ricordo l'ultima donna che hai accompagnato a mangiare qui," disse Sandra rivolgendosi a Ethan con un sopracciglio inarcato, "è stato, quando, tipo tre anni fa? Comunque, ha ordinato un'insalata. Una *insalata*," ripeté con enfasi, come se la parola stessa fosse offensiva. "Se mi ricordo bene, quel giorno avevo preparato le lasagne speciali della nonna." Sandra scosse la testa disgustata: "Questa mi piace."

Lilly non fu affatto offesa dal modo in cui Sandra parlava di lei, come se non fosse presente: era abituata, lo facevano in tanti anche a casa sua. Forse era un atteggiamento tipico di chi viveva nei paesi piccoli, in qualunque parte del mondo.

"Piace anche a me," confermò Ethan bonariamente. "Allora prendiamo il pollo fritto e i pretzel, poi senz'altro la torta vulcano. Raid, Tal e Zeke dovrebbero raggiungerci da un momento all'altro, ce n'è abbastanza anche per loro?"

Sandra alzò gli occhi al cielo: "Il sole sorge a oriente? Amico mio, io gestisco una tavola calda... ma certo che ce n'è abbastanza anche per loro. Mamma mia! Raid porta anche il suo bastardino?"

"Direi di sì, immagino, dato che senza il suo cane non va da nessuna parte," rispose Ethan.

"A posto. Vedo se riesco a racimolare un osso anche per lui. Adesso c'è il cambio turno, ma da qualche parte c'è ancora Karen. Vi porta lei da mangiare. Tu bevi acqua, vero Ethan?"

"Sissignora."

"E tu invece?" domandò Sandra rivolgendosi a Lilly.

"Anche per me acqua, grazie."

"Facile da accontentare, finora è perfetta," ribadì Sandra, rivolgendo a Ethan un'altra occhiata piena di significato, per poi girarsi e tornare da dov'era venuta, probabilmente in cucina, immaginò Lilly.

"Non farci caso," disse Ethan appoggiandole una mano dietro la schiena per farle strada verso un tavolo vicino alla parete laterale.

Lilly sentì il tocco caldo e deciso sulla schiena e le piacque. Ethan le tirò fuori una sedia da sotto al tavolo, lei si sedette con piacere, notando che lui si sedeva proprio sulla sedia più vicina, sulla destra. Davano entrambi la schiena al muro e dominavano l'intera sala da pranzo. Non era un ambiente enorme, gli altri tavoli erano quasi tutti vuoti, tranne un paio. L'atmosfera era accogliente, rilassante. Lilly sperò che il cibo fosse buono tanto quanto l'odorino.

"Sono cresciuta in una cittadina molto simile a questa," disse a Ethan, quasi come per rassicurarlo, "che frustrazione, non riuscivo mai a far nulla di nascosto, c'era sempre qualcuno che faceva la spia e diceva tutto a mio papà."

Ethan sorrise: "Ti mettevi spesso nei pasticci?"

"No, ero una brava ragazza, ma quelle poche volte che ho cercato di divertirmi un po', mi hanno sempre beccata."

"Ad esempio, cos'hai fatto?" le chiese Ethan.

"Ad esempio, una volta ho provato con delle amiche a ribaltare una mucca."

Ethan scoppiò a ridere.

"Dico davvero, l'avevamo sentito da alcuni ragazzi, a scuola. Anche i miei fratelli ci avevano provato, li ho sentiti che ne parlavano. Quindi siamo andate alla fattoria di Allen per vedere come fare. Ovviamente prima abbiamo bevuto e l'alcol non ci ha certo aiutate. Abbiamo fatto un casino che metà bastava, impossibile arrivare alle mucche di sorpresa. Abbiamo provato ad avvicinarci, ma non dormivano e appena giungevamo a qualche metro da una, quella si metteva a correre. Siamo andate in giro per campi per cercare una mucca che facesse il nostro gioco. Alla fine, ne abbiamo trovata una che sembrava indifferente, nonostante la vicinanza di un gruppetto di ragazze ridacchianti e mezze brille. Abbiamo contato fino a tre, poi l'abbiamo spinta con tutte le

forze... quella tonta di una mucca che fa? Si gira, muggisce e
se ne va via tranquilla."

Lilly attese che Ethan finisse di ridere, poi proseguì:
"Allora, a quel punto eravamo tutte deluse e ce ne siamo
andate. Cara guidava già, ma non aveva bevuto, te lo dico per
la cronaca, non eravamo stupide al punto da circolare
ubriache per le montagne del West Virginia. Comunque,
avevamo fame e ci siamo fermate in un locale che teneva
aperto tutta la notte, era una tavola calda proprio come
questa; siamo entrate e abbiamo sparso letame su tutto il
pavimento. Per non parlare dell'auto di Cara, piena di letame.
La nostra zingarata notturna è finita talmente male che in
città ne hanno parlato per diversi giorni. Mio papà si è incazzato, l'allevatore si è incazzato, mi sono beccata un castigo di
tre settimane. Ecco sì, insomma... so bene come vanno le
cose, in un paesino."

Ethan non cercò nemmeno di nascondere il divertimento
e Lilly fu molto contenta di farlo ridere. Chissà perché, le
sembrava di non vederlo sorridere o ridere molto.

"Eccovi l'acqua," disse la cameriera, facendo sussultare
Lilly dalla sorpresa.

"Grazie, Karen," rispose Ethan.

La cameriera non guardò nemmeno Lilly: "Prego, è un
piacere. Oh, le luci in camera mia sono difettose, continuano
a sfarfallare, pensi di poter passare a sistemarle, appena
puoi?"

"Certo," le rispose Ethan.

"Stasera stacco verso le nove, puoi venire da me stasera,"
gli disse sorridendo e ammiccando. Lilly si impegnò per non
alzare gli occhi al cielo, tanto era palese il modo in cui quella
donna ci stava provando.

"Scusa, ma di sera non lavoro," le rispose Ethan, che poi
tornò a rivolgersi a Lilly senza nemmeno presentargliela, chiedendole: "Tu hai quattro fratelli, vero?"

Karen voleva tanto attirare l'attenzione di Ethan, ma non

era una stupida: capì che non era il caso di insistere e si voltò per tornare in cucina.

Lilly si sforzò di nascondere un sorriso, ma intuì di non esserci riuscita quando vide Ethan sospirare.

"Proprio non si arrende," le disse tranquillamente, "non voglio ferire la sua sensibilità, perché in generale è una donna molto gentile, solo che a me non interessa."

"Immagino non ci siano tanti uomini single a Fallport," gli disse Lilly, "ma anche se ci fossero, probabilmente tu saresti il primo della lista: sei un bell'uomo, sei intelligente, si vede che sei una brava persona. Non mi sorprende affatto che si impegni tanto per farsi notare."

"Ma è stata maleducata, così, davanti a te," le rispose Ethan accigliandosi.

"Non preoccuparti," gli disse Lilly.

"Invece *sì*," insisté lui.

Lilly non voleva certo raccontargli di tutte le occasioni in cui altre donne ci provavano con l'uomo che le stava al fianco; nessuno di cui si fosse innamorata, ma lei non aveva più voglia di offendersi. Anche sul lavoro, con tutta la troupe presente, in maggioranza formata da uomini, capitava spesso che qualcuna ci provasse con dei colleghi senza nemmeno considerarla. Era abituata a essere ignorata.

"Comunque, per rispondere alla tua domanda, sì, ho quattro fratelli: Lance, Leon, Lucas e Lincoln. Lance ha sei anni più di me, gli altri hanno età intermedie."

"Fammi indovinare, anche tuo papà ha un nome che comincia con la L?" le domandò Ethan sorridendo."

"No, papà si chiama Mark."

Ethan sbatté le palpebre poi ridacchiò: "Appunto."

"Mia mamma si chiamava Lisa, è stata lei a pensare che sarebbe stato carino darci tutti nomi con la stessa iniziale. Peccato che non sia rimasta con noi abbastanza per accorgersi delle provocazioni che abbiamo dovuto subire, per quella scelta."

"Mi dispiace."

Lilly fece spallucce: "Va tutto bene; sinceramente, non ci è mancata molto. Certo, forse a Lance di più, perché era già cresciutello e quando se n'è andata lui se n'è accorto e se la ricorda. Ma il nostro papà è stato stupendo e ci ha cresciuti tutti a meraviglia. Non mi è mai mancato nulla."

"Io e Rocky siamo cresciuti così, con nostra madre; si è impegnata tantissimo per darci dei modelli maschili positivi, dopo che il papà è morto, quando avevamo cinque anni. Da ragazzi, abbiamo partecipato a un sacco di attività sportive, siamo stati negli scout, ognuno degli allenatori o dei capi scout ha avuto un'ottima influenza su di noi. Quando avevamo dodici, forse tredici anni, c'è stato un tornado in città, la nostra casa si è salvata, ma tanti vicini sono stati molto sfortunati. Quando nostra madre si è accorta del nostro interesse nei confronti delle imprese edili impegnate nella ricostruzione, ha parlato con alcune di loro per sapere se potevamo bazzicare nei cantieri, per osservare i lavori. Dopo aver ricevuto il permesso, io e mio fratello uscivamo da scuola e andavamo subito a guardare i cantieri, guardavamo gli altri che lavoravano."

"È così che ti è nato l'interesse per il lavoro che fai adesso?"

"Sì. Uno dei responsabili di un cantiere si è accorto che eravamo davvero interessati ai lavori e non ci andavamo solo per curiosare, magari per andarci a rubare, così ci ha messo alla prova. Ci ha dato la possibilità di guadagnare qualcosina, anche per aiutare nostra madre, per tenerci impegnati; nel frattempo ci siamo appassionati al lavoro manuale."

"Fantastico," commentò Lilly.

"Eh sì."

Alzarono entrambi lo sguardo al suono della campanella sulla porta d'ingresso, da cui Lilly vide entrare tre degli amici di Ethan. Raiden era facile da riconoscere, sia perché era l'unico coi capelli rossi, ma anche perché era altissimo, doveva persino abbassarsi per entrare senza sbattere la testa. Poi aveva sempre al fianco il suo segugio, che sembrava molto affettuoso.

Talon era il secondo del gruppo, in ordine di altezza, sfoggiava una barba castana ben curata e occhi azzurri che la guardavano molto intensamente, tanto che Lilly dovette distogliere lo sguardo: si chiese cosa facesse quell'uomo prima di arrivare a Fallport, doveva essere per forza qualcosa di intenso.

Zeke, rispetto agli altri, sembrava quello più cordiale: Lilly si ricordò ciò che le aveva detto Ethan, cioè che Zeke era il proprietario del locale che ancora dovevano visitare... quindi doveva essere abituato a mettere gli altri a loro agio.

I tre uomini si diressero verso il tavolo mentre Ethan si alzava per accoglierli; anche Lilly fece per alzarsi, ma Zeke le disse subito: "No, Lilly, rimani comoda."

Lei tornò ad accomodarsi sulla sedia, mentre gli altri si sistemavano intorno al tavolo. Il segugio si sedette a terra, vicino a Raiden, poi, al cenno della mano del padrone, si sdraiò con un gemito sonoro.

Lilly fu un po' sorpresa che il cane potesse entrare nel ristorante, ma del resto la città era piccola e nei centri abitati come quello le regole potevano essere diverse, lei lo sapeva bene.

"Allora, Lilly, piacere di conoscerti ufficialmente," le disse Zeke con un sorriso caloroso.

Lilly ricambiò il sorriso, ma notò che dietro quell'aspetto amichevole e alla mano c'era qualcosa, come delle vibrazioni sotto traccia che l'avvertivano di muoversi con cautela.

"Idem," rispose lei, cercando il contatto visivo con tutti e tre per assicurarsi che capissero che si rivolgeva a tutti.

"Allora," disse Tal, sporgendosi in avanti e appoggiando i gomiti sul tavolo, "ci racconti la tua storia?"

Per la prima volta, Lilly si accorse che Tal era inglese;

aveva un accento molto sensuale, ma lei non sapeva bene come rispondere a quella domanda.

"No," disse Ethan bruscamente.

Lilly lo guardò confusa, ma lui era tutto concentrato sui suoi amici.

"Non siamo qui per questo," disse Ethan con decisione.

"Qui per cosa?" ribatté Tal appoggiandosi allo schienale della sedia.

Ethan gli lanciò un'occhiataccia.

Lilly appoggiò una mano su quella di Ethan e gliela strinse per un secondo. Poi raddrizzò la schiena; non aveva nulla da nascondere. Inoltre, presto se ne sarebbe andata e non avrebbe mai più rivisto quei tipi.

Ignorando la fitta di delusione a quel pensiero, Lilly raccontò: "Mi chiamo Lilly Ray e sono cresciuta in West Virginia. Ho quattro fratelli, tutti più grandi di me, sono andata al college sulla costa est, poi mi sono trasferita in California, perché nel mio lavoro le opportunità buone erano tutte là, almeno così avevo sentito. Mi sono fatta il mazzo e ho cercato di ignorare tutta la discriminazione sessuale e le proposte indecenti. Sono brava nel mio lavoro... veramente brava. Ma in California mi sono esaurita. Quindi ho cominciato ad accettare incarichi in altri stati. La paga non è altrettanto buona, ma sto cercando di risparmiare così un giorno potrò sistemarmi da qualche parte, magari vicino ai miei fratelli, anche per essere più presente nella loro vita, anche per i loro figli.

"Ho accettato il lavoro per il programma sul paranormale perché mi sembrava interessante. Dopo questa puntata, penso che ci sia un'altra registrazione, poi passerò al lavoro successivo: lavoro come libera professionista, quindi sono sotto contratto a tempo determinato, un lavoro alla volta. Credo nel paranormale? Sì. Credo a *tutti* i fenomeni paranormali di cui si parla? No. Sì, gireremo nella foresta, ma sinceramente non credo che ci perderemo. Gli altri non sono certo tipi abituati a stare nei boschi, ma penso che ci allontaneremo un poco dal paese, così almeno non verrà in mente a nessun ragazzino di fare il furbetto e venire a incasinare le indagini. Non ci faremo certo trenta chilometri per trovare Bigfoot."

"Non sono sicura di che altro vogliate sapere, ma sono felice di rispondere a qualunque domanda. A parte l'accordo di riservatezza, quindi in realtà ad alcune domande *non* posso rispondere, ma spero che non vi dispiaccia. Non sto cercando di fare la furba o che altro, è solo che se parlo del programma potrebbero farmi causa, letteralmente per un milione."

A quel punto, Lilly avrebbe anche potuto andare avanti, ma alzò il mento fissando Tal e pregando che quella risposta onesta fosse sufficiente a rassicurarlo di... chissà di che. Non era sicura di *cosa* gli interessasse tanto, o del perché Tal avesse accettato di venire a pranzo insieme a lei, se diffidava così tanto, ma lei era cresciuta con quattro fratelli e aveva imparato a non tirarsi mai indietro, quando qualcuno cercava di intimidirla.

Tal la fissò per qualche secondo, poi sorrise.

Santo cielo, quel sorriso cambiò in tutto e per tutto la sua espressione: il viso di Tal passò da truce e impassibile a super sexy in un batter d'occhio.

"Va bene," le disse.

Lilly poi guardò Raiden, che annuì verso di lei.

Ne mancava solo uno: Lilly prese fiato e si rivolse a Zeke.

"Avete già ordinato?" chiese lui.

Lilly sbatté le palpebre e rispose di getto: "Sì, cioè, non è che Sandra ci abbia dato molta scelta, ci ha offerto pollo fritto, pretzel con aglio e parmigiano, torte vulcano al cioccolato; ma sembrava tutto molto gustoso, quindi sono anche contenta che *non* ci abbia dato scelta."

"Abbiamo ordinato lo stesso anche per voi," disse Ethan agli amici, "ho pensato che non vi sarebbe dispiaciuto."

"No no, va benissimo," replicò Zeke.

Lilly sbuffò, non si era nemmeno accorta di trattenere il

fiato. Chissà perché, voleva davvero piacere a quegli uomini. Non era un desiderio logico, anche perché probabilmente si sarebbero dimenticati di lei subito dopo la sua dipartita, ma lei fu sollevata comunque di aver superato quel primo incontro ravvicinato.

"Prima di venire qui, ho parlato con Rocky, mi ha detto di farti una domanda," disse Raid.

Lilly si rivolse a quell'uomo dall'aspetto un po' da secchione, ma comunque piacente: "Spara."

"Hai mai lavorato per uno di quei programmi in cui ristrutturano case?"

Lilly fece un gran sorriso, era una domanda normalissima. Lei si aspettava chissà cosa, magari un'altra domanda per scoprire qualcosa di Tucker o del programma sul paranormale. "Beh, a dir la verità sì, ci ho lavorato. Anzi, era proprio il lavoro prima di questo."

"Un programma sulle ristrutturazioni?" domandò Ethan, il cui interesse si percepiva facilmente dal tono della voce.

Lilly scosse la testa; non c'era da sorprendersi, sia Ethan che il gemello erano interessati a quel tipo di programmi, considerando la loro esperienza nel campo edile. "No, non proprio, era un programma nel settore immobiliare, sapete quei programmi in cui una coppia deve decidere che casa comprare dopo averne visitate tre?"

"Allora, sono programmi veri?" le chiese Raid. "Cioè, a me sembra sempre che siano programmi finti, recitati. C'è sempre una moglie che dice 'lavoro nella protezione animali' mentre il marito dice 'io lavoro da casa, faccio animali di carta piegata in stile origami e li vendo su internet'. Poi hanno un budget astronomico, tipo due milioni e mezzo."

Lilly scoppiò a ridere. "Vero? L'avevo notato anch'io. Comunque, per rispondere alla tua domanda... no, non sono programmi veri."

Le sembrò che tutti e quattro si avvicinassero, desiderosi di saperne di più.

"Allora, funziona così: la coppia di ogni episodio ha già comprato casa. Prima che il programma venga registrato, può essere una settimana o anche un mese prima, il produttore cerca nel mercato immobiliare della stessa zona delle case in vendita e ne sceglie altre due da far 'valutare'." A quel punto, Lilly fece con le dita il segno delle virgolette, poi proseguì. "Sono loro, i produttori, a scrivere l'elenco dei desideri della coppia in questione. Se in elenco c'è un forno a gas, fanno in modo che ci sia in due case, ma non nella terza. Se nell'elenco c'è un open space, di nuovo, lo si trova in due case, ma non nell'altra, e così via. Gli spettatori pensano che sia una scelta difficile, perché non c'è una casa che rispetti tutti i requisiti."

"Tutte le riprese avvengono in un fine settimana, quindi gli spezzoni alla fine, quelli in cui raccontano che si sono sistemati da un mese o due, sono tutte bugie. Guardando da vicino, spesso ci si accorge che i mobili sono identici a quando hanno fatto il primo giro di visita... perché quelli erano *già* i loro mobili, perché ci abitavano già. Se la casa era ancora vuota, durante le riprese, gli spezzoni finali vengono girati all'esterno, così gli spettatori non si accorgono che la casa non è ancora arredata."

Tutti e quattro la guardavano increduli.

Finalmente fu Tal a rompere il silenzio: "Ragazzi, adesso non riuscirò più a guardare quei programmi."

"Li guardavi spesso?" gli chiese Zeke.

"Beh, sì," rispose Tal alzando le spalle, "mi piace molto osservare le case."

"Non so se è il caso di dirlo a Rocky," disse Raid, "a lui piacciono molto i programmi di ristrutturazione, ma immagino che anche quelli siano altrettanto fasulli."

Lilly non aveva lavorato ad alcun programma di ristrutturazione, ma conosceva dei colleghi che ci avevano lavorato e Raid aveva ragione, ma lei non disse nulla.

"Eccoci," disse Karen avvicinandosi al tavolo con un enorme vassoio appoggiato su una spalla. Dovette fare avanti e indietro due volte per sistemare tutti i piatti, alla fine non rimase un centimetro di tavolo libero.

Il profumo era incredibile, Lilly pensò che se avesse vissuto in quel posto, probabilmente sarebbe ingrassata di almeno venti chili, perché non sarebbe riuscita a resistere a quei manicaretti. Partendo dall'abbondante colazione che Whitney le aveva preparato, poi il rotolino alla cannella che aveva mangiato in mattinata, per arrivare al pollo fritto con il purè di patate e il gombo fritto... per non parlare dei pretzel e del dessert, che senza dubbio sarebbe stato gustosissimo come tutto il resto: per rimanere della stessa taglia senza ingrassare, avrebbe dovuto camminare ogni giorno per chissà quanti chilometri.

Quasi leggendole nella mente, Ethan le si avvicinò, al punto da solleticarle l'orecchio col respiro, per dirle: "Non mangiamo sempre così tanto. A Sandra piace mettere alla prova le persone."

"Come quella che avevi portato qui, che ha ordinato un'insalata?" Quella domanda le sorse inaspettata.

Ethan trasalì ma annuì: "Sì, come quella."

"Non usciva con lei," disse Zeke dopo aver mandato giù un boccone di gombo. "Era solo una che cercava casa qui a Fallport e si è fatta fare un preventivo da Rocky e da Ethan per ristrutturare completamente l'immobile, voleva proprio rifarlo, ma Rocky ha rifiutato subito dopo aver visto la casa, le ha detto che non accettava l'incarico."

"Voleva rifare casa in uno stile ultra-moderno, Rocky si è rifiutato per principio," intervenne Tal.

"Era già perfetta così com'era," mormorò Ethan, "bastava solo qualche ritocco. Non c'era bisogno di ristrutturare e rifare tutto."

"Comunque sia, Ethan voleva solo essere educato, l'ha portata qui a pranzo solo per darle la notizia che non avrebbero accettato di lavorare a quel progetto," proseguì Zeke.

"Non era un appuntamento galante," terminò, ripetendo lo stesso concetto.

Lilly fu segretamente contenta di quella rassicurazione, anche se fece del suo meglio per non mostrarlo dal tono di voce, mentre domandava: "Allora alla fine ha comprato la casa?"

"No," rispose Raid, "è rimasta nei paraggi un altro paio di giorni, ma quando le hanno voltato le spalle quasi tutti, ha deciso che in fondo non voleva vivere qui."

Lilly a quel punto scoppiò a ridere; non era il caso, in fondo l'atteggiamento degli abitanti del posto era stato un po' prevenuto e non molto galante, ma in fondo era così la vita nei paesini, a volte.

Il pranzo proseguì molto bene, almeno dal punto di vista di Lilly. Gli amici di Ethan erano divertenti, almeno dopo essersi rilassati un pochino. Parlarono ancora del lavoro in televisione, Lilly dovette ammettere di non sapere cosa fare, una volta terminate le riprese per il programma sul paranormale, poi le raccontarono alcune storie sul segugio di Raid, Duke, dicendole quante persone aveva ritrovato negli anni, motivo in più per accettare che il cane stesse sempre al fianco del padrone, accettato dalla gente del posto.

Lilly apprezzava la lealtà che il paese dimostrava nei confronti delle brave persone che ci vivevano; senza dubbio, gli abitanti del posto erano sospettosi e schivi nei confronti dei nuovi arrivati, ma bastava dimostrare il proprio valore per farsi accogliere a braccia aperte.

Quando Lilly arrivò a mangiare metà della sua fetta enorme di torta vulcano al cioccolato, era talmente sazia che temeva di non riuscire a finirla. Così si lasciò andare sullo schienale della sedia, si mise una mano sulla pancia e gemette.

Gli uomini intorno a lei si misero a ridere.

"Non c'è niente da ridere," si lagnò lei, "come diamine farò ad andare in giro nei boschi per delle ore, con una telecamera sulla spalla, se mi sembra che la pancia stia per esplodere?"

"Avrai proprio bisogno di un po' di energia," le disse Zeke spingendosi più lontano dal tavolo.

Gli altri lo seguirono a ruota e si alzarono in piedi. Anche Duke si alzò e le si avvicinò per annusarle la mano, sorprendendola. Quel cane non aveva manifestato alcun interesse per lei durante tutto il pranzo, per poi mostrarsi desideroso di fare amicizia.

Lei si abbassò verso il muso di Duke, fingendo di non accorgersi del sopracciglio alzato di Raid rivolto verso gli altri

"Sei un coccolone, vero?" gli chiese coccolandolo, poi sorrise e si rivolse a Raid: "Che cagnolino dolce."

"In realtà, non è proprio un coccolone," le rispose Raid con un tono un po' confuso, alzando le spalle. "Di solito brontola, gli piace solo mangiare, oppure andare per boschi, per il resto non sopporta altro."

Lilly si alzò in piedi e minimizzò: "Beh, a me sembra un bel cagnolone alla buona."

Si incamminarono tutti insieme verso l'uscita della tavola calda e Sandra li raggiunse, comparendo come dal nulla.

"Allora, com'è andato il pranzo?" domandò.

"Fantastico, come sempre," le rispose Ethan.

"Delizioso."

"Cotto a puntino."

"Quei pretzel erano la fine del mondo."

Gli amici lodarono il cibo e Lilly fece altrettanto: "Se stasera non dovessi lavorare, tornerei subito al B&B e andrei in trance per il troppo mangiare... il che, comunque, è un complimento enorme," disse a Sandra con un sorriso.

La ristoratrice ricambiò con un enorme sorriso: "Ottimo."

Lilly prese il telefonino e sfilò la carta di credito dalla tasca in silicone della custodia; non le piaceva portarsi dietro una borsetta, mentre in quella taschina riusciva comodamente a tenere carta di credito e patente, un nascondiglio perfetto per le sue esigenze.

Quando Lilly porse la carta di credito a Sandra, questa fece un passo indietro sorprendendola.

"Oh, no," le disse scuotendo la testa.

Allo stesso tempo, Ethan le fece abbassare dolcemente il braccio dicendole: "Ci penso io."

"Ma..." Lilly fece per dire.

"No no," la interruppe di nuovo lui, "la squadra di ricerca e soccorso Eagle Point ha un conto aperto in questo locale. Paghiamo tutto a fine mese. Va bene così."

"Danno anche una bella mancia, il venti per cento, tutti i camerieri sono molto contenti," aggiunse Sandra, che poi fece l'occhiolino a Ethan dicendogli: "Ma è comunque dolce, a voler pagare."

"Che invito riservato," commentò Tal con un filo di voce, "per nulla."

Lilly arrossì mentre rimetteva nel taschino del telefono la carta di credito; ebbe l'impressione che la proprietaria della tavola calda le avesse dato l'ultimo sigillo di approvazione; ma non c'era nulla da approvare, tra lei e Ethan.

O forse sì?

Zeke tenne aperta la porta mentre tutti gli altri uscivano nel bel pomeriggio di primavera. Non faceva troppo caldo, il sole non le dava l'impressione di scioglierla, ma la sera la temperatura non scendeva ancora troppo e non c'era timore di congelare, andando in giro per boschi la notte, un clima perfetto. Tanti alberi avevano ancora tutte le foglie attaccate ai rami, uno scenario ideale per andare a caccia di Bigfoot... almeno così aveva sostenuto Tucker la sera prima.

Lilly avrebbe tanto voluto intervenire, dire che sarebbe stato molto più semplice individuare una creatura umanoide alta due metri e mezzo e tutta pelosa che si aggirava per i boschi durante l'inverno, quando non c'erano foglie sugli

alberi, ma immaginava che il produttore non avrebbe accettato volentieri quell'intervento.

Rimase in piedi un po' imbarazzata, mentre Ethan salu-
tava gli amici. Duke le infilò di nuovo il naso nella mano, così
Lilly si tenne impegnata a salutare il segugio col muso
bavoso.

Di nuovo, Raid si limitò a scuotere la testa, mentre la
guardava interagire col cane, poi salutò tutti con un cenno del
capo e si avviò verso la biblioteca.

Tal le strinse la mano e poi tornò verso il negozio del
barbiere, mentre Zeke si avvicinò per stringerla in un
abbraccio.

"Zeke," lo richiamò Ethan.

"Che c'è?" gli disse Zeke con un gran sorriso. "Stavo solo
salutando."

Lilly scoppiò a ridere e gli disse: "Piacere di averti
conosciuto."

"Idem," le disse Zeke, che poi si fece serio: "Però stai
attenta là fuori; se vi portaste dietro una guida sarebbe
meglio, ma il vostro produttore ha declinato la nostra
offerta."

"Vi siete offerti di farci da guide?" chiese lei sorpresa.

"Eh sì, ma lui si è messo a ridere e ha detto che non vi
serve un estraneo che scatti delle foto e faccia trapelare le
immagini del programma."

Lilly alzò gli occhi al cielo. Eh sì, era proprio una risposta
tipica di Tucker.

"*L'ultimo* dei vostri pensieri tra i boschi sarà quel dannato
Piedone," commentò Zeke.

Lilly inclinò la testa: "Cosa intendi dire?"

"Ci sono gli orsi, le linci, i contrabbandieri."

"I contrabbandieri? Ethan me ne accennava ieri."

"Eh sì, la foresta è il luogo ideale per nascondere le distil-
lerie clandestine, ma se qualcuno si imbatte anche solo per
sbaglio nelle scorte di liquore, i produttori si innervosiscono

parecchio. Qualora vi succedesse, il mio consiglio è di andarvene il più lontano possibile, e anche alla svelta."

"Ma voi sapete dove si trovano?" chiese Lilly, non trattenendo la curiosità.

"Ne conosciamo molti, sì, ma quei vecchi marpioni sanno che noi non diremo nulla. Il nostro lavoro è ritrovare le persone scomparse, non scovare gli alcolici prodotti illegalmente," spiegò Zeke.

"Lo farò presente a Tucker," gli rispose Lilly.

Zeke annuì e poi sorrise, tornando il barista alla mano che era prima. Ma Lilly ebbe di nuovo la sensazione di aver intravisto uno scorcio del vero Zeke, l'uomo che si celava dietro quella facciata da simpaticone. Non aveva ancora conosciuto gli altri tre della squadra di Eagle Point, ma immaginò che anche loro fossero persone complicate, proprio come i quattro con cui aveva pranzato.

"È un po' che non vieni all'On the Rocks, Caos... sarebbe bello rivedere il tuo brutto muso al bancone del mio bar, quando puoi."

Ethan annuì. "Magari ci passo stasera. Rocky deve terminare un progetto importante e penso proprio che gli andrà di bersi un paio di birrette."

"Ottimo. Allora ci vediamo più tardi." Poi Zeke si girò e si avviò sul marciapiede per tornare al suo bar.

Lilly si voltò verso Ethan e gli chiese: "Caos?"

Lui fece un gran sorriso: "Era il mio soprannome quando ero nei SEAL della marina."

"Aspetta... tu eri nei SEAL?" gli chiese Lilly spalancando gli occhi.

"Eggià. Anche mio fratello. Zeke invece era un berretto verde dell'esercito, Tal era nelle forze speciali britanniche e Raid era nella guardia costiera; Brock (che noi chiamiamo anche Bones) era nella polizia di frontiera, mentre Drew (che a volte chiamiamo Koop, perché di cognome fa Koopman) è stato nella polizia della Virginia."

"Wow. Sono colpita," gli disse Lilly sinceramente. "Whitney mi ha detto che avevate tutti un passato da militari, ma tutto questo è... wow."

Ethan minimizzò l'ammirazione di Lilly con un'alzata di spalle. "Siamo solo degli ex militari, abbiamo prestato servizio per la patria, in un modo o nell'altro, adesso vogliamo solo una vita tranquilla."

Lilly annuì, lo capiva: "Beh, penso che Fallport sia un bel posticino per vivere la vita tranquilla che cercate."

"A volte c'è qualche complicazione," proseguì Ethan guardando l'orologio al polso e accigliandosi, "speravo di farti vedere la biblioteca e il bar di Zeke, ma si sta facendo tardi."

Anche Lilly controllò l'orologio al polso e si sorprese, era passato molto tempo. Tra il pranzo e la chiacchierata, erano rimasti in compagnia più a lungo di quanto pensava. "Eh sì, se voglio farmi un riposino, sarà meglio che mi muova," gli disse con un certo dispiacere.

Ethan annuì e si incamminò insieme a lei verso la macchina, davanti all'ufficio postale; rimasero in un piacevole silenzio, anche avvicinandosi a Silas, Otto e Art, che erano ancora nello stesso punto in cui li avevano incontrati prima.

"Allora? Che te ne pare?" le chiese Silas mentre gli si avvicinava.

"Della cittadina? La adoro," gli rispose Lilly.

"No, di Ethan," la corresse Otto.

Lilly arrossì e si voltò verso Ethan, che scuoteva la testa rivolto all'anziano Otto dicendogli: "Non metterla in imbarazzo."

"Non mi sembra in imbarazzo, è vero?" le chiese Otto.

"È una bella cosa, fare la corte a una signora," si inserì Art, "fin troppi uomini, al giorno d'oggi, saltano a piè pari il corteggiamento e cercano di andare subito al sodo."

Lilly non ce la fece più e si mise a ridere. In effetti, *era* un po' in imbarazzo, ma quei signori erano troppo sinceri e spontanei, tanto che le sarebbe riuscito impossibile offendersi; così rispose a Otto: "Finora, tutto bene."

"Si dice che Sandra sia ben impressionata," disse Silas a Ethan.

"Io ho visto Duke che le leccava la mano," aggiunse Art, "quel cane non lecca mai nessuno."

"Farai bene a stare attento," lo avvertì Otto, "altrimenti Raid te la soffia da sotto al naso."

"Nessuno soffia nessuno," disse Ethan scuotendo di nuovo la testa. "Adesso, se volete scusarci, Lilly deve fare un sonnellino perché stasera va a lavorare."

"Dovremmo avere la luna piena," disse Otto, "il momento giusto per vedere i bestioni, sapete?"

Silas mollò uno scappellotto sulla nuca di Otto dicendogli: "Quelli sono i lupi mannari, testone, non Piedone."

"Ehi! Tutti gli animali si agitano, con la luna piena," si difese Otto.

Lilly stava ancora sorridendo allegramente, quando Ethan le aprì lo sportello della macchina; poi, quando lei si fu accomodata, glielo richiuse e saltellò verso il lato di guida, salutò i tre signori con un cenno della mano e fece manovra per uscire dal parcheggio. Nel frattempo, disse a Lilly: "La prossima volta che veniamo in città, ricordami di non parcheggiare davanti all'ufficio postale."

Lilly scoppiò a ridere.

Ethan la guardò di sfuggita, il sorriso che sfoggiava gli piacque molto.

"Sono divertenti."

"Spero che non ti abbiano messa troppo a disagio. Anzi, spero che non ti sia mai sentita in imbarazzo, oggi. Fallport è un posto bellissimo, ma alla gente piace ficcare il naso negli affari altrui."

"Ma no, sono stati tutti molto carini," gli rispose, prima di lasciarsi andare sullo schienale; poi si voltò per sorridere a Ethan: "Oggi sono stata proprio bene. Ho passato tantissimo tempo a Hollywood, dove tutti si ignorano e non si conosce nemmeno il nome del vicino di casa, anche dopo tanti anni, mi ero quasi dimenticata la bellezza dei centri più piccoli."

"Eh già," concordò Ethan, "anche se non è sempre tutto rose e fiori. Mantenere un segreto è praticamente impossibile. È talmente impossibile, che se vado al negozio di Grogan a comprare un'aspirina, ora che arrivo a casa mi telefonano in tre o quattro a chiedermi se sto bene."

"Quindi immagino che comprare preservativi sia fuori discussione, eh?" gli chiese Lilly, che poi arrossì. "Scusa, lascia stare."

Ethan invece si mise a ridere: "No no, hai ragione. Uguale coi test di gravidanza."

"Me l'immagino," aggiunse lei.

Ormai erano vicini al B&B e Ethan accostò davanti all'enorme casa storica prima che Lilly fosse pronta. Poi si rivolse verso di lei dicendole: "Stasera fai attenzione. Zeke ha ragione, nei boschi ci sono un sacco di variabili che possono andare store, tanti modi di farsi del male."

"A parte Bigfoot?" scherzò Lilly.

Ma lui non reagì nemmeno con un sorriso: "Sì."

"Va bene, farò attenzione. Ma senti, mi sorprenderei se Roger, Trent, Chris e Michelle durassero più di qualche ora in giro al buio, facendo versi di richiamo per Piedone (o almeno quelli che loro pensano essere versi di richiamo) spostando ramoscelli con dei bastoncini."

"Cosa pensi che farebbero, se uno di quei versi di richiamo funzionasse davvero?" le domandò Ethan. "Se dagli alberi uscisse di corsa un bestione di due metri e mezzo tutto arrapato con qualcosa di molto duro, pronto a rispondere ai richiami amorosi?"

Lilly fece una risatina: "Oh, santo cielo, sarei disposta a pagare, per vedere quella scena." Poi si ricompose e tornò a guardare Ethan: "Grazie ancora per la bella giornata, ne avevo proprio bisogno."

"Anch'io," aggiunse lui, che poi spense il motore. "Ti aiuto a portar dentro la roba che hai comprato."

"Oh, non preoccuparti, ci penso io," gli rispose lei subito.

"Lo so che ce la fai, ma non ho certo intenzione di starmene qui seduto mentre tu ti trascini dentro quella roba."

Lilly avrebbe dovuto aspettarsi quella risposta: "Va bene, ma invece di portare tutto dentro, forse dovremmo solo sistemare la roba nella mia macchina. Così evito di spostarla due volte, dato che devo portare tutto a Tucker e Trent, mi sembra più logico."

"Ottima idea."

Bastarono un paio di minuti per spostare la tenda e gli altri oggetti che Lilly aveva comprato, mettendoli nella macchina che lei aveva noleggiato. Poi Lilly si fermò e all'improvviso si sentì strana. "Beh... allora grazie ancora, Ethan."

"Non c'è di che. So che dovrai lavorare ogni notte, probabilmente durante il giorno dovrai dormire, del resto anch'io ho del lavoro da sbrigare... ma se ti svegli e non sai che fare, sono felice di tenerti occupata. Sarei felice di presentarti Rocky, poi scommetto che anche Drew e Brock vorrebbero passare del tempo con te, dopo aver ascoltato il resoconto degli altri tornati dal pranzo di oggi."

Ethan sembrava quasi nervoso... una sorpresa totale per Lilly. Ma se solo avesse trovato il modo, le avrebbe fatto senz'altro piacere passare più tempo con lui. Così gli rispose, un po' timidamente: "Mi farebbe piacere."

"Ottimo. Allora mandami un messaggio quando vuoi, notte o giorno. Dico davvero. So che non c'è molto segnale, nei boschi, ma se ti serve qualcosa, fammi un fischio e farò il possibile per aiutarti."

"Va bene."

Si guardarono negli occhi per un lungo momento, poi Ethan fece un passo avanti e la prese tra le braccia. Fu un abbraccio rapido, Lilly non voleva ancora allontanarsi, ma si sforzò di lasciarlo andare, poi gli sorrise.

"Allora ci vediamo in giro," le disse lui.

"Ci vediamo," gli rispose Lilly, guardandolo incamminarsi verso la macchina. Lui le fece un cenno con la mano, lei glielo restituì, poi si girò e andò in casa.

Whitney non era nei paraggi e Lilly ne fu contenta: voleva tenersi per sé i ricordi di quella giornata, goderseli per un poco. Tutto ciò che aveva fatto con Ethan le ricordava il tempo passato con il padre e i fratelli; Ethan sembrava molto vicino agli amici, proprio come lei con i fratelli. Quella cittadina le ricordava il luogo in cui era cresciuta.

Poi c'era il modo in cui Ethan la faceva sentire... con lui si sentiva la persona più importante al mondo. Non faceva finta di non vederla, non la sminuiva come avevano fatto tanti produttori e tanti personaggi televisivi negli anni, che non la consideravano. In quella mezza giornata, aveva riso più di quanto avesse riso negli ultimi anni e si sentiva benissimo.

Lilly si tolse le scarpe scalciandole via, impostò la sveglia sul telefono e saltò sul letto. Poi chiuse gli occhi e sospirò. Non era stata molto entusiasta di quelle registrazioni, per molti motivi, ma all'improvviso si ritrovò a sperare che durassero più della decina di giorni previsti dal programma. Il pensiero di andarsene da Fallport, da Ethan, diventava un po' doloroso.

Allontanò quel pensiero: era impossibile prevedere come sarebbero andate le riprese. Sperava con tutta se stessa di averci azzeccato, dicendo a Ethan che le riprese non sarebbero andate avanti per tutta la notte; così almeno ci sarebbero state altre opportunità di vedersi e passare il tempo insieme; così Lilly si lasciò prendere dal sonno.

CAPITOLO SETTE

"Allora, cos'hai scoperto delle riprese?" chiese Rocky a Ethan quella sera stessa, al bar. Si erano trovati dopo che Rocky aveva terminato di controllare la ristrutturazione di un altro immobile in città. Erano arrivati anche Drew e Brock.

"Sì, Ethan," intervenne Zeke con un gran sorriso, "cos'hai scoperto delle riprese?"

"Ma stai buono," gli rispose Ethan gettandogli un tovagliolino di carta appallottolato.

Zeke rise e si spostò dietro al bancone del bar per preparare un drink a uno dei soliti clienti, appena arrivato.

"Immagino che il pranzo sia andato bene?" gli chiese Rocky con un gran sorriso.

"Sì."

"La trovi ancora carina?"

Ethan annuì. Carina non era esattamente la parola che avrebbe usato lui, ma per il momento poteva andare.

"Aspetta, pensavo che uscissi con... com'è che si chiama? Pensavo che ci uscissi solo per avere più informazioni sulle location delle riprese nei boschi!" esclamò Drew.

"Gli piace," commentò Rocky quasi canticchiando.

"Oh, per l'amor di Dio, stai zitto," brontolò Ethan spintonando il fratello alla spalla tanto forte da farlo quasi cadere dallo sgabello alto. Poi si girò verso Drew: "Si chiama Lilly, le ho fatto fare un giro perché sembrava davvero interessata a vedere la città, ma anche per chiederle maggiori informazioni sulle riprese."

"E allora?" gli chiese Brock.

"Allora dice che non c'è un piano preciso per rintracciare Bigfoot. Se ne andranno nel bosco e vedranno cosa trovano."

"Cazzo," sospirò Drew, portandosi la birra alla bocca.

"Ma lei è convinta che non si spingeranno troppo lontano," aggiunse Ethan, "solo abbastanza da tenere lontani i ragazzini, per evitare che interferiscano con il programma. Lilly pensa che finiranno entro mezzanotte o poco più tardi."

"Beh, almeno è già qualcosa," commentò Rocky.

"Comunque lei ha un localizzatore satellitare, quindi un pensiero in meno," disse Ethan agli amici. "Il produttore non ce l'ha, ma almeno c'è una persona in grado di tornare indietro al parcheggio."

Gli altri tre annuirono.

"Allora... che ne pensano i nostri cari compaesani di Lilly?" domandò Rocky sorridendo.

"Beh, penso che sia piaciuta a Otto, Silas e Art. Poi ha fatto un'ottima impressione su Sandra, perché non ha ordinato un'insalatina, ma si è mangiata il pollo fritto, specialità della casa," spiegò Ethan. "Ma immagino che a tanti servirà più tempo per conoscerla, prima di decidere."

"Peccato che il tempo non ci sarà, dato che Lilly rimarrà qui solo per le riprese del programma, poi se ne andrà," disse Drew.

Gli amici non cercavano di fare gli stronzi, ma a Ethan non faceva piacere sentirsi dire così apertamente ciò che lui sapeva già, così bevve un altro sorso di birra per nascondere il disappunto. Ma avrebbe dovuto immaginare che era *impossibile* nascondere qualcosa agli amici. Ne avevano passate di cotte e di crude, insieme, erano tutti degli ottimi osservatori, più di chiunque altro.

"Aspetta... ma allora è *vero* che questa tipa ti piace, o no?" gli chiese Drew socchiudendo gli occhi.

Ethan sospirò: "Sì, è vero, ha qualcosa di speciale, mi attira. È una persona alla mano, divertente, intelligente, non si prende troppo sul serio."

"Per non parlare della bellezza," intervenne Brock.

"Sì, è anche bella," disse Ethan accennando un sorriso.

"Duke l'ha presa molto bene," disse Zeke.

"*Cosa?* Ma dici sul serio?" domandò Drew.

"Eh sì. È andato dritto da lei a riempirle la mano di bava, è andato a farsi coccolare."

"Wow," disse Brock, "quel cane non va mai da nessuno, solo da Raid. A noi ci sopporta appena."

"Lo so, anch'io ci sono rimasto di sasso. Ma è ovvio che quel cane ha buon gusto," disse Zeke, prima di andare lentamente verso un cliente dalla parte opposta del bancone.

Ethan non poteva che essere d'accordo con loro, il comportamento di Duke *era* sorprendente.

Raid aveva salvato quel cane quando era solo un cucciolo; un giorno stava tornando in macchina da una conferenza letteraria nel nord della regione (o qualcosa del genere) quando aveva visto un uomo fermarsi sul ciglio della strada e gettare qualcosa fuori dalla macchina. Raid si era incuriosito e si era fermato per vedere cosa fosse: era un cucciolo di segugio, era messo male, chiaramente era stato maltrattato e non curato.

Raid non poteva certo lasciare quel poverino sul ciglio della strada, così l'aveva preso con sé, portandolo a casa... il resto era storia. Aveva addestrato il segugio a cercare tracce di esseri umani, finché il cane non gli si era affezionato, un affetto ricambiato. Però Duke stava molto sulle sue, non gli piacevano tanto le persone, probabilmente per via dei maltrattamenti subiti da cucciolo. La sua reazione nei confronti di Lilly dimostrava che forse anche lui era attratto quanto Ethan.

"Che sfiga, che se ne deve andare," commentò Drew dopo un momento.

"Se invece non se ne andasse?" domandò Rocky.

Si voltarono tutti verso di lui.

"Per caso sai qualcosa che noi non sappiamo?" gli chiese Ethan, che si sentì crescere dentro un desiderio incontrollabile.

"Non ti agitare," gli rispose Rocky, smorzando subito le aspettative di Ethan, "non ho sentito chiacchiere o altro su di lei. Però, Ethan, se ci pensi, è sempre possibile convincere qualcuno. Ti ricordi quella volta, in Africa, quando siamo rimasti separati dalle nostre squadre?"

"Cos'è successo?" chiese Drew, appoggiando un gomito sul bancone.

Ethan alzò gli occhi al cielo; suo fratello amava raccontare quella storia, era sorprendente che Drew e Brock non l'avessero ancora sentita. Rocky stava proprio peggiorando.

"Eravamo fottuti, siamo stati circondati da cinque o sei abitanti del posto estremamente incazzosi, cominciavano ad avvicinarsi. Eravamo in territorio ostile, nel giro di un minuto o due ci avrebbero pestati a sangue e trascinati per le strade agganciati alle caviglie. Allora Ethan li ha convinti chissà come che ci sarebbe stata un'incursione aerea nel giro di qualche attimo, ha continuato a indicare il cielo, poi l'orologio. Ve lo giuro, si è fatto venire anche qualche lacrima, era agitato, completamente fuori di testa, tanto che ha quasi convinto persino *me*. Gli uomini che ci circondavano se ne sono andati di corsa in ogni direzione per cercare di sfuggire al bombardamento, ormai erano sicuri che gli aerei fossero quasi arrivati."

Drew e Brock risero.

"Sì, proprio tipico del nostro impavido leader," commentò Brock.

"Dico solo che, se ti piace... perché non provi a convincerla a rimanere qui a Fallport?" domandò Rocky.

"Appunto, così se poi rimane qui e tra noi non funziona sarebbe una vera iattura, in questo paesino, se vivesse qui e tra noi andasse male non sarebbe affatto positivo, proprio per nulla," rispose Ethan.

"Ma, e se *non* andasse male?" gli chiese Rocky.

Ethan fece un respiro profondo; suo fratello aveva ragione.

"Senti, so che non sei un tipo facile, caro fratello. Ti conosco meglio di chiunque altro al mondo. Lavori sodo, non ti fai, sul tuo conto in banca c'è una sommetta considerevole, tratti bene le donne con cui esci *davvero*. Se ti interessa Lilly, allora vuole dire che è una persona speciale, anche se non la conosco molto. Però conosco *te*: se non tenti almeno di scoprire che tipo di rapporto può esserci tra voi, poi te ne pentirai."

Rocky non aveva tutti i torti: essere così vicino al fratello gemello era un bene ma *anche* un male, perché il fratello lo conosceva troppo bene. "Allora, dovrei semplicemente andare a dirle che dovrebbe mollare il lavoro, traslocare qui a fare... a fare cosa? Non è che a Fallport ci sia una grande domanda di operatori televisivi."

"Beh, può sempre trovare qualcosa di diverso da fare," rispose Rocky alzando una spalla, con un tono niente affatto preoccupato.

"Se qualcuno ti dicesse di mollare la squadra di Eagle Point per 'trovare qualcosa di diverso da fare', tu non te la prenderesti?" gli chiese Ethan.

"Sì, ti capisco, ma senti qua... pensi che Lilly sia presa da ciò che fa tanto quanto lo siamo noi? Pensi che sia il suo sogno di una vita?"

"Non la conosco abbastanza bene per azzeccare la risposta alla tua domanda," gli disse Ethan.

"Allora conoscila meglio," insisté Rocky.

Ethan avrebbe voluto sbattere la fronte sul bancone; Rocky ne parlava come della cosa più facile al mondo, conoscere Lilly, convincerla a mollare il lavoro e trasferirsi a Fallport, per vivere con lui, felici e contenti. Ma il mondo non funzionava in quel modo.

"Che cos'hai da perdere?" gli chiese Drew.

"L'ipotesi peggiore è che ti mandi a quel paese," intervenne Brock.

"Si può sapere perché mi spingete così?" domandò Ethan. "Davvero, oggi ho passato con lei qualche ora, tutto qua."

"Perché non ti abbiamo mai visto mostrare tanto interesse per qualcuna," gli rispose Rocky. "È ovvio che per te è una persona diversa, è palese dalle tue reazioni. Quand'è stata l'ultima volta che ti sei fatto in quattro per mostrare il paese a qualcuno? Fallport non è poi così grande, poteva farsi una passeggiata in piazza senza bisogno del tuo aiuto."

Di nuovo, Rocky aveva ragione.

"Immagino che siamo tutti d'accordo nel dire che le nostre probabilità di impegnarci in un rapporto serio rasentano lo zero," disse Brock. "In questo, il servizio nelle forze armate non ci è stato affatto di aiuto. Poi c'è lo svantaggio di vivere in mezzo al nulla, di passare più volentieri il tempo nella foresta che nei locali più frequentati. Se senti davvero un legame speciale con questa donna, dovresti approfondire. Nessuno ti dice che te la devi sposare domani, ma non c'è niente di male a volere un rapporto duraturo e a fare tutto il necessario per avere le massime speranze di riuscirci."

"E se ti dicessimo in questo preciso istante che domani se ne andrà? Che non la rivedrai mai più? Che non avrai mai la possibilità di conoscerla meglio? Sii sincero, la tua reazione quale sarebbe?" gli chiese Rocky.

Ethan si fece serio, la birra che aveva trangugiato un attimo prima gli si rimestava nello stomaco.

"Proprio come pensavo. Ha fatto colpo su di te," gli disse Rocky, "mio fratello, per come lo conosco, non trascurerebbe quella strana sensazione nel bel mezzo di una missione, ma guarda che qui è la stessa cosa."

"Non proprio," disse Ethan con un certo sarcasmo, "credo che Lilly non salterebbe fuori da dietro una macchina parcheggiata con un lanciarazzi sulla spalla minacciando di farmi saltare in aria... insieme al palazzo intero."

"Sai bene cosa intendo," gli disse Rocky.

Ethan lo sapeva e sospirò. "Nel prossimo futuro, lavorerà di notte. Di giorno dovrà riposare."

"Tutte scuse," commentò Rocky disgustato.

Di nuovo, Rocky aveva ragione: Ethan stava solo cercando delle *scuse*. Quel giorno era stato uno dei più belli che Ethan avesse trascorso da moltissimo tempo. Si era divertito passando il tempo con Lilly, vederla interagire con gli abitanti di Fallport, uomini e donne, l'aveva stimolato. Quasi tutti erano stati gentili con lei, se non completamente accoglienti, ma lui aveva la sensazione che prima o poi l'avrebbero accolta tutti a braccia aperte. Tra l'altro, Lilly aveva detto che cercava un posto dove sistemarsi, non troppo lontano dai fratelli e dal padre.

"Domani le mando un messaggio per chiederle se ha voglia di trovarci ancora, prima del lavoro," disse Ethan.

Gli altri tre sorrisero soddisfatti, erano sinceramente felici per lui.

"Come mai siete tutti così sorridenti?" domandò Zeke unendosi di nuovo a loro mentre si asciugava le mani con uno strofinaccio.

"Ethan inviterà Lilly a uscire, ufficialmente. Poi le farà mollare il lavoro per farla trasferire qui a Fallport, così potranno sposarsi e avere dei figli," spiegò Rocky generosamente.

Zeke inarcò un sopracciglio perplesso.

"Non è esattamente ciò che ho detto," protestò Ethan scuotendo la testa.

"Beh, penso che sia un'ottima idea. Buona fortuna," spiegò Zeke annuendo. "Volete un altro drink?"

Era tipico di Zeke, seguire l'umore del momento; era quello più alla mano della squadra di Eagle Point... anche se, quando veniva provocato, non esitava a scatenare il berretto verde che era in lui.

Ethan non fu sorpreso di scoprire che Zeke lo supportava totalmente, nel suo cercare di frequentare Lilly: non gli erano sfuggite le occhiate che l'amico si scambiava continuamente con Elsie, una delle cameriere. Chiaramente le piaceva... ma cercava di mantenere le distanze, chissà perché.

Drew fu il primo a ritirarsi, poco più tardi: era un periodo duro, giornate lunghe, perché c'erano importanti scadenze fiscali che lo tenevano molto impegnato. Poi fu Brock ad andarsene, ma non prima di farsi promettere da Ethan che gli avrebbe presentato Lilly al più presto.

Rocky diede un colpetto a Ethan con la spalla: "Non sarai arrabbiato con me, vero?" gli chiese, una volta rimasto solo con lui.

"Arrabbiato per cosa?"

"Per averti spinto verso Lilly."

"No. Non sono ancora sicuro che sia una buona idea, cercare di farle il filo. Le probabilità che voglia uscire con me, uscire come coppia, sono molto meno della media."

Rocky fece spallucce: "Nel qual caso ci perderà lei. Ma da quel che ho sentito da Raid e da Tal, anche tu le interessi."

Quelle parole fecero rilassare Ethan, che non si era nemmeno accorto di essere teso. "Ah sì?"

"Eh sì," confermò Rocky.

A Ethan piacque il pensiero che Lilly fosse interessata a lui; aveva avuto anche lui la stessa impressione, ma una conferma in più gli fece piacere.

"Domani hai tempo per aiutarmi?" domandò Rocky.

"Ma certo, a che ora?"

"Pensavo verso le dieci. Io vado per le otto a cominciare,

dovrei essere pronto per la parte elettrica verso le dieci. Ti mando l'indirizzo appena arrivo a casa."

"Benissimo. Sei pronto per chiudere la serata?"

Rocky alzò il boccale e bevve l'ultimo sorso di birra, poi si alzò in piedi: "Sì."

Ethan lasciò quaranta dollari sotto il proprio boccale per pagare la propria birra e quella di Rocky, più una lauta mancia, poi i due fratelli uscirono dal locale fianco a fianco, salutando Zeke con un cenno del capo.

Il bar distava grossomodo un chilometro dai loro appartamenti, una passeggiata all'aria aperta faceva piacere a entrambi.

"Ci vediamo domani," disse Ethan al fratello, arrivati dietro al palazzo. Non era una palazzina enorme, solo due piani, per un totale di otto appartamenti.

"Ethan?" lo chiamò Rocky.

"Sì?"

"Son contento per te."

Ethan ridacchiò: "È un po' presto per cantar vittoria. Potrebbe anche rifiutare di vedermi, lavora di notte e dorme di giorno."

"Vedrai che accetterà," gli disse Rocky con molta sicurezza.

Ethan si limitò a sorridere al fratello, poi aprì la porta di casa ed entrò. Accese la luce e gettò le chiavi sul tavolino vicino all'ingresso. Viveva in un appartamento piccolo, ma non gli era mai servito tanto spazio. In casa aveva un divano in pelle con un televisore enorme, una poltrona grande e niente tavolo da pranzo. I mobili della cucina erano distribuiti sulle pareti opposte dell'ambiente, erano un po' datati ma funzionali, Ethan non aveva bisogno di altro.

Guardandosi attorno con occhi diversi, Ethan si chiese cosa ne avrebbe pensato Lilly. Era il tipo di donna che si aspettava elettrodomestici di acciaio Inox all'ultima moda, top in granito e tovaglioli di cotone su una tavola perfettamente apparecchiata? Lui non se l'immaginava così, ma del resto non la conosceva ancora bene. Non che a Ethan dispiacessero tutti quei dettagli, solo che non gli erano mai sembrati importanti. Lui aveva visitato alcuni dei luoghi più poveri al mondo, dove qualcuno viveva comunque felice e contento. D'altro canto, aveva visto anche la depravazione della ricchezza di alcuni miserabili, insoddisfatti di ciò che avevano, sempre alla ricerca di qualcosa di più.

Lui si era ripromesso di non cadere mai nella categoria degli insoddisfatti; gli bastava stare vicino al fratello e agli amici, con abbastanza da mangiare e un tetto sulla testa, per essere felice. Infatti era felice. Ma non poteva nascondersi una certa preoccupazione per il futuro. Non voleva rimanere da solo per sempre. Non voleva tornare a casa, in un appartamento vuoto, per il resto dei suoi giorni.

Lilly poteva anche non essere la donna giusta per lui... ma se invece lo fosse stata?

Rocky aveva ragione, doveva darsi una chance di scoprire se il loro rapporto poteva funzionare, altrimenti se ne sarebbe pentito.

Ethan andò in camera da letto. Il suo letto a una piazza e mezza gli era sempre andato più che bene, dato che viveva da solo. Non aveva mai portato una donna in quel letto, non aveva mai immaginato di dividerlo con qualcuna. In ogni caso, non voleva un letto enorme: amando una donna, la voleva vicina. Immaginò di tenere abbracciata la propria donna per tutta la notte. Non gli era mai capitato. Mai.

Ma ormai riusciva solo a pensare a Lilly che gli dormiva tra le braccia.

Scuotendo la testa, pensò di essersi spinto troppo oltre con l'immaginazione, così si avviò verso il bagno. Era un locale attiguo alla camera da letto, un bagnetto non enorme. La vasca con doccia non era certo di gran marca, ma l'acqua era ben calda e ce n'era in abbondanza.

Si preparò per andare a dormire, gettò i vestiti sporchi nel cesto vicino a una parete della camera da letto, poi si infilò sotto le lenzuola indossando solo un paio di boxer. Allungò una mano per prendere il telefonino; era tardi, Lilly probabilmente era ancora in una zona senza segnale, ma lui voleva farle sapere che pensava a lei e che sperava di vederla, quando non lavorava. Voleva dirle chiaramente che gli interessava conoscerla meglio.

Ethan: Ciao. Lo so che probabilmente riceverai questo messaggio solo quando uscirai dal buio profondo dei boschi, ma volevo farti sapere che oggi sono stato bene. Vorrei rivederti. Magari dopo che avrai dormito, ti va di uscire? Se ti interessa, mandami un SMS. Domattina aiuto Rocky, ma dovrei liberarmi nel pomeriggio. Se no... di sicuro ci vediamo in giro.

L'avrebbe vista in giro di sicuro. Ethan non si sarebbe lasciato demoralizzare dal mancato arrivo di una risposta: avrebbe fatto in modo di imbattersi in lei per caso, se necessario, anche solo per verificare che il legame speciale ci fosse ancora. Certo, se lei non fosse sembrata sinceramente interessata, lui si sarebbe tirato indietro. Ethan non aveva mai insistito con una donna, non intendeva certo cominciare con Lilly... anche se la donna in questione l'aveva intrigato molto più di chiunque altra, da tanti anni. Forse da sempre.

Soddisfatto di aver fatto la mossa successiva, come poteva, Ethan si sdraiò al buio fissando il soffitto. Si chiese dove fosse Lilly e cosa stesse succedendo con le riprese per il programma. Magari avevano già trovato Bigfoot e stavano tutti facendo i bagagli per andarsene il giorno dopo.

Scosse la testa. No, c'era sempre quel tizio che doveva passare una notte o due da solo nei boschi, per indagare, qualunque cosa significasse. Lilly e gli altri collaboratori sarebbero rimasti nei paraggi ancora almeno per qualche giorno.

Ethan si accorse di sorridere, a quel pensiero.

Si girò di fianco e chiuse gli occhi. Si sentiva come un ragazzino entusiasta per l'arrivo del Natale. Non vedeva l'ora di chiederle com'era andata la nottata di riprese. Ma soprattutto non vedeva l'ora di uscire di nuovo con Lilly.

CAPITOLO OTTO

LILLY VOLEVA METTERSI A GRIDARE. Le riprese non stavano andando affatto bene. Proprio per niente. Trent e Roger non facevano altro che stuzzicarsi a vicenda, parlavano in contemporanea, cercando di superarsi nel trovare le idee migliori per cercare Bigfoot. Michelle faceva gridolini ogni volta che si imbatteva nelle molte ragnatele attaccate ai rami degli alberi, lungo il sentiero, mentre Chris sembrava reduce da una sbornia dell'altro mondo.

Per non parlare di Brodie, che non era soddisfatto dell'audio. Kate e Andre avevano qualche problema personale molto palese e nessuno dei due era contento di lavorare con Tucker, anche perché quel giorno avevano già lavorato, ma lui li aveva convocati anche per la notte. Infine, Joey era di umore pessimo e si rifiutava di parlare con gli altri, per chissà quale ragione.

La ciliegina sulla torta era Tucker, che ignorava il malumore generale cercando di fingere che andasse tutto a meraviglia. Camminare nei boschi di notte, anche uscendo dal sentiero: tutto normale.

Anche Lilly non si stava certo divertendo, ma almeno non

doveva far finta che le interessasse davvero ciò che faceva e non doveva sorridere alle telecamere.

Dopo aver camminato in un'altra ragnatela, Michelle gridò e poi si girò verso Tucker urlando: "Sul serio, che stronzata" mentre cercava disperatamente di togliersi la ragnatela dal viso.

"Cosa vuoi che ci faccia?" le chiese Tucker. "Non posso certo ordinare ai ragni e agli insetti di andarsene dal bosco, mentre giriamo."

"Lo so, ma si può sapere *che cosa* stiamo facendo?" si lamentò lei. "Stiamo solo girando in cerchio! È una noia mortale. Dobbiamo almeno *fare* qualcosa. Quando cominciamo a fare i versi e tutto il resto? Chi va a gridare e chi si ferma ad ascoltare? Almeno vorrei cominciare a colpire qualche albero!"

Lilly dovette impegnarsi per non manifestare platealmente la propria irritazione.

"Va bene, penso che abbiamo girato abbastanza scene di tutti che camminano al buio," disse Tucker generosamente.

Lilly ebbe la sensazione che, se Michelle non si fosse fermata per dare di matto, avrebbero continuato a girovagare in tondo per la foresta fino al mattino dopo. Almeno lei doveva seguire da dietro i presentatori. Quei poverini di Trent e Joey invece li dovevano precedere per fare dei primi piani, quindi continuavano a incespicare ed erano costretti a superare rami di alberi e altri ostacoli, per rimanere sempre davanti ai quattro presentatori.

"Trent e Michelle, penso che cominceremo con voi due, torniamo alla collina che abbiamo superato poco fa, facciamo delle riprese in cui parli di questo come del luogo perfetto per sentire Bigfoot che risponde ai tuoi richiami. Chris, tu e Roger andate su quel crinale che abbiamo visto ieri, potete rispondere ai richiami e dare dei colpi a qualche albero."

"Aspetta, perché mai dobbiamo andare fino a quel crinale?" si lamentò Chris.

"Perché te lo dico io," rispose Tucker con tono belligerante.

"Che rottura," commentò Roger con un filo di voce.

"Domani sarete voi al centro delle riprese," disse Tucker per rassicurare Chris e Roger. "Vestitevi come stanotte, faremo finta che le riprese di domani siano state girate stasera. Immagino non faremo in tempo a fare tutto prima del sorgere del sole."

A quelle parole di Tucker, Lilly sentì il cuore stringersi: lei sperava di finire il lavoro verso l'una o le due, invece a quel che sentiva le riprese sarebbero andate avanti fino all'alba.

"Non si può," intervenne Trent, "domani devo cominciare la mia indagine in solitario."

Tucker borbottò qualcosa senza farsi sentire, poi disse ad alta voce: "Come volete. Michelle e Andre possono andare nel bosco a fare Piedone."

A quel punto, Lilly sentì *Andre* imprecare sottovoce; non era la prima volta che a un operatore veniva chiesto di fingere un incontro con l'entità paranormale che i presentatori stavano cercando per il programma, ma *era* la prima volta che la ricerca costringeva a quel tipo di fatica fisica... c'erano da attraversare terreni dissestati nel bosco per raggiungere il punto in cui riprodurre i rumori di Bigfoot da lontano.

"Che noia di merda," si lamentò Chris.

Tucker si voltò di scatto e sbottò: "Cos'hai detto?"

Lilly trattenne il fiato; non era mai il caso di far incazzare Tucker, ma ormai Chris era talmente stanco che non gli importava più.

"Questo episodio è una noia di merda! Non stiamo facendo nulla di nuovo. Dovremmo *trovare* qualcosa per davvero, non solo sentire dei rumori al buio. Sì, va bene sbattere su un albero per fare rumore e reagire urlando, ma dobbiamo anche trovare e far vedere delle prove di questo Piedone del cazzo, se vogliamo fare audience. Dobbiamo distinguerci dagli altri spettacoli."

"Tu cosa vorresti fare, far indossare a qualcuno un bel costume da Bigfoot e farlo andare in giro tra gli alberi?" gli chiese Trent ridendo.

"Perché no," rispose Chris, "almeno sarebbe qualcosa di diverso. Potremmo riprenderlo da lontano, abbastanza da ottenere immagini sfocate, così nessuno sarà mai sicuro di ciò che abbiamo visto davvero. Dobbiamo solo farlo sembrare reale, dare l'impressione che *potrebbe* essere Bigfoot."

"Che stupidaggine," commentò Joey.

Lilly lo guardò con gli occhi spalancati al massimo, per cercare di fargli capire che era meglio non intervenire. Tucker odiava quando gli operatori si intromettevano nelle idee del programma. Tollerava a malapena gli interventi del cast, ma se qualcuno che lui reputava in posizione secondaria osava aprire bocca, non la prendeva affatto bene.

Però Joey ignorò l'avvertimento non verbale di Lilly, o forse non lo vide, perché erano al buio, nella foresta. Qualunque fosse il motivo, lui continuò a parlare.

"Dico davvero, gli spettatori oggi possono anche mettere in pausa la trasmissione, possono zoomare, intervenire sui video digitalmente e riparare la definizione, non so, ma se tentiamo di far passare una cagata come un vero avvistamento di Bigfoot, ci sputtaneranno. Per questo gli altri spettacoli hanno successo, perché danno solo abbastanza prove del mistero, dicono che *potrebbero* aver sentito o visto qualcosa. Così il pubblico continua a collegarsi per seguire la storia, per saperne di più, nella speranza che alla prossima puntata succeda qualcosa di concreto. Se noi spiattelliamo al primo tentativo un filmato di Piedone, ci rideranno dietro da mari e monti."

Non aveva tutti i torti, e Lilly ebbe la sensazione che lo sapesse anche Tucker, che però era troppo pieno di sé e testardo per ammetterlo, specialmente se lo puntualizzava uno come Joey.

"Non sai di che stai parlando," disse Tucker ignorando

completamente Joey, "domani farò qualche telefonata per farmi mandare attrezzature più sofisticate; nel frattempo bisogna che facciamo il nostro cazzo di lavoro in silenzio per girare delle riprese fatte bene. L'ultima cosa che voglio è dover setacciare delle cagate per non trovare niente di utile. Joey e Lilly vanno con Chris e Roger. Magari fate delle riprese mentre vanno in giro e parlano dei rumori che si sentono tra gli alberi, fate anche dei richiami, così possiamo usarli in fase di montaggio."

Ecco, bella storia: anche *lei* veniva punita insieme a Joey? Lei non aveva detto una sola parola, ma sapeva bene che non era il caso di rifiutarsi.

Brodie sistemò un poco gli apparecchi audio del cast, poi cominciarono tutti a camminare verso le relative postazioni. Servirono due ore buone per arrivare sul crinale che avevano visto il giorno prima; sarebbe bastato meno tempo, ma Chris e Roger continuavano a discutere sulla posizione che dovevano raggiungere.

Joey a quel punto era talmente incazzato che non aprì più bocca e lasciò che i due presentatori litigassero tra loro. Lilly non si azzardò a dire una parola, sapeva bene che l'avrebbero ignorata del tutto. Anche se lei era la più esperta del gruppo, in materia di vita all'aperto, nessuno pensava mai di chiederle un'opinione.

Insomma, a Lilly non importava nemmeno più di tanto. Ormai lei si era fatta un'idea non proprio lusinghiera del programma. Persino il programma sul mercato immobiliare non era di basso livello come quello sul paranormale. Certo, anche se nel programma precedente non c'era una vera decisione da prendere su tre case, almeno secondo lei era un divertimento innocuo e in fondo una casa era stata comprata per davvero.

Il programma sul paranormale? Erano bugie belle e buone, a Lilly non piaceva. Poi si sentiva in trappola, non sapeva più che fare, al di là delle riprese televisive, ma stava arrivando a un punto in cui tornare a casa dal padre, con la proverbiale coda tra le gambe, era quasi meglio di quel... girovagare tra gli alberi al buio, in piena notte, per riprendere delle aspiranti stelle televisive viziate, che si fingevano il mitico Piedone.

Quando finalmente arrivarono al punto in cui Chris e Roger pensavano di dover arrivare, servirono altri venti minuti per far funzionare le radio, in modo da riuscire a comunicare con Tucker e gli altri.

Lilly teneva la telecamera sulla spalla, dove l'aveva tenuta per tutte le due ore di camminata. Chissà che sarebbe successo, se uno dei presentatori fosse caduto o si fosse fatto male e lei non l'avesse ripreso. Tucker l'avrebbe licenziata seduta stante.

Quindi era già pronta a registrare, quando Trent chiese via radio: "Siete pronti? Adesso faremo dei rumori."

"Siamo pronti," rispose Roger, anticipando Chris.

Dopo una ventina di secondi, si sentì tra i boschi il rumore di un tonfo sordo.

Lilly sospirò, almeno era felice di averlo registrato senza che nessuno si sovrapponesse parlando. Si sentiva stupida, era orgogliosa di aver registrato un rumore artificiale che serviva a ingannare il pubblico, ma almeno l'aveva ripreso.

Chris afferrò un grosso ramo che aveva trovato poco prima e si incamminò verso un albero enorme. Poi preparò il colpo e lo sferrò più forte che poteva. Il ramo si spezzò contro il tronco producendo un rumore molto forte, che riecheggiò per il bosco; Lilly filmò il tutto.

Chris e Roger fecero entrambi un gran sorriso, almeno per il momento il loro battibecco sembrava sospeso.

"Ripetiamolo," disse Tucker alla radio, "il suono era perfetto, da qui, voi avete sentito il nostro colpo?"

"Forte e chiaro," rispose Roger rassicurando il produttore.

Andarono avanti così, donne e uomini adulti passarono un'altra oretta a colpire alberi, fingendo che i colpi ricevuti in risposta dai colleghi fossero in realtà tentativi di Bigfoot di rispondere e comunicare, a chilometri di distanza.

Lilly pensò che, se nei boschi ci fosse stato davvero Piedone, ciò che avrebbe comunicato a quel punto sarebbe stato un bell'invito a smetterla di fare tutto quel baccano.

"Vogliamo provare qualche grido?" chiese Trent alla radio.

"Sì," risposero Chris e Roger allo stesso tempo.

Ma Tucker non era d'accordo: "No, prima dobbiamo finire di registrare i colpi."

La radio rimase in silenzio per qualche minuto, Lilly ebbe la sensazione che Tucker stesse discutendo con Trent. Finalmente il produttore tornò a comunicare dicendo: "Penso che dovreste andare un po' più lontano. Brodie dice che i colpi sono troppo forti, sono troppo perfetti."

"Porca di quella vacca!" imprecò Chris, il cui buonumore svanì all'istante. "Cazzo, non voglio fare un altro passo in questo bosco, sarebbe troppo *comodo* se poi ci perdessimo!"

Lilly sospirò: nemmeno lei voleva camminare ancora. La spalla cominciava a farle male, il peso della telecamera si faceva sentire. Era passato tanto tempo dall'ultima volta in cui aveva dovuto trascinarsi dietro la telecamera ininterrottamente per delle ore. Anche se ogni tanto c'erano le pause obbligatorie, la spalla si sarebbe indolenzita. Ma sospettava che Tucker non avrebbe avuto alcuna simpatia per i suoi dolori, quindi si fece forza e sopportò.

Quando Tucker fu finalmente soddisfatto delle riprese notturne e del girato, erano quasi le quattro del mattino. Roger e Chris ormai quasi non si parlavano più, anche alla radio, per rispondere a Tucker, spiaccicavano appena qualche parola.

Quando Lilly, Chris, Roger e Joey tornarono indietro dal resto del gruppo, era ormai ovvio che nessuno aveva voglia di parlare.

Per la prima volta da quando aveva intrapreso quella carriera, Lilly spense la telecamera mentre era ancora sul luogo delle riprese: la batteria comunque era quasi scarica, l'aveva già cambiata tre volte e aveva ripreso per diverse ore, solo quella notte. Il rientro verso il parcheggio non sarebbe stato registrato, almeno non da lei.

Mentre Lilly camminava con Joey, in fondo alla fila, e stavano tornando tutti alle macchine, Joey la guardò e le chiese sottovoce: "Cosa pensi che farebbe, se mollassimo tutti insieme, in blocco?"

Lilly non sapeva bene come rispondere, Joey non era mai stato tanto amichevole, con lei. Diamine, nessuno l'aveva mai avvicinata più di tanto. Si salutavano, buongiorno e arrivederci, a volte discutevano dell'angolo migliore per le riprese, dettagli tecnici, ma nessuno entrava mai nel personale.

"Intendi dire noi operatori, o anche il cast?"

"Tutti," rispose Joey, "vorrei proprio vedere come farebbe a metter su un programma, senza di noi."

Lei gli rivolse un sorriso pieno di commiserazione; era una domanda un po' sciocca, perché era chiaro che senza di loro non ci sarebbe stato *alcun* programma. Certo, se gli operatori si fossero licenziati, nel giro di una giornata ne sarebbero arrivati degli altri. Sostituire i presentatori sarebbe stato più complicato.

Kate camminava davanti a Joey e chiaramente lo sentì parlare, infatti si girò per dirgli: "È molto più semplice *per te* trovare lavoro di quanto non lo sia per me e per Lilly. Chiunque sostenga che ormai c'è la parità di trattamento non si è mai messo veramente nei nostri panni."

Non aveva torto; Lilly era stata scartata innumerevoli volte, nella sua carriera, non poteva dimostrare che i produttori avessero preferito assumere degli uomini, ma aveva forti sospetti che l'essere donna fosse proprio il motivo di quei mancati impieghi.

"È solo che, almeno una volta, mi piacerebbe lavorare con un produttore che ci ascolta," si lamentò Joey, "cioè, non è che siamo dei completi sprovveduti, sappiamo fare il nostro mestiere."

"Ho sentito che l'idea di questo programma è stata anche tua," gli replicò Kate.

"È vero, io e Trent l'abbiamo imbastito tutto in una sera, abbiamo deciso anche gli eventi su cui indagare."

"Ma non è un programma limitato a una sola stagione?" gli chiese Kate. "Cioè, in fondo non credo che ci siano enormi quantità di fenomeni paranormali su cui indagare."

"Forse hai ragione, ma si può sempre andare all'estero, indagare sugli stessi fenomeni in altri paesi. Poi ci sono un sacco di eventi su cui non ci siamo ancora concentrati. Ci sono i cerchi nel grano, le luci di Marfa, in Texas. Poi Piedone è stato avvistato in tutto il mondo e i fantasmi, beh, sembra che ce ne siano in ogni cacchio di cimitero. Ci sono ancora altri fenomeni che possiamo usare."

"Ad esempio?" insisté Kate.

"Non lo so. Sono stanco, mi fanno male i piedi, ho i muscoli del braccio indolenziti e mi fanno un male cane, con questa cazzo di telecamera," brontolò Joey.

"Appunto," concluse Kate alzando gli occhi al cielo. Lilly notò quella reazione appena prima che Kate tornasse a guardare dove camminava.

"Mi sono rotto di essere trattato di merda," borbottò Joey.

Nemmeno Lilly era particolarmente entusiasta, ma le riprese di quella notte potevano anche andare molto peggio. Sì, era stata una registrazione lunga e molto difficile, anche perché erano tutti irritati e suscettibili, come dei poppanti affamati e insonni. Ma almeno non era piovuto, non faceva né troppo caldo né troppo freddo. Erano in una zona bellissima della Virginia e avevano girato delle ottime riprese. A lei dava molto più fastidio quel mare di bugie e di maleducazione, non tanto le riprese.

Proprio in quel momento, Roger inciampò in una radice

che attraversava il sentiero e cadde in ginocchio e con le mani a terra.

Tucker si girò subito verso gli operatori sbraitando: "L'avete ripreso?"

Lilly scosse la testa, anche Kate e Joey risposero di no.

"Io l'ho beccato," disse Andre.

"Grazie al cielo almeno *uno* che fa il suo lavoro," commentò con disgusto Tucker, che almeno non ordinò agli altri di riaccendere le telecamere, così Lilly si limitò a fare spallucce e continuò ad arrancare in coda al gruppo. Comunque, non avrebbe potuto fare inquadrature decenti, dato che Chris, Michelle, Trent e Roger camminavano davanti a tutti, mentre lei era in fondo alla fila.

"Ci manca solo che ordini a uno di quelli di perdersi per poterlo filmare," mormorò Kate voltandosi di nuovo indietro verso Lilly e Joey. "Cioè, non sarebbe uno spasso, un investigatore che si perde nel bosco e si imbatte in Piedone? Specialmente se noi non siamo presenti a registrare. Pensate che storia potrebbe raccontare, una volta ritrovato, o ritrovata."

"Penso che se qualcuno si facesse male a lui verrebbe anche duro," commentò Joey, "gli piacerebbe un sacco, se uno di quei quattro cadesse e si rompesse una gamba."

"Se invece cadesse uno di noi," disse Kate, chiaramente d'accordo con Joey, "ci direbbe solo di alzare il culo e continuare a filmare. Ma se cadesse uno del cast, sfrutterebbe fino all'inverosimile l'incidente per fare audience. Chiamerebbe un elicottero, farebbe un casino, per mandare in onda un 'salvataggio'. Tutto per il bene del programma."

Lilly non poteva che essere d'accordo; ma non se la sentiva di esprimersi, con Tucker che la precedeva di pochi metri.

Il resto della camminata verso il parcheggio si svolse in silenzio; quando si avvicinarono all'imbocco del sentiero, Michelle disse: "Oh, grazie al cielo finalmente ci siamo."

Lilly pensò che quelle parole riassumessero bene o male

ciò che pensavano tutti. Nessuno parlò, mentre si sparpagliavano per il parcheggio. Nessuno disse arrivederci, salendo nei rispettivi veicoli per tornare in albergo.

A Lilly servì un po' di tempo per metter via la telecamera e le batterie di riserva che si era tenuta in tasca. Quando ebbe finito e si guardò attorno, si accorse di essere l'ultima nel parcheggio. Non aveva paura del buio, ma pensò comunque che fosse stato maleducato da parte degli altri andarsene e lasciarla lì da sola. Sospirando, si mise al volante e accese la macchina.

Per una frazione di secondo, si domandò cosa avrebbe fatto, se il motore non fosse partito. Non c'era segnale, era impossibile contattare qualcuno che venisse ad aiutarla, sarebbe stata costretta a tornare in città a piedi (quasi quindici chilometri), per non aspettare il sorgere del sole e l'arrivo di qualcuno.

Per fortuna, in quel momento non dovette più preoccuparsi: la macchina a noleggio partì senza problemi e lei si avviò verso il B&B. Nel momento stesso in cui parcheggiò davanti alla casa, sentì il telefono vibrare per le notifiche ricevute appena rientrato nel campo del ripetitore.

Nella quiete dell'auto, ormai comodamente seduta, Lilly si prese il tempo di leggere ciò che si era persa nei boschi.

Una notifica riguardava un allarme meteo per la California, continuava a dimenticare di disattivare quel servizio, dato che ormai non viveva più in California; un allarme diramato per la scomparsa di un bambino vicino a Roanoke, in Virginia; un paio di notizie dell'emittente locale del West Virginia.

Infine c'era un messaggio di Ethan.

Lilly sbloccò subito il telefono e cliccò su quella notifica per leggere il messaggio.

Ethan: Ciao. Lo so che probabilmente riceverai questo messaggio solo quando uscirai dal buio profondo dei boschi, ma volevo farti sapere che oggi sono stato bene. Vorrei rivederti. Magari dopo che avrai dormito, ti va di uscire? Se ti interessa, mandami un SMS.

Domattina aiuto Rocky, ma dovrei liberarmi nel pomeriggio. Se no...
di sicuro ci vediamo in giro.

Sfoggiò un sorriso raggiante e sentì le farfalle nello stomaco, al pensiero di quell'uomo. Era troppo emozionata di aver ricevuto un messaggio da lui, di scoprire che voleva rivederla. Lei non era ancora sicura che fosse una buona idea incoraggiarlo, sapendo che si sarebbe fermata a Fallport solo per un breve periodo di tempo, ma i pollici cominciarono a muoversi sullo schermo prima che lei potesse fermarli.

Lilly: Anche io sono stata bene. Stasera devo tornare al lavoro per le sette. Magari possiamo trovarci intorno all'una, che dici? Così avrò abbastanza tempo per dormire.

Cliccò *Invio* e poi trasalì: cavolo, non aveva nemmeno pensato a che ore fossero; sperò che Ethan avesse silenziato la suoneria del cellulare, per non svegliarlo.

Lilly: Scusa, so che è tardi, o forse troppo presto, le mie previsioni di finire entro mezzanotte o l'una non si sono rivelate corrette.

Dopo aver premuto di nuovo *Invio* si prese quasi a schiaffi da sola: ma certo, probabilmente Ethan non poteva tenere il cellulare silenzioso, perché doveva essere reperibile nel caso dovesse attivare la squadra di ricerca e soccorso. Così gli scrisse un altro messaggio, per accennare delle scuse.

Lilly: Scusa se ti scrivo per la terza volta, ormai avrai voglia di buttar via il telefonino. L'unica scusa che ho è che sono stanca e irritata, perché sono stata tutta notte con degli altri, tutti stanchi e irritati. Non abbiamo visto Bigfoot e non ci siamo persi... penso siano entrambe notizie positive. Volevo solo scriverti che mi farebbe molto piacere vederci, oggi sono stata felicissima di conoscere i tuoi amici. Anzi, ieri. Beh, fa lo stesso. Se non sei troppo arrabbiato perché ti ho mandato tre messaggi invece che uno solo, ci sentiamo dopo.

A quel punto, Lilly capì di dover chiudere. Quando era stanca, si sentiva sempre anche un po' rintronata. Avrebbe dovuto mandare solo un messaggio. Non le avevano detto più volte che era meglio non mostrare troppa voglia di vedere qualcuno? Lei non ricordava chi glielo avesse detto, ma era comunque un consiglio sciocco. Sul lavoro non poteva mostrare emozioni, non poteva nemmeno parlare, quindi nel privato tendeva a compensare. A qualcuno dava fastidio, ma pazienza. Lei era fatta così e non aveva certo intenzione di cambiare.

Uscì dalla macchina e si infilò il telefonino in tasca, afferrò il borsone di lavoro e si avviò verso casa. Mise le batterie sotto carica, si cambiò, si fece una doccia, usò il bagno, si lavò i denti e saltò sul letto, ormai mezza addormentata.

Ciononostante prese di nuovo il telefono per rileggere il messaggio di Ethan. Si addormentò con un enorme sorriso sul volto.

CAPITOLO NOVE

DUE GIORNI DOPO, Lilly era ancora ben lungi dal capire che cosa diavolo avesse in mente, quando aveva accettato l'invito di Ethan, che si era offerto di farle fare un giro in città. Ogni minuto che passava con lui, le piaceva sempre di più. Lei era sempre stata una donna indipendente, il padre e i fratelli l'avevano cresciuta in quel modo: non aveva mai avuto bisogno di qualcuno, nella vita, stava benissimo con se stessa.

Eppure, mentre camminava tra gli alberi, si era ritrovata a pensare a Ethan. Lo aveva pensato mentre guidava, mentre si preparava per andare a dormire. Era una vera sorpresa... anche un po' sconcertante.

Poi le piaceva passare il tempo a Fallport. Quasi si immaginava la piazza centrale, tutta addobbata per le feste, con un leggero strato di neve che imbiancava un po' tutto. Ethan le aveva detto tutto del banchetto di pesce fritto che i vigili del fuoco volontari avrebbero allestito quell'autunno, una raccolta fondi per le attività dell'anno seguente.

La sera prima l'aveva portata a Caboose Park per fare un picnic, prima che lei dovesse andare a lavorare. Ethan aveva anche telefonato in anticipo a Whitney, che le aveva preparato un po' di cibo semplice da portar via; durante il picnic, avevano guardato insieme un gruppo di ragazzini che scorrazzavano e giocavano. Il parco si chiamava Caboose Park perché proprio in mezzo al prato c'era un vecchio Caboose, un vagone ferroviario che tipicamente chiudeva i convogli merci dei treni a vapore. Ethan non sapeva chi ce l'avesse messo, ma Lilly aveva visto dei bambini felicissimi di giocarci. Qualcuno ci aveva infilato persino uno scivolo che usciva di lato.

Tutto sommato, Fallport era una cittadina pacifica e la gente era molto cordiale, almeno per la maggior parte. Ebbe la sensazione che, una volta trasmessa in TV la puntata del programma, il paesino sarebbe stato inondato da un'orda di cacciatori di Bigfoot. Certo, i turisti avrebbero portato soldi e giovato all'economia, ma nel contempo sarebbero stati anche dei rompiscatole. Specialmente per Ethan e gli altri, costretti a uscire per recuperare tutti quelli che si sarebbero persi andando alla ricerca in solitaria della creatura leggendaria.

Lilly aveva capito che qualcuno degli abitanti del posto non era stato felicissimo di conoscerla, anche alcune signore che Ethan le aveva presentato, quando erano andati dal parrucchiere Taglio Perfetto, la prima volta che erano usciti. Erano signore a posto, educate, ma riservate. La netta sensazione che le avevano trasmesso era che non la ritenevano all'altezza di Ethan. Lei non poteva certo dirsi in disaccordo: più lo conosceva e più se ne sentiva intimidita. Oh, non era certo lui a farla sentire a disagio, per qualcosa che diceva o che faceva. Più che altro erano i racconti di Whitney o degli altri, che si confidavano quando lui non era a portata d'orecchi.

Ethan era di fatto il leader della squadra di ricerca e soccorso Eagle Point; una volta era sceso da un dirupo di dieci metri a mani nude, da solo e senza alcuna corda di sicurezza, solo per riuscire ad afferrare in tempo un bambino che ci era caduto, atterrando su una sporgenza instabile. Un anno, il signore che di solito si vestiva da Babbo Natale si era ammalato e Ethan aveva accettato di sostituirlo. Si offriva volontario per un sacco di associazioni, elargiva sempre mance molto generose, non beveva troppo, in generale era un ottimo compagno. Poi, nessuno sapeva che tipo di encomi avesse ricevuto, quando era ancora nelle forze speciali della marina, i SEAL.

Eh sì, Lilly poteva ben considerare i propri traguardi nella vita un nonnulla, rispetto a ciò che aveva fatto Ethan Watson. Ma uno dei motivi principali per cui quell'uomo le piaceva era che, a guardarlo, non si sarebbe mai detto che era così rispettato e carismatico, in paese. Non si sarebbe nemmeno mai capito che aveva sofferto di disturbo da stress post-traumatico, PTSD... gliel'aveva detto la sera prima. Era un tipo alla buona, che si faceva in quattro per essere sempre gentile, con tutte le persone che incontrava.

Ma rimaneva il fatto che, per quanto le piacesse passare il tempo con Ethan, il periodo di permanenza a Fallport era limitato. A ogni giorno che passava, le cresceva la preoccupazione del dolore che le avrebbe provocato l'imminente allontanamento. Si accorse che desiderava *rimanere*. Voleva conoscere meglio Ethan e i suoi amici, entrare a far parte di quella comunità così coesa.

Era una follia. O forse no? Dovendo scegliere un nuovo posto in cui vivere, non era meglio preferire una metropoli che potesse offrirle più opportunità di lavoro? Una città grande, con più persone da conoscere?

Con quel turbinio di pensieri, Lilly parcheggiò l'auto davanti all'ingresso del sentiero di Rock Creek, la location per le riprese di quella notte. Tucker aveva deciso di allontanarsi un po' di più da Fallport, per le riprese, quindi aveva scelto un sentiero nuovo, a una ventina di chilometri dal paese. Lilly spense il motore e uscì dalla macchina, raggiungendo il punto in cui Tucker e gli altri la stavano aspettando. Trent era l'unico a mancare, perché aveva cominciato il giorno prima le indagini in solitaria. Gli era rimasta una notte da passare da solo, poi l'indomani avrebbe dovuto raggiungere gli altri. Nel frattempo, le riprese continuavano. Una volta tornato Trent, mancavano solo alcune riprese di tutta la squadra nel bosco, poi l'episodio si sarebbe chiuso e il programma sarebbe passato all'indagine successiva.

Ignorando la fitta di dolore causata da quel pensiero, Lilly si avvicinò agli altri: "Ciao a tutti."

La salutarono tutti, ma con un entusiasmo molto più smorzato, rispetto all'inizio delle registrazioni del programma.

"Meno male che sei arrivata, devo mandarti a Roanoke per prendere un pacco," le disse Tucker con noncuranza.

Lilly sbatté le palpebre dalla sorpresa: "Cosa?"

"Ho ordinato delle telecamere a visione notturna, sono quegli aggeggi dotati di rilevatori termici, sono arrivate questo pomeriggio e devi andare a prenderle, così possiamo usarle per registrare stanotte. Penso proprio che sia l'approccio giusto. Vedremo qualcosa di grosso nelle tracce termiche, qualcosa di molto lontano, così nessuno potrà capire cos'è, ma noi diremo che siamo certi di aver individuato Bigfoot."

Lilly scosse la testa. "Ma sono già le sette, Roanoke è a due ore di macchina. Dove le hanno consegnate le telecamere e perché non possono aspettare domani?"

"Me le sono fatte arrivare in una farmacia aperta ventiquattr'ore su ventiquattro, hanno quelle specie di armadietti per le consegne. Ci servono il prima possibile. Se parti adesso, sarai di ritorno entro mezzanotte, sempre che non ti metti a cazzeggiare o che non guidi come una pensionata. Stanotte possiamo fare alcune riprese qua e là, ma la scena principale che ci serve la possiamo girare domani, Andre che cammina nel bosco, ripreso da lontano; la facciamo quando torna Trent."

"Perché devo andarci proprio io?" domandò Lilly.

"Perché sei arrivata per ultima," sbottò Tucker, "e ricordati di collegare le telecamere alla ricarica, mentre torni, così quando arrivi sono cariche e possiamo usarle subito."

Lilly non riusciva a credere all'atteggiamento da stronzo di Tucker. "Come faccio a trovarvi, quando torno?" gli chiese.

"Basta che ti avvii per il sentiero. Di sicuro ci troverai," le rispose Tucker, che poi si girò, dandole la schiena, per tornare a parlare con Roger, Chris e Michelle.

Lilly fissò il produttore per un momento con la bocca spalancata dalla sorpresa: da un lato, le faceva anche piacere sapere che non la trattava come una ragazzina inesperta a cui non poter affidare delle semplici consegne. La trattava male esattamente come trattava gli altri, senza lasciarsi intenerire dal fatto che fosse una donna. Ma mandarla in una città che lei non conosceva, a cercare una farmacia a due ore di macchina, non le sembrava una scelta molto sicura.

Lilly non poté fare a meno di chiedersi quando fossero state consegnate quelle stupide telecamere. Probabilmente già nel pomeriggio, quindi poteva andare anche Tucker a prenderle a Roanoke... ma era troppo pigro, o non aveva voglia di farsi il viaggio.

"Mi dispiace, fa proprio lo stronzo," sussurrò Joey avvicinandosi a Lilly, "non so se ti farà star meglio saperlo, ma non ha detto nulla nemmeno a noi delle telecamere."

Saperlo non la fece star meglio.

"Stavo pensando, magari potresti andar piano, prendertela con calma quando arrivi a Roanoke, poi puoi sempre dire che c'è stato un terribile incidente sulla superstrada, qualcosa del genere... sicché si sarà fatto troppo tardi per venire a cercarci nei boschi, quando sarai tornata."

Lilly lanciò un'occhiata al collega cameraman, le stava facendo un gran sorriso, che lei si sentì di ricambiare. "Eh sì, ho sentito che sulla I-81 tra Blacksburg e Roanoke c'è un traffico infernale."

"Tra l'altro, penso che ti tocchi l'incarico migliore, in

questo frangente," le disse Joey, "almeno non devi andare in giro tra gli alberi. Stanotte mettono pioggia."

"Ahi," commentò Lilly.

"Forza, Joey, dobbiamo trovare il punto giusto prima che si faccia troppo buio," gridò Tucker.

"Allora guida con prudenza," concluse Joey facendo spallucce dispiaciuto.

"Va bene."

Lilly guardò gli altri che si avviavano in fila indiana per il sentiero, ben segnalato. Non attese che sparissero tra gli alberi, per tornare alla macchina. Quella sera non si aspettava di dover guidare per trecento chilometri, quindi doveva fare rifornimento, ovviamente a carico della produzione.

Decise che Joey aveva ragione, doveva prenderla come un'occasione per passare una serata diversa, godersi le ore passate lontana dalle riprese; così si accomodò in macchina e mise la chiave nel blocco di accensione. Si prese qualche momento per trovare una stazione radio che trasmettesse delle belle canzoni di una volta, musica anni Ottanta; le sembrò strano che considerassero le canzoni degli anni Ottanta dei classici di una volta. Poi fece manovra e uscì dal parcheggio.

———

Circa sei ore dopo, Lilly era stanca morta e di pessimo umore. Aveva tutte le intenzioni di mentire, inventandosi un incidente sulla superstrada, come le aveva suggerito Joey, peccato per lei che non si era dovuta inventare proprio nulla (colpa del karma?). L'incidente c'era stato *davvero* e lei era stata in coda, bloccata in mezzo al traffico per un'ora sulla I-81, nell'attesa che un autoarticolato danneggiato, in panne in mezzo alla strada fosse rimesso in sesto e trasportato via.

Poi si era persa nel cercare la farmacia, era tornata alla macchina col fiato sospeso, perché la farmacia non era certo in un gran bel quartiere della cittadina; infatti, aveva visto almeno due spacciatori, prima di trovare l'indirizzo giusto, tanto che rimettendosi in viaggio si era persino sentita sollevata. Non aveva ancora collegato le telecamere ai caricatori, perché non voleva perdere tempo alla farmacia, così si fermò alla prima area di sosta per occuparsene, accecata dalla lucina gialla lampeggiante.

Era ridicolo provare sentimenti per oggetti inanimati, ma in quel momento Lilly odiava quelle telecamere, che per Tucker erano più importanti della sua sicurezza.

Per la prima volta, quella notte, i pensieri di Lilly tornarono a Ethan. Era disposta a scommettere tutto ciò che aveva (che non era poi molto, forse abbastanza per riempire a malapena lo scantinato della casa del padre) che lui non le avrebbe mai chiesto di andare a prendere delle stupide telecamere nel bel mezzo della notte.

Lilly non fu mai tanto sollevata come quando vide lo svincolo che portava a Fallport. Ancora una mezz'oretta e sarebbe finalmente arrivata. Ormai era l'una e mezza, non aveva alcuna intenzione di mettersi a camminare da sola tra i boschi, una volta raggiunto il parcheggio all'imbocco del sentiero. Se ne sarebbe rimasta seduta allegramente in macchina ad aspettare che Tucker e gli altri la raggiungessero.

Procedeva già da una decina di minuti, dopo lo sbocco dalla superstrada, quando la sua attenzione fu catturata da alcune luci lampeggianti sul ciglio della strada. Dopo lo svincolo, non aveva incrociato altri veicoli e si trovava in mezzo al nulla. Controllò il cellulare e notò che aveva solo una tacca di segnale.

Il padre e i fratelli le avevano raccontato tante storie di serial killer che aspettavano che delle vittime ingenue cadessero nella loro rete, in un lampo risentì tutte quelle storie tremende. Non avrebbe dovuto fermarsi, lo sapeva... ma se ci fosse stata lei, in panne sul ciglio della strada? Se la macchina l'avesse tradita e non avesse avuto modo di contattare i soccorsi, rimanendo così bloccata in piena notte, cos'avrebbe desiderato? Avrebbe sperato che qualcuno passasse e si fermasse per aiutarla.

Lilly stava già alzando il piede dall'acceleratore, prima ancora di aver preso una decisione netta sul da farsi. Mentre si avvicinava alla macchina con le quattro frecce lampeggianti, notò che aveva una gomma posteriore completamente a terra. La macchina era inclinata sulla destra, non si era fermato nessuno, c'era solo un gran buio. Non c'era nemmeno la luna a fare luce, perché il cielo era troppo nuvoloso e le previsioni mettevano pioggia.

Lilly fermò la macchina proprio in mezzo alla strada, senza mettere in folle, pronta a sgommare via se qualcuno fosse sbucato dal nulla cercando di rapirla. Abbassò il finestrino sul lato passeggero, solo di qualche centimetro, osservando la persona nella macchina in panne, che a sua volta abbassava il finestrino.

Lilly fu pervasa da un grande sollievo al vedere che anche l'altra automobilista era una donna. Ma subito le sovvenne la voce del padre che le diceva di stare comunque attenta, perché poteva sempre essere una trappola. Qualcuno poteva essersi nascosto lì vicino, la donna poteva essere solo un'esca.

"Va tutto bene?" chiese Lilly ad alta voce.

Quelle parole sembrarono rompere il freno che la donna aveva mantenuto fino a quel momento, perché le lacrime cominciarono a scenderle sul viso mentre scuoteva la testa. Poi, con grande sorpresa di Lilly, dal sedile dietro la donna spuntò un ragazzino. Avrà avuto al massimo sette o otto anni, la stessa età di alcuni figli dei fratelli di Lilly.

"Siamo bloccati!" disse il ragazzo.

"Shhhh," gli disse la donna, che poi si girò verso Lilly. "Per caso sta andando a Fallport? Il mio cellulare non ha campo e ormai è troppo tardi per camminare per strada in cerca di un punto in cui prenda. Magari quando arriva può mandarmi qualcuno?"

Lilly fu impaurita dal fatto che quella donna *pensasse* di camminare lungo la strada a quell'ora di notte. Prima di tutto, faceva buio pesto; in secondo luogo, ormai poteva cominciare a piovere da un momento all'altro. Terzo, c'era il bambino e quarto: era impossibile determinare quanta strada fare, prima di ricevere il segnale del telefonino.

Poteva continuare a pensare ad altri motivi, ma ormai aveva pensato abbastanza alle orribili fatalità che potevano accadere a quei due, quindi si limitò a dire: "State in auto. Adesso accosto davanti alla vostra macchina e poi vengo ad aiutarvi."

"Oh, ma..."

Lilly non voleva stare ad ascoltare le spiegazioni dell'altra donna: non poteva certo lasciarla in panne sul ciglio della strada, per lei sarebbe stato come prendere a calci un cucciolo innocente.

Così accostò rapidamente, togliendosi dalla strada, poi saltò giù. Con quell'inconveniente, pensò, si sarebbe fatto ancora più tardi; ma ormai non le importava più.

Sia pur mantenendo un briciolo di circospezione, perché poteva sempre essere una trappola (per quanto le lacrime e la paura nella voce di quella donna sembrassero del tutto genuine), Lilly si incamminò verso l'altra macchina.

La donna e il bambino erano usciti, lei impugnava una torcia potente. Lilly fu contenta di vedere quella torcia, perché cambiare la gomma con quella luce sarebbe stato molto più semplice; sperava anche che quella donna fosse pronta a usare la torcia per colpire, in caso di necessità. A giudicare da come la impugnava, sembrava proprio così.

"Ho investito qualcosa, penso fosse un ramo secco, non l'ho visto se non quando ormai era troppo tardi," le disse la signora, "la gomma si è sgonfiata in un attimo."

Lilly fissò la gomma e annuì: "Ha per caso la gomma di scorta?"

"Penso di sì."

"Ottimo. Allora, che ne dice se adesso cambiamo la ruota così poi potete rimettervi in viaggio?"

L'altra donna la fissò per un momento, poi le chiese: "Ma, lei è capace?"

"Capace di cambiare una ruota?" chiese Lilly di rimando. "Ma certo, ho quattro fratelli... se non imparavo a cambiare una ruota mi cacciavano di casa a pedate," rispose scherzando.

Lilly notò bene lo sguardo negli occhi del ragazzino, fisso su di lei, mentre la madre lo teneva stretto per la mano. Era impaurito, ma cercava di non darlo a vedere. Così Lilly si allontanò per lasciare loro un po' di spazio e si incamminò verso il baule dell'auto. "Mi apra il baule, così vediamo con cosa possiamo lavorare."

L'altra donna si abbassò nella zona di guida e tirò una leva, il bagagliaio si aprì. Lilly fece un gran sorriso, notando che il bagagliaio era completamente vuoto. "Grazie al cielo, meno male che non è pieno di bagagli, almeno non dovremo togliere tutto per tirar fuori la ruota di scorta," disse con un sorriso.

"L'ho appena pulito ieri," le rispose l'altra donna.

"Comunque mi chiamo Lilly," disse, accorgendosi di non essersi ancora presentata.

"Lo so, siete a Fallport per quel programma in TV," rispose l'altra.

Lilly arricciò il naso; non fu del tutto sorpresa che l'altra donna la conoscesse. "Ecco, esatto."

"Io sono Elsie, Elsie Ireland. Lui è Tony."

"Ho otto anni, ma il mio compleanno arriva, cioè, tra poco, quindi posso dire che ho nove anni. Avete già trovato Piedone?" chiese il ragazzino.

Lilly sorrise. "Ci stiamo lavorando. Tu che classe fai, la terza o la quarta elementare?"

"La terza, come fai a saperlo?"

"Ho un paio di nipoti della tua stessa età," rispose Lilly.

Il ragazzino annuì, poi la guardò un po' scettico: "Sei davvero capace di cambiare una ruota?"

"Sì sì," confermò Lilly, infilando le braccia nel baule per prendere la ruota di scorta.

"Ma tu sei una femmina."

"È vero," rispose Lilly rialzandosi con la ruota tra le mani, per poi appoggiarla sul lato dell'auto e voltarsi di nuovo verso Tony: "Ma cambiare una ruota non è una cosa da maschi o da femmine. Tu sei un maschietto... tu *sei* capace di cambiare la ruota?" Ovviamente Lilly sapeva già la risposta a quella domanda, ma glielo chiese comunque.

"Ma io sono troppo piccolo."

"Chi lo dice?" gli chiese Lilly. "Io avevo cinque anni quando ho aiutato per la prima volta mio papà a cambiare una ruota."

Il bimbo spalancò gli occhi: "Avevi cinque anni?"

"Eh sì. Vuoi imparare come si fa? Ti va di aiutarmi?"

"Sì!" le rispose lui subito.

"Grazie," rispose Elsie tranquillamente.

"Ci mancherebbe," le disse Lilly con un sorriso.

Lilly afferrò la sacca con gli attrezzi che aveva trovato vicino alla ruota di scorta e si inginocchiò vicino alla ruota a terra per cominciare a cambiarla.

Lilly spiegò al bimbo con molta pazienza tutto ciò che stava facendo, lasciò che Tony provasse a usare la chiave a croce per svitare i bulloni, ma dato che i bulloni erano troppo duri e non si svitavano facilmente, lo aiutò a mettersi in piedi sulla chiave per fare più forza e guadagnare leva. Tony si impegnò al massimo per tutto il tempo e fece estrema attenzione. Lilly lo lasciò fare più che poteva. Lei dovette estrarre la gomma danneggiata e inserire quella nuova, ma Tony fece quasi tutto il resto.

Quando aveva azionato il martinetto, il ragazzino aveva spalancato gli occhi dalla sorpresa, rendendosi conto che stava davvero sollevando da terra la macchina. Si era persino abbassato per guardare sotto, scoprendo com'era fatto il punto di attacco per il sollevamento; Lilly gli aveva spiegato perché il cric andava infilato in quella parte rinforzata del sottoscocca. Tony aveva tirato fuori la lingua mentre si concentrava a stringere i bulloni della ruota di scorta. Lilly aveva poi controllato che fossero stretti al massimo, per evitare che la ruota saltasse via lungo la strada.

Poi lui aveva abbassato il martinetto, con un sorriso di gioia, rimettendo la macchina a terra. Infine si era voltato verso la madre dicendo: "Ce l'ho fatta!"

"Lo vedo, bimbo mio," gli rispose Elsie con un sorrisetto.

"Non ci serve il papà, siamo bravi anche da soli," disse lui con determinazione.

Elsie fece un gran sospiro, senza lasciarsi troppo andare, poi confermò: "È vero, hai ragione."

Il bimbo poi tornò in macchina, ma Lilly lo richiamò dicendo: "Aspetta un attimo, che si fa con tutta questa roba?"

Tony sembrò confuso.

"Non penserai che gli attrezzi si puliscano da soli, vero? Non salteranno nella borsa e non voleranno nel baule. Devi prenderti cura degli attrezzi, così la prossima volta che ti serviranno saranno esattamente dove li cerchi, pronti all'uso. Altrimenti è impossibile cambiare una ruota."

Tony annuì, mostrando di aver capito. Poi scese e si mise in ginocchio a terra, cominciando a riordinare.

"Grazie," sussurrò Elsie avvicinandosi a Lilly, "davvero, prima che arrivassi tu non sapevo che fare."

"Ci mancherebbe."

"Dovrei imparare un po' meglio a intervenire sull'auto, solo che non ho molto tempo, per via che quando non lavoro devo seguire tutte le attività di Tony."

Lilly annuì: "Il lavoro della mamma single è difficile."

"Tu hai figli?" le chiese Elsie.

"No, ma ho un fratello che sta crescendo due figli da solo. Beh, non proprio da solo, perché vive in paese con papà, però non gli piace chiedere sempre aiuto, anche se conosce tante persone disposte a dargli una mano, quando ne ha bisogno."

Elsie accennò un sorriso: "Quindi mi stai dicendo che dovrei chiedere aiuto?"

"No!" rispose subito Lilly, un po' infastidita da Elsie, che l'aveva male interpretata. "Io non so niente della tua situazione, sto solo dicendo che so quanto è difficile crescere dei figli da soli."

"Grazie. È vero, è *proprio* difficile. Ma per il mio Tony farei davvero di tutto," disse Elsie con fermezza.

A Lilly piaceva quella donna, che ovviamente faceva fatica, ma non si arrendeva.

"Dove vanno?" domandò Tony alzandosi in piedi con la borsa degli attrezzi tra le braccia.

"Ora ti faccio vedere," gli rispose Lilly. Elsie li seguì intorno alla macchina, puntando la torcia nel bagagliaio, mentre Lilly sollevava il compartimento da cui aveva preso la ruota di scorta. "Ecco, guarda, la vedi quella nicchia laggiù? Sì, proprio quella. Bravo. Adesso pensi di poter tener su questo coperchio mentre io infilo la ruota?"

"Perché non la lasciamo qui?" domandò Tony arricciando il nasino.

"Lasciamo una ruota in mezzo alla strada?" gli chiese Lilly sorpresa.

"Sì, ne vedo tante in giro."

"Beh, magari si può riparare, così la mamma risparmia un po' perché non deve comprare una ruota nuova. Se la lasciamo qui, sporchiamo la strada. Poi è anche pericoloso. Che succede se la mamma viaggia con la macchina e colpisce una ruota lasciata in giro? Non va bene neanche per l'ambiente. Se piove, poi si riempie d'acqua e le zanzare ci mettono le uova." Si sforzò di trovare altri motivi da spiegare a Tony, che però sembrava aver capito.

"Hai ragione. Scusa, ecco, lo tengo io."

Lilly gli sorrise e raccolse la ruota danneggiata, andandola a rimettere nel bagagliaio. Poi Tony chiuse il baule e andò con la madre verso la macchina.

"Grazie di nuovo," le disse Elsie.

"Nessun problema. Sarà meglio far riparare la ruota il prima possibile. Non è molto sicuro, viaggiare per troppo tempo con la ruota di scorta. Posso seguirvi fino a Fallport, così, per accertarmi che vada tutto bene."

"Davvero, non devi disturbarti," le rispose Elsie quasi protestando.

"Invece sì," insisté Lilly con decisione, "tra l'altro, devo andarci anch'io, quindi non è affatto un disturbo. Però non superare gli ottanta; sai, non è sicuro, con la ruota di scorta."

"Va bene. Lo apprezzo tantissimo. Io lavoro all'On the Rocks. Se hai tempo, mi farebbe molto piacere offrirti una cena o qualcos'altro, per sdebitarmi. È un locale bar, non è certo una tavola calda come l'Occhio di Bue, ma si mangia comunque bene."

"Per caso è il bar di proprietà di Zeke?" chiese Lilly sorpresa.

Elsie annuì. "Vi conoscete?"

"Sì, l'altro giorno sono stata a pranzo con Ethan, Tal, Raid e Zeke. Mi ha fatto un'ottima impressione."

"È un brav'uomo," confermò Elsie.

Lilly pensò di sentire una punta di malinconia nella voce di Elsie, ma dato che non la conosceva molto bene, non ne era sicura. "Non credo che mi tratterrò ancora molto a lungo, ma se posso mi fermo volentieri. Ho sentito molto parlare del bar e sono curiosa."

"Ottimo."

"Parti pure, vai avanti, io ti seguo," disse Lilly.

Elsie annuì e le porse la mano: "Grazie di nuovo."

Lilly le strinse la mano.

"Stanotte Tony si è divertito, grazie a te. Mi dispiace tanto non essere in grado di insegnargli lavoretti di questo tipo."

"Di sicuro gli insegnerai un sacco di altre cose," rispose

Lilly con semplicità, "dai, forza, andiamocene da qui. È tardissimo e scommetto che sarete stanchi."

"Io sono stanchissima. Tony aveva appuntamento con uno specialista a Roanoke, ma ci hanno ricevuto in ritardo. Poi non volevo sprecare dei soldi andando in albergo, così ho deciso di ripartire subito per tornare a casa." A quel punto, Elsie rise, ma non con grande allegria. "Probabilmente avrei fatto meglio a rimanerci."

"Tony sta bene?" domandò Lilly.

"Ah, sì, sai, quando era piccolino ha subito un intervento al cuore, questo era solo un controllo, sta andando benissimo."

"Mi fa piacere," commentò Lilly, "ma se ti fossi fermata in albergo, non ci saremmo conosciute," le disse con un gran sorriso.

"Vero. Spero tanto di vederti al bar, prima che te ne vada."

"Farò quel che posso per passare," rispose Lilly, sapendo che non se ne sarebbe mai andata senza prima passare a salutare.

Le due donne si sorrisero per un attimo, poi Lilly andò alla propria macchina, mentre Elsie saliva sulla sua.

Il resto del viaggio di rientro a Fallport durò una ventina di minuti, non successe nulla, così Lilly salutò con un cenno della mano Elsie, che accostava in un piccolo parcheggio davanti al Motel Camping Mangree alla periferia della città. Era un edificio dall'aspetto fatiscente, ma il parcheggio era illuminato molto bene e c'era anche una piscinetta ben mantenuta, circondata da un recinto.

Lilly non si fece impressionare negativamente: Elsie sembrava impegnarsi al massimo e Tony era un ragazzo felice e sano.

Ormai erano le due e mezza, quando arrivò al parcheggio del sentiero di Rock Creek. Aveva appena spento il motore, con l'intenzione di rimanersene dov'era senza mettersi a girovagare da sola nei boschi, quando con la coda dell'occhio scorse un movimento.

Per un attimo, nella mente le passarono le immagini di vari killer... poi le venne un flash ridicolo, la paura che lo stesso Bigfoot avesse deciso di saltar fuori. Invece era solo Roger che usciva dal bosco, seguito a ruota da tutti gli altri.

Un po' sorpresa di vederli di già tornare, quando nelle due notti precedenti le riprese erano durate almeno fino alle quattro, Lilly uscì dalla macchina per andare incontro al gruppo.

"Si può sapere come mai ci hai messo così tanto?" sbraitò Tucker.

Lilly si fermò, sentendo il tono avvelenato della voce di Tucker: spesso il produttore si innervosiva, ma mai così tanto. "C'è stato un incidente sulla superstrada, poi mi sono persa cercando la farmacia con gli armadietti per le consegne. Mi sono dovuta fermare a un'area di servizio per necessità fisiologiche e anche per mettere le telecamere in carica, poi ho trovato una signora con una gomma a terra e mi sono fermata per aiutarla a cambiare la ruota."

"Lo sapevi che volevo usarle questa notte," le disse Tucker, evidentemente affatto contento.

"Mi dispiace, non posso certo controllare il traffico."

"Non importa," borbottò il produttore, "dove sono? Le prendo con me, così facciamo pratica su come funzionano, intanto che siamo in hotel. Domani dovremo lavorare tutta notte, per girare le riprese che ci servono." Al che, Tucker si avvicinò alla macchina di Lilly, aprì con foga il baule e afferrò le telecamere, ormai completamente ricaricate.

"Ignoralo," le disse Andre affiancandosi a lei, "è solo irritato perché siamo tutti un po' tesi. Michelle stanotte ha fatto un'altra tirata, Roger si è rifiutato di farsi cinque chilometri a piedi per raggiungere un altro crinale e fare degli altri versi di richiamo, ha detto proprio un no secco." Andre fece una risatina. "Almeno per una volta è stato divertente vedere tutti che si opponevano a Tucker. Poi ci siamo rifiutati in blocco di continuare a girare per stanotte, dato che stava per piovere. Abbiamo un sacco di riprese di tutti che camminano nei boschi, colpi sugli alberi, ridicoli richiami, chissà poi cosa dovrebbero rappresentare."

In quel preciso istante, si mise a piovere, proprio come aveva anticipato Andre. Prima caddero gocce di pioggia fini, ma nel giro di qualche secondo si avviò un diluvio che bagnò tutti fino al midollo, prima ancora che si potessero riparare.

Ognuno andò di corsa verso la propria macchina, lasciando Lilly nel parcheggio da sola. Di nuovo. Il baule del bagagliaio era ancora aperto... lei non poté far altro che ridere.

Era stata una nottata strana, ma in un certo senso positiva. Le aveva fatto piacere aiutare Elsie e il figlio, sapere che non erano rimasti a piedi sul ciglio della strada, stressati sul da farsi, se non peggio, in cammino sotto la pioggia scrosciante.

Lilly tornò alla macchina correndo leggermente, chiuse il bagagliaio che Tucker non si era curato di chiudere, poi balzò dietro al volante. Aveva i capelli bagnatissimi, gocciolavano, era stanca, ma almeno non era stata costretta a camminare per chilometri nei boschi. Le dava ancora fastidio, aver dovuto guidare per tutti quei chilometri fino a Roanoke, per andare a prendere le telecamere, ma non poteva negare che era stata una bella pausa, un diversivo per staccarsi dalle riprese.

Con quel pensiero che le frullava in testa, guidò fino a tornare al B&B. Il lavoro non le era mai pesato, in passato. Era solo un lavoro, qualcosa da fare per pagare le bollette. A volte era persino divertente, ma si accorse che ormai le pesava stare vicina a Tucker, al cast, persino ai colleghi. Almeno all'inizio erano tutti amiconi, ridevano e scherzavano durante le pause, tra una ripresa e l'altra. Ma ormai erano arrivati a fare ciascuno i fatti propri, ignorandosi reciprocamente. L'impressione era che più tempo passavano insieme e più diventavano scorbutici... l'atmosfera che si era creata cominciava a prosciugarle ogni entusiasmo.

Era davvero giunto il momento di cambiare. Non voleva passare il resto dei suoi giorni odiando il proprio lavoro. Non aveva idea di che altro fare, ma non voleva più filmare programmi televisivi di "realtà" immaginarie e artefatte.

Convinta di aver preso una decisione importante, pur non avendo deciso nulla di preciso, Lilly sentì il cuore più leggero di prima, quando era partita per Roanoke, quella sera.

Accostò dietro la casa di Whitney e tirò fuori il telefono. Negli ultimi giorni, era diventata un'abitudine: quando finiva la nottata di lavoro, controllava i messaggi e le notifiche. Aveva già sentito il telefonino squillare, ma non aveva avuto occasione di controllare. Prima si era preoccupata di andarsene da quel quartiere terribile, poi aveva guidato, infine aveva aiutato Elsie cambiando la ruota.

Come al solito, trovò un messaggio di Ethan che la fece sorridere ancor prima di leggerlo.

Ethan: Non ci credo che ti piace la pizza con l'ananas. Non credo possiamo più essere amici :) Drew e Brock sono stati contenti di conoscerti, oggi. Il mio momento preferito di oggi è stato quando Brock ti stava spiegando alcuni degli attrezzi che usa nel suo garage e tu l'hai corretto. Non l'ho mai visto rimanere senza parole, una vera meraviglia. Spero che stanotte il lavoro ti sia andato bene. Mandami un messaggio quando ti svegli, domattina, passo a prenderti... cioè, se vuoi ancora vedere la casa su cui sto lavorando con Rocky. Dormi bene.

Lilly sorrise: le piaceva sorprendere gli altri. Nessuno si aspettava da lei che conoscesse bene le macchine, o che si intendesse di edilizia, o di idraulica, di tutto ciò che veniva considerato lo stereotipo di un "lavoro da uomo". Proprio come aveva sorpreso Tony e la sua mamma, quella notte. Brock *si era* sorpreso quando lei lo aveva corretto, poi si era messo a ridere, dicendo che se non l'avesse sposata Ethan, si sarebbe fatto avanti lui.

Lei era arrossita, persino Ethan era sembrato un po' a disagio, ma se l'era fatto passare dicendo all'amico di tenere le mani a posto... poi aveva agganciato Lilly con un braccio intorno alla spalla, tirandosela al fianco.

Le era piaciuto molto, essere abbracciata da Ethan, anche se l'aveva lasciata andare prima che lei se lo aspettasse. Era difficile capire se lui la vedeva ancora solo come un'amica, o se voleva qualcosa di più.

Lilly conosceva bene la *propria* risposta: ogni giorno che passava, voleva senz'altro di più. Ma poi c'era la questione "sono qui solo per lavoro" che pendeva sulla testa di entrambi. Sembrava più furbo tenere il rapporto su un piano amicale, ma diventava sempre più difficile, man mano che si conoscevano.

Cliccò nel riquadro sotto al messaggio di Ethan per rispondere.

Lilly: Non ci credo che metti il jalapeño dappertutto. È molto peggio della pizza con l'ananas :) Sì, voglio ancora venire con te, domani. Anzi, sarò pronta prima del solito, poi ti spiego, è una storia lunga. Stanotte non ho dovuto camminare chilometri nel bosco e sono arrivata prima delle quattro. Appena ci vediamo ti dico tutto. Domani però sarà una notte lunga, ma almeno son contenta che probabilmente tornerò in me per le nove. A presto. Buona notte.

Ethan le aveva detto che gli faceva piacere ricevere messaggi da lei, quando tornava a casa, quindi Lilly cercò di non sentirsi in colpa se gli scriveva così tardi... anzi, la mattina prestissimo. Uscì dalla macchina, prese la sua telecamera e si diresse all'interno per prepararsi ad andare a dormire.

Le servì un po' di tempo per addormentarsi, perché non era sfinita come al solito. La giornata si era conclusa non malaccio. Prima era uscita con Ethan e con i suoi amici, poi aveva conosciuto Elsie, aveva fatto passi avanti nel decidere sul proprio futuro professionale... Lilly si sentì rilassata per la prima volta dopo tanto, tantissimo tempo.

———

L'agitazione gli scorreva nelle vene. Quella notte aveva fatto *schifo*. Nulla aveva funzionato come doveva. Ma presto, prestissimo sarebbero arrivate le emozioni vere. Il programma stava per ricevere una bella sorpresa, un vero sberlone... lui non vedeva l'ora di *scoprire* la reazione di tutti gli altri.

Non si era mosso in base a un piano programmato, ma ormai aveva fatto la sua mossa e aveva capito che era perfetta. Anzi, si sentiva stupido per non averci pensato prima.

Avrebbe dovuto sentirsi *in colpa*. Avrebbe dovuto provare un po' di rimorso. Invece no, per nulla.

Tutto faceva brodo, per il bene dello spettacolo.

Camminare per boschi, urlare e colpire alberi, tutte stupidaggini. *Ecco* cos'avrebbe fatto guadagnare al programma una nomination per gli Emmy Awards. Una mossa imbattibile. Accidenti, bastava si spargesse la voce che Bigfoot si era stufato di essere disturbato e che non voleva farsi trovare (e che di conseguenza aveva fatto qualcosa), per trasformare il programma in oro zecchino.

Sospirando, si sdraiò sul letto e sorrise fissando il soffitto. Il fermento che aveva in corpo era tanto che si sentiva quasi frastornato.

Eh già, il programma senza di lui non valeva nulla. Da

solo, avrebbe trasformato *Indagini Paranormali* in un successo televisivo. Anche se nessun altro sapeva cosa lui avesse fatto.

Si addormentò con un bel sorriso in faccia e con la coscienza a posto. Aveva fatto ciò che doveva. Tutto il resto si sarebbe sistemato.

CAPITOLO DIECI

Il mattino dopo, quando Ethan si fermò da Grinders per prendere un caffè e un muffin, incontrò Clara Wooten, che faceva parte di un gruppo di signore molto appassionate di gossip... che però, a differenza di Silas, Otto e Art, malignavano un po' alle spalle degli altri. Oltre a Clara, il gruppo era composto da Dorothea, Cora, Ruth, tutte signore che non cercavano nemmeno di nascondere i loro tentativi di raccogliere qualche informazione succulenta. Più si creava scandalo, più erano contente.

Clara salutò Ethan con un bel sorriso, poi cominciò a chiacchierare con lui fino a consumargli l'orecchio, mentre Ethan aspettava che gli preparassero il caffè. Solo quando saltò fuori il nome di Lilly, lui cominciò a fare attenzione.

"Scusi, sono ancora mezzo addormentato, può ripetere?" chiese a Clara.

"Ho detto, spero che porti presto la signorina Lilly al nostro circolo del libro oggi pomeriggio in biblioteca," ripeté Clara.

Ethan la fissò sorpreso: aveva avuto la netta sensazione che Clara e le altre non fossero molto interessate a Lilly, o agli altri del programma. Anche se naturalmente si erano presentate all'incontro con la popolazione, per fare un bel broncio al cast e agli altri.

Lui non sapeva proprio cosa fosse cambiato da allora, per trasformare Clara in una dolce signora interessata a Lilly tanto da sperare di passare del tempo con lei. Addirittura a uno dei preziosi incontri del circolo del libro, un "club" le cui uniche iscritte erano proprio loro quattro e nessun altro, anche se loro parlavano comunque di libri ogni volta che si vedevano; infatti Ethan si era chiesto più volte il perché quelle quattro dovessero fissare un giorno e un'ora per trovarsi a parlare di libri ufficialmente. Ma non gli era mai importato tanto da chiederlo.

Però avevano intenzione di chiedere anche a Lilly di partecipare ai loro incontri? Doveva essere successo qualcosa.

"Non so che impegni abbia oggi," rispose Ethan.

La signora fece spallucce. Era mattina presto, eppure aveva i capelli perfettamente in ordine, con la solita acconciatura ad alveare che lei amava tanto. Ethan era sempre stato colpito da quei capelli: non si muovevano mai, nemmeno quando c'era vento forte. Clara doveva usare quintali di lacca per capelli, per farli rimanere sempre così in ordine. Lui non l'aveva mai vista spettinata. Clara era la più bassa della sua cricca, superava di poco il metro e sessanta, ma grazie a quell'acconciatura sembrava molto più alta. Aveva sessantotto anni ed era in ottima forma, tutto considerato, anche se ogni mattina andava da Grinders per accompagnare un caffè zuccherato con un rotolino alla cannella.

"Ultimamente ha avuto il pomeriggio libero, quindi dovrebbe essere libera verso le tre, quando ci troviamo," lo informò Clara.

Ethan non poteva né confermare né negare che Lilly potesse andare a quell'incontro, così pensò di stare sul vago: "Gliene parlerò." Ma poi non si trattenne e aggiunse: "Pensavo che a voi signore non interessasse troppo di lei."

Clara esitò schiarendosi la gola, poi fece spallucce e dopo

un momento rispose: "Non sarebbe un comportamento da brava cristiana dire che non mi piace una persona, senza prima conoscerla. Non è certo un segreto che non mi appassionino le persone che sfruttano la nostra bella cittadina con quella frottola del Piedone, del resto Lilly non dovrebbe fermarsi, ma dopo aver sentito cos'ha fatto la notte scorsa, non so che farci, l'impressione che mi ero fatta di lei è cambiata."

Ethan si accigliò: "Perché, cos'è successo la notte scorsa?"

Clara sembrò brillare di gioia, finalmente poteva fare un po' di gossip con qualcuno che ancora non conosceva quella storia. "Oh, beh, la signora che lavora all'On the Rocks, quella che vive col suo ragazzo al Mangree, è rimasta bloccata con una gomma a terra mentre tornava a casa. C'era buio e aveva paura, ma la signorina Lilly si è fermata per aiutarla."

Ethan scosse la testa: "Ma, non può essere, Lilly stava lavorando la notte scorsa."

Clara fece un bel sorriso raggiante: "No, non lavorava. Me l'ha detto stamane la giardiniera, che l'ha sentito dal cugino, che è amico di una delle signore che vanno a fare le pulizie al Motel Mangree; l'hanno chiamata di buon'ora per risistemare una camera, dopo che qualche ragazzaccio delle scuole superiori ci ha fatto una festa. Il guardiano notturno le ha raccontato che quella signora... com'è che si chiama?"

"Elsie?" le chiese Ethan.

"Sì, proprio lei! Elsie. Insomma, il guardiano ha parlato con Elsie, quando è tornata, attento bene, è rientrata dopo la mezzanotte, eppure si è presentata dal guardiano per farsi cambiare la macchina del caffè che non funzionava; lo sanno tutti che è maniaca del caffè. Ma dato che va a lavorare a mezzogiorno e non può permettersi di venire qui ogni mattina a fare colazione deve usare la macchinetta del caffè che c'è nelle stanze del Mangree."

Ethan si sforzò per non mostrare la propria esasperazione, implorando Clara di andare avanti con la storia; sapeva per esperienza che quando cominciava a raccontare non era il caso di farle fretta.

"Insomma, è stata Elsie a raccontare tutto alla signora che poi le ha portato la macchinetta: ha colpito qualcosa in macchina, qualcosa sulla strada, ha quasi perso il controllo. È riuscita ad accostare sul ciglio della strada, ma non riceveva il segnale del telefonino, perché quei gestori del piffero non vogliono decidersi a installare un ripetitore tra la superstrada e Fallport. Che ridicolaggine, non è affatto sicuro, ma a loro ovviamente non importa, perché sono delle aziende fatte di numeri, non di persone, a loro interessa solo il profitto. Insomma, si è ritrovata con la macchina in panne sul bordo della carreggiata, poteva passare chiunque, assassini, maniaci sessuali, tra l'altro con lei c'era anche il figlio. Aveva una paura dell'anima, poi ha visto delle luci arrivare."

"Pensa che sollievo, quando ha visto che era la signora della telecamera, quella del programma che c'è qui in paese. Elsie è rimasta esterrefatta quando la signorina Lilly si è offerta di cambiarle la ruota! Tra l'altro ho sentito che ha fatto un bel lavoro, poi l'ha anche seguita fino al Mangree per assicurarsi che andasse tutto bene. Eh sì, è proprio una brava persona. L'ho capito subito, appena l'ho incontrata, ma sai, siccome va via presto non avevo motivo di entrare troppo nel personale."

A Ethan girava la testa; non aveva idea che Lilly non avesse lavorato, la sera prima, si chiese subito cosa ci facesse per strada a quell'ora tarda. Non lo sorprese sapere che si era fermata per aiutare un veicolo in panne, anche se il pensiero di cosa poteva succedere, se non si fosse trattato di Elsie col figlio, ma di qualcuno appostato in attesa di una facile preda che si fermasse, per una rapina...

Ethan bloccò quel nesso di pensieri: si accorse di aver superato persino Clara, con i cattivi pensieri, però non poté evitare di aggiungere: "Se ne andrà comunque presto."

Clara agitò una mano per aria, per minimizzare le parole

di Ethan: "Lo so, ma è stata tanto cordiale a fermarsi per aiutare Elsie, che noi volevamo fare qualcosa in segno di apprezzamento per il suo buon cuore."

A Ethan non sfuggì quel "noi"con cui Clara gli aveva fatto capire di aver già parlato quel mattino stesso con le altre signore del circolo. "Sono sicuro che un semplice 'grazie' sarà più che sufficiente per Lilly."

Clara lo ignorò: "Stiamo arrivando alla parte più succulenta del libro che stiamo leggendo, è il punto della trama in cui il cattivo sta per buscarsi ciò che gli spetta. Poi c'è anche il capitolo sul sesso."

"Ecco qui il tuo caffè, Ethan," disse la giovane commessa dal bancone passandogli un caffè e un pacchettino con dentro un muffin; stava sorridendo ampiamente, si godeva vedendolo a disagio per la piega che aveva preso la conversazione con Clara. Sapevano tutti che le signore leggevano e discutevano di romanzi rosa; non che la cosa lo infastidisse, ma non era certo desiderio di Ethan starsene in mezzo alla caffetteria ad ascoltare la signora Clara che parlava di sesso.

"Grazie tante," le disse Ethan infilando nel vasetto delle mance una banconota da cinque dollari e poi annuendo a Clara. "Mi ha fatto piacere incontrarla stamattina, ora devo proprio andare, se no arriverò in ritardo all'appuntamento con mio fratello."

Clara annuì con un sorriso: "Non dimenticarti di dire alla signorina Lilly del nostro circolo del libro!"

"Glielo dirò," rispose Ethan, che poi si girò alla svelta per uscire, prima che alla signora Clara venisse in mente altro di cui chiacchierare.

Uscendo, Ethan resisté all'impulso di inviare subito un messaggio a Lilly per chiederle cosa fosse successo la notte prima. Appena sveglio, quando aveva letto il messaggio che lei gli aveva inviato, non si era concentrato troppo a riflettere su cosa avesse fatto, invece di andare in giro nei boschi; era solo felice di poterla vedere prima del solito. Ma ovviamente,

dopo il racconto di Clara, non poteva fare *altro* che pensarci.
Non aveva alcun senso che Lilly percorresse la 480, la strada
che collegava Fallport con la superstrada I-81.

Però Ethan doveva darsi davvero una mossa, c'era l'impianto elettrico di cui Rocky aveva bisogno, poi finalmente
poteva incontrare Lilly. Anche se Rocky non gliel'avrebbe
fatta pesare, se lui avesse chiesto di finire prima.

Fece del suo meglio per mettere un freno alla curiosità e
saltò sulla sua Outback avviandola verso il cantiere.

Dopo due ore, Ethan sentì il cellulare squillare. Lo tirò
fuori di tasca e vide che era Zeke a telefonargli.

"Ciao, che c'è?" gli chiese rispondendo.

"Nulla di nuovo. Ho appena parlato con Elsie, mi ha
raccontato cos'è successo la notte scorsa," disse Zeke. "Hai
sentito che storia?"

"Stamattina da Grinders mi sono imbattuto in Clara," gli
rispose Ethan.

"Ah ecco, appunto, allora lo sai già," gli disse Zeke, "Brock
sta sistemando la macchina di Elsie proprio in questo
momento, le sta anche ordinando quattro ruote nuove. Non
riesco a credere che sia andata fino a Roanoke con quelle
quattro gomme spelacchiate. Erano praticamente lise, è un
miracolo che la macchina non abbia cappottato, quando è
scoppiata la gomma."

"Ma a lei sta bene?" domandò Ethan. Elsie era una donna
orgogliosa, era in paese da circa un anno e mezzo, aveva
tenuto la bocca chiusa, non raccontando da dove fosse arrivata e come fosse finita a Fallport. Con gran disappunto di
Zeke, Elsie non accettava facilmente aiuto, tanto che Ethan
sospettava ci fosse un litigio in arrivo: Zeke avrebbe avuto il
suo bel da fare per farle accettare un contributo per quelle
gomme nuove.

"Non lo sa," rispose Zeke.

Ethan scoppiò a ridere e rispose all'amico: "Appunto,
buona fortuna!"

"Vedrai che accetta, se non altro perché con delle gomme nuove Tony sarà più al sicuro," spiegò Zeke.

Ethan immaginava che Zeke avesse ragione. Se anche Elsie non avesse accettato di non pagare, lui avrebbe trovato il modo di farle pagare le gomme a rate, magari nel frattempo mentendo sul prezzo reale.

"In ogni caso, ti chiamavo per sentire se sapevi perché Lilly era fuori città a quell'ora."

Ethan non fu sorpreso di quella domanda: il suo amico Zeke era particolarmente attento alla sicurezza delle donne che conosceva, una sensibilità affinata in anni di lavoro al bar. L'ultima cosa che voleva era che qualcuna fosse molestata o addirittura assalita, uscendo dall'On the Rocks. Così aveva installato vari sistemi di sicurezza e faceva sempre in modo che le signore fossero accompagnate alla macchina, quando se ne andavano. Nei bagni delle donne c'erano persino dei cartelli in cui si spiegava che se una signora non si sentiva più al sicuro, per via dell'uomo con cui era uscita o di un altro cliente, poteva ordinare un drink particolare per allarmare chi c'era in servizio al bar, che avrebbe così affrontato l'emergenza telefonando alla polizia o accompagnando l'interessata alla macchina o fuori dall'edificio senza fare tanta cagnara.

Ecco perché Zeke non era particolarmente contento di sapere che una sua dipendente era rimasta in panne di notte, specialmente Elsie, per cui Zeke sembrava avere un debole. La preoccupazione era poi raddoppiata, scoprendo che anche Lilly era in giro a quell'ora.

"Non lo so. Ma più tardi dobbiamo vederci."

"Beh, quando vi vedete, dille che apprezzo l'aiuto che ha offerto a Elsie."

"Glielo dirò."

"Per la cronaca... a Fallport farebbe proprio comodo avere più persone come lei, persone disposte a fermarsi per aiutare chi ne ha bisogno. Chissà quanti, arrivando alla macchina di

Elsie, non si sarebbero nemmeno fermati, neanche per sogno."

"Sono d'accordo."

"Allora dovresti provare a fare qualcosa," gli disse Zeke.

Ethan alzò gli occhi al cielo; gli amici gli facevano troppe pressioni perché convincesse Lilly a rimanere, ma lui non poteva certo biasimarli: Lilly era una persona gentile, educata, bella anche da vedere. Agli amici non era certo sfuggito il buonumore che lo accompagnava da qualche giorno, merito di Lilly, lo sapevano tutti.

Ma cercare di convincerla a rimanere, pur avendola incontrata da pochissimo tempo, gli sembrava una vera follia: a parti inverse, Ethan sapeva bene che, se una donna gli avesse chiesto di mollare il lavoro per fermarsi in una cittadina sperduta, dopo meno di una settimana, lui sarebbe scappato a gambe levate.

Quel pensiero comunque non gli avrebbe impedito di cercare di scoprire come poteva evolversi il loro rapporto, come poter continuare a frequentarsi.

"Se trovi l'occasione, faccelo sapere e faremo anche noi la nostra parte per sostenerti," gli disse Zeke, sentendo che Ethan non confermava ciò che gli aveva chiesto prima.

Non c'era bisogno che Zeke offrisse il suo aiuto, o quello degli amici della squadra: Ethan sapeva già di poter contare su di loro, sapeva di avere il loro supporto a qualunque ora del giorno e della notte. "Va bene, vi farò sapere. Ci sentiamo più tardi."

"Ciao."

Ethan chiuse la conversazione e si ficcò il telefono in tasca, poi si girò e trovò Rocky in piedi davanti a lui.

"Zeke?" gli chiese Rocky.

"Sì."

"Non mi sorprende." Ethan aveva già raccontato al fratello tutto ciò che gli aveva raccontato Clara quel mattino. "Ha un debole per la sua cameriera," disse Rocky.

"Eggià," concordò Ethan. Lo sapevano tutti che a Zeke piaceva Elsie, ma l'unica volta che se n'era parlato, Zeke aveva zittito tutti insistendo che Elsie era già troppo incasinata. Non si riferiva al figlio. A Zeke piacevano i bambini, gli piacevano molto. Il problema non era Tony. Nessuno sapeva bene quali fossero i casini di Elsie, ma era palese che ne avesse più che a sufficienza.

"Hai già sentito Lilly?" gli chiese Rocky.

Ethan stava ancora scuotendo la testa, quando gli vibrò il telefono. Lo tirò fuori di tasca e sorrise.

"Immagino che sia proprio lei," commentò Rocky ridendo.

Ethan lesse l'SMS di Lilly e si sforzò di ignorare la sensazione di piacere che gli solleticava stomaco. Era pazzesca tutta quell'eccitazione, ogni volta che lei si faceva sentire, per non parlare delle emozioni che gli trasmetteva quando stavano insieme.

Lilly: Sveglia! Ho resistito alla tentazione di abbuffarmi con la solita super colazione di Whitney. Se continuo a mangiare così tanto, presto dovrò cambiare taglia di vestiti. Poi vorrei passare all'On The Rocks oggi pomeriggio, se non ti dispiace.

Ethan: Vuoi rivedere Elsie.

Lilly: Noto che la rete di gossip di Fallport ha tenuto fede alla reputazione galattica :)

Ethan: Da queste parti non ci sono segreti. Però mi interessa sentire la storia da te.

Lilly: Non è una gran storia.

Ethan: Penso che Elsie non sarebbe d'accordo.

Ethan alzò lo sguardo e trovò quello del fratello, che lo fissava con un sorriso sornione stampato in volto. "Che c'è?" gli chiese Ethan.

Rocky fece spallucce: "Non ti vedo così emozionato di mandare messaggi a una da quando avevamo tredici anni e ti è venuta una cotta per Missy Buckmeyer."

Ethan scoppiò a ridere. Missy aveva due anni più di loro ed era stata la prima con cui Ethan era stato a letto. Ovvio che all'epoca Ethan fosse infatuato di lei. Ma i sentimenti che provava per Lilly erano ovviamente diversi. Più profondi. Pazzesco, si erano appena conosciuti, ma pazienza.

"Comunque, per la cronaca, il resto dell'impianto elettrico può anche aspettare domani, quindi se vuoi raggiungerla, va benissimo. Intanto io posso lavorare ai pavimenti delle altre camere, per oggi."

"Grazie, lo apprezzo," gli rispose Ethan, che poi tornò a concentrarsi sul telefono.

Ethan: Qui con Rocky ho finito. Sei libera?

Lilly: Assolutamente. Hai dei programmi precisi per oggi? A parte andare all'On the Rocks, ovviamente.

Ethan: Bowling?

Lilly: Oh, mi piacerebbe! È passata una vita dall'ultima volta che ho giocato a bowling.

Ethan: Ottimo. Allora ci vediamo tra una decina di minuti.

Lilly: Ti aspetto.

Ethan si infilò di nuovo il telefonino in tasca e andò subito verso la porta. Per fortuna, il lavoro di quella mattina non l'aveva stancato, non aveva bisogno di fare una capatina a casa per farsi una doccia, prima di vedere Lilly. Anche cinque minuti di attesa in più, prima di rivederla, gli sembravano troppi.

———

Si erano fermati a pranzare all'On the Rocks, ma era talmente pieno che non erano riusciti a parlare molto con Elsie; Ethan però era sicuro che prima o poi si sarebbero messi in contatto con lei, così cercò di contenere la curiosità sulla sua versione di quanto aveva sentito da Clara, cioè di quanto accaduto quella notte; si trattenne fino a quando raggiunsero la pista da bowling, si cambiarono le scarpe, Lilly scelse la palla del peso giusto, aspettò persino per tutta una partita intera. Ma quando lei lo pregò di giocare ancora, per darle un'altra chance di batterlo, anche se lui aveva totalizzato oltre cento punti, lui le disse: "Ti concedo la rivincita se mi racconti cos'è successo la scorsa notte."

Lilly inclinò la testa fissandolo: "Pensavo che avessi già sentito tutta la storia."

"Clara mi ha informato, mi ha detto che hai cambiato una ruota alla macchina di Elsie, poi mentre aspettavo le scarpe per la pista ho sentito quanto si è divertito il piccolo Tony, che adesso da grande vuole diventare un meccanico. Non mi sono sfuggiti nemmeno i bei sorrisi che ti hanno fatto alcune persone che abbiamo incrociato venendo qui, persone che oggi sembravano molto amichevoli, mentre ieri non ti consideravano."

Lilly si fece seria e gli chiese: "Ma a te dispiace?"

"No," rispose Ethan, "sono felicissimo, me l'aspettavo che diventassero più cordiali, conoscendoti. Andando in soccorso di una di noi non hai fatto altro che accelerare i tempi."

"Allora perché hai un tono di voce un po' irritato?" gli chiese Lilly.

"Perché non so ancora come mai ti eri messa in viaggio ieri, per cominciare. All'una e mezza di notte, da sola."

Lilly sospirò. "Ecco, allora che ne dici se ci sediamo mentre te lo racconto? Non è una storia lunga, ma mi sembri un po' stressato e l'ultima cosa che voglio è che circoli voce che litighiamo."

"Merda, scusami, hai ragione. Ero solo preoccupato."

"È tutta mattina che ti chiedi cosa diavolo ci facevo in strada a quell'ora, vero?" gli chiese con un sorrisetto.

Lui annuì: "Precisamente."

"Beh, allora devo dire che ammiro la tua capacità di controllarti. I miei fratelli mi sarebbero saltati addosso appena entrata in macchina."

"Certo, anch'io volevo chiedertelo, ma non voglio darti l'impressione di esagerare a intromettermi."

Si sedettero sulla panca dietro la pista da bowling. Lilly lo scrutò in silenzio per un lungo momento, poi gli chiese tranquillamente: "Cosa stiamo facendo?"

Ethan fece una risatina rispondendo: "Non ne ho idea."

Lei fece un gran sorriso, sorprendendolo: "Meno male che non sono l'unica."

"Mi piaci, Lilly. Credimi, non mi è mai capitato di farmi in quattro per passare ogni giorno con una donna, sapendo che se ne andrà nel giro di qualche giorno."

Il sorriso di Lilly si smorzò.

"Mi sei entrata dentro, mi riesce impossibile dirti che non è una buona idea passare del tempo insieme, oppure inventarmi delle scuse per evitarti. Accidenti, mi accorgo che rileggo più volte i messaggi che mi mandi, solo per sentirti più vicina, quando lavori."

"Succede anche a me."

"Allora... mi farebbe piacere rimanere in contatto, quando te ne andrai. Magari quando saranno finite le riprese dell'ultimo episodio, prima di passare al prossimo impiego, potresti valutare di tornare qui a passare un po' di tempo insieme?"

Le guance di Lilly diventarono un po' rosse: "Mi farebbe piacere."

Ethan riprese il fiato che non si era accorto di trattenere. "Ottimo."

"Sì," confermò lei tornando a sorridere.

"Adesso... ti va di raccontarmi tutta la storia della notte scorsa?" le chiese.

Lilly sospirò: "Non è successo nulla. Quando sono arrivata al parcheggio del sentiero di Rock Creek, Tucker mi ha detto che aveva ordinato delle telecamere termiche che erano state consegnate in una farmacia di Roanoke. Poi mi ha ordinato di andare a prenderle." Fece spallucce. "Così ci sono andata."

"Da sola?" le chiese Ethan.

"Sì, Gli altri operatori dovevano lavorare e ovviamente non poteva andarci uno del cast; Brodie deve sempre essere presente per curare l'audio, Trent era ancora fuori a fare la sua indagine in solitaria."

Ethan la fissò per un lungo momento, cercando di non offendersi, infine le chiese: "Non hai nemmeno pensato di telefonare *a me*?"

Lilly si fece seria: "Io... ehm, no."

"Perché no? Mi farebbe piacere pensare di aver più che chiarito che mi piace passare del tempo con te. Oltre ad avere più tempo da passare insieme, per conoscerci meglio, sarebbe stato più sicuro andare insieme, invece che andare in giro da sola a quell'ora."

"Gesù santo, mi dispiace proprio, hai ragione. Avrei dovuto chiamarti. È solo che... Tucker mi ha chiesto di andare così, all'improvviso, a me non faceva neanche piacere. Poi voleva che tornassi al più presto, per usare le telecamere ieri notte. Era un viaggio di lavoro e non mi è passato nemmeno per la testa che ti andasse di accompagnarmi."

"Mi sto davvero sforzando di non offendermi," le disse Ethan a cuore aperto.

Lilly gli prese la mano e la strinse leggermente, dicendogli con dolcezza: "Credo solo di essere troppo abituata a fare da sola. Ma hai ragione, mi avrebbe fatto molto piacere andare con te. C'era un traffico da schifo e mi sono annoiata a morte. Per non parlare di dove si trovava la farmacia, non era certo il quartiere più carino della città, mi sono persino persa per trovarla."

Ethan fu molto dispiaciuto di sentire quel racconto,

immaginare Lilly in una qualunque situazione di pericolo gli faceva accapponare la pelle. Ma Lilly era una donna adulta e vaccinata, si era arrangiata per tanto tempo. A lui non piaceva quel prepotente del produttore, che l'aveva mandata da sola fino a Roanoke, ma si sentì meglio sapendo che Lilly non l'aveva fatto apposta, per evitare di passare del tempo insieme. Così si sforzò di alleggerire l'atmosfera dicendo: "Potevo sempre tenerti la torcia puntata mentre cambiavi la ruota alla macchina di Elsie."

Lei gli sorrise timidamente: "Vuoi dire che gliel'avresti cambiata tu, vero?"

"No no. Io sono una schiappa con le macchine. Chiedi pure a Brock, lui ormai ha perso ogni speranza. Preferisco lasciare a te gli interventi sull'auto."

Lilly lo fissò.

"Che c'è?"

"È solo che... non riesco a credere che tu l'abbia ammesso."

"Perché no? Non sono certo perfetto, quindi se non sono capace di fare qualcosa sono più che disposto ad ammetterlo."

"Beh, sei diverso dagli uomini che ho conosciuto in passato. Pensano sempre tutti di dover fare i maschioni, di dover fare loro certe cose, anche se poi non sanno nemmeno come si usa una chiave a bussola."

"Cos'è una chiave a bussola?" le chiese Ethan senza batter ciglio.

Lilly fece per rispondere, ma lui si mise a ridere.

Al che lei alzò gli occhi al cielo e lo schiaffeggiò sul braccio.

Ethan sapeva bene che Lilly gli stava ancora stringendo la mano, ma non era sicuro che se ne fosse resa conto anche *lei*. Non aveva intenzione di fargliela togliere, gli piaceva troppo quel contatto.

"Sei una donna adulta e vaccinata, Lilly," le disse dopo un momento, "ovviamente sei molto brava ad arrangiarti, non mi permetterei mai di sminuire le tue capacità, o la tua persona, solo perché sei una donna. Ma rimane il fatto che ci sono situazioni meno sicure di altre, proprio perché sei una donna. Andare in giro in macchina a notte fonda è proprio una di queste situazioni. Tra le due e le quattro del mattino, non succede mai nulla di buono."

"Parli proprio come i miei fratelli."

"Si vede che abbiamo ragione," le disse con decisione, "non solo sei una donna, ma sei anche bellissima. Però non sei né grande e grossa né forte come tanti uomini, che potrebbero usare la forza per avere la meglio, a prescindere dai corsi di autodifesa che hai frequentato."

"Non penso che sia proprio così," ribatté lei.

"Guarda, io sono stato un SEAL, ho visto donne allenarsi per una vita intera con i rispettivi compagni e poi essere abbattute con un pugno in faccia. Molte di queste donne avrebbero potuto passare l'addestramento nelle forze speciali, se avessero provato. Ci sono delle brutte persone in giro, Lilly, il solo pensiero che tu possa incontrare qualcuno pronto a usare la forza per farti del male o approfittarsi di te mi fa un po' impazzire."

Lei gli strinse di nuovo la mano. "Dovevo chiamarti," gli disse, ammettendo che aveva ragione lui.

Ethan annuì. "Fa niente. Senti... quanto tempo pensi che dureranno ancora le riprese?"

"Beh, stanotte giriamo con le telecamere termiche, domani sarà una giornata lunga, perché Tucker vuole che ci troviamo tutti per discutere del girato e per vedere se qualcuno ritiene necessario rifare delle scene, o se ci è sfuggito qualcosa. È facile che ci tocchi girare qualche scena di giorno con Trent che parla delle sue indagini in solitaria, mentre gli altri discutono dei suoi ritrovamenti."

"Allora... se tutto va come previsto, non dovrai andartene prima di dopodomani, forse tra tre giorni?"

Lilly annuì.

"Che rottura," borbottò Ethan.

"Sì. Ma... anche tu mi piaci, Ethan," gli disse timidamente, "il momento migliore della mia serata è quando parcheggio al B&B e controllo i messaggi. Credo che non cambierà, se sono da qualche altra parte, a fare un programma diverso."

"Allora è un bene che siamo alla pista di bowling, in questo preciso istante," la informò Ethan.

"Davvero? Perché mai?" gli chiese confusa.

"Perché non vorrei mai metterti al centro di altre chiacchiere... ma se in questo momento ti facessi sdraiare su questa panca per baciarti fino all'inverosimile di sicuro diventeresti l'argomento preferito degli impiccioni del paese."

Lilly si mise a ridere: "Ti immagini come si spargerebbe alla svelta il pettegolezzo? Probabilmente il mattino dopo ci arriverebbero descrizioni dettagliate di come abbiamo pomiciato sul pavimento della pista da bowling!"

Ethan ridacchiò: "Hai proprio ragione."

Si fissarono per un momento carico di emozione, poi Lilly fece un gran sorriso: "Appunto, allora... ti lasci prendere a calci nel didietro o no?"

"Mi stai chiedendo di arrendermi?" le chiese Ethan.

"Cosa? No, perché?"

"Perché sarebbe l'unico modo per prendermi a calci nel didietro a bowling."

"Di' un po' quello che ti pare," rispose lei fingendosi esasperata. Poi Lilly si alzò in piedi e si avvicinò al punto in cui tornavano le palle da bowling, impugnando quella rosa chiaro che aveva scelto. Poi si concentrò sui birilli a fine pista, fece un bel respiro, oscillò il braccio e lasciò andare la palla.

Ma la palla andò subito a infilarsi nel canale laterale, così lei si girò e arricciò il naso imbarazzata. "Ecco, questo era solo riscaldamento. Adesso vedrai come ti prendo a calci nel didietro!"

Ethan si alzò e le andò incontro, mentre lei tornava dalla pista. Senza pensarci, le mise le braccia intorno alla vita stringendola forte. Non era solito avviare dei gesti fisici come quello, con le altre donne, né voleva che i suoi comportamenti venissero fraintesi, ma quel gesto gli era venuto spontaneo, gli era sembrato giusto e naturale. Soprattutto quando anche lei ricambiò l'abbraccio. Ethan le affondò il naso nei capelli inalando profondamente. Avevano un profumo dolce. Lui non sapeva cosa fosse, ma sentì che da quel momento in poi avrebbe sempre associato quel profumo con Lilly.

Consapevole degli occhi attenti dei pochi altri impegnati a giocare a bowling nei dintorni, Ethan la lasciò andare prima di quando avrebbe desiderato, per poi andare a recuperare una palla da bowling. Sapeva che Lilly se la sarebbe presa, se lui non si fosse impegnato al massimo, quindi fece un bel tiro e abbatté tutti dieci i birilli, non sorpreso da quello strike.

"Beh, cacchio," borbottò Lilly, che poi gli sorrise: "Bel tiro."

Eh sì, Ethan poteva dire senz'altro che Lilly gli era entrata dentro. Anche se doveva andarsene presto, erano d'accordo di rimanere in contatto. Doveva farselo bastare. Magari col tempo il loro rapporto avrebbe trovato il modo di funzionare. Nel frattempo, poteva sempre godersi quel momento. Dal servizio nei SEAL della marina, Ethan aveva imparato che nella vita non c'era nulla di scontato. Quindi era deciso a fare di tutto, pur di essere quel tipo di uomo che Lilly non avrebbe mai potuto dimenticare.

CAPITOLO UNDICI

Il mattino dopo, Ethan stava mangiando la frittata che si era preparato per colazione quando sentì il telefono squillare. Immaginò fosse Rocky a chiamarlo, per dirgli a che ora trovarsi per andare a finire i lavori, dato che avevano deciso di andare con la stessa macchina; ma fu sorpreso ed emozionato quando vide che invece era Lilly.

Il giorno prima gli aveva detto che le riprese notturne sarebbero andate per le lunghe, dato che dovevano usare le telecamere a rilevamento termico che lei era andata a prendere. C'erano molte scene da registrare, Lilly aveva brontolato, immaginando quanto tempo sarebbe servito.

"Ciao, Lil," le disse rispondendo.

"Ciao. Ehm... c'è un problema."

Ethan la sentì subito stressata dalla voce e si allarmò: "Che succede?"

"Non troviamo Trent."

Ethan si prese un secondo per assorbire quelle parole: "Cosa?"

"Trent. Sai che era andato in tenda per fare un'indagine in solitaria, ieri sera doveva tornare con noi per le ultime riprese, per raccontare agli altri cosa aveva visto, mostrare le prove che aveva registrato, per poi unirsi agli altri nelle ricerche notturne. Ma non è più arrivato. Noi subito abbiamo pensato che avesse deciso di rimanere in tenda un'altra notte, o che magari fosse esausto e fosse rimasto a dormire in albergo, per recuperare, dopo quell'avventura. Invece stamattina mi è arrivata una telefonata da Kate, che mi ha detto che Trent non è in albergo."

"Quando l'avete visto l'ultima volta?" chiese Ethan, ormai entrato in piena modalità operativa.

"Il giorno in cui è partito da solo."

"Sapete dove andava a pernottare?"

"Beh, sappiamo dove *doveva* andare, ma quando non si è presentato, stamattina, alcuni di noi sono andati nel posto dove doveva accamparsi e lui non c'era. Ci siamo guardati attorno per un bel po', ma di lui non c'è traccia, niente, nessun segno che ci sia stata una tenda o altro. Quindi non sappiamo bene dove abbia deciso di fermarsi."

"Che idiota," mormorò Ethan. Prima regola per ogni attività nella natura aperta: far sempre sapere a qualcuno dove si va. "Avete avvertito la polizia?"

"Doveva telefonare Tucker."

"Va bene. Vedo cosa posso scoprire e avverto gli altri che forse dovremo andare a cercarlo in montagna."

"Ehm, c'è qualcos'altro," disse Lilly con indecisione.

Ethan si tenne forte: "Cos'altro c'è?"

"Tucker vuole registrare le ricerche."

Ethan scosse la testa sospirando: "Ma certo che vuole registrare le riprese." Non era possibile impedire a Tucker di inviare la troupe con le telecamere per seguire la squadra di ricerca e soccorso Eagle Point, ma per usare le riprese c'era bisogno della liberatoria firmata da tutti i membri della squadra. Ethan non era molto entusiasta di firmare quella stupidaggine... ma aveva la netta sensazione che il sindaco avrebbe fatto pressioni per ottenere maggiore collaborazione, in nome del turismo, per portare più visitatori a Fallport.

"Io gli ho detto che voi vi muovereste più rapidamente se non ci fossimo noi a seguirvi in gruppo, ma lui mi ha ignorata."

Ethan non fu sorpreso: Lilly gli aveva fatto capire più volte quel che pensava il produttore, cioè che se qualcuno si faceva male, gli ascolti in TV salivano. Allora le rispose un po' diplomaticamente: "Ce ne occuperemo se e quando sarà il momento. Tu adesso dove ti trovi?"

"Sono tornata al B&B, ma tra qualche minuto ci troviamo tutti al sentiero di Fallport Creek, è il primo in cui siamo andati a girare."

"Dov'è la macchina di Trent?"

"È al parcheggio di Fallport Creek, quindi speriamo che ci sia anche lui, da quelle parti."

"Va bene. Non ti agitare. Sono sicuro che sarà in quella zona. Specialmente se non gli piace troppo starsene all'aria aperta."

"Lo spero proprio. C'è un'altra cosa che forse dovresti sapere."

"Che cosa?"

"Che Tucker sta già pensando di dire che Trent è stato rapito da Bigfoot."

"Cazzo," commentò Ethan.

"Lo so, è ridicolo, ma dato che eravamo qui a cercare Bigfoot, lui pensa che sia un'ottima svolta per il programma. Piedone si è arrabbiato perché ci stavamo avvicinando, stavamo per trovare le prove e ha deciso di fare qualcosa per fermarci, per evitare che si sapesse della sua presenza. Oppure che Trent è riuscito a riprenderlo ma che Bigfoot di conseguenza ha dovuto eliminare la telecamera."

"Beh, speriamo che il mito sia stroncato sul nascere, quando lo troveremo sano e salvo," commentò Ethan.

"Mi dispiace," gli disse Lilly.

"Per cosa?"

"Per te e gli altri, perché dovrete andare a cercarlo. Tu

avevi anche avvertito Tucker, quando siamo arrivati, gli avevi detto che poteva succedere e che non vi avrebbe fatto piacere dover rubare del tempo al lavoro per uscire a cercare chi si fosse perso."

"Non preoccuparti," le disse Ethan cercando di calmarla, "sono sicuro che lo troveremo presto e che torneremo al solito tran tran prima del tramonto."

"Lo spero davvero. Non posso certo dire di essere tanto amica degli altri, in particolare del cast del programma, ma odio l'idea che Trent sia perso nei boschi, che si sia fatto male o che sia impaurito. Allora ci vediamo presto, immagino."

"Sì, Lil, a presto. Anche se avrei preferito in circostanze diverse. Ma sono comunque contento di vederti."

"Anch'io," gli sussurrò lei, "vai piano in macchina."

Ethan sorrise: "Farò attenzione."

"Va bene. Ciao."

"Ciao."

Ethan finì il resto della colazione in tre bocconi, poi mise il piatto nel lavandino e si avviò verso la camera da letto. Doveva cambiarsi e poi avvertire gli altri. La squadra di ricerca e soccorso Eagle Point aveva una nuova missione.

———

Dopo una trentina di minuti, Ethan era in piedi con gli altri della squadra in un parcheggio affollato, ad ascoltare gli sparuti dettagli sul caso della scomparsa di Trent Morrison, il cui telefono deviava le chiamate direttamente alla segreteria vocale, quindi doveva essere spento o con la batteria scarica, oppure era ancora irraggiungibile. Chiedere al gestore telefonico un grafico delle celle a cui si era collegato sarebbe stato inutile, perché il bosco era troppo fitto e fuori da Fallport mancavano i ripetitori a cui un cellulare potesse collegarsi.

Era presente anche il capo della polizia, Simon Hill, insieme a uno dei due ispettori che lavoravano a Fallport, tutti quelli che lavoravano al programma sul paranormale e qualche curioso.

Come aveva previsto Lilly, Tucker era quasi fuori di sé dalla trepidazione per ciò che stava accadendo. Guizzava a destra e a manca, ordinando agli operatori di continuare a filmare tutto. Non era di alcun aiuto per indicare dove potesse essere il presentatore scomparso, Ethan arrivò a chiedersi se non fosse stato proprio il produttore a orchestrare tutta quella messinscena, per alzare gli ascolti. Trent poteva benissimo essere seduto da qualche parte, caldo e asciutto, a farsi una grassa risata per quella baraonda. Dopo un giorno o due, se ne sarebbe tornato nei boschi fingendo di imbattersi per caso nella squadra che effettuava le ricerche.

A Ethan non piaceva essere cinico, ma non poteva farne a meno: aveva già incontrato altri uomini come quel Tucker e non aveva dubbi che il produttore avrebbe fatto di tutto per raggiungere il successo con il programma, anche per continuare a fare quel mestiere in futuro.

Per fortuna, Simon Hill era un brav'uomo e lasciava spazio a Ethan e agli altri della squadra, senza cercare di intromettersi nelle ricerche. La polizia si avventurava in montagna solo se si scoprivano prove di qualche crimine, mentre le ricerche venivano lasciate agli esperti, un'attenzione che Ethan apprezzava. L'ultima cosa che voleva era che si perdesse qualcun altro.

"Va bene, pensavo di dividerci in tre squadre," disse Ethan agli amici. "Rocky, Drew e Brock vanno a ovest verso Eagle Point. Io e Zeke seguiamo il sentiero Barker Mill dove si divide dal sentiero Fallport Creek verso est. Raid e Tal seguite dove vi porta Duke."

Come sempre, Raid si era presentato con il suo segugio. Quel cane riusciva a ritrovare più persone dei suoi colleghi umani. Duke era stato addestrato a seguire tracce con l'olfatto, gli bastava un capo di abbigliamento indossato dalla persona scomparsa, o un oggetto che fosse entrato in contatto di recente con quella persona, per mettere il muso a terra e partire. Poteva seguire una traccia per molti chilometri... sempre che ne sentisse l'odore.

L'unico problema era che Duke non era un cane addestrato a trovare cadaveri. Una persona defunta cambiava odore e non poteva più essere rintracciata dal cane di Raid. Nei boschi, il corpo deperiva alla svelta. Poi c'erano gli animali selvatici, che spesso trovavano il corpo per primi e se ne nutrivano.

Se Trent era vivo, Duke l'avrebbe trovato. Altrimenti... beh, poteva passare tanto tempo prima che la salma fosse ritrovata, sempre che fosse ritrovata, nella natura selvaggia dei monti Appalachi.

Tucker era in piedi vicino al gruppetto di Ethan e degli altri, ovviamente sentì tutto ciò che si dicevano, infatti si girò verso la troupe e cominciò a dare le consegne.

"Kate e Roger seguono il cane. Chris e Joey seguono quelli che vanno a ovest. Lilly e Michelle verso est."

"No," rispose Michelle scuotendo la testa, "sono stanca, siamo stati alzati tutta notte e non ho proprio voglia di tornare ad arrancare tra gli alberi."

"Specialmente senza alcuna garanzia che si trovi qualcosa," aggiunse Chris.

"Mi dispiace, ma questi qua, a solo guardarli," aggiunse Roger indicando col pollice Ethan e gli altri, "si capisce che camminano sparati, è impossibile che io riesca a tener dietro a un cane."

Tucker squadrò tutti quelli del cast del programma.

Ethan notò che Lilly abbassava la testa accennando un sorriso. Non era affatto una situazione comica, ma lui la capiva: era divertente assistere a un ammutinamento delle star della TV.

"Va bene, ma devo insistere che almeno voi andiate," disse Tucker voltandosi verso gli operatori di ripresa.

"Se Roger non può tener dietro a un cane, come faccio *io*,

che devo anche trascinarmi dietro la telecamera?" domandò Kate.

"Diamine!" esclamò Tucker, ormai alzando i toni dalla rabbia. "Allora puoi stare qui con Andre, per fare delle riprese del cast. Lilly e Joey seguiranno gli uomini della squadra di ricerca." Lanciò un'occhiataccia a entrambi, come se una tacita minaccia potesse convincerli ad accettare.

"Magari dovremmo solo lasciare che Ethan e gli altri facciano il loro lavoro senza doversi preoccupare di noi che li rallentiamo," rispose Lilly.

"Col cazzo. Datevi una regolata e non perdeteli di vista."

Ethan non era molto contento del modo in cui Tucker trattava dall'alto al basso i suoi collaboratori, ma non voleva rimanersene fermo ad ascoltarli litigare, soprattutto con un disperso da ritrovare.

"Mi dispiace tanto," gli disse Lilly sottovoce avvicinandosi a lui.

"Ma tu mi *avevi* avvertito. Va tutto bene," le rispose, per poi girarsi verso i compagni della squadra. "Tutti sintonizzati sul canale otto." Non serviva ripeterlo, ma lui voleva essere più che sicuro, per evitare sorprese. Usavano sempre lo stesso canale per comunicare, quando si attivavano per una ricerca. Se uno di loro individuava qualcosa, che indicasse la presenza del ricercato nei paraggi, lo faceva sapere subito agli altri, per farli concentrare su quella zona, circoscrivendo man mano il punto in cui fosse più probabile ritrovare la persona scomparsa.

"Come mai le loro radio funzionano così bene, mentre le nostre fanno schifo?" domandò Roger, mentre gli uomini della squadra di Eagle Point si avviavano. Raid e Tal dovettero aspettare che qualcuno tornasse in albergo per andare a prendere un vestito indossato di recente da Trent, da far annusare a Duke per fargliene seguire le tracce; tutti gli altri si misero subito al lavoro. Con un po' di fortuna, si sarebbe trovato qualcosa prima che anche Raid, Duke e Tal si mettessero alla ricerca.

Ethan fu il primo a incamminarsi, avviandosi con Zeke lungo il sentiero di Fallport Creek. Lilly e alcuni altri avevano già percorso lo stesso sentiero per cercare Trent, ma era sempre possibile che fosse loro sfuggito un indizio, che indicasse dove trovarlo.

Il sentiero di Fallport Creek era adatto a chiunque, una passeggiata per principianti, Ethan pensò subito che Trent avrebbe preferito imboccare quel percorso alla sua portata, almeno da quanto gli aveva detto Lilly su di lui. Ethan aveva anche in mente un punto specifico in cui andarlo a cercare: una radura a circa cinque chilometri dal parcheggio, un punto perfetto per piantare una tenda. Era all'incrocio del sentiero con quello di Barker Mill, Ethan sperava tantissimo di trovarci Trent.

Lui e Zeke non parlarono molto, camminando, erano abituati a lavorare insieme tenendo gli occhi incollati sull'ambiente circostante in cerca di indizi della presenza della persona scomparsa. Solo quando raggiunsero la radura in cui speravano di trovare Trent, Ethan si ricordò che non era da solo con Zeke, su quel sentiero.

Sentendosi in colpa per essersi dimenticato di Lilly, in quanto era troppo concentrato sulla ricerca, Ethan si voltò per vedere quanto fosse rimasta indietro, ma con sua grande sorpresa la vide attaccata alle calcagna di Zeke. Teneva la telecamera in spalla, aveva la maglia macchiata di sudore intorno al collo e sotto le ascelle, la si sentiva ansimare dallo sforzo.

Ethan fu impressionato; non era facile tener dietro al passo inesorabile con cui si erano mossi.

"Non sembra che si sia accampato qui," disse Zeke, distogliendo l'attenzione di Ethan da Lilly.

"Proprio no, nemmeno una notte. Speravo che fosse rimasto qui almeno per un po', prima di decidere di spostarsi." Non c'erano tracce sull'erba, niente indicava che qualcuno avesse passato un po' di tempo in quella radura.

Ethan staccò la radio dalla clip e premette il pulsante sul lato per parlare agli altri: "Parla Chaos, qualcuno ha trovato indizi?" domandò. Chissà perché, quando erano in missione, usavano sempre i soprannomi. Probabilmente era una questione d'abitudine che risaliva al periodo di servizio nella marina. Durante una ricerca, gli uomini della squadra entravano in modalità militare, professionale, quindi veniva spontaneo usare i soprannomi di quel periodo.

"Ancora nulla," rispose Koop, cioè Drew.

"Noi stiamo partendo dal parcheggio proprio in questo momento," disse Raid, "Duke sembra aver trovato una traccia."

"Qui Bones, da che parte sta andando?" Bones era Brock.

"È ancora troppo presto per capirlo. Sta andando molto a zig zag, quindi l'odore non è molto forte, dev'essere quasi svanito," spiegò Raid. "Vi faccio sapere presto, appena scopriamo qualcosa."

Ethan sospirò e si voltò verso Zeke. "Tu che ne pensi?"

Invece di rispondere, Zeke si girò verso Lilly: "Per quanto tempo avete percorso questo sentiero, la prima notte che Trent era con voi?"

Lei guardò Zeke negli occhi: "Sinceramente non lo so, alla luce del giorno sembra tutto molto diverso, noi ci siamo venuti di notte."

"Hai con te il tuo GPS?" le chiese Ethan.

Lilly sembrò sorpresa, poi fece una smorfia: "Merda, no, non ce l'ho, mi dispiace. L'ho messo via la notte scorsa, quando sono tornata a casa, poi non ho pensato di riprenderlo quando Tucker mi ha telefonato per dirmi cosa stava succedendo. Mi sa che ero ancora mezza addormentata e sono corsa qui a gambe levate."

"Non preoccuparti," le disse Ethan, "se ci serve, possiamo esaminarlo più tardi." Poi prese la bottiglietta d'acqua che metteva sempre nello zainetto che portava durante le ricerche. "Ecco qui, bevi, sembri stanca."

Lei prese la bottiglietta senza esitare; anche se erano in piena ricerca, Ethan sentì un sussulto, vedendola socchiudere le labbra per bere. Lilly bevve alcuni sorsi, prima di restituirgli la bottiglietta.

"Sì, Michelle ha detto la verità, abbiamo lavorato quasi tutta la notte, sono arrivata da Whitney poco dopo le quattro del mattino, ho dormito solo un paio d'ore prima che Tucker mi svegliasse telefonandomi."

"Perché non fai una pausa, mentre noi studiamo la mappa e cerchiamo di scoprire dove potrebbe essere Trent?" le suggerì Ethan.

Ma invece di mettere giù la telecamera, Lilly fece spallucce: "Riprendervi mentre esaminate la mappa è una bella scena."

Lui stava per protestare, per insistere che Lilly si prendesse cura di se stessa, ma non se la sentì: aveva ragione lei, peraltro stava lavorando. Così Lilly si mise dietro loro due, mentre Zeke apriva la cartina topografica della zona, mettendola per terra. I due discussero dei possibili tragitti e dei luoghi in cui fosse possibile piantare una tenda.

Dopo un momento, Lilly mise giù la telecamera per indicare un crinale sulla mappa: "Penso che quello sia il punto in cui siamo andati la prima notte. Beh, alcuni di noi. Ci siamo separati per poter battere dei colpi sugli alberi e fare quegli stupidi versi. Poi quelli sul crinale lontano rispondevano e gli altri del cast fingevano di aver sentito Bigfoot."

Ethan fu un po' sorpreso di sentirla ammettere quei sotterfugi, del resto non era quello il momento di tenere dei segreti, c'era una persona scomparsa da ritrovare.

"Va bene, allora andiamo in quella direzione. Può darsi che Trent abbia preferito allontanarsi il più possibile da chiunque stesse passando per i sentieri, perché nessuno interferisse con ciò che stava facendo," disse Ethan, che poi si girò verso Lilly: "Ce la fai a proseguire?"

"Certo."

Ethan prese la telecamera alzandosi... e fece una smorfia da tanto era pesante: "Buon Dio, questo affare dovrà pesare almeno cinque o sei chili."

Lilly sorrise. "Facciamo quindici o sedici," gli disse, prendendo la telecamera.

Ethan si sentì ancora più in colpa per il passo sostenuto che aveva tenuto in precedenza.

Come leggendogli nella mente, Lilly gli disse: "Non preoccuparti, ci sono abituata."

Ethan sentì maggiore rispetto nei confronti di Lilly e degli altri operatori di ripresa. Ripensò a Michelle, che si era lamentata di essere stanca; che ridicolaggine: lei non aveva dovuto camminare tutta la notte per i boschi con una telecamera da quindici chili appoggiata su una spalla. Lilly aveva fatto tardi tanto quanto Michelle e gli altri, ma non si lamentava.

"Per la cronaca... complimenti, sei fantastica," sbottò Ethan.

Lilly staccò la testa dal monitor della telecamera per sorridergli.

"Devo dire che sono contento che sia proprio *tu* a seguirci, non gli altri," disse Zeke, "non ti lamenti, non abbiamo dovuto aspettare che ci raggiungessi, sei vestita in modo adatto alle ricerche. Davvero apprezzabile."

"Grazie, ragazzi. Come vi dicevo altre volte, i miei parenti hanno fatto di tutto per prepararmi a ogni evenienza, nelle attività all'aperto. Non hanno avuto pietà delle mie gambe, più corte delle loro, quando ero ragazzina, si facevano seguire per decine di chilometri in montagna, come se fosse niente. Anche se, devo ammetterlo, negli anni ho perso un po' di resistenza. Lavorare dietro una telecamera non è proprio un lavoro che ti tiene allenata."

"Stai andando benissimo. Andiamo, vediamo di trovare Trent così possiamo uscire dal bosco, eh?" disse Ethan. Avrebbe voluto dire anche altro, come che voleva incontrare l'uomo che aveva cresciuto una donna così meravigliosa, che la ammirava follemente, che voleva portarla nei suoi punti preferiti, nella foresta, se fosse rimasta. Ma Ethan non disse altro e si sforzò di riportare la propria attenzione sulla ricerca in atto.

———

Tre ore dopo, i tre uscirono dal bosco per tornare al parcheggio: non avevano trovato alcun segno dell'uomo scomparso, né di dove si fosse accampato.

Gli altri della squadra erano già là ad aspettarli. Si erano tenuti in stretto contatto e nessun altro aveva avuto miglior fortuna nelle ricerche. Persino Duke aveva perso la traccia di Trent a circa un chilometro dal parcheggio. Quel tipo sembrava proprio scomparso nel nulla, svanito, anche se sapevano tutti che era impossibile.

Tucker e gli altri del cast non c'erano più. Ovviamente erano tornati nelle rispettive camere d'albergo in attesa di novità sull'amico scomparso. O magari erano andati a dormire. Ethan non lo sapeva e in quel momento non gli interessava nemmeno.

Invece *Simon* era rimasto ad aspettare. Molto probabilmente voleva informazioni su ciò che avevano (o non avevano) trovato.

Lilly rimase in disparte con Joey, mentre Ethan parlava con gli altri e con il capo della polizia.

"Trovato nulla?" chiese Simon.

"Nulla. Quel tipo è sparito senza lasciare tracce, a meno che non sia mai neanche entrato nel bosco," spiegò Ethan.

"Secondo me non ci è mai entrato," disse Rocky, "noi

siamo andati più verso ovest e non c'è traccia che ci sia stato *nessuno* di recente."

"Anch'io penso che l'odore che ha fiutato Duke non fosse recente, dev'essere rimasto dalla prima notte, quando Trent è venuto qui con gli altri a filmare," disse Raid.

Abbassando lo sguardo, Ethan vide Duke sdraiato per terra ai piedi di Raid; aveva il muso che colava di saliva, ma teneva gli occhi chiusi, sembrava appisolato. A vederlo, sembrava un cane pigrissimo, ma Ethan sapeva per esperienza che quella razza canina poteva seguire tracce olfattive per molti chilometri, a costo di correre fino allo sfinimento, se non fosse stato tenuto sotto controllo. Se poi si liberava dal guinzaglio, poteva correre fino a raggiungere letteralmente il West Virginia. Per il resto, era un cane tranquillo, molto affezionato al suo padrone, un cane che mangiava di tutto. Anche Raid gli era molto affezionato, Ethan era convinto che avrebbe dato la vita per quel cane.

"Qualcuno ha avuto altro da aggiungere, ipotesi su dove poterlo ritrovare?" chiese Tal a Simon.

"No. Anche se mi ricordo..." Il capo della polizia si voltò verso il punto in cui si trovavano Lilly e Joey. "Temo che dovrò interrogare voi due, ho parlato con tutti gli altri mentre voi eravate fuori con le squadre di ricerca."

Lilly annuì, mentre Joey rispose sottovoce: "Ma certo."

Il capitano poi si girò, dando la schiena ai due operatori, e disse con un tono di voce tale da non farsi sentire da loro: "Qui c'è qualcosa che puzza, dato che voi non avete trovato nulla, temo che sia stata una enorme perdita di tempo."

"Sono d'accordo," disse Koop.

"Mi sembra improbabile che un uomo a cui non piace la vita all'aria aperta, con solo una tenda da poco e un sacco a pelo, roba comprata all'ultimo minuto al centro commerciale, si sia spinto oltre al raggio di ricerca che abbiamo raggiunto oggi," aggiunse Rocky.

"C'è qualcuno che sa qualcosa," disse Simon, "e ho intenzione di scoprire chi e che cosa." Poi raddrizzò la schiena e alzò la voce. "Allora ci sentiamo, grazie per il vostro servizio di oggi."

Quando anche il capo della polizia se ne fu andato, Ethan si girò verso gli altri della squadra: "Voi che cosa ne pensate? Dovremmo provare da qualche altra parte?"

"Dove?" domandò Raid. "Ci serve un punto da cui partire. Sai bene anche tu che non possiamo andare in giro alla cieca per centinaia di ettari nella speranza di un colpo di fortuna. Il territorio da perlustrare sarebbe troppo."

"Sarebbe una perdita di tempo," concordò Koop.

"Qualcuno pensa che forse se lo sia preso Bigfoot, alla fine?" domandò Tal. Si voltarono tutti verso di lui per guardarlo male. Lui ridacchiò: "Dai, scherzavo!"

"Più tardi mi faccio sentire con Simon," disse a tutti Ethan, "per sapere se ci sono novità, altre informazioni, poi vi faccio sapere e ci ritroviamo."

"Ottima idea. Devo chiudere i conti per le scadenze fiscali, quindi se non c'è altro è meglio che vada," disse Drew.

"Non senti il minimo bisogno di fare qualche indagine?" gli chiese Rocky.

"Assolutamente no," gli rispose Drew. "Mi sono messo quel bisogno alle spalle quando sono uscito dalla polizia di stato. Sono contento di lasciare a Simon gli interrogatori e la fatica di scoprire chi sta mentendo e su cosa. Preferisco occuparmi dei miei numeri nella solitudine della foresta, piuttosto che tornare a quella vita, senza dubbio." A quel punto, si girò e si avviò verso la macchina.

Simon parlò con Joey e con Lilly, molto probabilmente invitando entrambi a passare in ufficio per essere interrogati, poi andò verso l'auto di pattuglia. Gli altri lo seguirono dopo poco, ben presto Ethan rimase da solo nel parcheggio con Lilly.

"Wow, si può sapere cos'ho detto?" gli disse scherzando.

Ethan accennò un sorriso: "Sei stanca?"

"Esausta," gli rispose senza esitare, "ma non credo di poter dormire. Continuo a pensare a dove potrebbe essere Trent, a cosa gli sia successo."

"Beh, speriamo che non gli sia successo nulla," le disse Ethan, "certamente si sarà perso andando in giro. Vedrai che lo troveremo," le rispose con sicurezza.

"Lo spero proprio. Tu che fai oggi?" gli chiese.

"Allora, l'intenzione era quella di andare a lavorare nella casa che Rocky sta ristrutturando, ma penso che sarebbe più utile studiare delle mappe e cercare di capire dove diavolo può aver pensato Trent di trovare un buon posto per piantare la tenda e starsene da solo tre giorni."

"Magari un buon posto con doccia e fast food," scherzò Lilly.

Ma Ethan non sorrise.

"Che c'è?"

"C'è che hai ragione."

Lilly scosse la testa. "Ma stavo scherzando."

"Però è così, come hai detto tu, Trent non è un tipo da natura selvaggia; anche se va fuori a filmare al buio, ma se invece avesse lasciato perdere il campeggio e se ne fosse andato al caldo per il resto della notte?"

"Cioè, dici se è tornato all'hotel ogni notte? Ma, e la sua macchina? Qualcuno l'avrebbe vista, no?"

"Non lo so. Finora non c'è un nesso logico, ma vedrai che lo troveremo. Pensi che potresti dormire, se venissi a casa da me?" L'offerta gli venne in mente senza pensarci troppo, ma Ethan non fu dispiaciuto di averglielo chiesto.

Lilly sembrò sorpresa.

"Vorrei solo tenerti vicina. Immagino che sarai frastornata, non hai dormito tutta notte, poi ti sei trascinata quel macigno sulla spalla per ore. Gli altri saranno tornati tutti in albergo per dormire. Dovresti riposarti anche tu. Non si sa quando Tucker potrebbe richiamarti per tornare a lavorare. Vorrà delle riprese della gente preoccupata o agitata. Ti garantisco che il mio letto è comodo, anche se il palazzo dove vivo fa un po' schifo. Però sarai al sicuro, ti do la mia parola."

Portarsi a letto Lilly, Ethan non l'aveva nemmeno sognato, considerando il poco tempo che lei doveva passare in città... ma ormai non riusciva a togliersi quell'immagine dalla testa.

"Mi fido di te, però non vorrei essere un peso."

Ethan non trattenne una risatina. "Non sei un peso; immagino che più tardi dovrai passare dalla polizia per parlare con Simon? Posso darti da mangiare quando ti svegli e poi ti do un passaggio." Era una scusa bella e buona. Lilly poteva tranquillamente andare da sola a parlare con la polizia e Whitney senz'altro non avrebbe avuto problemi a preparare da mangiare.

Ma Ethan era stato sincero; *voleva* averla vicina. Non sapeva cosa fosse successo a Trent, sperava fosse un semplice caso di aspirante stella televisiva che si perde nel bosco (o magari che si "perde" apposta, giusto per lo spettacolo) ma... e se non fosse stato così?

"Mi farebbe piacere," gli rispose Lilly con un sorriso dolce. "Però devo fermarmi al B&B e prendere il caricabatterie della telecamera. Magari mi porto anche qualcosa per cambiarmi."

"Nessun problema. Ti seguo a ruota, poi mi farò due chiacchiere con Whitney mentre tu fai ciò che devi fare. Poi andiamo da me e lì vediamo gli sviluppi."

"Va bene."

"Va bene," ripeté Ethan come un'eco, poi non trattenne il bisogno di cercare il contatto con lei. "Oggi sei stata magnifica," le disse tranquillamente mentre le accarezzava col dorso della mano il lato del collo. Aveva la pelle morbida, appena umida per il sudore, la camminata era stata faticosa. Lei abbassò la testa verso la mano di Ethan... che in quel momento si perse. Quel piccolo segno di fiducia quasi lo sciolse.

Lei chiuse gli occhi e sospirò.

Rimasero così per un paio di minuti, poi Ethan si sforzò

di abbassare la mano. Lei riaprì gli occhi e lui notò quanto era stanca.

"Dai, andiamo, prima che ti addormenti in piedi," le disse.

Lei annuì: "Ethan?"

"Sì?"

"Grazie."

"Per cosa?" le chiese lui.

"Perché cerchi Trent e prendi sul serio la sua sparizione. Perché mi hai invitata da te. Perché non ti sei lamentato, stamattina, quando ho dovuto tenerti dietro. Perché sei bravo in ciò che fai. Oggi ti ho guardato e sono rimasta colpita. Molto colpita. Non ti sfugge niente, sono sicura che lo ritroverete. Quindi... grazie di tutto."

"Non devi ringraziarmi per queste cose. *Certo* che lo troveremo, questo te lo garantisco."

"Lo spero proprio."

Lui le appoggiò una mano dietro la schiena e l'accompagnò alla macchina, poi le prese la telecamera, scosse ancora la testa per quanto era pesante, la mise in macchina, dietro il sedile di guida. Lei abbassò il finestrino dopo aver chiuso lo sportello e lui le disse: "Vai piano."

Lei gli sorrise: "Ethan, stamattina mentre venivo qui ho incrociato sì e no un'altra macchina. Non credo di dovermi preoccupare che ci siano pirati della strada, da queste parti."

"Non importa. Non si sa mai, Piedone potrebbe sempre saltar fuori e farti perdere il controllo," le disse.

"Ah, riecco le battute su Piedone, allegria," gli rispose provocandolo.

Ethan fece un gran sorriso, si costrinse a non abbassarsi per baciarla dal finestrino e fece un passo indietro: "Ci vediamo al B&B."

Lilly annuì e girò la chiave nel blocco di accensione. Ethan saltellò verso la sua macchina e fece manovra dietro di lei. Non aveva idea di cosa sarebbe successo nei giorni a venire, ma era tormentato da un presagio poco allegro. Era *sicuro* che insieme agli altri avrebbe ritrovato Trent... solo che non sapeva in che stato l'avrebbero ritrovato.

———

Fece un gran sorriso. Enorme.

Che giornata fantastica!

Proprio le reazioni che si aspettava.

Tutti fuori di testa, perfetto per la TV.

La ricerca di Trent avrebbe tenuto gli spettatori col fiato sospeso, lui già immaginava l'episodio che finiva con quella sparizione: dov'era Trent? L'avrebbero ritrovato?

Quando poi avrebbero trovato il suo corpo...

Gli vennero i brividi per il piacere. Eh sì, il programma sarebbe finito in *cima* alla classifica degli ascolti. Primo assoluto.

Bastava avere pazienza. Non lasciarsi sfuggire nulla. Il capo della polizia sembrava molto meticoloso, non era il caso di comportarsi da persona sospetta. No, bisognava mantenere la calma, sangue freddo, seguire il corso degli eventi. Fare attenzione a non dire nulla che facesse immaginare l'accaduto. Se poi Trent doveva rimanere disperso più a lungo, pazienza.

I tipi della squadra di ricerca e soccorso pensavano di essere bravi, quindi se davvero erano bravi come sostenevano... prima o poi l'avrebbero trovato. A quel punto poteva cominciare il vero spettacolo.

CAPITOLO DODICI

Lilly si rigirò nel letto sorridendo, poi inspirò. Nell'attimo stesso in cui si risvegliò, si accorse di non essere nel comodo lettone del Bed & Breakfast: era nell'appartamento di Ethan, nel letto di Ethan, un lettone ancor più comodo di quello a casa di Whitney.

Per il resto, Ethan non aveva esagerato: il palazzo in cui vivevano sia lui che il fratello... lasciava molto a desiderare. Non che fosse un brutto quartiere, niente del genere, ma l'appartamento di per sé non era tenuto bene, gli elettrodomestici erano datati, gli impianti risalivano agli anni Ottanta, se non prima. Eppure lei si sentiva come a casa. Forse per via di tutti i libri che Ethan teneva sulle mensole del salotto, insieme alle fotografie dei fratelli e degli amici. Ce n'era anche una di Rocky ed Ethan in piedi, in mezzo a loro una signora, probabilmente la madre. Sul divano c'erano alcuni cuscini e un plaid, tutt'intorno c'erano anche delle candele aromatizzate sparse in posizioni strategiche.

Però il letto... su quello Ethan non aveva certo tirato a risparmiare, soprattutto sul materasso, che la faceva sentire coccolata. Tutti i dolori e gli indolenzimenti dovuti alla nottata e alla mattina nel bosco le erano sembrati svanire, appena sdraiata in quel letto. Per non parlare dell'odore delle lenzuola, lo stesso odore di Ethan, un profumo per lei paradisiaco.

Lilly si era addormentata appena posata la testa sul cuscino. Svegliandosi, notò l'ora sull'orologio e si accorse di aver dormito per quattro ore di fila; avrebbe dormito volentieri un altro paio d'ore, ma aveva molto da fare. Prima di tutto, doveva scoprire se per caso Trent fosse saltato fuori, con la coda tra le gambe, per via di tutto il trambusto causato. Altrimenti, Lilly doveva andare a parlare col capo della polizia, anche se non aveva proprio nulla da rivelare: non alloggiando nello stesso albergo degli altri, non poteva contribuire più di tanto alle indagini.

Mentre si stava ancora convincendo a uscire dal letto, Lilly si girò e vide Ethan in piedi sull'uscio.

"Ciao," le disse Ethan tranquillamente.

"Mi sono svegliata," gli rispose Lilly.

"Lo vedo. Mi affacciavo solo per vedere che stessi bene. Hai detto di avere appuntamento con Simon, è tra circa un'ora, pensavo volessi mangiare qualcosa prima di andare."

"Grazie, mangio volentieri," gli disse mettendosi seduta.

"Hai dormito bene?" le chiese Ethan.

"Come un ghiro."

Si fissarono per un attimo... e all'improvviso Lilly si sentì come ammutolita. Era pazzesco, nell'ultima decina di giorni aveva passato tanto tempo con quell'uomo, eppure non si era mai sentita tanto spiazzata come in quel momento. Forse si sentiva così perché si era tolta i pantaloni e aveva dormito nel letto di Ethan indossando solo una maglia e le mutandine. Magari era l'espressione negli occhi di Ethan. Un'espressione che anche lei sentiva di ricambiare.

Lilly voleva quell'uomo, e per quanto non fosse abituata a uscire con qualcuno o a interagire troppo con l'altro sesso, era piuttosto sicura che anche lui la volesse.

Come leggendole nella mente, Ethan si spinse via dall'infisso della porta e le si avvicinò, si sedette sul bordo del letto e allungò una mano verso di lei, passandole le dita sui capelli fino a dietro la nuca e provocandole un brivido. Lilly era riuscita a controllarsi e a non saltargli addosso, quando Ethan l'aveva accarezzata nello stesso modo nel parcheggio, qualche ora prima, ma in quel frangente... la stanza era semibuia, perché lui le aveva abbassato le tapparelle, lei era mezza nuda nel letto, circondata dal profumo di Ethan, con il cuore che le batteva a mille all'ora.

Lui non disse una parola, non le chiese il permesso, semplicemente si abbassò verso di lei.

Lilly gli andò incontro, alzando una mano per aggrapparsi alla maglia di Ethan.

Le loro labbra si toccarono come se si fossero già baciati miriadi di volte. Lei chiuse gli occhi e cercò di memorizzare al meglio il momento. Ethan aveva le labbra morbide e calde e per una frazione di secondo non fece altro che appoggiarle a quelle di Lilly, in un bacio dolce. Poi le strinse la mano che le teneva dietro la nuca, inclinando la testa. Con la lingua, la leccò intorno alle labbra e Lilly aprì la bocca per accoglierlo.

Il bacio fu prima dolce e delicato, ma dopo un attimo diventò più profondo e carnale.

Poi Lilly si ritrovò supina, aggrappata alla maglia di Ethan che la divorava. Si baciarono per diversi, lunghi minuti, scoprendo l'altrui sapore e sentendosi a vicenda. Giocarono con le lingue, si mordicchiarono, si tastarono. Ogni secondo fu molto naturale, come se si conoscessero da una vita.

Quando Ethan si fece indietro, a lei sfuggì un leggero gemito dalla gola. Lui rimase sospeso su di lei, con gli occhi che la scrutavano, quasi studiandola.

Lilly si leccò le labbra, soddisfatta di aver attirato subito lo sguardo di Ethan.

"È stato..." disse Lilly, esitando nel cercare le parole migliori per descrivere quel bacio.

"È stato perfetto, cazzo," disse Ethan, completando la frase.

Lilly sorrise. "Eh sì."

Lui alzò la mano per sistemarle una ciocca di capelli, spostandoglieli dalla guancia, ma non fece nulla che le suggerisse di alzarsi. Così Lilly andò avanti e indietro con le mani sulle braccia muscolose di Ethan; le piaceva troppo toccargli i muscoli, mentre lui si teneva su di lei.

"Sapevo che sarebbe successo," le disse dopo un momento.

"Cosa?" gli sussurrò lei.

"Che se ti facevo entrare nel mio letto, poi non avrei più voluto farti uscire."

Lei gli sorrise timidamente: "È un letto comodissimo."

"Te l'avevo detto," rispose Ethan, che poi fece un respiro profondo ed espirò, poi scosse la testa e si mise seduto.

Lilly si tirò su nel letto fino ad appoggiare la schiena alla semplice testiera.

"La borsa che ti sei preparata, te l'ho messa laggiù," le disse, indicando un lato della camera senza distogliere lo sguardo dagli occhi di Lilly.

"Grazie." Lilly si era portata una borsa con spazzolino e dentifricio, un cambio di vestiti adatti al bosco, nel caso riprendessero le ricerche di Trent e lei dovesse seguire gli uomini della squadra. Voleva farsi trovare pronta, per non perdere tempo a tornare al B&B. Anche se non era molto lontano, Fallport era un paese piccolo, ma lei aveva preferito così.

Ethan aprì la bocca, come sul punto di chiederle qualcosa, ma poi la richiuse e si alzò in piedi. "Zuppa al pomodoro e panino col formaggio grigliato, ti va bene per pranzo? Come lo chiameresti, il pasto tra il pranzo e la cena? Prana? Cenzo?"

Lilly voleva proprio chiedergli cos'era sul punto di dire, ma poi ammise sinceramente che forse era meglio non saperlo: quel bacio era stato meraviglioso, una vera svolta nella vita, e lei non era del tutto certa di essere al punto giusto nella vita per quel tipo di svolta. Così gli sorrise dicendo: "Ottima idea."

Lui la guardò di nuovo un po' perso, poi uscì dalla stanza e si chiuse la porta alle spalle.

Lilly chiuse gli occhi e si toccò le labbra gonfie per un momento, poi fece un respiro profondo e slanciò le gambe oltre il bordo del letto. Andò nel bagnetto attiguo, afferrando nel percorso la propria borsa. Non si aspettava di innamorarsi di qualcuno, arrivando a Fallport; peraltro non in quel brutto momento... quando Trent era disperso e lei non sapeva nemmeno cos'avrebbe fatto, dopo la fine di quel programma... eppure non le dispiaceva.

Per il momento, Lilly non poteva che prendere un giorno alla volta. Prima bisognava trovare Trent, poi poteva anche scoprire quali fossero i passi migliori da compiere.

Più tardi, quella stessa sera, Ethan osservava Lilly con attenzione. Era stata una giornata pesante, ma lei cercava di fingere che andasse tutto come sempre. Avevano appena mangiato qualcosa di delizioso preparato da Whitney e dato che al B&B erano arrivati altri due clienti Ethan non aveva potuto parlare con Lilly dell'accaduto durante il pasto.

L'interrogatorio di Lilly, svolto dall'ispettore assegnato al caso di Trent, un detective esperto in casi di persone scomparse, si era protratto molto più a lungo di quanto Ethan si aspettasse: Lilly era stata tartassata per due ore, quel pomeriggio. Quando finalmente l'avevano lasciata andare, Ethan era ormai indispettito: lui era stato con Lilly praticamente ogni minuto in cui lei non era impegnata a lavorare e sapeva per certo che non aveva niente a che vedere con la sparizione del collega. Ciononostante, l'ispettore le aveva fatto forti pressioni per cercare di scoprire cosa stesse succedendo.

Dato che Lilly non era rimasta con Ethan a ogni ora del giorno e della notte, il detective aveva ipotizzato che poteva essersene uscita in sordina dal B&B e aver fatto qualcosa a Trent. Un'ipotesi ridicola, ma era giocoforza che il corpo di polizia, nei suoi ranghi ridotti, percorresse ogni pista possibile.

Molte domande riguardavano il fatto che nessuno si era preoccupato di non avere notizie per due giorni consecutivi da Trent, che se n'era rimasto nel bosco da solo. Le domande si erano fatte scomode e nessuno, tra le persone coinvolte nel programma, era stato in grado di rispondere in modo del tutto soddisfacente. Eppure si parlava di un collega, qualcuno avrebbe dovuto notare molto prima che era sparito.

Dopo l'interrogatorio di Lilly, Ethan l'aveva accompagnata da Grinders per una bella tazza di caffè rinvigorente; uno degli altri clienti aveva fatto sottovoce un commento un po' scostumato che Ethan non aveva sentito chiaramente, qualcosa che riguardava Bigfoot e gli intrusi. Ethan aveva subito avvicinato quel tipo per dirgli in termini più che chiari che era meglio che se ne stesse zitto, altrimenti alla prossima occasione in cui gli fosse servito l'intervento della squadra di Eagle Point, o di chiunque altro in paese, non avrebbe trovato molta disponibilità.

Poco dopo, Tucker aveva telefonato a Lilly dicendole che doveva andare a filmare una conferenza stampa improvvisata in cui Roger, Chris e Michelle avrebbero chiesto al pubblico informazioni sull'amico scomparso. Davanti alle telecamere, sembravano tutti mogi e preoccupati, ma Lilly aveva poi ammesso a Ethan che lontano da orecchie indiscrete li aveva sentiti commentare: dicevano che Trent era un genio, che probabilmente se la stava ridendo come un matto, ovunque si fosse rintanato. Qualcuno aveva persino ipotizzato dove mettere il premio ricevuto agli Emmy Awards per il successo del programma.

Come ciliegina sulla torta per quella giornata schifosa, gli altri due clienti del B&B, che erano venuti in paese proprio perché avevano sentito parlare degli avvistamenti di Bigfoot, volevano mettersi anche loro alla ricerca del mitico bestione. Ethan sapeva che Lilly si sentiva in colpa per il suo contributo sia pur marginale all'imminente arrivo di orde di turisti. Sarebbe stato un bel colpo per gli affari di alcuni, ad esempio di Whitney, ma probabilmente sarebbe cambiata l'atmosfera del paese.

Tutto sommato, Lilly stava facendo del suo meglio per mantenere un atteggiamento stoico e professionale, ma Ethan vedeva bene le sue difficoltà. Avrebbe tanto voluto portarla a casa, nel proprio appartamento (anche perché non riusciva a togliersi dalla testa il piacere di trovarla nel proprio letto, ciò che aveva provato quel mattino), ma sentiva che era troppo presto.

Il bacio che si erano scambiati era stato più bello di quanto lui si aspettasse (per quanto avesse pensato *un sacco* a baciarla, negli ultimi giorni). Non c'era stato alcun imbarazzo, tirarsi indietro e lasciarla da sola nel letto era stata una delle difficoltà più grosse che Ethan avesse mai dovuto affrontare.

"Grazie per un altro pasto meraviglioso," disse Lilly a Whitney.

"Ma ci mancherebbe, mi piace molto cucinare," le rispose la signora, "uno dei motivi per cui ho aperto il B&B è che mi annoiavo, almeno far da mangiare per altre persone è un qualcosa in più."

"Posso solo dire che è un bene che il mio lavoro mi costringa a camminare per chilometri."

Whitney le regalò un sorriso, poi si fece più seria: "Cosa pensi che sia successo al tuo amico?"

Ethan fu tentato di chiudere quella conversazione sul nascere, ma non voleva mettere in imbarazzo né Whitney né Lilly, così rimase in silenzio, ripromettendosi di intervenire qualora Lilly cominciasse a sentirsi sotto pressione più di quanto già non fosse. Gli altri due ospiti erano già tornati in camera, con l'intento di avviare il mattino presto le ricerche.

"Proprio non lo so," rispose Lilly, "Trent non è il tipico uomo a cui piaccia la vita all'aria aperta. Continuo a sperare che si sia stufato di quell'incarico e magari se ne sia andato, qualcosa del genere. Poi magari telefona a Tucker, il produttore, da un albergo a cinque stelle per dirgli che ha mollato."

"Ma non pensi..." Whitney abbassò la voce, "non che io ci creda davvero, ma magari questa faccenda del Piedone è vera?"

"No," rispose Lilly decisa, "Whit, ormai vivi qui da molto tempo e in tutti questi anni hai mai sentito che qualcuno abbia veramente *visto* segni della presenza di Bigfoot?"

"Beh, direi di no."

"Appunto. Orsi, certo, linci, sì, ma creature umanoidi da due metri e mezzo, tanto intelligenti da non lasciare *mai* alcuna traccia della loro esistenza?"

"Messa giù in questo modo, sembra veramente una sciocchezza," rispose Whitney.

"Esatto."

"Allora, se non credi che Piedone esista davvero, perché mai collabori a questo programma?"

Lilly esitò e Ethan non si nascose di essere anche lui interessato alla risposta.

"Bisogna pur sempre mangiare," rispose Lilly accennando un sorriso dopo una lunga pausa.

"Ho capito che sei una donna intelligente," le disse Whitney, "sto pensando che forse potresti trovare un lavoro che ti piace davvero."

"Il lavoro che faccio non mi dispiace," ribatté Lilly.

"Ecco, ma nemmeno ti piace più di tanto," le disse Whitney con sicurezza. "Tu sei una donna adulta e sai quello che vuoi, ma ho l'impressione che potresti fare anche altri lavori per mantenerti, lavori che ti piacciano davvero. Per esempio, ogni tanto arriva qualcuno in paese per sposarsi, ma ho sentito delle lamentele perché non ci sono dei bravi professionisti che facciano i filmati, in questa zona. Proprio l'altro ieri, il preside delle superiori cercava qualcuno che filmasse le partite di football dell'anno prossimo, perché l'allenatore vorrebbe rivedere le azioni di gioco per migliorare il livello della squadra."

"Whitney..." disse Lilly senza riuscire a intervenire, perché la signora parlava a ruota libera.

"Poi immagino che tu non sia affatto male anche a scattare delle foto. So che filmare non è proprio come fotografare, ma in paese ci sono tantissime persone che avrebbero piacere se si aprisse uno studio fotografico come si deve. Ci sono le foto delle scuole, le recite, la parata del Quattro Luglio, le varie feste... l'elenco è interminabile, tante sono le occasioni in cui chiunque sarebbe disposto a pagare degli importi consistenti per delle foto professionali dei figli, o delle famiglie. Non le solite foto indegne che si scattano oggi coi telefonini."

"Non ne sono sicura..."

"Anche se Fallport non è proprio una metropoli eccitante come Hollywood, almeno la vita costa meno, di sicuro. Non dovresti guadagnare delle gran cifre per vivere qui, non è come nelle grandi città..."

"Penso che abbia capito qual è il punto, Whit," disse Ethan, interrompendola prima che mettesse Lilly ancor più a disagio di quanto non fosse già: aveva tutti i muscoli del corpo tesi, ma lui non capiva se la tensione era dovuta al disagio per quanto la padrona di casa stava dicendo... o perché quel discorso le piaceva. Ma dopo tutto quanto era successo quel giorno, dopo lo stress dell'interrogatorio alla stazione di polizia, era ovvio che Lilly fosse arrivata al limite della sopportazione.

Per quanto a Ethan piacessero i suggerimenti di Whitney, per quanto desiderasse che Lilly si trasferisse a Fallport per rimanerci, doveva tener conto della sua carriera, di tutto l'impegno che ci aveva messo, poi il programma non era ancora terminato. Bisognava ritrovare Trent e le riprese sarebbero andate avanti fino al suo ritrovamento.

Lilly gli lanciò un sorrisetto di gratitudine, poi tornò a rivolgersi a Whitney: "Apprezzo la tua fiducia e questo posto mi piace molto, le persone che ho conosciuto sono state quasi tutte molto cordiali con me."

Ethan stava per ridacchiare a quel commento: a Lilly non era sfuggito l'atteggiamento freddo di alcuni compaesani, almeno prima che aiutasse Elsie. Poi l'opinione che la gente aveva di Lilly era cambiata, in generale.

Whitney sospirò, allontanò la sedia dal tavolo e si alzò in piedi. Poi prese il piatto e si girò verso la cucina, però si voltò di nuovo verso Lilly fissandola con un sorriso gentile: "La vita è troppo breve per passare il tempo in un lavoro che non ti appassiona. Certo, i soldi servono, ma in fin dei conti quel che importa sono i rapporti che ti crei, le persone che conosci, quanto spesso ridi."

A quel punto, Whitney si girò e sparì in cucina.

Lilly la fissò per un momento, poi anche lei sospirò.

"Parla col cuore," disse Ethan sottovoce.

"Lo so," gli rispose Lilly, che poi si girò verso di lui dicendo: "Volevo ringraziarti per avermi difesa con quel tipo alla caffetteria. Non era necessario. Cioè, ho sentito di peggio da persone che non gradivano il programma a cui lavoravo, ma comunque apprezzo il tuo intervento."

"Te l'avevo detto che non avrei mai consentito a nessuno di trattarti male, almeno quando siamo insieme, dicevo sul serio."

Lilly lo fissò per un attimo, poi chiuse gli occhi: "È che... nemmeno i ragazzi con cui sono stata mi difendevano così, invece tu... con me... non stiamo nemmeno insieme."

"Ah no?" le chiese lui inarcando un sopracciglio. "Magari non nel senso che si intende di solito, ma Lilly, siamo stati insieme ogni singolo minuto libero che avevi. Fidati, io non sono sempre così."

Lei lo fissò spalancando gli occhi blu come l'oceano. Ethan non voleva sentirla negare di nuovo che stavano insieme, così si alzò in piedi e le porse una mano. "Dai, andiamo."

Lilly lo guardò perplessa, ma non esitò a prendergli la mano e a lasciarsi tirare su in piedi. "Ma andiamo dove?"

Lui non le rispose, ma la precedette verso le scale. Non si fermò fuori dalla camera, entrò e andò dritto in bagno. Poi lasciò andare la mano di Lilly e si abbassò per guardare sotto al lavandino.

"Cosa stai facendo?"

"Whitney continua a vantarsi di avere sempre in dotazione tutto ciò che potrebbe servire a un ospite stanco... ah, ecco qui," disse Ethan afferrando un flacone di schiuma da bagno. Poi si girò verso la vasca e aprì l'acqua calda. Il bagno non era lussuoso, ma Ethan non credeva che in quel momento a Lilly interessasse.

"Dico davvero, Ethan, mi spieghi cosa fai?" gli chiese Lilly.

Lui si voltò verso di lei e le mise le mani sulle spalle. "Hai avuto una giornata lunga e intensa. Non sappiamo cosa potrà succedere domani, quindi per il momento dovresti rilassarti. Immagino che un bel bagno caldo con tanta schiuma ti aiuterà."

Lei rimase imbambolata.

"Che c'è?" le chiese Ethan. "Non mi dire che non ti piace fare il bagno. Cioè, so che a qualcuno non piace, ma *io*, quando arrivo al limite della tensione, mi faccio un bel bagno caldo e mi aiuta molto." Non aveva programmato di ammettere quell'abitudine, ma dopo averglielo detto non se ne pentì.

"Adoro fare un bel bagno," gli disse Lilly con la voce spezzata.

Ethan capì che era sul punto di piangere, così si abbassò

per sentire la temperatura dell'acqua, in modo che Lilly avesse il tempo di ricomporsi. Quando tornò a guardarla, la trovò sorridente.

"Sono fiero di te," le disse.

Lei corrugò la fronte. "Perché?"

"Per il modo in cui hai gestito tutto ciò che ti è successo di recente. Non ti sei mai lamentata di dover lavorare tutta notte, anche se poi hai dovuto camminare per altri dieci chilometri con quel macigno di telecamera in spalla. Sei rimasta forte anche quando la polizia ti ha fatto pressioni per farti ammettere qualcosa senza che tu avessi fatto nulla. Sarai senz'altro preoccupata per Trent, eppure sei rimasta ottimista. Stasera, anche se potevi dire tranquillamente a Whitney che si stava impicciando nella tua vita, tanto che non sapeva più che dire, l'hai lasciata parlare liberamente. Penso che tu sia davvero una donna meravigliosa, Lilly."

Lei chiuse gli occhi e respirò profondamente, poi li riaprì. "Non ti sembra mai di essere sul punto di crollare in mille pezzi, che ti basta pochissimo?"

"Sì," le rispose lui semplicemente.

Lei inarcò un sopracciglio perplessa.

"Nei SEAL c'è un motto... l'unico giorno facile era ieri... è proprio vero. Non possiamo fare altro che tirare avanti, anche quando veniamo presi a pugni, si può solo andare avanti. Ma ogni tanto possiamo prenderci una piccola pausa."

"Ti piaceva stare nei SEAL?" gli chiese Lilly.

Ethan ci pensò per un momento, poi scrollò le spalle: "A volte sì, è il miglior lavoro del mondo. Ti senti importante, sai di fare la differenza. Poi però ci sono stati giorni in cui mi chiedevo che diavolo stavo facendo. Per quanto facessimo, con la squadra, il giorno dopo c'erano sempre più terroristi, sempre più stronzi pronti a fare di tutto per ammazzare tutti quelli che non erano d'accordo. Alla fine ti sembra che al mondo siano più le persone che ti vogliono uccidere di quelle che vogliono fare amicizia e questo peso mi ha fatto cedere. Per non parlare delle cazzate della politica."

"È per questo che ne sei uscito?" gli chiese, facendo un passo per avvicinarsi a lui.

Rocky era l'unica persona al mondo che conosceva il *vero* motivo per cui Ethan aveva mollato, ma dirlo a Lilly in quel momento gli sembrò giusto, così le spiegò: "Questo ha contribuito, ma la goccia che ha fatto traboccare il vaso è stata l'ultima missione. Stavamo dando la caccia a un comandante dei talebani, un tipo molto in alto nella gerarchia. Uno peggio di Osama Bin Laden. Avevamo circoscritto la ricerca a uno dei suoi nascondigli e stavamo per intervenire quando abbiamo sentito una bambina che piangeva. Quella bimba frignava così forte che era palese fosse in grave difficoltà. Da spezzare il cuore."

"Giriamo nella casa in cui eravamo entrati... ed eccola là. Per terra, proprio in mezzo alla stanza, circondata da vestiti sporchi e da altri oggetti di casa. Aveva i capelli neri, avrà avuto sei mesi all'incirca. Era fasciata così stretta che quasi non riusciva a muovere le braccine. Aveva la faccia paonazza a forza di piangere, mi si è spezzato il cuore all'istante."

"Io ero l'ultimo della fila, sono entrato per ultimo in quella stanza; stavo già per parlare, per avvertire il mio compagno di squadra che era meglio non avvicinarsi a quella bimba, ma ormai era troppo tardi. La moglie del mio amico aveva appena partorito il loro terzo figlio, proprio durante la missione, era impossibile che ignorasse quella bimba. Nel momento stesso in cui l'ha presa da terra, la bomba su cui era stata messa si è innescata."

"L'esplosione ha ucciso in un istante la bimba, il mio amico e altri due della squadra. Io sono stato proiettato dall'onda d'urto contro la parete posteriore e mi si è spezzata una vertebra. Gli altri della squadra si sono feriti, qualcuno gravemente agli arti, qualcun altro commozione cerebrale. L'unico motivo per cui siamo riusciti a scamparla è che eravamo seguiti da un'altra squadra di SEAL: erano abbastanza lontani da non essere intaccati dall'esplosione; ci hanno presi e portati all'ospedale della base."

Lilly non esitò ad avvolgerlo con le braccia; il contatto dei loro corpi le dava una sensazione bella mai provata prima, quel contatto diede a Ethan la forza di continuare.

"Quando sono guarito, ho capito che non potevo tornare in missione. Non potevo reggere un mondo in cui qualcuno riteneva normale usare una bimba indifesa come arma. Ne avevo abbastanza. Avevo bisogno di cambiare vita."

Lilly gli accarezzò con dolcezza la schiena. "Ti piaceva aiutare gli altri, ma dovevi farlo in un modo non violento."

Ethan annuì. "Esatto. Io e mio fratello non eravamo nella stessa squadra, ma quando gli ho raccontato cos'era successo, non si sarebbe allontanato da me per nulla al mondo. È stato con me in ospedale, mi ha spronato a fare la riabilitazione. A me è andata bene e lo sappiamo entrambi. Quindi quando io sono uscito dal corpo, lui mi ha seguito. Siamo venuti qui e abbiamo fondato la squadra di ricerca e soccorso Eagle Point, abbiamo contattato gli altri... ed eccoci qui."

"La cittadinanza di Fallport è fortunata per la vostra presenza. Whitney ha ragione," gli disse Lilly sottovoce, appoggiandogli la guancia sul petto."

"Ah sì?" le chiese lui, incoraggiandola a parlare di più.

"Il mio lavoro non mi piace più di tanto, nonostante sia molto tempo che lo faccio, passo da un progetto all'altro, ormai ci sono abituata e non so cosa farei se mollassi."

"Anch'io la pensavo allo stesso modo, quando ero nei SEAL. Ero nella marina da tantissimo tempo e non riuscivo a immaginarmi a fare qualcosa di diverso. È stata una decisione anche tremenda, ma nel profondo del mio cuore sapevo di fare la cosa giusta. Io non ho alcun dubbio anche su di te, avrai successo, *qualunque* cosa tu decida di fare," le disse Ethan.

"Apprezzo la tua fiducia." Poi Lilly gli appoggiò il mento

sul petto e alzò lo sguardo chiedendogli: "È per questo che soffri di PTSD?"

Ethan non era abituato a parlare dello stress post-traumatico di cui soffriva, ma annuì. "Mi succede ancora, se sento piangere un bambino piccolo la mia testa torna al momento prima dell'esplosione di quell'inferno. Ogni tanto gli incubi ritornano."

Lei annuì, poi si girò e guardò la vasca da bagno, infine gli fece un gran sorriso: "Ti inviterei a entrare con me in vasca, ma non sono sicura che ci staremmo."

Per un attimo, Ethan pensò all'immagine di sé seduto in vasca, con Lilly nuda a cavalcioni su di lui, ma poi scosse la testa per risvegliarsi da quel sogno a occhi aperti. Lilly aveva ragione, era impossibile sistemarsi entrambi in quella vaschetta, già quasi ricolma d'acqua. Si abbassò e chiuse il rubinetto per evitare di allagare il bagno, poi guardò negli occhi la donna che abbracciava.

Alzò una mano per pettinarle i capelli dietro le orecchie e le chiese sottovoce: "Come sei messa domani?"

Lilly fece spallucce: "Penso che dipenda più da te e dalla squadra. Se dovete uscire di nuovo per le ricerche, è probabile che Tucker mi dica di accompagnarvi. So che è una rottura, mi dispiace."

Lui minimizzò: "Non sarà la prima volta che ci facciamo seguire dalle telecamere. In passato, delle volte sono venute le telecamere dei telegiornali. Mi fai sapere i tuoi orari?"

"Ma certo," gli rispose annuendo.

"Va bene. Poi vediamo, improvvisiamo. Però, per la cronaca... non mi dispiace affatto passare più tempo con te, prima che tu debba andartene." Forse era una frase fuori luogo, dato che Lilly doveva rimanere in città perché qualcuno era scomparso, ma a Ethan non interessava.

"Nemmeno a me dispiace," gli sussurrò lei.

Ethan non riuscì a trattenere il bisogno di baciarla e abbassò la testa. La stanza cominciava a riempirsi del vapore dell'acqua calda, in quel momento si sentirono entrambi come isolati da tutto e da tutti. Fu un bacio potente, come quello che si erano dati la mattina. Caspita, erano passate solo poche ore da quando si erano assaggiati per la prima volta?

Si baciarono ancora lentamente, senza fretta, prendendosi entrambi il tempo di esplorarsi a vicenda. Quando Lilly si tirò indietro, ormai ansimavano entrambi. Ethan aveva tanto da dirle, voleva pregarla di non andar via, di ascoltare i consigli di Whitney per il lavoro, ma doveva decidere Lilly se rimanere o meno. L'ultima cosa che Ethan voleva era che lei si pentisse di ciò che faceva, per un qualunque motivo.

"Goditi il bagno," le disse, sforzandosi di andarsene.

"Va bene, grazie per avermelo preparato."

"Non c'è problema, ci sentiamo presto."

Lilly annuì.

Ethan la guardò un'ultima volta, poi si girò e uscì dal bagno, chiuse la porta e attraversò la camera. Avrebbe trattenuto per molto tempo nella mente l'immagine di Lilly con le labbra gonfie, i capezzoli che spuntavano da sotto la maglia, i capelli sciolti che le ricadevano in disordine sulle spalle.

Tornando a casa, Ethan si accorse con sua grande sorpresa di star bene. Di solito, quando ripensava agli accadimenti di quel fatidico giorno di tanti anni prima, gli veniva la pelle d'oca e stava male. Invece quella sera gli sembrava di essersi tolto un peso dallo stomaco. Come diceva il proverbio, mal comune, mezzo gaudio?

Non gli era mai sembrato tanto giusto come in quel momento.

Il mistero di dove fosse finito Trent Morrison si sarebbe risolto l'indomani, incrociando le dita. Poi Ethan avrebbe potuto concentrarsi con Lilly sulla gestione del loro rapporto. Lui non era ancora sicuro di come poterlo far funzionare, con lei via da Fallport, ma era determinato a scoprirlo. Per lei, ne valeva la pena. Su questo non aveva dubbi.

CAPITOLO TREDICI

La settimana passata era stata un susseguirsi di alti e bassi. Gli alti erano i periodi in cui Lilly passava il tempo con Ethan. I bassi erano le lunghe giornate, che passavano senza alcun segno di Trent, nessun indizio su dove fosse o su cosa gli fosse successo.

Quel mattino, Tucker aveva convocato tutti all'albergo in cui risiedeva quasi tutta la squadra del programma. Si erano trovati nel parcheggio e il produttore aveva informato gli altri che era ora di voltare pagina.

Il programma delle riprese per l'episodio successivo era stato già posticipato di una settimana, ma non era possibile aspettare oltre. Bisognava andare a Lake Memphremagog per andare a caccia di Memphre, il mostro che si diceva abitasse nel lago glaciale tra Newport, nel Vermont, e Magog, nel Quebec canadese.

"Ma l'episodio su Bigfoot sarà quello che ci farà sfondare," proseguì, mentre Lilly e gli altri lo guardavano attoniti. "Dobbiamo partire, ma dobbiamo riprendere il momento in cui Trent verrà ritrovato. Lilly rimarrà qui a Fallport, incollata ai talloni della squadra di ricerca. Ti manderò un elenco di persone da intervistare, dovrai chiedere loro cosa pensano che sia successo a Trent. Ci serve qualcuno che sostenga che Trent è stato portato via da Piedone, ci interessano solo quelli che prendono questa posizione. Sto trattando con alcuni di questo paese, ti farò sapere nomi e indirizzi appena riceveranno il pagamento."

Lilly non riusciva a credere alle proprie orecchie. La troupe *partiva*? Senza Trent? Il produttore pagava qualcuno per dire che Trent era stato attaccato da Bigfoot? Avrebbe dovuto aspettarselo, eppure era comunque sorpresa. Tucker aveva già dimostrato in più occasioni che non gli interessava di niente e di nessuno, solo di fare ascolti, tanto che tutti gli eventi paranormali ripresi e registrati erano finti, prodotti ad arte da qualcuno del cast o della troupe, eppure... stava esagerando, diventando obbrobrioso.

Per un momento, Lilly si chiese se il produttore fosse coinvolto in ciò che era successo a Trent. Cioè, magari l'aveva accompagnato a Roanoke e l'aveva fatto salire su un aereo, qualcosa del genere, solo per far andare la storia come voleva lui, per il programma.

"Mi contatti nel momento stesso in cui qui succede qualcosa. Se si trova un brandello dei suoi vestiti, farai meglio a essere presente per filmarlo," l'avvertì Tucker.

Lilly si irrigidì, non le piaceva quel tono minaccioso; ma lui non le lasciò il tempo di commentare e andò avanti.

"Già me l'immagino, questo episodio sarà lungo almeno due ore. Magari lo divideremo in due, in tre, magari anche in quattro parti separate. Abbiamo già un casino di girato, poi ci saranno i ritrovamenti dopo che partiamo, di sicuro possiamo tirarla per le lunghe. Spero solo che quando si trova la tenda di Trent ci sia anche la sua videocamera e che ci siano delle buone riprese. Ovviamente gli altri potranno lamentarsi che in Canada non si trova Memphre perché sono troppo tristi e stressati per quanto successo al povero Trent. Segnatevi bene le mie parole: questo sarà il *clou* dello spettacolo, ve lo garantisco!"

Lilly si guardò attorno, c'erano gli altri operatori e i presentatori, ma le caddero le braccia nel constatare che, invece di inorridire per quanto diceva Tucker, sembravano tutti come annoiati. Come se non fosse sparito un loro amico dalla faccia della Terra, senza lasciare traccia, per poi essere usato come esca per aumentare gli ascolti. L'idea che si fece era che fossero ancora tutti convinti si trattasse di un gioco di pessimo gusto inscenato da Tucker o dallo stesso Trent, che se ne stava nascosto chissà dove, vivo e vegeto.

"Perfetto, allora tutti a fare i bagagli, ce ne andiamo verso le undici. Devo parlare con il capo della polizia, gli lascerò il mio numero di telefono per tenerci in contatto, così mi aggiorna su quanto succede qui. Ha detto che eravamo liberi di andarcene, perché non ci sono prove che uno di noi sia coinvolto nella sparizione di Trent."

Si mise a ridere, risero anche quasi tutti gli altri, anche se con meno gusto rispetto al produttore.

"Dai, diamoci una mossa. Ah, Lilly, tu aspetta un attimo che devo parlarti."

Lilly non aveva tanta voglia di starlo ad ascoltare... ma poteva anche trasformarsi in un'occasione per dirgli cosa ne pensava di lui e dell'idea di usare la sparizione di Trent come faro per attirare spettatori. Così rimase dov'era mentre gli altri se ne tornavano nell'atrio dell'albergo. Il fatto che nessuno si preoccupasse nemmeno di salutarla era tutto dire. Nessuno la considerava, a meno che non ci fosse bisogno di lei. Lilly si accorse che in parte era anche colpa sua: non alloggiava nello stesso albergo, era un po' come aver preso le distanze dagli altri; però aveva sperato che la scomparsa di Trent ricompattasse gli animi, aumentando il senso di appartenenza alla stessa squadra. Chiaramente si era sbagliata.

"Perfetto, allora, conto su di te; fai delle buone riprese mentre noi siamo via," le disse Tucker, "so che non sei onnipresente, ma è importante che tu sia nei paraggi quando viene ritrovato il corpo di Trent."

Lilly spalancò la bocca dalla sorpresa, poi gli chiese incredula: "Hai appena detto che verrà ritrovato il suo *corpo?*"

"Beh, sì, non sarai così ingenua da credere che sia ancora vivo, dopo tutto questo tempo, vero?" le domandò Tucker ridacchiando.

"Tante persone sono sopravvissute nel bosco ben più di una settimana," ribatté lei.

"Sì, ma non persone come Trent. Sappiamo bene entrambi che lui nella natura selvaggia non ci sa stare. Sto solo dicendo che ci servono le riprese per lo spettacolo. Quindi non fare cazzate. Ho scelto di far rimanere te perché ho notato quanto sei culo e camicia con quel tipo delle ricerche. Puoi approfittarne per trarne vantaggio. Se puoi, fallo parlare delle ricerche, di quanto succede. Di sicuro sarà dispostissimo a parlare, se non sa che stai registrando. Sarebbe meglio anche riprenderlo, ma se non pensi di farcela può bastare l'audio. Poi lo possiamo mettere su delle altre scene che abbiamo già, di quando è nei boschi che cerca."

"Non ho intenzione di riprenderlo di nascosto," rispose Lilly fremendo.

Tucker le si avvicinò di un passo, entrando nel suo spazio personale. Poi le parlò con un tono di voce che lei non gli aveva mai sentito usare prima, almeno non con lei: "Farai tutto ciò che ti chiedo, altrimenti ti faccio licenziare tanto alla svelta che non te ne accorgi nemmeno. Non ricordo chi l'abbia detto, ma era vero: questo programma era esattamente come gli altri, facciamo le stesse stronzate, indaghiamo sulle stesse porcherie su cui hanno indagato gli altri prima di noi. Ma *nessuno* si è mai perso, *nessuno* è mai rimasto ammazzato a causa del fenomeno al centro del programma. Alla gente verrà la bava alla bocca."

"Questa è la mia occasione di sfondare, di passare dalle cagate da poco come questa agli spettacoli, ai film dove ci sono le star *vere*. Quindi continua a girare in ogni momento. Carica i video ogni giorno sul server così li potrò guardare.

Non fare cazzate, Lilly. Se devi aprire le gambe per quel tipo delle ricerche, *aprile*. Basta che mi porti una storia ben fatta."

Al che, Tucker si girò dandole la schiena per andarsene verso l'ingresso dell'hotel.

Lilly rimase letteralmente senza parole, incapace di commentare, sempre che lo volesse. Ciò che voleva *veramente* era solo farsi una doccia. Incredibile, il produttore le aveva appena detto di andare a letto con Ethan per fare delle belle riprese per il programma. Era...

Lilly non sapeva come definirlo. Volgare e ignobile, come minimo.

Per la seconda volta in meno di venti minuti, Lilly si chiese se Tucker fosse responsabile della scomparsa di Trent. Sarebbe stato logico... ma quell'idea le fece venire la nausea.

Agendo senza pensare, tornò alla macchina e si mise dietro al volante, ancora sotto choc per quanto le aveva detto Tucker.

Tornò verso Fallport senza dirigersi verso alcun posto in particolare. Per la prima volta, quella settimana, nessuno le stava dicendo dove andare e quando arrivarci. Dopo pranzo, Ethan e Brock dovevano andare in un settore della foresta in cui non avevano ancora cercato, lei li avrebbe accompagnati. Ma prima di allora non aveva alcun impegno.

Quella libertà le tornava utile, perché sentiva la testa che le girava. Provava disgusto verso Tucker, verso i colleghi, verso tutto il mondo dello spettacolo. Lavorare a un programma che indagava su fenomeni paranormali le era sembrato un impiego innocuo, ma solo prima di scoprire cosa si nascondeva veramente dietro le quinte: i trucchetti e le palesi bugie che venivano fatte passare agli spettatori. Erano tutte cavolate, tanto che a Lilly sembrò che fosse una cavolata anche il suo stesso lavoro.

Nessun impiego meritava quel malessere. Voleva mollare. Fu quello il primo istinto, nel momento in cui Tucker le aveva detto di filmare Ethan di nascosto.

L'unico motivo per cui si era trattenuta era Trent. Le sembrava di essere l'unica sinceramente interessata a ritrovarlo. Mollando tutto, avrebbe consentito a Tucker di lasciare a Fallport uno qualunque degli altri operatori, a fare qualunque cosa pur di riprendere esattamente ciò che il produttore pretendeva con tanta determinazione.

Ma poteva continuare a lavorare per quel programma, che andava contro ogni principio morale che lei riteneva giusto?

Rientrata al B&B, invece di ritirarsi, andò verso l'amaca in giardino: era attaccata a due alberi, le cui chiome creavano una specie di tettoia sotto cui gli ospiti potevano ripararsi e non sudare sotto il sole cocente dell'estate.

Lilly ci salì e tirò fuori il telefono, cliccando sul nome dell'unica persona che poteva farla sentire meglio.

Come sempre, il papà le rispose al secondo squillo.

"Ciao, piccolina," le disse rispondendo.

A Lilly bastò sentire la voce del padre per sciogliersi. "Papi," gli disse con voce tremante.

"Chi devo prendere a calci in culo?" le disse il padre con decisione; chiaramente aveva intuito lo stato d'animo abbattuto di Lilly dalla voce.

"No, nessuno, ma hai tempo per parlare?"

"Ho sempre tempo per parlare con te," le disse lui, trasmettendole tutto l'amore possibile. "Che succede?"

"Sono contenta di sentirti."

Il padre sembrava sapere che a Lilly serviva un po' di tempo, prima di approfondire ciò che la metteva a disagio, così cominciò ad aggiornarla sulle chiacchiere di paese. Sentendolo parlare, Lilly capì fino in fondo che Fallport era esattamente come il paesino in cui era cresciuta: c'erano persone come Otto, Silas e Art che potevano benissimo corrispondere al suo papà, che brontolava per i nuovi arrivati in paese e le diceva chi si era ammalato e chi si era sposato.

"Mi manchi," gli disse, appena il padre smise di parlare per prendere fiato.

"Anche tu mi manchi. Adesso sei pronta a raccontarmi che succede?"

Lilly non trattenne una risatina: "Mi conosci proprio bene."

"Ma certo che ti conosco, dai, vuota il sacco."

Così lei cominciò a raccontargli tutto di Fallport, degli abitanti bizzarri che cominciava ad apprezzare, di Whitney, che faceva di tutto per rimpinzarla, imbottendola come un tacchino ripieno, della bellezza di quella regione, di quanto le piacesse ogni momento vissuto all'aperto, per quanto le camminate in montagna fossero legate al lavoro.

Nel parlare, nominò Ethan forse un po' troppe volte, perché quando finalmente smise di raccontare, suo padre le chiese: "Allora... questo tipo, Ethan, ti piace?"

"È diverso," rispose Lilly.

"In che senso?"

Ecco un altro aspetto del carattere del padre che Lilly amava: pur essendo protettivo e volendo sempre il meglio per la sua bambina, non era il tipo di padre che odiava per partito preso ogni ragazzo a cui lei fosse interessata. Le diceva sempre che contavano di più i fatti delle parole, si faceva un'opinione degli altri in base a quel che facevano, non in base a ciò che *promettevano* di fare.

"Mi fa ridere, ma è un tipo intenso, in senso buono."

"Non ho idea di cosa tu voglia dire," commentò il padre impassibile.

Lilly ridacchiò: "Non so se riesco a spiegarmi."

"Provaci."

"Va bene, allora, è stato un militare, nella marina, forze speciali dei SEAL. È attentissimo a tutto, ti può ripetere i nomi di chiunque fosse presente in una stanza anche se ci rimane per meno di dieci secondi. Se ho fame, lui lo sa già. Se sono stanca, non si fa problemi a cambiare programmi per darmi il tempo di riposare. E poi (questa so che ti piacerà) mi

ha persino difesa quando un tipo ha detto qualcosa di maleducato sulla presenza del programma in paese."

"Mi sembra un brav'uomo," le disse il padre.

"È davvero un brav'uomo," rispose Lilly con tranquillità.

"Se ti piace il posto e passi il tempo con questo Ethan, che
a quanto pare ti piace... allora lo stress dev'essere per il
lavoro."

Lilly non fu sorpresa che il padre ci arrivasse da solo. Non
era un segreto: il lavoro la appassionava sempre meno. Era
uno dei motivi per cui aveva accettato di lavorare al
programma sul paranormale: per andarsene da Hollywood,
nella speranza di ritrovare la passione per quella carriera che
si aspettava da sogno.

"Eh sì. Qui le cose... non si mettono bene, papà."

"Dimmi tutto, bimba mia."

"Uno dei presentatori è scomparso."

"Aspetta, cosa? Come cazzo è successo?"

Lilly si immaginò il padre che si sistemava sulla sedia e
spalancava gli occhi mentre le faceva quelle domande. "Ha
deciso di andare da solo a fare delle indagini, io gli ho comprato
la tenda, il sacco a pelo, le cose che servono per stare fuori nella
natura; il piano era che rimanesse nel bosco per qualche giorno.
Doveva fare delle riprese mentre cercava Bigfoot, poi tornare a
unirsi col resto del gruppo. Alla fine si mettevano insieme le
riprese e si andava in Canada. Ma non è mai tornato dal bosco.
Ethan e gli altri della squadra di ricerca e soccorso lo stanno
cercando da una settimana, ma non si è trovata traccia né di lui,
né di dove potrebbe aver campeggiato."

"Santo cielo."

"Eh già. Le riprese per il prossimo episodio sono già state
rinviate, ma non si può più rimandare. Così Tucker sta
andando con tutti gli altri in Canada, presentatori e operatori,
mentre io mi fermo qui per filmare la prosecuzione delle
ricerche."

"Immagino che il produttore abbia la bava alla bocca per girare la scena del ritrovamento, non è vero?" le chiese il padre.

"Eh sì, ha detto che devo filmare quando il suo *corpo* verrà ritrovato, papà. Poi mi ha chiesto di filmare Ethan di nascosto, di farlo parlare delle ricerche. Mi fa schifo quel tipo, il programma... tutto. Sono tutte cavolate. Ti dico, Tucker ha fatto indossare ad Andre dei piedoni finti delle dimensioni di Bigfoot e l'ha fatto camminare tra gli alberi. È proprio..." si fermò senza concludere la frase.

"È uno schifo."

"Proprio così."

"Allora licenziati," le disse senza troppo girarci intorno.

"Ci sto pensando, sul serio."

"Però?"

"Però se me ne vado proprio adesso mi sembra di lasciare Trent in pasto alle belve, per così dire. Adesso sono praticamente l'unica che si preoccupa per lui, tra quelli della produzione. Se non ci penso io, poi viene qualcun altro e chissà cosa sarebbe disposto a fare quest'altro per confezionare una bella storia, vera o falsa che sia?"

"Pensi che sia disperso davvero? Non è un trucco per alzare gli ascolti?" le chiese il padre.

"Sinceramente non lo so proprio, ma non mi sembra giusto andarmene così."

"Ti sei fatta in quattro per questo impiego," aggiunse il padre.

Lilly era dispiaciuta di pensare a se stessa, quando Trent era scomparso, ma rispose comunque di sì.

"Puoi sempre trovare un altro impiego, bimba mia. Sei bravissima in quello che fai. Senti, non mi è sfuggito che ultimamente sei un po' giù di corda."

Lilly quasi scoppiò a ridere. Giù di corda, era l'eufemismo del secolo.

"Lo vedo come guardi i tuoi nipoti, è quello che vuoi

anche tu. Dei figli, una casa in cui sistemarti, qualcuno da amare. Non puoi trovare tutto questo, se continui a viaggiare di città in città per quelle riprese."

Non aveva tutti i torti. Lilly era arrivata alla stessa conclusione, in occasione dell'ultimo Ringraziamento. Stare vicino ai parenti le era mancato moltissimo, aveva fatto una fatica tremenda a ripartire di venerdì, per tornare al lavoro, invece di rimanere con tutti per l'intero fine settimana. Da allora non faceva altro che chiedersi che senso avesse ciò che faceva.

"Dico solo che forse è meglio così. Non la sparizione del tuo amico, non quel deficiente del tuo capo... ma avere una scusa per mollare. Lo sento da come parli, quel paesino in cui sei ti piace molto. Per non parlare di quel tuo bel giovane che ci vive."

"Non è il *mio* bel giovane," protestò Lilly.

"Ma ti piacerebbe stare con lui."

Era vero. Come era vero che voleva mollare il lavoro e che voleva rimanere a Fallport. Ma non aveva idea di come fare a far funzionare tutto.

"Un giorno alla volta," le disse il padre, come leggendole nei pensieri. "Non devi risolvere ogni problema in questo preciso istante."

"Lo so."

"Bene. Quando Trent si troverà, potrai fare le tue valutazioni. Comunque, per la cronaca... vedrai che spacchi, qualunque cosa tu decida di fare. Fin da quando eri piccolina, hai sempre avuto la forza di raggiungere il successo. Hai cominciato a camminare molto prima di tanti altri della tua età, solo perché volevi tener dietro ai tuoi fratelli."

"Grazie, papi."

"Non lo dico per leccarti il culo, te lo dico perché è vero. Ricordati sempre che se questo tipo, se questo Ethan non continua a trattarti come una principessa, puoi scaricarlo a calci nel sedere. Non accontentarti, piccolina. Ti meriti un uomo che veda quanto vali. Se Ethan è furbo, capirà quanto sei meravigliosa e non ti lascerà più andar via."

"Va bene, papà," disse Lilly alzando gli occhi al cielo.

"Senti, io sarò anche di parte, ma penso che tu sia la figlia più perfetta di tutto il mondo," le disse.

"E io penso che tu sia il babbo più perfetto di tutto il mondo," ribatté lei. Avevano cominciato a chiamarsi in quel modo quando lei andava ancora alle elementari. Erano parole familiari, che la facevano star bene.

"Ti voglio bene, piccolina."

"Anch'io ti voglio bene, papi."

"Fatti sentire, voglio sapere come vanno le cose. Spero che presto salti fuori Trent."

"Mi faccio sentire, lo spero anch'io. Grazie per il conforto."

"Quando vuoi."

"Ci sentiamo presto."

"Certo che ci sentiamo. Ciao ciao."

"Ciao, papà."

Lilly chiuse la conversazione e fissò le foglie che la guardavano dall'alto, le ispirarono un piccolo sorriso. Il papà riusciva sempre a farla star meglio.

"Ciao."

Lilly sussultò dalla sorpresa e quasi cadde dall'amaca. Guardò verso la casa e vide Ethan appoggiato a un albero, non troppo lontano dal punto in cui lei era sdraiata. "Cacchio, Ethan, mi hai spaventata a morte," gli disse, mettendosi una mano sul petto.

"Scusami," le rispose lui, scostandosi dall'albero e avvicinandosi. "Whit mi ha detto che ti trovavo qui, non volevo interrompere la telefonata. Va tutto bene?"

"Sì." Lilly voleva tanto parlargli di tutto ciò che stava accadendo.

"Ho sentito che gli altri se ne vanno," le disse.

Lilly sbatté le palpebre, poi guardò l'orologio e scosse la

testa: "Mamma mia, la rete del gossip qui a Fallport funziona molto meglio che nel paese da dove vengo. È bastata una mezz'ora perché si spargesse la voce."

Ethan scoppiò a ridere: "Beh, prima di tutto la gente di paese non è affatto dispiaciuta che gli altri se ne vadano. Penso che l'entusiasmo di trovarsi al centro di un episodio in TV su Bigfoot sia scemato."

"Aspetta che l'episodio venga trasmesso, poi vedrai che rabbia."

"Lo so. In secondo luogo, le camere in albergo si sono liberate tutte d'un colpo, quindi in paese è come partito l'allarme rosso: il mio telefono non smette di squillare, un sacco di gente mi vuole far sapere che 'quelli della TV' se ne stanno andando. Così sono venuto subito qui per cercare di beccarti, prima che te ne andassi. Ma Whitney mi ha detto che tu non hai liberato la camera... poi non ti vedo affannata dai preparativi della partenza."

Lilly si mise seduta e slanciò le gambe fuori dall'amaca. "Mi hanno incaricata di rimanere, devo filmare le ricerche di Trent," gli rispose, "e poi non me ne andrei senza avvertirti."

Ethan annuì. "Son contento di sentirtelo dire, Lil. Devo ammettere che per un momento ho avuto paura che questo rapporto fosse a senso unico," le disse facendo un cenno con la mano per indicare entrambi.

"Non è a senso unico," gli rispose Lilly sottovoce. Poi, non sopportando l'idea di nascondergli qualcosa, sbottò: "Tucker mi ha chiesto di registrare di nascosto le conversazioni con te e con gli altri della squadra, mentre parlate delle ricerche."

"Cosa?" disse Ethan corrucciando la fronte.

"È convinto che questo episodio sarà mitico, un picco di ascolti, perché non è mai successo che il presentatore di un programma si sia fatto male o sia stato ucciso durante le riprese. Vuole far sembrare che sia stato Bigfoot a portarsi via Trent e sta pensando di sfruttare al massimo la sparizione. Mi ha ordinato di registrare il più possibile, aggiungendo di filmare di nascosto te e gli altri, anche solo l'audio, mentre discutete della ricerca, qualcosa di forte, sempre per il bene del programma."

Lilly si accorse di parlare troppo alla svelta, ma non seppe trattenersi. Odiava anche solo il pensiero di ingannare Ethan. Far parte del piano di Tucker e approfittare di ciò che poteva esser successo a Trent la faceva sentire viscida, nauseabonda.

Ethan fece un passo verso di lei, riducendo le distanze. Poi si accovacciò per portare gli occhi allo stesso livello di Lilly, che era ancora seduta nell'amaca; alzò un braccio e le mise una mano intorno alla vita, come per tenerla ferma, mentre la fissava dritto negli occhi.

"Quando ho sentito che partivate tutti mi sono un po' incazzato. Mi è passato per la testa di correre qui per fare una piccola scenata, perché non mi avevi detto che te ne andavi. Ma nell'attimo stesso in cui ti ho vista qui sdraiata mi sono accorto che non stavi partendo e ho capito quanto ero stato irrazionale." Tirò un gran sospiro. "Però hai anche un lavoro da fare e io sarei uno stronzo se te lo impedissi. Anche se i metodi di Tucker mi fanno schifo, non mi dispiace affatto che tu rimanga. Al contrario, sono sollevato. Emozionato. Fuori di me."

"Sei arrabbiato?"

"Che il produttore ti abbia detto di registrare di nascosto?"

"Sì."

"Furioso," disse Ethan.

Lilly sentì una stretta allo stomaco.

"Ma non con te, Lil. Tu non hai aspettato nemmeno tre minuti per vuotare il sacco e dirmi tutto. Penso che sia un ottimo segno per il nostro rapporto."

A lei piacque quella parola, lei *voleva* avere un rapporto con quell'uomo ed era elettrizzata, perché anche lui sembrava volere lo stesso.

"Adoro la tua onestà, non ti comporteresti mai così con me."

Nonostante quelle parole, Lilly non si sentiva a posto: non credeva affatto di essere tanto onesta. Non dopo aver assistito e filmato tutte le cavolate di quel programma senza dire mai nulla per protestare.

Ethan le mise un dito sotto al mento e lei alzò lo sguardo, mentre lui le chiedeva preoccupato: "Cosa passa per quella testolina, dietro quei begli occhi?"

"Non sono onesta come pensi. Tutto questo episodio non è altro che una serie di inganni. Ti ho già parlato dei richiami che ci siamo scambiati nel bosco, i colpi contro gli alberi, tutto finto, era sempre qualcuno della produzione. Poi Tucker si è procurato quei finti piedoni e Andre è andato in giro indossandoli, in modo che i presentatori potessero seguire le 'orme'. Ha persino sparso delle ciocche di pelo da far trovare durante le riprese. Per non parlare dei soldi che Tucker ha tirato fuori per far raccontare a qualcuno la 'testimonianza' degli eventi paranormali su cui il programma indaga. Prima gli alieni, poi i Chupacabra, fino a Piedone. Una serie di bugie una dietro l'altra. Ma io me ne sono sempre rimasta in silenzio," gli disse Lilly.

Però Ethan, invece di prendersela, fece spallucce dicendole: "Sono finzioni innocue, per fare TV."

"Ma Trent è scomparso! Non è una finzione innocua."

"Hai ragione. Non è innocua. È uno schifo. Ma tu stai solo facendo il tuo lavoro."

"Non mi piace più tanto il mio lavoro," gli disse Lilly, "voglio dire a Tucker di andare a quel paese, voglio mollare."

"Allora fallo."

"Il problema è che se ne stanno andando via tutti per girare il prossimo episodio, come se nulla fosse. Trent è *scomparso*. Se mollo anch'io, ho come la sensazione di abbandonarlo, perché a quel punto non importa più a nessuno di cosa gli è successo. Tucker non farà altro che mandare qui qualcun

altro per creare la storia sensazionale che ha in mente.
Almeno, se sto qui io... magari posso filmare la verità sulla sua
scomparsa."

Ethan cercò gli occhi di Lilly, che non riuscì a capire cosa
gli passasse per la testa. Poi lui si inginocchiò e alzò anche
l'altra mano, portandogliela sul viso. Non fece commenti sul
lavoro di Lilly, non cercò di convincerla a rimanere, come
aveva fatto Whitney. Almeno non con le parole. Usò le labbra
per perorare la propria causa.

Perorandola in modo molto convincente.

A quel contatto, Lilly si sentì persa. Il modo in cui lui
muoveva le labbra e la lingua le fece venire la pelle d'oca su
tutto il corpo. Lilly inalò il suo sottile profumo (probabilmente era il sapone che usava, perché Ethan non era il tipo da
mettersi acqua di Colonia), un profumo che le ricordò il
giorno in cui si era addormentata nel suo letto.

Ethan continuò a stringerla finché lei non si fece indietro.
"Grazie per avermi detto cosa voleva farti fare Tucker. Io mi
fido di te, Lilly, voglio il meglio per te. Il fatto che non molli
tutto di punto in bianco per il bene di Trent dice molto sul
tipo di persona che sei. Tutto quel che riguarda questa sparizione puzza di marcio. Non c'è bisogno di una laurea in crimi-
nologia per sentir puzza di bruciato. Se scopriamo che è tutta
una finta, preferirei che non andassi in Canada con Tucker e
gli altri... chissà che altro potrebbero inventarsi, per avere più
ascolti? Qui almeno sei più al sicuro."

Anche Lilly ci aveva pensato: "Allora credi che dovrei fare
quello che mi ha detto Tucker?"

"Penso che dovresti rimanere qui a Fallport, starmi vicino.
Filma la squadra che cerca Trent. Farai sempre il tuo lavoro,
ma senza sotterfugi."

"Il produttore sa che mi piaci. Anzi, mi ha detto di
scopare con te per fare delle riprese migliori," sbottò Lilly,
che poi si rese conto che i baci di Ethan le avevano ormai
mandato il cervello in pappa.

"È un coglione," le rispose Ethan, "mi sorprende che nessuno l'abbia ancora denunciato per molestie sessuali. Quando troveremo Trent, potrai mandare Tucker a quel paese e mollare con la coscienza a posto, sempre che tu voglia mollare."

Lilly ci rifletté per un lungo momento. Ancora faticava a convincersi di rimanere, perché le dava fastidio usare la scomparsa di Trent come richiamo per avere più spettatori.

Ma almeno così *poteva* far stare Tucker tranquillo, fargli credere che stava facendo esattamente quello che le aveva detto, mentre in realtà lei contribuiva solo a ritrovare Trent... impedendo che qualcun altro della produzione tornasse, solo per dare al programma maggiore riverbero.

"Per la cronaca... quando tutto si sarà concluso, mi farebbe piacere che tu ti fermassi a Fallport. Lo so che è chiedere molto, specialmente considerando che il tuo lavoro bene o male ti porta a viaggiare di continuo. Ma non sono mai stato tanto interessato a una donna quanto sono interessato a te. Se ti lascio partire senza nemmeno *tentare* di convincerti a rimanere, ho la sensazione che mi prenderei a calci da solo per tutta la vita. Non so se potresti continuare con lo stesso lavoro, rimanendo qui, ma penso che saresti brava in qualunque attività tu decidessi di svolgere."

Lilly non credeva alle proprie orecchie. Che uomo...

Accidenti, Ethan era *tutto* ciò che lei aveva sempre desiderato in un partner. La supportava sempre e comunque in ciò che faceva.

Si gettò tra le sue braccia, Ethan la abbracciò con un versolino di sorpresa, perse l'equilibrio e cadde sull'erba. Lilly finì per trovarsi a cavalcioni su di lui, che nel frattempo si era aggrappato a lei all'altezza della vita, anche per evitare che lei cadendo si facesse del male. Lilly lo sentì ridere.

"Allora... ti fermi per continuare le riprese?" le domandò.

Lei annuì. "Mi fermo. Ma non filmo nessuno di nascosto."

"Brava. Adesso che siamo d'accordo... vado con Brock tra circa un'ora per riprendere le ricerche. Vuoi venire con noi?"

"Certo. Avete una pista?"

"No. Abbiamo solo deciso di setacciare metodicamente tutti i posti in cui pensiamo che Trent possa essere andato, dove potrebbe aver pensato di andare senza fare troppa fatica. Magari qualcuno qui in paese gli ha dato qualche dritta, dicendogli dove andare, fuori dal sentiero, potrebbe essere là."

"Ma allora perché nessuno si è fatto avanti per dire di avergli parlato?" domandò Lilly.

"Chi lo sa."

"Ehi, voi due, tutto bene?" Era Whitney che li chiamava dalla porta di casa.

Ethan scoppiò a ridere, poi inclinò la testa all'indietro urlando: "Magari stiamo solo facendo un sonnellino!"

"Per terra? Mah, fate voi," rispose Whitney. "dato che dovete ripartire con le ricerche, vi ho preparato qualcosa da mettere sotto i denti. Entrate a mangiare qualcosa, prima di andar via!"

"Ci scommetti che con 'qualcosa' ha riempito la tavola di piatti?" disse Lilly con un filo di voce.

"Scommessa persa in partenza," rispose Ethan, mettendosi a sedere.

Lilly si aggrappò alle sue braccia per non scivolare giù dalle sue ginocchia, anche se non avrebbe dovuto preoccuparsene, perché Ethan la teneva ben salda in vita. Poi lo fissò dritto negli occhi.

"Sono felice che tu rimanga," le disse sottovoce, "le circostanze non sono entusiasmanti, perché Trent è scomparso, ma comunque mi fa piacere."

"Anche a me," disse Lilly.

Lui la fissò ancora un pochino, poi fece un respiro profondo e si mosse per alzarsi, la prese per mano e si avviò verso casa senza dire altro.

"Mio papà ti approva," disse Lilly.

Ethan accennò un sorriso: "Ah sì?"

"Eh sì. Stavo parlando con lui, quando sei arrivato. Gli ho raccontato di te."

"Se tutto va bene tra noi... sarei contento di incontrarlo presto."

"Davvero? Pensavo che agli uomini facesse paura incontrare il papà di una donna."

"Chiunque abbia cresciuto una persona meravigliosa come te non è qualcuno di cui avere paura," disse Ethan. "Lo rispetto e lo ammiro già. Spero che anche lui ricambi."

Ormai erano in casa e Lilly non ebbe modo di rispondere perché Whitney li chiamò in cucina, dove aveva preparato in tavola un po' di cibo rimasto e una casseruola "messa su" all'ultimo minuto. Ma Lilly non aveva dubbi che il padre avrebbe rispettato e ammirato Ethan allo stesso modo.

———

Lui non si aspettava di partire prima che Trent venisse trovato.

Ma forse era meglio così.

Lilly sarebbe rimasta in paese a fare le riprese che servivano per portare il programma al successo.

Eh sì, era meglio non essere presente, non mostrarsi coinvolto in alcun modo. Quel cretino del capo della polizia non sospettava di lui, quindi era un bene stare alla larga. Servivano solo le scene finali del ritrovamento di Trent e delle reazioni emotive che ne sarebbero derivate.

Trent non avrebbe dovuto sminuirlo, avrebbe dovuto trattarlo meglio. Comportandosi diversamente... forse sarebbe stato ancora vivo.

Avrebbero potuto collaborare per portare il programma al successo, invece Trent voleva la fama solo per sé, non l'avrebbe mai condivisa, non avrebbe nemmeno mai ammesso com'era nato il programma, fin dal principio.

Non aveva mai ammesso che l'idea era *tutta* di Joey.

Rimase seduto sul retro del furgone, ribollendo dalla rabbia. Pensava che Trent fosse suo amico, ma nei momenti di difficoltà, lo trattava da schifo, come trattava tutti gli altri. Joey e Trent dovevano presentare insieme il programma che avevano ideato. Invece Trent non aveva aperto bocca, quando Tucker era diventato il produttore e aveva subito posto il veto, assumendo Michelle per le tette e gli altri per il loro bell'aspetto.

Che importanza aveva, se Joey non era un belloccio? Anche negli altri programmi, i presentatori non erano certo dei modelli. Il programma poteva funzionare comunque. Invece Trent aveva seguito ogni proposta di Tucker, assicurando a Joey che anche se lui non era in primo piano negli episodi, comunque il programma gli sarebbe tornato utile.

Trent aveva fatto in modo che Joey fosse assunto come operatore di ripresa, ma col passare del tempo Joey aveva capito sempre più chiaramente: Trent aveva cominciato a trattarlo in modo diverso, senza considerarlo importante. Quando Joey proponeva delle idee per il programma, Trent gli si scagliava contro davanti a tutti.

Beh, ormai Trent se n'era pentito, Joey ci avrebbe scommesso.

Fece attenzione a tenere il viso inespressivo, ma dentro sentiva la rabbia trasformarsi in gioia. Trent aveva ragione, il programma *avrebbe* avuto successo.

Ma solo grazie a Joey.

Se Joey non avesse fatto ciò che aveva fatto, il programma sarebbe stato un fallimento fin dal principio. Gli episodi erano noiosi, scadenti, affatto originali. Ma l'ultimo? Un presentatore scomparso, dilaniato da Bigfoot? Titoloni e prime pagine per tutte le persone coinvolte.

Lui avrebbe fatto il possibile per trovare una via di

mettersi in buona luce, prendendo il posto di Trent davanti ai riflettori. La seconda stagione del programma sarebbe stata l'occasione di Joey per dimostrare di avere tutto il talento necessario a una star della televisione.

Avrebbe tanto voluto essere presente, quando Trent fosse finalmente saltato fuori; ma si sarebbe goduto i filmati. La pazienza era essenziale... e di pazienza Joey ne aveva a bizzeffe.

CAPITOLO QUATTORDICI

ERA STATA UNA SETTIMANA LUNGA. Lilly era contenta di passare più tempo con Ethan, per conoscerlo meglio, ma la felicità era adombrata dal mancato ritrovamento di Trent. Lei avrebbe preferito godersi appieno la gioia del fiorente rapporto con Ethan, ma sapere che restava ancora in città perché non si trovavano tracce di Trent era disarmante.

Ogni giorno, Lilly aveva seguito le camminate della squadra di ricerca e soccorso Eagle Point. Gli uomini della squadra facevano a turno nell'andare a cercare indizi sulla scomparsa dell'investigatore di fenomeni paranormali. Il giorno più difficile per Lilly fu quando seguì Raid e Duke: il segugio aveva tenuto il muso attaccato a terra per tutte e cinque le ore passate per boschi, Lilly aveva avuto l'impressione di correre continuamente.

Ma per quanto impegno ci mettessero nel cercare, nell'osservare, nessuno aveva avuto fortuna. Alla fine della settimana, Ethan e gli altri si erano riuniti con il capo della polizia e si erano trovati d'accordo nel concludere che Trent doveva essere andato in un'altra zona a campeggiare, oppure non aveva passato nemmeno una notte all'aperto.

A meno che qualcuno avesse smontato tutte le sue cose per non lasciare alcuna traccia.

Se scoprire dove aveva piantato la tenda era difficile, trovare una persona, o un corpo, nella vastità dei monti Appalachi, senza alcun punto di partenza, era quasi impossibile. I posti in cui cercare erano troppi. Per non parlare degli animali selvatici, che avrebbero razziato un corpo inerme.

Ma la squadra di Eagle Point non aveva intenzione di mollare se non dopo aver ritrovato Trent... nei boschi o da qualche altra parte, sano e salvo.

Gli unici momenti in cui Lilly provava un minimo di contentezza erano le sere, perché almeno non doveva più lavorare la notte e poteva passare del tempo con Ethan. Cenavano insieme, guardavano dei film, semplicemente si conoscevano senza la pressione del lavoro o di altro tipo.

Certo, nel momento stesso in cui si fosse trovato Trent, vivo o morto, lei avrebbe dovuto raggiungere il resto della produzione; ma col passare dei giorni, cast e troupe procedevano con le riprese in Canada e si avvicinavano sempre più alla conclusione della serie senza di lei, il che non le dispiaceva affatto. Soprattutto perché il rapporto con Ethan andava benissimo.

Anche se Lilly doveva ammettere che negli ultimi giorni... si sentiva confusa dai messaggi ambigui che riceveva da lui.

Ethan non mancava mai di tenerla d'occhio quando erano impegnati nelle ricerche in montagna. Si assicurava sempre che mangiasse, che facesse delle pause, che non avesse vesciche, la guardava di continuo con un'espressione che la mandava in brodo di giuggiole. Ma di notte, dopo cena, guardavano la TV, si coccolavano e pomiciavano sul divano... ma poi lui si staccava, le diceva che si era fatto tardi e si offriva di portarla a casa.

Lilly avrebbe voluto insistere, dicendo che non doveva per forza tornare al B&B, che preferiva continuare a baciarlo, a toccarlo... magari nel suo letto. Ma era troppo perplessa e intimorita.

Era sempre più palese che qualcosa lo infastidisse e lei aveva troppa paura di sentirsi dire che era *lei* la causa, che Ethan *non volesse* fare l'amore con lei, che avesse cambiato idea e non volesse più una relazione con lei.

Lilly pensò anche che, in quel caso, mettendosi nei panni di Ethan, era meglio fermarsi prima che il rapporto andasse troppo oltre, piuttosto che fare sesso, per poi doversi salutare allegramente, quando fosse giunto il momento di andarsene.

Lilly era una donna adulta, non avrebbe dovuto farsi problemi a parlare con lui di ciò che voleva; invece era preoccupata, temeva che lui si fosse accorto di non essere poi tanto preso da lei. Ma era ridicolo, considerato che ormai da settimane passavano insieme ogni singolo momento libero che avevano. Se Ethan si fosse accorto che Lilly non gli piaceva più di tanto, non avrebbe continuato a stare sempre con lei... o forse sì?

Era confusa e odiava quella sensazione. Lilly aveva sempre avuto rapporti difficili, una vera rottura, tanto che ormai parlare apertamente al proprio uomo era diventato più difficile di quanto avrebbe dovuto.

Si ripromise che quella sera avrebbe finalmente chiesto papale papale a Ethan il motivo per cui non sembrava convinto di portare il loro rapporto su un piano diverso.

Era tutto dire, che Lilly definisse il loro come un rapporto di coppia. La loro relazione si era sviluppata rapidamente, ma stare con Ethan la faceva star bene, meglio di qualunque altro rapporto del passato.

Motivo in più per sentirsi confusa, quando lui un momento prima la baciava e le infilava le mani sotto la maglia, per poi un momento dopo alzarsi, andare dall'altra parte della stanza, indossare le scarpe e portarla a casa.

Quella sera Lilly avrebbe trovato la forza di chiedergli cos'avesse che non andava.

Prima però aveva dovuto affrontare tutta la giornata. Era appena tornata a casa da un'altra ricerca con Tal e Brock, si era fatta una doccia, aveva caricato i filmati sul server per farli vedere a Tucker, Ethan sarebbe arrivato a momenti per venirla a prendere. Poi finalmente avrebbe trascorso un po' di tempo con Elsie e Tony. A inizio settimana, Lilly era passata di sfuggita all'On the Rocks per salutare Elsie, ma c'era pieno di gente e la cameriera non aveva tempo di chiacchierare.

Nel frattempo era arrivato il compleanno di Tony, che aveva organizzato una festa alla piscina del Motel Camping Mangree. Elsie aveva invitato sia Lilly che Ethan e lei non vedeva l'ora di festeggiare. La piscina del motel non era enorme, era proprio in mezzo al parcheggio, circondata dal cemento e da un recinto molto instabile, ma Tony era comunque contentissimo e non vedeva l'ora di passare del tempo con i compagni di scuola.

Lilly stava chiacchierando con Whitney nell'enorme salotto del B&B, aspettava che arrivasse Ethan, quando si sentì dal piano di sopra il rumore di acqua corrente.

"Cosa succede?" chiese Whitney guardando allarmata il soffitto.

Lilly invece si era già data una mossa; aveva la netta sensazione che quel rumore non fosse nulla di buono, specialmente perché in casa c'erano solo loro due, in quel momento. Salì le scale due gradini alla volta e andò dritta verso il punto da cui proveniva il rumore dell'acqua, era la stanza vicina alla sua.

Entrò in camera... e vide una fontana d'acqua che sgorgava da sotto la tazza del bagno. C'era acqua dappertutto, la stanza era mezza allagata e la pozza si allargava rapidamente sul tappeto della camera da letto.

"Oh santo cielo!" esclamò Whitney. "Adesso cosa facciamo?" chiese con un tono acuto, chiaramente in preda al panico.

Per fortuna (o forse non era fortuna) Lilly aveva assistito alla stessa scena a casa del padre. Così corse in bagno e chiuse il rubinetto dietro la tazza, interrompendo il flusso d'acqua. Poi chiese a Whitney: "Ci sono degli asciugamani vecchi? Possiamo provare ad asciugare un po' d'acqua prima che passi sotto le mattonelle."

Senza dire una parola, Whitney si girò e corse fuori dalla stanza.

Muovendosi rapidamente, Lilly sollevò il tappetino fradicio del bagno e lo mise nella vasca. Poi utilizzò dei rotoli di carta igienica, che erano appoggiati a un bel portarotoli vicino alla tazza, gettando anche quelli nella vasca. A quel punto tornò Whitney e insieme cercarono di togliere quanta più acqua potevano dal pavimento.

"Dov'è il rubinetto generale dell'acqua della casa?" chiese Lilly dopo aver impilato tutti gli asciugamani, ormai imbibiti d'acqua. Pur non essendo un'esperta di idraulica o pavimenti, l'impressione di Lilly era di aver fermato l'acqua in tempo, prima che facesse troppi danni.

"Ehm..." Whitney non sapeva che rispondere.

"Va bene, ci penso io a trovarlo," la rassicurò Lilly con un sorriso. Non voleva smontare la tazza e controllare le guarnizioni in gomma senza prima assicurarsi di evitare un altro allagamento. Di solito bastava chiudere il rubinetto del bagno, ma era sempre meglio non rischiare.

Le servirono dieci minuti per trovare il rubinetto principale della casa, ma una volta chiusa l'acqua, Lilly si mise all'opera, cercando la causa di quella perdita.

All'inizio doveva essere un lavoro semplice, controllare le guarnizioni in gomma nella vasca dello sciacquone, ma Lilly finì per togliere la tazza intera e scoprire che era stata dislocata dalla base e che perdeva acqua da molto più tempo, non solo da quel mattino.

Si stava asciugando il sudore della fronte, mentre pensava all'elenco di ciò che bisognava comprare nel negozio di ferramenta per riparare quella tazza (oltre a cercare il modo migliore per dare a Whitney la brutta notizia, che probabilmente la perdita aveva danneggiato tutto il pavimento del bagno, che andava sostituito), quando Ethan arrivò sulla soglia.

"Wow..." le disse con un sorrisetto scherzoso, "chissà cosa ti avrà fatto quella tazza?"

Lilly fece un gran sorriso: "C'è stato un problemino con l'acqua."

"È quello che mi ha detto Whitney. Poi mi ha detto anche che non hai esitato un attimo ad arginare l'alluvione, per così dire, che hai chiuso l'acqua e hai saputo esattamente cosa fare per tenere sotto controllo la situazione."

"Ho quattro fratelli, ti ricordi?" rispose Lilly facendo spallucce.

Ethan si guardò dietro le spalle rapidamente, poi entrò nel bagno e le si avvicinò, chiudendola tra sé e il mobiletto per chiederle: "È brutto se ti dico che vedendoti qui con la chiave inglese in mano, la tazza del water spostata, mi ecciti tantissimo?"

Lilly alzò gli occhi al cielo rispondendogli: "Eh sì."

"Pazienza," disse lui, abbassando la testa.

Lei lo raggiunse subito a metà strada. Se Ethan si eccitava a guardarla, mentre lei applicava i suoi rudimenti di idraulica, Lilly non intendeva certo lamentarsene. Pomiciarono come ragazzini nel bagno di Whitney, finché non la sentirono arrivare nel corridoio.

Ethan si fece indietro e la scrutò con uno sguardo che Lilly non seppe interpretare. Non ebbe però il tempo di chiedergli cosa stesse pensando, perché arrivò Whitney.

"Mamma cara!" esclamò Whitney, scuotendo la testa per il caos che regnava nella stanza.

"La buona notizia è che abbiamo evitato che l'inondazione arrivasse fino alla moquette della camera da letto," le disse Lilly. Mentre lei parlava, Ethan le teneva la mano sulla vita e lei sentiva moltissimo quel contatto. "La cattiva notizia è che la perdita proveniva da sotto la tazza, a livello del pavimento. Non so da quanto tempo perdesse, ma il legno sotto il water è impregnato d'acqua e senz'altro ammuffito, forse anche il resto del pavimento del bagno. Bisognerà sostituirlo."

"Ammuffito?" chiese Ethan.

"Non sono andata molto a fondo, e non sono un'esperta," spiegò Lilly.

"Non so come avrei fatto senza di te," le disse Whitney, "avrei dovuto chiamare qualcuno e l'acqua avrebbe continuato a sgorgare chissà per quanto tempo."

"Chiunque ti avrebbe detto della valvola dietro alla tazza," la rassicurò Lilly.

"Comunque sia, meno male che c'eri qui tu."

"Rocky può venire a sistemare il bagno," disse Ethan a Whitney.

"Grazie al cielo," rispose Whitney con un sospiro.

"Gli telefono mentre andiamo al Mangree," le disse Ethan.

"Oh, mi ero dimenticata! Voi giovani dovete andare!" esclamò Whitney. "Se no fate tardi."

"Non è un problema," disse Ethan per tranquillizzarla, "di sicuro la festa comincerà anche senza di noi. Si sa come sono i ragazzini di nove anni."

"Prima di andar via dobbiamo riaprire l'acqua," disse Lilly, allontanandosi da Ethan.

"Ci penso io. Tu intanto cambiati, mentre io riapro l'impianto."

Lilly si guardò e arricciò il naso. Aveva i jeans tutti bagnati dalle ginocchia in giù, perché si era inginocchiata sul pavimento; anche la maglia che indossava non se la passava molto meglio. Le venne quasi paura di guardarsi i capelli, probabilmente erano tutti crespi e arruffati.

"Non succede niente, adesso, aprendo l'acqua?" domandò Whitney preoccupata.

"No, non succede nulla," la rassicurò Ethan. "Lilly ha comunque chiuso l'acqua qui in bagno. Questa stanza è prenotata nei prossimi giorni?"

"Vado a controllare," rispose Whitney, "ma posso sempre spostare la prenotazione su un'altra camera."

"Se ti serve una camera in più, posso trovare il modo di liberare la mia," propose Lilly.

Whitney sembrò sbiancare. "Se pensi che ti mandi via, dopo tutto quello che hai fatto oggi, sei proprio matta," le disse. "Sei un'ospite modello, vorrei che tutti i turisti che alloggiano qui fossero come te. No no, *troverò* bene il modo di risolvere."

"Va bene. Vado a riaprire l'acqua, Lilly, ci vediamo da basso?" domandò Ethan.

"Sì, certo, ci vediamo giù."

Lilly andò in camera sua e cercò di non mettersi a ridere, quando si vide allo specchio. Tra l'umidità nel bagnetto dell'altra stanza e lo sforzo di spostare la tazza, aveva i capelli talmente arruffati che sembrava averci dormito sopra per chissà quante ore di fila. Si pettinò alla svelta, poi decise di raccoglierli in uno chignon alla buona. Doveva comunque passare qualche ora all'aperto e tenere i capelli sciolti non era una gran bell'idea; ma lei li teneva sempre tirati su, se li era sciolti per piacere a Ethan.

Si cambiò con un altro paio di jeans e indossò una maglia che aveva comprato in New Mexico con l'immagine di una mucca risucchiata su un'astronave aliena, poi si affrettò giù dalle scale. Prese il pacco regalo che aveva confezionato per Tony il giorno prima e si girò verso Ethan: "Sono pronta."

Lui la stava fissando sorridente.

"Che c'è?" gli chiese, vedendo che non si muoveva verso la porta e non diceva nulla.

"Continuerai sempre a sorprendermi, vero?" le chiese.

Lilly si accigliò confusa: "Cosa intendi dire?"

"C'è qualcosa che non sei in grado di fare?"

"Tante cose," gli rispose senza esitare. "Se ti riferisci alla tazza del water, ho aiutato mio padre tante di quelle volte a cambiare la guarnizione... poi i miei fratelli mi chiedono aiuto, quando ci sono dei lavori da fare in casa loro. Ma se mi chiedi di pitturare o di cucinare qualche prelibatezza, ti va male."

"Vieni qui," le disse tirandola goffamente a sé.

L'abbracciò stretta e Lilly si appoggiò a lui inalando profondamente, tanto amava il profumo di Ethan.

Erano ancora lì in piedi, quando Whitney arrivò nel corridoio. "Basta con queste smancerie," si lamentò, "siete già in ritardo."

Lilly e Ethan si guardarono e sorrisero, alla parola "smancerie", ma obbedirono e si allontanarono.

"Tornate per cena?" domandò Whitney.

Lilly guardò Ethan per chiedere conferma.

Lui fece per prendere il pacco regalo e scosse la testa: "Non credo proprio, Whit. Di sicuro ci imbottiremo di torta e dolci alla festa, poi andiamo a casa mia. Pensavo di fare alla griglia alcune bistecche che ho comprato stamattina."

"Va bene. Allora ci vediamo domattina. Mi fai sapere che dice Rocky?"

"Ma certo," rispose Ethan, "ma di sicuro verrà qui domani a vedere il danno, anche per capire cosa gli serve. Poi vedrai che sistema tutto in un baleno."

"Lo apprezzo molto."

"Ci mancherebbe. Sei pronta?" chiese Ethan rivolgendosi a Lilly.

Lei annuì, così Ethan la prese per mano e l'accompagnò alla porta.

———

Tre ore dopo, Ethan era seduto su una seggiola nei pressi della piscinetta esterna del Motel Mangree a guardare otto bambini che gridavano e si tuffavano come matti per scoprire chi spruzzava acqua più lontano.

L'acqua della piscina era gelida, ma per Tony e i suoi amici non sembrava un problema. Tuttavia, ciò che fece sorridere Ethan fu Lilly. Quando erano arrivati alla festa, avevano trovato Elsie completamente agitata, quasi sopraffatta, ma Lilly aveva preso subito l'iniziativa. Ci sapeva fare coi bambini, lo aveva raccontato a Ethan mentre andavano alla festa: le piaceva tanto passare il tempo con i nipoti e chiaramente aveva fatto esperienza nel trovare vari modi per farli divertire.

Tony l'aveva presentata agli amici come la signora che gli aveva insegnato a cambiare una ruota, ma loro non avevano creduto che lui fosse capace, quindi Lilly era riuscita a convincere Ethan di concedere la macchina a Tony per fargli togliere una ruota e poi rimetterla a posto... naturalmente Lilly avrebbe supervisionato il tutto.

Dopo che Tony aveva aperto i regali, si erano messi tutti a mangiare torta e gelati; infine Lilly aveva proposto di fare una gara di tuffi a bomba. Era riuscita anche a trovare un po' di tempo per chiacchierare con Elsie e con alcune altre mamme che partecipavano al party. Elsie aveva scattato qualche foto della festa, ma poi la fotocamera era finita chissà come nelle mani di Lilly, che si era messa a immortalare ogni attimo di divertimento e di gioco di quel pomeriggio.

All'attenzione di Ethan non era nemmeno sfuggito che Lilly aveva scattato molte foto di Elsie col figlio, un tesoro che Elsie avrebbe apprezzato sicuramente. Era difficile per una mamma single scattare delle foto insieme al figlio, essendo lei l'unica in grado di usare la fotocamera.

"Sembra che si stia ambientando alla grande," disse Rocky. Il gemello di Ethan era arrivato alla festa per parlare delle riparazioni che andavano effettuate a casa di Whitney, ma poi si era fermato.

"Eh sì," concordò Ethan.

"Oggi ho sentito Simon," proseguì Rocky.

Ethan si costrinse a distogliere l'attenzione da Lilly e dalle risate provenienti dalla piscinetta, dove i bambini stavano ancora cercando di vincere la gara di tuffi. "Ah sì?"

"Eh sì. Stamattina è andato a parlare con Clyde. Come sai, tiene i suoi liquori clandestini in un nascondiglio molto vicino al primo sentiero in cui abbiamo cercato."

"Allora?" domandò Ethan, dato che il fratello non andava avanti.

"Allora Clyde ha detto: 'Non so che uno si era perso'. Letterale, ha detto proprio così. La mamma mi ucciderebbe, se parlassi così sgrammaticato. Comunque, quando Simon stava per andarsene, ha visto un po' di roba che sbucava da una discarica che Clyde tiene nel suo terreno. Si è avvicinato per guardare meglio, c'erano una tenda, un sacco a pelo e un thermos."

Ethan allora fissò Rocky sbalordito: "Sul serio?"

"Sì sì. Si sta facendo stilare un mandato di perquisizione, ma sembra proprio la roba del nostro amico disperso."

"Ma che cazzo, come mai ce l'ha Clyde?"

"Clyde ha detto a Simon qualcosa di quel tipo, che faceva un frastuono della malora nel bosco, che l'aveva fatto incazzare. Però giura di non aver fatto nulla a Trent. Quando ha sentito che Trent era scomparso, è andato a controllare dove aveva sentito i rumori due notti prima e ha trovato la tenda e il resto. Ha preso su tutto perché non voleva che qualcuno si avvicinasse troppo a dove nasconde i liquori."

"Dannazione," imprecò Ethan.

"Proprio. Impossibile che Duke senta una traccia, ormai è passato troppo tempo."

"In aggiunta, qualunque traccia nella zona dove aveva campeggiato, anche se Simon la trova e la porta alla scientifica, ormai è contaminata."

"Comunque sequestreranno la tenda e il resto dell'attrezzatura per vedere cosa se ne può ricavare, ma sì, è poco probabile che si trovi qualche traccia utile."

"Pensi che Clyde l'abbia ucciso?" domandò Ethan al fratello.

Rocky alzò le spalle: "È possibile. Se Trent in quella zona gli ha dato troppo fastidio, chissà. Poi Clyde è un pazzoide, un figlio di puttana. Lo sanno tutti che tiene i distillati nel bosco, non è un segreto, ma a lui piace pensare di essere ancora in incognito e non vuole ficcanaso che spiino e scoprano la sua ricetta segreta per quella brodaglia bruciabudella che si prepara."

"Allora domani torniamo al sentiero di Fallport Creek per riprendere le ricerche?" chiese Ethan.

"Immagino che a questo punto sia la mossa migliore," confermò Rocky.

"Accidenti. Abbiamo perso delle settimane a cercare nel posto sbagliato."

"Forse, o forse no. Trent potrebbe sempre aver deciso di muoversi, per cercare altrove Bigfoot."

"Possibile, dato che nessuno ha trovato l'auto che aveva noleggiato," disse Ethan.

"Vuoi sapere cosa penso?" gli chiese Rocky.

"Sai bene che voglio saperlo."

"Qualcuno della produzione è coinvolto. Trent Morrison non è svanito nel nulla. Penso che qualcuno di loro conosca esattamente cosa gli è successo, ma abbia tenuto la bocca chiusa."

Ethan annuì, aveva già espresso lo stesso sospetto a Lilly. La guardò proprio mentre lei scoppiava a ridere. Era piena di vita, piena di vita. Ethan non amava pensare che Lilly avesse vicino qualcuno coinvolto nelle diavolerie che stavano succedendo.

"Stai attento, fratello," gli disse tranquillamente Rocky.

Ethan riportò l'attenzione sul fratello: "Mi stai mettendo in guardia da lei?"

"No, cazzo, penso che Lilly sia la cosa migliore che ti sia mai successa, da secoli. Mi sembri più... vivo... hai energie che non avevi da tanto tempo. Però ho la netta sensazione che quando si troverà Trent cominceranno i guai; se è coinvolto qualcuno della produzione, la tua ragazza potrebbe vedersela brutta."

Ethan si voltò istintivamente di nuovo verso Lilly. "Non è una bella situazione," disse, improvvisamente più preoccupato per lei.

"Eh no. Però sai che le staremo tutti vicini. Dobbiamo solo spargere la voce di tenerla d'occhio, dobbiamo mobilitare la rete del gossip in cerca di qualcosa di anomalo. Vedrai che ci diranno tutto di lei, anche uno starnuto di troppo."

Ethan annuì. Odiava mettersi al centro dell'attenzione del paese e sentiva che anche a Lilly avrebbe dato fastidio, ma nella situazione in cui erano, se qualcuno a lei vicino aveva preso parte a quanto era accaduto a Trent, non era il caso di lamentarsi per qualche occhio vigile in più.

"Forza, voi due, ci servono due persone in più in giuria!" gridò loro Lilly.

"Il dovere ti chiama," commentò Rocky con un gran sorriso.

"Grazie per l'aggiornamento," disse Ethan.

"Figurati. Riferirai a Lilly che hanno trovato l'attrezzatura di Trent?"

"Sì, ma più tardi. Il produttore si incazza se lei non filma quella roba per quel programma merdoso."

"Non so se Simon sarà contento."

"Eh no," disse Ethan alzandosi.

"Però scommetto che, se glielo chiedi tu, le lascerà filmare la tenda e l'altra roba, dopo averla sequestrata," suggerì Rocky.

"Cazzo, se odio Hollywood," borbottò Ethan.

"Sono con te, fratello," commentò Rocky.

Si diressero entrambi verso la zona in cui giocavano i bambini, Ethan passò mezz'oretta a guardarli tuffarsi nella piscina, impegnandosi a lodare ciascuno di loro... mentre teneva d'occhio Lilly, che non aveva mai visto sorridere così tanto come quando scattava le foto, una dopo l'altra.

————

Più tardi, quella sera, Lilly si accoccolò contro Ethan. Era sazia della cena deliziosa che le aveva preparato lui, ancora piena di energie per il pomeriggio divertente. Elsie l'aveva accolta molto bene, anche le altre mamme. Anche Zeke era passato, verso la fine della festa... a Lilly non erano sfuggite le occhiate che si era scambiato con Elsie, quando i due pensavano di non essere osservati. C'era qualcosa sotto, tra quei due, Lilly sperava che uno dei due facesse la prima mossa per passare a un rapporto che non fosse solo tra datore di lavoro e dipendente.

Per la prima volta dopo tanti anni, Lilly sentì di appartenere a un luogo, a una comunità. Aveva dei nuovi amici, una fotocamera in mano, scattava fotografie a Tony e ai suoi amichetti, quella giornata era stata una vera rivelazione. Era passato tantissimo tempo dall'ultima volta in cui aveva guardato la realtà attraverso un obiettivo senza pensare che fosse solo per lavoro.

Avrebbe voluto coronare quella giornata, la prima di vero relax da quando Trent era scomparso, portando avanti il rapporto intimo con Ethan... ma lui era sembrato teso nelle ultime ore.

"Stai bene?" gli chiese.

Lui sospirò... e Lilly si preparò al peggio.

"Devo dirti qualcosa che ho saputo oggi da Rocky."

Lilly si sistemò meglio, ma Ethan le tenne il braccio intorno alla vita: "Cos'è successo?"

"Simon ha trovato la tenda e il resto dell'attrezzatura di Trent."

"Cosa?" Lilly spalancò la bocca stupita. "Dove?"

"C'è un tipo in paese, si chiama Clyde Thomas, prepara

distillati clandestinamente. Si vanta di avere il miglior liquore di tutta la regione. Però è anche un tipo burbero, che sfiora la paranoia. Ha vissuto a Fallport per tutta la vita, non si è mai sposato. Vive da solo in una roulotte scalcagnata in periferia. Sembra che Trent si sia accampato vicino a uno dei nascondigli in cui Clyde tiene nascoste le bottiglie, nel bosco. Clyde si è incazzato e anche preoccupato, probabilmente ha pensato che Trent potesse trovare le sue riserve illegali. Quando Trent è scomparso, Clyde ha trovato le attrezzature e ha portato via tutto, ha gettato la roba di Trent in un cassonetto sul suo terreno."

"Santo cielo, ma sa dove si trova Trent? Gli ha fatto del male?" domandò Lilly.

"Il capo della polizia ci sta ancora lavorando, è tutto da scoprire."

"Dove aveva piantato la tenda?" domandò Lilly.

"Ti ricordi il sentiero in cui siamo andati a cercare il primo giorno?" le chiese Ethan.

Lilly annuì. "Il sentiero di Fallport Creek."

"Sì. Beh, Trent è andato per circa tre chilometri lungo il sentiero, poi è uscito e ha piantato la tenda nel bosco, circa cento metri fuori dal sentiero."

"Quindi l'avremmo trovato subito quel primo giorno, se questo Clyde non avesse portato via la roba," concluse Lilly.

"Probabile," confermò Ethan annuendo.

Lilly si appoggiò a lui, le girava la testa.

"Stai bene?" le chiese lui dolcemente.

"Proprio incredibile, quel tipo non ha più detto nulla. Non è mica un segreto, che Trent è scomparso e che la tua squadra lo sta cercando nel bosco."

"Se ti dico che è paranoico, capisci?" le disse Ethan.

"Sì, ma insomma," ribatté Lilly, che poi si fermò e lo guardò negli occhi, "adesso che si fa?"

"Adesso si torna nel punto in cui c'era la tenda e da lì ci si muove allargando il raggio."

Lilly annuì. Le venne in mente ciò che le aveva ordinato Tucker: trovare il modo di filmare la tenda e il resto della roba di Trent, oppure provare a intervistare il tipo che distillava liquori. Ma a lei interessava di più ritrovare Trent, quindi non pensò nemmeno di chiedere a Ethan aiuto per intervistare Clyde.

Rimasero seduti in silenzio, ciascuno perso nei propri pensieri, finché lei sbadigliò; alla fine la stanchezza di quella giornata vivace si faceva sentire.

"Sei stanca," le disse Ethan. Non era una domanda. Lilly lo vide alzarsi e quasi sospirò. Quella sera sperava di parlare con lui, voleva addormentarsi tra le sue braccia, nel suo letto. Invece sembrava proprio impossibile.

Si lasciò tirare su in piedi e si sentì un po' meglio quando lui la abbracciò. "Vedrai che lo troveremo," le sussurrò sotto-voce parlandole nei capelli.

Lilly annuì, colpita ancora dal senso di colpa. Voleva ritro-vare Trent, lo voleva sinceramente, ma trovarlo significava anche la fine dell'incarico a Fallport. A meno che non si sentisse pronta a fare dei passi importanti, cambiamenti di vita che le mettevano un po' paura, specialmente quando non capiva bene cosa volesse Ethan, che la intimoriva, per cui non riusciva a chiederglielo.

Quando Lilly entrò nel Bed & Breakfast, tutto era tran-quillo. Ethan l'aveva accompagnata fino alla porta e l'aveva baciata con molta passione, tanto che quando si erano stac-cati lei aveva il fiatone. Poi lui si era girato di scatto per tornare alla macchina. Lei aveva sentito bene l'erezione che le sfiorava la pancia, ancora una volta si sentì pervadere dalla confusione.

Gli uomini: sempre così strani.

Lilly scrollò le spalle e andò al piano di sopra, in camera sua. L'indomani doveva sentire Tucker per fargli sapere che erano state ritrovate le attrezzature di Trent. Ethan e gli altri della squadra non vedevano l'ora di tornare nei boschi per riprendere le ricerche, finalmente si era avuta conferma del punto in cui si era fermato Trent, almeno per la prima notte. Lilly voleva anche riguardare le foto che aveva scattato quel pomeriggio, alla festa, scegliere le migliori da far avere a Elsie e alle altre mamme.

Doveva anche riposare... ma per quanto cercasse di togliersi di testa Ethan, non ci riusciva. Sdraiata nel letto, al buio, non riuscì a trattenersi e si infilò una mano tra le gambe. Era eccitata. Stare insieme a Ethan, senza *starci* fino in fondo, diventava ogni giorno più difficile. Però sentiva che valeva la pena di aspettarlo.

CAPITOLO QUINDICI

I GIORNI PASSAVANO rapidi per Ethan. Ormai era trascorsa una settimana, da quando Lilly aveva riparato in tutta calma la "tazza fontana", così l'aveva soprannominata lei. Una settimana, da quando si era trovato il punto in cui Trent aveva piantato la tenda.

La mattina, Ethan lavorava con Rocky oppure era impegnato in lavoretti in paese per chi aveva bisogno di un elettricista. Al pomeriggio, la squadra proseguiva le ricerche sperando di scoprire tracce di Trent, ancora introvabile. Ethan faceva a turno con gli altri, ma le ricerche sembravano ormai aver raggiunto una fase di stallo. Si sapeva dove si era accampato, almeno all'inizio, ma non s'era trovata traccia di dove si fosse spostato. Era letteralmente sparito senza lasciare tracce, un mistero che confondeva e frustrava tutti.

Ethan cominciava a pensare che Trent avesse davvero *lasciato* quella zona e se ne fosse andato da un'altra parte a godersela, con la pancia piena a sorseggiare Martini. Ricordava bene il sospetto di Rocky, che qualcuno della produzione fosse coinvolto (un'idea già peraltro venuta anche a lui) e si era chiesto più volte se Trent non avesse per caso escogitato tutto con Tucker, solo per fare ascolti.

Il produttore si era imbestialito con Lilly, che non era riuscita a filmare la tenda e le attrezzature buttate nel cassonetto da Clyde. Se l'era presa ancora di più, perché il tipo dei liquori clandestini non era stato intervistato. Ma quella era colpa di Ethan: quando lei gli aveva parlato della richiesta del produttore, di farle intervistare Clyde, Ethan si era messo in mezzo. Un tipo come Clyde non avrebbe accolto con piacere una forestiera che gli bussava alla porta senza farsi problemi, figuriamoci poi finire in un accidenti di programma televisivo.

Mentre da un lato le ricerche per ritrovare Trent erano frustranti da morire, dall'altro il rapporto di Ethan e Lilly funzionava bene. Lui era sbalordito da quanto lei era resistente; Lilly non aveva problemi a tenere il passo degli uomini della squadra, che andavano in giro in lungo e in largo per i boschi circostanti. Avevano camminato su e giù per dei canyon nei dintorni di Fallport, Lilly li aveva sempre seguiti senza porre alcun problema.

Da quando aveva cambiato la ruota della macchina di Elsie, sul ciglio della strada, Lilly era diventata la beniamina degli abitanti del paese. Quando poi si era saputo delle fotografie che aveva scattato alla festa di compleanno di Tony, alcune delle quali aveva anche abbellito al computer gratis, anche i pochi irriducibili che non si erano aperti con lei *prima*, finalmente si erano sciolti. Forse l'avevano aiutata anche i ragazzi della squadra, Rocky in testa, che non avevano mai esitato a tessere le sue lodi.

Lilly e Ethan continuavano con la solita routine, andavano da lui, passavano le serate insieme, lei caricava il girato ogni giorno sul server (Tucker le telefonava quasi quotidianamente per avere aggiornamenti sulla ricerca) e poi passavano il resto della serata parlando, coccolandosi, baciandosi.

Ethan era entusiasta del modo in cui procedeva il rapporto con Lilly... tranne per un aspetto.

Voleva invitarla a fermarsi da lui per la notte, era stato sul punto di dirglielo varie volte... ma poi si era sempre frenato come un pollo.

Non che non la desiderasse di nuovo nel proprio letto. La voleva eccome, una voglia che non aveva mai provato per nient'altro. Dopo che Lilly aveva fatto un riposino nel letto di Ethan, le lenzuola avevano conservato il suo profumo per giorni. Gli bastava il pensiero di tenerla abbracciata tutta la notte, di fare l'amore con lei, per farglielo venire duro in pochi secondi.

Però Ethan aveva paura.

Proprio lui. Un accidenti di SEAL della marina, un uomo che non aveva problemi a inoltrarsi nel bosco di notte, da solo, solo con una vecchia bussola per orientarsi; lui aveva paura.

Ultimamente, gli incubi erano peggiorati. Andava a dormire sentendosi rilassato e felice, ma si svegliava tutto sudato, non riusciva a respirare, con la faccia ficcata nel cuscino. Una volta si era ritrovato *per terra*, con il cuscino sotto le ginocchia, le nocche delle mani bianche, tanta era la pressione che faceva per stringere quell'affare.

L'incubo era sempre lo stesso. La bambina urlava, Ethan riusciva come a leggere i pensieri della neonata, che sapeva di essere sul punto di morire ed era terrorizzata. Nel sogno, Ethan si guardava attorno e vedeva un uomo, il padre della bimba, in piedi nella stanza con uno strano ghigno. Ethan in realtà non aveva mai saputo chi fosse il padre di quella bimba, ma nell'incubo lo sapeva.

Sognava di correre verso quell'uomo, riusciva sempre a prenderlo prima che scappasse. Lo atterrava e gli metteva le mani intorno alla gola, cercando con tutto se stesso di ucciderlo prima che potesse far saltare l'esplosivo con un telecomando. Eppure, ogni volta, quell'uomo riusciva a premere un enorme pulsante rosso sul dispositivo che teneva in mano, facendo saltare la bomba.

Ethan allora si svegliava con la sensazione di volare via, con le mani ancora serrate intorno alla gola del terrorista.

Con le grida della bambina in lacrime che gli riecheggiavano nella testa.

Erano passati anni da quell'incidente. Ethan era andato in psicoterapia, fino a credere che gli incubi fossero spariti per sempre. Invece erano ricominciati, poco dopo aver conosciuto Lilly.

Non gli era mai successo con nessun'altra donna con cui era uscito... non che fossero tante. Negli incubi più recenti, nella casa non c'erano solo i compagni dei SEAL, in procinto di saltare in aria: c'era anche Lilly. Era in piedi in un angolo, con la telecamera sulla spalla, riprendeva tutta la scena. Ethan sapeva senza dubbio che, se non avesse impedito a quell'uomo di far saltare in aria la bomba, non solo gli amici sarebbero rimasti feriti o uccisi, insieme all'infante innocente, ma anche Lilly sarebbe morta.

Gli incubi erano già tremendi. Ma la paura *peggiore* era addormentarsi con Lilly tra le braccia... e svegliarsi stringendole la gola, invece che con un cuscino tra le mani.

Quindi Ethan, ogni sera, quando accompagnava Lilly al B&B, dopo aver aspettato che entrasse e fosse al sicuro, tornava al proprio appartamento per andarsene a dormire da solo.

Sapeva che il rifiuto di chiederle di rimanere era un dolore per lei. Lilly era confusa e lui non poteva certo biasimarla. Sul divano pomiciavano alla grande, ma quando arrivavano quasi al punto di non ritorno lui le offriva da bere o qualcosa da mangiare, oppure si alzava per andare in bagno. Dopo poco tempo, non fidandosi di se stesso e della propria capacità di fermarsi prima di andare troppo oltre, le diceva che era tardi e usava le ricerche del giorno dopo come scusa per andare a dormire.

Lui stesso odiava il proprio comportamento subdolo,

voleva trovare il modo di spiegarle le proprie paure, ma c'era sempre un qualcosa che glielo impediva.

Ethan era di nuovo nel suo appartamento con Lilly che lo aspettava sul divano per coccolarsi, dopo un'altra cena insieme, eppure lui esitava. Voleva *disperatamente* chiederle di rimanere, ma aveva paura che succedesse qualcosa di brutto.

"Dobbiamo parlare," gli disse Lilly... il cuore di Ethan quasi si fermò. Un esordio come quello non portava nulla di buono. L'ultima cosa in assoluto che lui voleva sentirsi dire era che il loro rapporto non funzionava. Anche se, sinceramente, Ethan non l'avrebbe biasimata se lei gliel'avesse detto: la teneva lontano, distante, un distacco che lui stesso odiava.

Aveva bighellonato in cucina come un deficiente, per evitare di sedersi sul divano con lei. Ethan sapeva che, sedendosi vicino a lei, non avrebbe saputo trattenersi dal cercare il contatto fisico. Poi dal semplice contatto sarebbe andato oltre... invece doveva portarla a casa, per evitare di andare troppo oltre, chiedendole di rimanere. Però non voleva nemmeno portarla via troppo presto. Gli piaceva stare con lei, era divertente, intelligente, non esaurivano mai gli argomenti di cui chiacchierare.

Ecco perché si nascondeva in cucina come un fesso totale.

Fece un respiro profondo, poi portò nel salottino la zuppiera piena di pop-corn che aveva preparato e la mise sul tavolino da caffè che gli aveva regalato qualcuno quando si era trasferito a Fallport. Poi, dopo un altro respiro profondo, si voltò verso Lilly.

Fu sollevato nel non vederla arrabbiata. Era solo preoccupata.

"Cosa sta succedendo?" gli chiese Lilly.

"Cosa intendi?"

A quella domanda, lei cambiò espressione, sembrava quasi delusa. Accidenti, Ethan deludeva anche se stesso. Non era da lui; a lui non piacevano le persone che ci giravano troppo attorno, eppure anche lui sembrava non fare altro che evitare l'argomento.

"Parlami, Ethan. Ti sto facendo sfigurare? Sei stufo di avermi attorno? Cioè, potrei anche capirti, nelle ultime setti-mane abbiamo passato ogni singolo minuto insieme. Potrei anche evitare di venire insieme a te a ogni ricerca. Tanto ormai Tucker avrà tipo un milione di ore di girato con te che cammini nei boschi."

"No!" rispose Ethan quasi urlando, "non è questo."

"Allora cos'è? Vuoi che rimaniamo solo amici? Ho notato che sei molto a tuo agio in ogni occasione, tranne la sera, quando rimaniamo soli. Se è così, devi solo dirmelo. Non voglio che ti senta costretto a baciarmi, se i tuoi sentimenti sono cambiati."

Ethan scosse rapidamente la testa, quel dubbio lo faceva impallidire. Ma che altro poteva pensare Lilly? Proprio quando il loro rapporto si faceva più stretto e intimo, era proprio lui a mettere dei freni. "Ti voglio," sbottò quasi con disperazione.

Lilly lo fissò in silenzio.

"Solo che non voglio farti del male."

A quel punto Lilly sbuffò dicendogli: "Se questo è il tuo modo di dirmi 'non sei tu, sono io' allora risparmiatelo." Ethan sentì nella voce di Lilly l'irritazione, il tono addolorato.

"Non è così!" esclamò lui. "Merda." Ethan si passò una mano nei capelli e fece un gran respiro. "Ultimamente... ho avuto più problemi con la mia sindrome da stress post-traumatico."

L'irritazione di Lilly si trasformò subito in preoccupa-zione, che gli fece venire ancor più voglia di lei: "Cosa posso fare per aiutarti?"

Lui scosse la testa; era proprio una reazione tipica di Lilly. "Porta pazienza," le rispose, "come ti dicevo, io ti voglio. Non c'è *nulla* che io desideri di più che portarti nel mio letto e stare con te."

"Però?" gli chiese lei.

"Però devi sapere che ho degli incubi ricorrenti," ammise Ethan, "mi sveglio la notte con le mani strette intorno al cuscino, come per strangolarlo, perché lo tratto come l'uomo che nei miei incubi sta per far saltare una bomba, uccidendo o ferendo i miei compagni di squadra."

Lilly annuì lentamente. "Quindi hai paura di farmi del male."

"Esatto," confermò Ethan, sollevato di non doversi spiegare troppo nel dettaglio.

"Come mai ti sono tornati?" gli chiese inclinando la testa.

"Cosa?"

"Come mai proprio adesso? Immagino che prima stessi meglio. Quindi, come mai ti sono tornati gli incubi? Che ne pensi?"

"Non lo so." Poi Ethan scosse la testa. "No, non è vero. Sei tu."

Lilly sembrò stupita. "Io?"

Ethan le prese la mano per evitare che si allontanasse. "Non intendo dire che sia colpa tua. Mi spiego... ci sei *anche tu*, Lilly, nel mio incubo. Sei in piedi in un angolo con la telecamera sulla spalla. Io cerco disperatamente di impedire a quell'uomo di premere il pulsante del detonatore, non solo perché ferirebbe me o i miei amici, nemmeno per la bambina: ma perché ci sei *tu*. Mi preoccupo per te. Cazzo, Lilly, mi sei entrata dentro con tanta facilità che mi sembra il destino, stare insieme a te. Ma non voglio farti del male. Preferirei tagliarmi un braccio che farti del male. Se ti chiedo di rimanere qui, se poi faccio quell'incubo, potrei davvero fare qualcosa di brutto. Se mi sveglio con le mani intorno al tuo collo, non saprei più come riprendermi."

Lei non disse nulla nell'immediato, non gli disse "vedrai che non succederà" o qualcosa di simile, Ethan lo apprezzò, perché nessuno poteva avere quella certezza, né lui, né chiunque altro.

"Allora, te lo chiedo di nuovo. Cosa posso fare per aiutarti a superare questo problema? Ne hai parlato con qualcuno, con un amico? Sono sicura che loro saranno in grado di capirti. Specialmente tuo fratello."

"No, ma penso che sia proprio il caso."

Lilly annuì. Ethan immaginò che lei non si fosse accorta che gli stava accarezzando leggermente il braccio con le dita. Quel contatto lo rilassava, gli faceva molto piacere quel bisogno di contatto con lui, per quanto stessero discutendo di un argomento difficile.

"Non sono in grado di capire ciò che stai passando, ma sono qui con te, Ethan. Mi dispiace tantissimo vederti in difficoltà, ma ti ammiro tantissimo."

"Mi ammiri?" le chiese lui, un po' scettico. "Perché mi sveglio cercando di ammazzare qualcuno che vedo nei miei incubi?"

"Sì. L'alternativa sarebbe che non ti importi affatto di quanto è successo. Che non ti importi di vedere i tuoi amici feriti, o quella bambina morire. Che tu mi veda nei tuoi sogni e che non ti importi di vedermi ferita dall'esplosione di quella bomba."

"Tu sei un uomo meraviglioso, Ethan. Te lo dirò tutte le volte che vuoi, finché comincerai a crederlo anche tu. Certo, non sei perfetto, fai anche tu i tuoi errori, hai le tue mancanze, anche se non so quali sono, ma di sicuro ci sarà qualcosa in cui non sei bravo." Gli fece un sorriso, per fargli capire che lo stava provocando. "Per la cronaca, ti voglio anch'io. Non sono una facile che va a letto con chiunque, non lo sono mai stata né lo diventerò. Mi piace stringere un rapporto, creare un legame prima di entrare in intimità. Penso di aver sentito un legame speciale con te fin dal nostro primo incontro. È strano, tanto che mi sento quasi a disagio, ma me lo dice anche mio papà: la vita è troppo breve per avere dei rimpianti."

Lilly fece un respiro profondo, come per prepararsi, poi

gli disse: "Adesso capisco perché mi portavi via proprio sul più bello. Capisco perché non vuoi farmi dormire nel tuo letto... ma si può sempre fare l'amore senza che io mi fermi tutta la notte. Tanto per dire..." gli sorrise timidamente.

Ethan la fissò. Sentiva di non meritare quella donna. Non la meritava. "Non vorrei mai farti pensare che ti uso per fare sesso," le disse, "mandarti via dopo aver fatto l'amore mi farebbe sentire malissimo."

"Allora che ne dici di *non* mandarmi via?" gli chiese. "Adesso che mi hai spiegato la situazione, non sarebbe un problema se tu ti alzassi e dormissi da un'altra parte. Oppure potrei dormire io sul divano. Non sto dicendo che, se continuiamo a frequentarci, vorrò sempre separarmi da te, dopo aver fatto l'amore, ma sono fiduciosa e credo che sarai in grado di superare questo problema. Arriverai a fidarti di te stesso tanto quanto mi fido io di te."

Ethan non seppe trattenersi dal cercarla, le passò le dita tra i capelli e le tenne ferma la testa, avvicinandosi a lei. Appoggiò la fronte su quella di Lilly e si sforzò di trattenere le proprie emozioni. "Lo faresti, per me? Faresti l'amore con me e poi mi lasceresti lo spazio che mi serve per essere sicuro di non farti del male?"

"Penso che per te potrei fare qualunque cosa, Ethan," gli rispose Lilly con semplicità.

"Stasera? Adesso?" le chiese lui, accorgendosi del tono di voce impaziente; Ethan non riusciva a togliersi dalla testa l'immagine di Lilly senza nulla addosso.

"Sì. Certo che sì."

Ethan non se l'aspettava. Voleva una prima volta romantica, una prima notte d'amore perfetta, ma gli era impossibile rifiutare la generosa offerta di Lilly, soprattutto perché nelle ultime settimane anche lui non aveva pensato ad altro.

Così mosse la mano libera sotto la maglia di Lilly, appoggiando il palmo alla schiena. Lei si spinse contro di lui afferrandosi ai suoi bicipiti, mentre lui la prese con le labbra, baciandola come se fosse l'ultimo dei momenti passati insieme. Ethan cercò di trasmetterle con quel bacio tutto il trasporto, l'amore e il sollievo che provava. Sì, era sollevato perché lei non aveva minimizzato, non l'aveva respinto.

Al mondo non c'erano molte donne come Lilly, Ethan lo sapeva e non aveva intenzione di perderla senza lottare. Arrivò a pensare che, qualora Lilly avesse deciso di vivere da qualche altra parte, lui l'avrebbe seguita senza nemmeno pensarci. Non aveva mai desiderato lasciare Fallport, lasciare gli amici della squadra di ricerca e soccorso di Eagle Point, ma in quel momento provava verso quella donna una devozione molto più profonda del legame con il lavoro.

Forse si sentiva così perché sapeva senza ombra di dubbio che Lilly non gli avrebbe mai chiesto quel sacrificio. Lui non sapeva certo prevedere il futuro, ma gli venne come un flash di loro due in piedi al Cerchio in centro, mentre guardavano una parata mano nella mano, salutando i due figli che passavano vicino su un carro da parata. Era un'immagine molto stereotipata, da film strappalacrime, ma a lui non importava.

"Come mai quel gran sorriso?" gli chiese Lilly.

Ethan non si era accorto di essersi tirato indietro; la stava guardando con un sorriso da rimbambito. "Sono solo felice," le disse, "mi sento sollevato perché mi stai dando una seconda possibilità. Scusami, sono stato un cretino, avrei dovuto parlarti, dirti cosa mi passava per la testa. Non immagino cosa potrai aver pensato, quando ti portavo a casa di fretta ogni sera."

"Ho pensato che c'era qualcosa di strano, qualcosa che non andava, che me l'avresti detto appena potevi," gli rispose Lilly. "Non sei un uomo che prende in giro le persone, quindi il pensiero che all'improvviso mi stessi usando per chissà quale altro motivo non mi è mai passato per la testa."

Fu la goccia finale: Ethan la voleva vedere nuda. Subito.

Si alzò in piedi, la prese per mano e quasi la trascinò per il corridoio.

Lilly scoppiò a ridere dietro di lui e Ethan memorizzò quel suono. Erano risatine dolci, sensuali, felici, lui avrebbe voluto sentirle ogni giorno, per tutta la vita.

Un pensiero che avrebbe dovuto spaventarlo, ma del resto si era appena visto con lei a guardare due bambini immaginari alla parata del quattro luglio di Fallport.

Si fermò vicino al letto, rimproverandosi mentalmente di non averlo rifatto, quel mattino, ma smise subito di pensarci: lei non guardava le lenzuola in disordine con disgusto, si limitava a guardare lui come se volesse divorarlo.

Poi, come se ne avessero parlato in anticipo, si tolsero entrambi la maglia; la prima fu Lilly, che poi portò le mani dietro la schiena per slacciare il reggiseno.

Ethan non riuscì a tenere le mani a posto e gliele mise direttamente sulle tette, appena liberate dal reggiseno caduto a terra.

Lilly fece un gemito di gola e inarcò la schiena, spingendosi contro di lui. "Non sono grosse," gli disse, quasi come per scusarsi.

"Sei perfetta," le rispose Ethan, che non voleva sentirla sminuirsi da sola. Non aveva un seno prosperoso, ma era ben proporzionato al suo corpo slanciato. Aveva i capezzoli sporgenti, che si indurirono appena lui cominciò a sfiorarglieli, un effetto che a sua volta gli fece indurire l'uccello.

Ethan capì subito che quella prima volta non sarebbe durata quanto lui voleva. Era passato troppo tempo dall'ultima volta che aveva penetrato una donna, poi ora stava con Lilly, la donna che aveva desiderato fin dal primo momento in cui l'aveva vista. Una donna che lui ammirava e rispettava. Ethan aveva *bisogno* di entrare dentro di lei.

Ma prima di farlo doveva assicurarsi che lei potesse prenderlo comodamente. Le indicò il letto e lei ci salì subito.

"Via... i pantaloni." Ethan faceva fatica a parlare, ma a lei non sembrava interessare: Lilly si sfilò in un colpo solo pantaloni, mutandine e calze, sdraiandosi poi sul letto completamente nuda, con indosso solo il sorriso sul volto.

Ethan scalciò via rapidamente il resto dei propri vestiti e si unì a Lilly sul letto. Appena sentì il contatto sulla pelle, Ethan inspirò di scatto, prendendosi l'uccello per stringerne la base. Era duro, gli bastava poco per esplodere e sfogarsi sulla pancia di Lilly, eppure non aveva fatto altro che sentire la sua pelle morbida contro l'erezione.

Lilly ridacchiò di nuovo.

Ethan sorrise e le mise una mano tra le gambe.

Lei smise di colpo di ridere e ansimò, appena lui le toccò le pieghe con le dita.

"Oddio, Lilly... sei già bagnata."

"Sono bagnata così da settimane," ammise lei.

Ethan si sentì quasi in soggezione, voleva una prima volta indimenticabile; trovò il clitoride e cominciò a strofinarlo con leggerezza. Lei gli saltò tra le braccia.

"Sensibile," mormorò lui.

"Eh sì."

"Vedrai che ci divertiremo," le disse con un sorriso, poi si mise a manovrare per scoprire se poteva far venire la sua donna solo con le dita.

Ethan non fu per nulla spiazzato dal pensarla la "sua donna". Per quanto lo riguardava, lei *era* la sua donna. Era la combinazione perfetta, sia fisicamente che per lo stile di vita. Le piaceva Fallport, i cui residenti la apprezzavano. Le piaceva passare il tempo all'aperto, nel bosco, non batteva ciglio quando lui doveva passare del tempo con il fratello o con gli amici. Anche se ultimamente non succedeva spesso: Ethan aveva cercato il più possibile di passare ogni momento libero con lei.

"Ethan!" lo chiamò spalancando meglio le gambe e inarcando la schiena. Lui continuò a strofinarle il clitoride, mentre con l'altra mano le sfiorava le pieghe. Poi penetrò quel corpo ben lubrificato con un dito e gemette, sentendo che lei stringeva subito i muscoli interni.

"Di più," gli sussurrò Lilly, "più veloce."

Ethan non esitò a soddisfare quelle richieste. Aggiunse un altro dito dentro di lei, scopandola mentre le strofinava il clitoride con forza, velocemente. Dopo pochi secondi, lei cominciò come a cavalcargli le dita con gli occhi chiusi, mentre gli affondava le dita di una mano nel braccio e con l'altra stringeva una coperta dietro di sé.

Era un sacco bella. Ethan non riusciva a toglierle gli occhi di dosso. Le tette le tremavano e rimbalzavano, mentre lei gli scopava la mano; man mano che si avvicinava al culmine, le si formava una chiazza rossa sul petto che piacque moltissimo a Ethan.

Cominciarono a tremarle le gambe, sintomo dell'orgasmo in arrivo.

"Ecco, dai, Lil. Fammi vedere come vieni."

Lei fece un verso adorabile molto acuto, poi chiuse le braccia davanti a sé, chiuse le cosce intorno alle mani di Ethan e cominciò a tremare.

Ethan non aveva mai sentito con tanta forza il piacere di una donna, ma con Lilly era diverso: gli aveva bagnato tutta la mano e gliel'aveva fatto venire tanto duro che quasi gli faceva male, ma non poteva muoversi, perché lei continuava a tremare. Poi finalmente lei si sdraiò e lo guardò dicendogli: "*Adesso*. Ho bisogno di sentirti dentro." Ethan non poteva fare altro che obbedire.

Sfilò le dita dalla sua guaina bagnata e se le mise in bocca. La leccò completamente, gemendo per quel gusto muschiato, poi si mise sopra di lei tenendoselo con una mano. Chiuse gli occhi e strinse i denti, cercando di controllarsi.

"Ethan?" lo chiamò lei.

Lui sentì che lo stava sfiorando con le mani, che andavano su e giù sulle cosce, mentre dalla punta dell'uccello gli spuntava già una goccia di liquido.

"Non ho il preservativo," mormorò Ethan stringendo i denti, "cioè, *ce l'ho* ma in bagno. Dammi un secondo che..."

"Prendo la pillola," gli disse Lilly interrompendolo.

Ethan spalancò gli occhi e guardò fisso la donna che stava sotto di lui. Era completamente rilassata, non sembrava minimamente dispiaciuta o risentita.

"Come dici?"

"Prendo la pillola," ripeté lei, "mio papà mi ha portato dal medico quando avevo sedici anni, ho cominciato a prenderla all'epoca. Io ero imbarazzata, anche il papà, ma non voleva che rimanessi incinta da ragazza. Voleva che mi laureassi, che scoprissi me stessa prima di diventare madre." Lilly fece un gran sorriso. "Io non avevo nemmeno fatto sesso, ma *lui* non lo sapeva. Scusa... forse per adesso è meglio non entrare troppo nel dettaglio. Comunque, sto a posto. È passato tanto tempo dall'ultima volta, ma non ho alcuna malattia."

"Nemmeno io," le disse Ethan, "tra l'altro per me è passato più di un anno dall'ultima volta."

"Mi fido di te," gli disse lei, "ma se tu non ti fidi di me, lo capisco. Tante donne si fanno mettere incinte fregando l'uomo con cui stanno, anche se io non lo farei mai. Non vado da nessuna parte, se vuoi prendere..."

La voce di Lilly svanì nel momento in cui Ethan le appoggiò la punta dell'uccello tra le gambe e glielo infilò con una sola, lunga spinta.

CAPITOLO SEDICI

LILLY INSPIRÒ di scatto e fece del suo meglio per rimanere rilassata, sentendo Ethan che la riempiva. Ce l'aveva grosso ed era *davvero* passato tanto tempo da quando qualcuno l'aveva penetrata.

Quando lui fu completamente dentro, con le palle che si spingevano contro il sedere di Lilly, si abbassò e le mise le braccia intorno al corpo. Poi la fissò negli occhi e le disse: "Mi fido di te."

Quelle parole le andarono dritte al cuore. Lilly deglutì a fatica e annuì. Non riusciva a parlare, perché aveva la gola stretta dalle lacrime che si rifiutava di lasciar andare. Non era il momento di mettersi a piangere, non con Ethan dentro di lei. Non dopo che le aveva scatenato l'orgasmo più intenso che ricordasse da chissà quanto, pur non avendola ancora scopata per bene.

Ethan mosse il bacino all'indietro e non sentendolo più dentro lei gemette. Poi lui affondò subito dentro di nuovo e Lilly inarcò la schiena per quello sfregamento delizioso. Non si era mai sentita tanto piena come in quel momento. Quando lui si tirò di nuovo fuori, sfregò contro il clitoride, ancora sensibilissimo, facendola tremare.

Ethan le fece un gran sorriso. "Ti piace?"

"Ma va?" gli sussurrò lei.

Il sorriso di Ethan si aprì ancor di più, mentre i fianchi ripresero a muoversi. La scopò così, lentamente, dentro e fuori, senza mai interrompere il contatto tra i loro sguardi, mentre facevano l'amore.

Lilly non avrebbe mai dimenticato quel momento; le sembrava di aver annaspato per tutta la vita, mentre stando con Ethan tutto all'improvviso filava. Appoggiò le piante dei piedi sul letto, attese la spinta successiva di Ethan e spinse i fianchi in alto per andargli incontro. La pelle dei loro corpi rumoreggiò, come uno schiaffo sonoro nella stanza, altrimenti tranquilla.

"Stai ferma," le chiese Ethan.

"No," rispose Lilly scuotendo la testa, "vai più veloce."

"Voglio durare di più," le disse lui.

"Io invece voglio vederti perdere il controllo," ribatté lei.

"Non voglio farti male."

"Non mi farai male."

"Davvero, Lil. Mi piaci troppo, sei bagnata fradicia, quasi sento l'uccello scottare, poi sei un sacco... *Oddio*, sì... stringimi così," le disse gemendo, appena lei strinse i muscoli interni.

Lilly non trattenne un gran sorriso. Ethan era sopra, ma il controllo ce l'aveva lei.

Poi, ogni idea di sentirsi alla regia di quell'incontro volò fuori dalla finestra: Ethan si tirò indietro un'altra volta e si spinse dentro. *Forte.*

"Santo cielo! Sì!" esclamò Lilly gemendo. "Fallo ancora."

Ethan obbedì e a lei piacque anche quella seconda volta. Poi lui le mise una mano sotto al sedere, facendole alzare il bacino, per spingere ancora con forza, nel frattempo cominciò a strofinarle il clitoride in modo tale da farla agitare per il piacere.

Lilly si sforzò di andare sempre incontro alle spinte di Ethan, ma presto non poté fare altro che giacere e prendere ciò che lui le dava. Ciò che le dava era il miglior sesso che lei avesse mai fatto in tutta la vita. Le sembrava di fremere in tutto il corpo; a ogni spinta di Ethan, i seni di Lilly rimbalzavano e il letto tremava. Lui stava sudando, tanto che la pelle scivolava su quella di lei, un contatto che le avrebbe dato disgusto, non fosse stato Ethan.

Per tutto il tempo, i loro sguardi rimasero fissi. Fu un amore intenso. Quasi *troppo* intenso.

Lilly chiuse gli occhi, le serviva un attimo di respiro.

"No. Non smettere di guardarmi, apri gli occhi, Lil."

Lei riaprì gli occhi e deglutì sonoramente, tanta era la passione che gli vide negli occhi.

"Mai, sentito, così, prima," le disse, andando a tempo con le spinte. "Non, devi, partire."

"Va bene," rispose lei con un filo di voce.

Poi Lilly guardò Ethan, sopraffatto dall'orgasmo. Stava stringendo i denti, le vene del collo ben visibili, mentre si spingeva in lei un'ultima volta, gemendo.

Lilly strinse le gambe intorno a lui e gli mise una mano in viso, aggrappandosi a lui mentre lui si liberava dentro di lei, riempiendola completamente.

Proprio quando lei credeva fosse tutto finito, capì di essersi sbagliata. Lui non si tirò fuori, ma spostò appena il peso su un braccio per portare l'altra mano giù, tra i loro corpi. Prese un po' dei suoi umori e del proprio sperma dal punto in cui i loro corpi si univano e cominciò di nuovo a strofinarle il clitoride.

"Ethan!" disse lei quasi urlando.

"Vieni sul mio uccello," le disse lui, quasi ringhiando.

Lilly era ancora molto sensibile, per l'orgasmo precedente, ma non le venne alcuna parola di lamento. Aprì le gambe al volo e cercò di spingersi contro di lui, ma lui la tenne ferma col corpo. Lei continuò a oscillare coi fianchi meglio che poteva sotto di lui, raggiungendo rapidamente un secondo orgasmo.

"Eccoti, Lil, fammelo sentire, stavolta."

Fu un orgasmo diverso, perché lui era ancora dentro e la riempiva, per quanto non fosse più duro come prima. Lei lanciò un grido, mentre lui continuava a stimolarla.

"Cazzo, è incredibile," disse Ethan di gola, ma Lilly ormai era persa e non rispose. Le sembrava di avere il cervello in pappa, non poteva far altro che sentire. I capezzoli turgidi e sensibilissimi sfiorarono il petto di Ethan, quando lui si abbassò su di lei.

Lilly sospirò per il sollievo, quando l'ondata di emozioni andò scemando, poi aprì gli occhi. Ethan la stava ancora fissandola, col viso a pochi centimetri da quello di lei, che respirava come se avesse appena terminato una maratona; Lilly non voleva altro che rintanarsi sotto di lui.

Come riuscendo a leggerle i pensieri, Ethan si abbassò ancor di più, scaricando parte del peso sul fianco, ma appoggiandosi un poco a lei, le mise il naso nello spazio tra spalla e collo; rimasero così per un lungo momento.

Lei amava sentirlo su tutto il corpo, dalle spalle alle cosce. Le piaceva anche sentirlo ancora dentro. Lilly rimpianse solo di non avergli parlato prima. Potevano fare l'amore già da una settimana.

Mentre il picco di eccitazione man mano si affievoliva, Lilly non poté fare a meno di pensare a ciò che Ethan le aveva detto prima. Gli incubi che lo ossessionavano la infastidivano, ma le dava ancor più fastidio farne parte. Non sapeva come aiutarlo, una vera seccatura.

Gli accarezzò i capelli, la schiena, persino il sedere. Solo quando alla fine l'uccello uscì da lei, Ethan alzò la testa e mormorò: "Cazzo, che brutto sentirlo uscire."

Lilly sfoggiò un gran sorriso.

"Stai ferma qui," le disse Ethan spingendosi sul letto per scostarsi.

Lilly voleva trattenerlo, ma non le dispiaceva nemmeno lustrarsi gli occhi guardando il corpo nudo di Ethan, quindi non si lagnò e lo osservò camminare in bagno. Tornò dopo un momento con un asciugamano.

"Spero proprio che sia tiepido," lo avvertì mentre lui si avvicinava.

"Non oserei mai sfiorarti con un asciugamano freddo," le rispose con un gran sorriso.

"A meno che tu non rinunci a entrare dentro di me per sempre."

Ethan non rispose a parole, ma le appoggiò l'asciugamano ben caldo tra le gambe. Chissà perché, quel gesto non le sembrò strano, anche se nessuno le aveva mai regalato quella stessa attenzione. Mai. Con Ethan le sembrava del tutto naturale rimanere sdraiata e sorridergli. In parte era anche perché lui era del tutto a suo agio, contento di starle vicino senza vestiti. Lo sguardo tenero e dolce con cui la guardava era rassicurante: gli piaceva ciò che stava facendo.

Le appoggiò la mano libera sulla guancia e si abbassò per baciarla. Fu un bacio lungo, lento e dolce, poi Ethan si staccò e Lilly si agitò sotto di lui. Mentre continuava a pulirla con l'altra mano, togliendole il proprio sperma, ogni volta che l'asciugamano le sfiorava il clitoride, il piacere sembrava riaccendersi.

Prima che lei potesse prevedere quella mossa, Ethan si abbassò tra le gambe di Lilly, facendogliele divaricare.

"Ethan?" lo chiamò lei, appoggiandosi sui gomiti.

"Shhhh. La mia ragazza ha ancora voglia."

Sbalordita dalla tanta eccitazione, Lilly si lasciò andare all'indietro sospirando. Ethan aveva ragione: lei non si era mai sentita tanto arrapata prima, sembrava non averne mai abbastanza di lui.

Per fortuna lui non si soffermò molto a provocarla: chiuse subito la bocca intorno al clitoride e Lilly gemette, tanto le piaceva sentire la sua lingua contro l'estremità del sensibile fascio di nervi.

Ethan la leccò, la succhiò, usò le dita per portarla di nuovo al limite. Lilly capì che l'indomani si sarebbe sentita indolenzita, ma non le importava; le attenzioni di Ethan la facevano stare troppo bene.

———

Ethan si sarebbe preso a calci da solo, avrebbe dovuto trovare il coraggio di parlare prima con Lilly. Avrebbe dovuto intuire che lei lo avrebbe compreso. Invece si era comportato da coglione. Avrebbe potuto portarla a letto già da una settimana, forse anche di più. Invece aveva avuto troppa paura.

Lilly era sexy, più di chiunque altra lui avesse conosciuto. Era già venuta due volte, ma quando la stava pulendo aveva capito chiaramente che lei aveva ancora voglia. Lui non era pronto a scoparla di nuovo, ma non aveva alcun problema a prendersi cura di lei. Gli faceva piacere. Era un onore.

Ormai le lenzuola sotto al sedere di Lilly erano madide di piacere, ma lui non si accontentava. Gli piaceva sentirla tanto bagnata, sentirla muoversi e ondeggiare, mentre rincorreva l'onda del piacere. Le mise una mano sulla pancia cercando di tenerla ferma, mentre con l'altra la scopava lentamente. Le dita entravano e uscivano dal corpo di Lilly, facendo dei suoni erotici che lui non aveva mai sentito in vita sua.

Ethan si attaccò con la bocca al clitoride e fece del suo meglio per farle superare la soglia del piacere. Lei cominciò ad agitarsi e lui non poté far altro che tenerle le labbra addosso. Poi Lilly si bloccò, al che Ethan capì che stava per esplodere. La succhiò più forte, sorridendo quando la sentì gemere e tremare.

Ethan alzò la testa per guardarla, mentre lei raggiungeva un altro orgasmo. Accidenti, che spettacolo.

Un altro schizzo di umori gli ricoprì le dita e lui sorrise. Non sentiva altro che l'odore di Lilly. L'odore di entrambi. Gli venne voglia di rotolarsi e immergersi in quel profumo. Sentì l'uccello reagire, ma quando guardò Lilly in faccia, capì che era sfinita.

Toccò l'asciugamano e si accorse che ormai si era raffreddato, mentre lui la faceva venire ancora, così Ethan si alzò e tornò in bagno. Aprì l'acqua finché non uscì abbastanza calda, poi sciacquò il panno. Quando tornò a letto, Lilly era ancora sdraiata, esattamente come prima. Aveva braccia e gambe aperte sul letto, gli occhi chiusi.

Ethan sorrise, orgoglioso di sé (e di lei), poi la ripulì di nuovo tra le gambe. Lei lo ringraziò borbottando, quasi senza ridestarsi. Poi lui usò il panno su se stesso e infine lo gettò dall'altra parte della stanza, sorridendo quando lo vide atterrare con un *plop* sulle mattonelle del pavimento del bagno. Se ne sarebbe occupato l'indomani mattina.

Poi Ethan fece spostare Lilly fino a metterla sotto le coperte, evitando il punto che avevano bagnato, infine se la tirò più vicina. Lei gli si sciolse contro, mettendogli una gamba addosso e aggrappandosi come per fondersi con lui, pelle a pelle.

Una sensazione... meravigliosa.

Ethan non aveva mai amato i momenti dopo il sesso, in passato. Gli sembrava sempre un po' imbarazzante. Invece Lilly gli sembrava proprio al posto giusto. Il posto giusto anche *per lui*.

"Lascia che mi goda questo momento per qualche minuto, poi mi alzo e me ne vado," gli borbottò contro la gola.

Ethan si sentì fremere dentro, all'idea che lei dovesse andarsene, ma si sentì anche commosso per quell'offerta. Lilly non ignorava le sue paure, non le aveva sminuite e stava cercando di fare ciò che era meglio anche per lui.

"Rimani," le disse, voltandosi per baciarla in fronte."

"Ma..."

"Mi alzo io tra un po', vado a dormire sul divano."

Quelle parole la risvegliarono abbastanza per farle alzare la testa: "No, Ethan, non è giusto."

"Quel che non è giusto è costringerti ad alzarti e vestirti, portarti dall'altra parte della città per dormire in un letto che non è il mio. Ti voglio qui, Lilly. Voglio sentire il tuo odore nel mio letto. Voglio sentire il *mio* odore su di te. Voglio tenerti stretta tra le braccia finché non ti addormenti."

"Che rabbia che mi fanno quei figli di puttana," disse Lilly, con una voce più incazzosa, che lui non le aveva mai sentito usare.

"Chi?" le chiese, sinceramente perso, ignorando di chi stesse parlando.

"Quei figli di puttana che ti hanno fatto del male," gli rispose lei, appoggiandogli di nuovo la testa sul petto. Con le dita, Lilly cominciò ad accarezzargli pigramente il tatuaggio sul petto: "Ma vedrai che lo superi, senza dubbio."

La fiducia di Lilly gli fece accelerare il battito cardiaco. "Lo supero," le rispose. Soprattutto con quel nuovo incentivo: dormire tutta la notte con Lilly tra le braccia. Tuttavia, il pensiero di farle del male era ancora troppo vero, troppo forte per ignorarlo.

Lilly si voltò e lo baciò sul petto, poi gli si accoccolò contro di nuovo, sospirando.

Si addormentò in poco tempo, ma Ethan rimase sotto di lei molto a lungo. Era soddisfatto, ringraziò la sua stella fortunata per avergli portato quella donna, chissà come. Non se lo sarebbe mai aspettato, dopo essere sopravvissuto allo scoppio di quella bomba, tanti anni prima. Invece eccola là.

Eccoli là.

Alla fine, sapendo di non poter più rimanere là sdraiato senza addormentarsi, mettendo a rischio il tesoro prezioso che teneva tra le braccia, Ethan si sfilò da sotto Lilly. A quel movimento, lei brontolò, ma si sistemò appena lui le mise un cuscino tra le braccia, poi si voltò, inspirò profondamente e si riaddormentò subito.

Ethan si abbassò su di lei, le baciò la fronte, si accertò che fosse ben sotto al lenzuolo e alla coperta, poi andò verso la cassettiera. Prese un paio di pantaloni della tuta e uscì dalla camera da letto. Non si guardò alle spalle, sapeva che altrimenti non sarebbe riuscito a lasciarla là da sola.

Si sistemò sul divano con una mano sotto la testa, l'altra sulla pancia, gli occhi fissi sul soffitto, sorridente. Si addormentò... e sognò i due figli che scorrazzavano e ridevano sul sentiero nel bosco, mentre lui e Lilly li seguivano, tenendosi per mano e sorridendosi.

CAPITOLO DICIASSETTE

Lilly era in piedi sulla porta del salotto di Ethan e lo fissava, mentre lui dormiva sul divano. Erano passati sei giorni da quando il loro rapporto era cambiato, diventando più fisico, eppure lui ancora non dormiva tutta la notte a letto con lei.

Lei capiva le sue preoccupazioni, ma le dava molto fastidio non potersi svegliare tra le sue braccia, perché sapeva che, se addormentarsi accoccolata a lui era una sensazione meravigliosa, aprire gli occhi e vedere Ethan nudo sarebbe stata un'emozione altrettanto gratificante per l'animo.

Lui credeva di essere uscito dal letto senza svegliarla, ma non era così. Lei si era svegliata. Tutte le volte. Come poteva non svegliarsi, quando gli stava appiccicata addosso, ne sentiva il calore, soddisfatta per aver fatto l'amore, e poi perdeva quel cuscino umano?

A dirla tutta, Lilly non dormiva affatto bene. Solo perché era preoccupata per Ethan. Ogni mattina gli chiedeva se avesse fatto un incubo e ogni mattina lui sembrava sorpreso di non aver fatto brutti sogni. Lilly decise di prendersi parte del merito. Ethan era stanco per il lavoro, poi camminava tutto il giorno e la sera si godeva almeno un orgasmo mostruoso, quindi aveva bisogno di riposare e gli incubi non lo tormentavano.

Oppure... soffriva di incubi e non glielo diceva? Perché continuava a dormire sul divano? Lei non aveva sentito rumori strani, ma qualora li avesse sentiti, era il caso di uscire dal letto per svegliarlo? Era meglio ignorarlo? Non sapere cosa fare per aiutarlo la uccideva.

Quel mattino, Lilly decise di fare un tentativo. Ethan forse se la sarebbe presa, ma a lei non importava. Lei sapeva senz'ombra di dubbio che non le avrebbe fatto del male... nemmeno nel sonno.

Gli si avvicinò in punta di piedi, attenta a non fare rumore, si mise in ginocchio vicino al divano. Voleva mostrargli cosa si perdeva, non svegliandosi vicino a lei. Ethan era sdraiato supino con un braccio sulla testa, l'altro appoggiato sulla pancia scoperta. Il plaid che si era messo addosso era caduto per terra, chiaramente doveva esserselo tolto di dosso durante la notte. Respirava profondamente, con ritmo regolare.

Lilly non poté resistere e si prese un momento per ammirare quanto era bello, con i boxer abbassati sui fianchi, così tanto che gli si intravedevano i peli del pube. L'uccello non era duro, se ne vedeva chiaramente il contorno sotto l'indumento di cotone. Le venne l'acquolina in bocca, ricordando quanto l'aveva fatta star bene la sera prima, con quell'uccello.

Fare sesso orale con un uomo non era un'esperienza che lei avesse provato tanto spesso. Eppure aveva sentito di doverlo a Ethan, dopo tutte le volte che lui le aveva fatto raggiungere l'orgasmo con la bocca. Respirò tranquillamente, gli abbassò leggermente i boxer e glielo prese subito in mano, tirandolo su e mettendoci intorno le labbra.

Fu sorpresa dalla rapidità con cui diventò duro, immaginò che fosse per un principio di erezione mattutina, ma prima ancora che lei avesse mosso la testa tre volte, era già raddoppiato di dimensione.

Lilly mise tutta se stessa in quel pompino mattutino, usando la mano per stimolargli l'asta quando alzava la testa, succhiandolo con forza quando la riabbassava, prendendolo più che poteva.

"Merda, Lil," mormorò Ethan.

Lei non trattenne un sorriso, sentendo che le metteva una mano nei capelli. Ethan non la spinse giù, non la costrinse a prenderlo più in profondità, semplicemente si aggrappò a lei. Lilly non si aspettava certo di vincere un premio, per quella prestazione, ma Ethan non sembrava affatto deluso.

Molto prima che lei fosse pronta, lui si mise seduto all'improvviso, la prese intorno alla vita e la tirò sul divano; le mise le dita di una mano tra le gambe e gemettero entrambi, tanto era bagnata.

Senza perdere tempo, Ethan spostò il tessuto dei pantaloncini da notte di Lilly e appoggiò la punta dell'uccello alla sua apertura.

"Scopami," le ordinò.

Lilly scese su di lui senza esitare, la testa le cadde all'indietro, tanto era il piacere in quella posizione; si aggrappò al petto di Ethan, indossando ancora la maglia grande che aveva preso in prestito, poi cominciò a cavalcarlo con decisione.

"Ecco, hai cominciato, ora finisci," le disse con voce profonda.

Fu un sesso rapido, scomposto, erano entrambi ancora parzialmente vestiti, troppo persi nell'emozione. Lilly gli rimbalzava sull'uccello con frenesia, ma arrivò sul punto di venire solo quando lui le mise il pollice sul clitoride.

Quando l'orgasmo fu molto vicino, Lilly non poté più proseguire con le spinte; si strinse con forza all'uccello, barcollando al culmine del piacere. Quando Ethan le pizzicò il clitoride, lei tremò senza freni e venne.

Mentre Lilly stava ancora vivendo il picco dell'orgasmo, lui la fece alzare di qualche centimetro e cominciò a scoparla da sotto, spingendo coi fianchi per rincorrere il proprio piacere. Venne dopo pochi secondi e la fece scendere sul proprio uccello pulsante, mentre un lungo gemito gli vibrava in gola.

Lilly gli cadde addosso, stremata e ansimante, come se avesse appena finito di marciare su e giù per le montagne circostanti. Quando riprese fiato, gli mormorò: "Buongiorno."

"Santo cielo, Lilly," rispose Ethan ansimando, "come mai questa sorpresa?"

Lei alzò la testa, godendosi la sensazione di averlo dentro: "Perché? Non posso fare l'amore con il mio uomo?"

Lui la fissò per un attimo, poi le chiese: "Era solo questo?"

Lei fece spallucce: "Ti ho fatto svegliare, dormivi profondamente... e non mi hai fatto del male."

Lo sguardo di Ethan era irremovibile, con un'espressione difficile da interpretare. Così Lilly proseguì.

"Sai, io la vedo così: devo solo dimostrarti che tu non mi faresti *mai* del male. Non soffri di incubi da quasi una settimana. La mia speranza è che i brutti sogni fossero solo una conseguenza della tua eccitazione. Adesso che fai sesso regolarmente, i tuoi ormoni si sono calmati e la testa non è troppo iperattiva."

"Non hai idea di quel che stai dicendo, vero?" le chiese lui con un sorrisetto.

"No. Però mi sono spiegata bene, vero?" Lilly fece un gran sorriso, poi si fece seria. "Ethan, vedrai che non mi farai mai del male. Mi dà fastidio farti dormire sul divano. È un peccato. Una seccatura per entrambi. Io mi fido di te. Adesso sei tu che devi fidarti di te stesso."

"Se per caso ti torcessi un solo capello, non riuscirei mai a perdonarmi," le disse Ethan.

Lilly gli appoggiò sulla guancia il palmo di una mano. Aveva la pelle ruvida, ma a lei piaceva la sensazione della barba sulla pelle, quando si baciavano.

"Dammi solo un po' più di tempo, Lil. Neanche a me piace lasciarti a letto da sola, ma l'alternativa è impensabile."

"Va bene. Però, per la cronaca... io mi fido di te."

"Per me è importantissimo."

"Allora mi sa che dovrò continuare con la fantasia, per cercare dei modi creativi di dimostrarti che non mi farai male inconsciamente," gli disse.

Ethan fece un gran sorriso. "Sono con te al cento per cento, sulla fantasia e i modi creativi, se stamattina era un esempio di ciò che hai in mente."

"Col tempo diventerò anche più brava," gli disse con un po' di timidezza.

Lui la guardò sbalordito per un secondo, poi si mise a ridere: "Lilly, se diventi ancora più brava a succhiarmi l'uccello, mi sa che non durerò più abbastanza per mettertelo dentro."

Lilly sentì le guance che si scaldavano, ma si limitò a sorridere all'uomo di cui si era innamorata.

"Che programmi hai per oggi?" le chiese Ethan.

Lei sbatté le palpebre per l'improvviso cambio di argomento. "Ehm, allora, immagino che dipenda da te e dalla squadra. Pensavo di starvi alle calcagna mentre fate le ricerche. Poi, più tardi, nel pomeriggio, ho promesso a Tony che gli avrei fatto vedere come funzionano i water. Sì, lo so," gli disse, prima ancora che Ethan potesse commentare, "è strano, ma lui ha sentito parlare della tazza che zampillava come una fontana a casa di Whitney e mi ha chiesto se potevo fargli vedere cosa fare, se succedesse anche nella stanza in cui vive con la madre. Io ho cercato di spiegargli che era una curiosità bizzarra, ma lui si è impuntato. Penso che sia perché non ha vicino una figura paterna ed è interessatissimo a imparare tutto ciò che considera 'da maschi'." Lilly si accorse che stava parlando a vanvera, così gli chiese di nuovo: "Allora, che programmi hai?"

"Stavo solo pensando, chissà quanto tempo abbiamo, stamattina, prima che tu debba andare in giro ad accontentare gli abitanti di Fallport."

Lilly alzò gli occhi al cielo: "Che scemo."

"No, dico sul serio. Dovunque vada, trovo qualcuno che mi spiega quanto sei piacevole, quanto sei affascinante. Persino Otto mi ha detto che, se avesse vent'anni di meno, si metterebbe in competizione con me per conquistarti."

Lilly scoppiò a ridere: "Ehm, vent'anni di meno, ne avrebbe sessanta. Sarebbe ancora un po' vecchiotto, per me."

Ethan fece una smorfia sotto di lei.

"Cosa? Che c'è?" gli chiese Lilly. "Sono troppo pesante?" Spostò parte del proprio peso sulle ginocchia, ma lui la afferrò per la vita e la tenne ferma su di sé.

"Non c'è niente, è solo che quando hai riso ti sei stretta intorno al mio uccello," le disse con molta naturalezza, come se le stesse dicendo le previsioni del tempo.

"Oh."

"Allora, dato che oggi tocca a me guidare le ricerche, quindi possiamo partire insieme, allora abbiamo un po' di tempo in più, stamattina," le disse con un gran sorriso. Poi si mise a sedere meglio, tenendola stretta al petto, infine si alzò in piedi con un unico movimento fluido.

Lilly trattenne l'istinto di gridare e si tenne stretta, mentre lui andava verso la camera da letto. Ethan le aveva già dimostrato di essere abbastanza forte da sollevarla di peso; una sera, l'aveva presa mentre la teneva sospesa e appoggiata alla parete.

La fece scendere con delicatezza, appoggiandola sul letto, sempre riuscendo chissà come a rimanere dentro di lei. Che meraviglia, gli era venuto ancora duro.

"Per la cronaca... mi è piaciuto molto svegliarmi con l'uccello nella tua bocca, Lil."

Lei sorrise.

"Però sono venuto subito. Adesso che mi hai fatto sfogare, posso durare più a lungo. Vuoi scoprire quante volte ti faccio venire, prima di perdere il controllo?"

Il sorriso di Lilly svanì: "Non lo so..."

"Lo so io. Vedrai che ci divertiamo."

Lilly amava gli orgasmi come chiunque altra, ma sapeva anche per esperienza che quando Ethan si metteva in testa qualcosa (come darle piacere), non si fermava finché non era sicuro al cento per cento di esserci riuscito.

Per fortuna, nessuno dei due doveva andare da qualche parte, quel mattino... perché quando Ethan fu soddisfatto di aver dimostrato la propria abilità nel darle piacere, quando anche lui fu venuto, Lilly poteva muoversi a malapena.

———

Nel pomeriggio, Lilly seguì Ethan e Tal nei boschi per cercare di nuovo Trent, o il suo corpo, un altro insuccesso disarmante. Poi mostrò a Tony come chiudere l'acqua del bagno nella camera del B&B, spiegandogli i principi rudimentali della fisica che facevano funzionare l'impianto idraulico e come si installava, tutto con il benestare di Whitney, che aveva deciso di cambiare le tazze di tutti i bagni, per andare sul sicuro.

Infine Lilly aveva cenato con la padrona di casa e poi era andata in salotto a rilassarsi.

Ethan aveva una riunione con la squadra. Bisognava trovare un approccio diverso per cercare Trent, che non era per nulla nelle vicinanze del luogo in cui Clyde aveva detto di aver trovato le attrezzature da campeggio; le ricerche non avevano portato a nulla ed erano tutti frustrati. Era come cercare un ago in un pagliaio, perché nessuno aveva idea della direzione in cui Trent poteva essersi spostato. C'erano decine di migliaia di ettari da perlustrare, bisognava restringere il campo, altrimenti ritrovarlo sarebbe stato quasi impossibile.

Quindi quella sera Lilly aveva cenato con Whitney, mentre Ethan l'avrebbe raggiunta dopo la riunione.

"Lo sai che non c'è problema, se Ethan si ferma qui con te," le disse Whitney.

A Lilly andò quasi di traverso il tè che stava sorseggiando. "Cosa?"

" Non c'è niente di imbarazzante," le disse con un sorrisetto, "anch'io sono stata giovane, sai? È ovvio che Ethan è il tuo fusto."

Lilly fece del suo meglio per non arrossire. Non che provasse vergogna o imbarazzo perché faceva sesso con Ethan, ma le sembrava sbagliato farlo in casa di Whitney. La considerava quasi come una madre. " Non so bene quali siano i nostri piani, ancora, ma grazie," le rispose dopo un minuto.

Whitney le fece un sorriso raggiante.

Lilly fu risparmiata da ulteriori commenti sul tema perché le squillò il telefono. Era Ethan.

"È lui," disse a Whitney alzandosi, "vado in camera a rispondere."

"Va bene, cara," le rispose la signora.

"Ciao," disse Lilly rispondendo al telefono mentre passava nell'altra stanza. Quando arrivò in camera sua, non le sembrò abbastanza riservata, così andò verso la porta che dava sul giardino sul retro.

"Sei ancora al B&B?" le chiese Ethan.

Lilly si fece seria, mentre si chiudeva la porta alle spalle. "Sì, perché?"

"Abbiamo trovato Trent."

Quelle tre parole fecero fermare il cuore di Lilly per un momento. Poi il battito le accelerò. "Davvero? Ma è fantastico! Dov'era? Sta bene? Cos'è successo? Posso parlargli?"

"È morto, Lil," le disse Ethan a mezza voce, "mi dispiace tantissimo."

Per un secondo, Lilly fu paralizzata dalla confusione, colpita dalla schiettezza di Ethan, che comunque apprezzava. Anche lei era dell'opinione che le brutte notizie andassero comunicate con poche parole, succintamente, senza lasciare margini a fraintendimenti. Ma sentendo che Trent era stato trovato, lei aveva pensato subito che fosse vivo. Nonostante

Trent fosse scomparso da tantissimo tempo, lei nutriva ancora la speranza che fosse ritrovato vivo e vegeto e che fosse tutta una burla enorme per fare ascolti.

"Oh mio Dio!" esclamò sussurrando.

"Due turisti stavano percorrendo un sentiero che risale sulle montagne a circa quaranta chilometri da Fallport. Erano in un tratto completamente immerso nei boschi, quello è un sentiero difficile che porta al picco di Eagle Point... è quello che abbiamo scelto per dare il nome alla nostra squadra di ricerca e soccorso. Noi non avevamo ancora allargato così tanto le ricerche, pensavamo fosse più vicino a Fallport, ma è proprio un'ipotesi di cui avevo appena parlato con gli altri alla riunione di stasera."

Lilly doveva ancora capacitarsi del fatto che Trent fosse morto. "Cos'è successo?"

"Non lo sappiamo. Non si può sapere prima dell'autopsia. Servirà del tempo. Però... niente di buono, Lil."

Lei deglutì a fatica. Se Ethan diceva che le condizioni di Trent non erano buone, dovevano essere *davvero* brutte.

"Stasera proprio non riesco a raggiungerti per vederci. Pensi che starai bene?"

"Sì," gli rispose sussurrando, "posso essere utile in qualche modo?"

"No. Non c'è molto da fare, comunque, noi andiamo nel punto in cui è stato trovato per dare una mano a Simon e agli ispettori, per contenere la scena. Scatteranno delle foto in mattinata, quando c'è più luce, poi cercheranno eventuali tracce ancora presenti. La scientifica arriva domani, quindi dobbiamo fare in modo che la zona rimanga intatta fino al loro arrivo."

"Va bene. Pensi che avrai il segnale del cellulare?" gli chiese Lilly.

"Ne dubito. Mi faccio sentire appena posso."

"Grazie per avermi avvertita," gli disse.

"Ci mancherebbe. Lil?"

"Sì?"

"Mi dispiace."

"Anche a me."

"Stanotte cerca di dormire."

Sì, certo. Non le sembrava possibile. Non solo si era abituata ad addormentarsi insieme a Ethan, ma si era aggiunto il pensiero della morte del povero Trent, con Ethan e gli altri della squadra nel bosco tutta la notte a fare la guardia al cadavere. Nulla di tutto ciò le favoriva il sonno. Invece di dirgli qualcosa, gli rispose semplicemente: "Va bene."

"Cazzo, vorrei tanto essere lì con te, tesoro."

Le bastarono quelle parole per farla sentire un poco meglio. "Dai, hai un compito da svolgere, io me la caverò."

"Va bene. Se ti serve qualcosa, senti pure Raid."

"Lui non viene con voi?"

"No, ultimamente è stato parecchio fuori con Duke, ha bisogno di riposare la testa. Il cane, non Raid. Ma se ti serve qualcosa, *qualunque* cosa, vedrai che sarà contento di aiutarti. Se ne ha bisogno, sa come raggiungermi."

"Starò bene, non preoccuparti per me," gli disse Lilly.

"Troppo tardi, cara," le rispose con un certo sarcasmo, "allora ci sentiamo domani."

"Va bene. Stai attento."

"Sempre. Ciao."

"Ciao."

Lilly chiuse la conversazione e rimase in piedi nel giardino per qualche minuto. Le dispiaceva un mondo per i parenti di Trent. Si chiese se qualcuno avesse avvertito gli altri del programma, il cast, la troupe, come avessero preso la notizia.

Sospirando, Lilly rientrò in casa. Comunicò a Whitney la triste notizia e passò un paio d'ore con lei a parlare del programma, dei bei ricordi che aveva di Trent.

Alla fine Lilly andò di sopra per restare un poco da sola. Si sdraiò sul letto, ma solo dopo qualche ora passata con gli occhi fissi sul soffitto, lo sguardo perso nel vuoto, le venne in mente Tucker. Si sentì in colpa: il produttore non sarebbe stato felice di sapere che lei non era presente al ritrovamento del corpo di Trent. Ma Tucker avrebbe dovuto capire che lei non poteva farci molto, erano stati dei turisti qualunque a ritrovarlo, non la squadra di Eagle Point.

Quel pensiero ne tirò un altro: Tucker non sarebbe stato per nulla contento, perché lei non era nei boschi nemmeno *dopo* il ritrovamento. Bisognava fargli capire che la polizia non le avrebbe mai permesso di avvicinarsi alla scena del crimine con una telecamera. Ma anche *se* glielo avessero permesso, lei non avrebbe mai calpestato la memoria di Trent filmando il suo cadavere per farlo vedere a tutti.

Tucker avrebbe dovuto capire e accettare. Altrimenti? Cazzi amari.

CAPITOLO DICIOTTO

"Sei licenziata!"

Lilly si irrigidì e ribatté: "No. Sono *io* che mi licenzio."

Erano passati tre giorni da quando era stato ritrovato il corpo di Trent, ma il ritrovamento aveva aperto la strada a molti interrogativi senza risposta. Il cadavere si trovava vicino a un punto molto avanzato del sentiero, Lilly non credeva proprio che Trent avesse scelto di arrivare così lontano con le sue ricerche. Tra l'altro, il punto in cui le sue attrezzature erano state ritrovate era lontano diversi chilometri. Nessuno sapeva come ci fosse arrivato, in quel punto; l'auto che Trent aveva preso a noleggio non si era ancora ritrovata, ma non poteva certo aver camminato per quaranta chilometri.

Non solo: Ethan le aveva detto due sere prima che quando il corpo di Trent era stato rimosso e portato a Roanoke per l'autopsia del medico legale, nel punto in cui c'era il cadavere si era ritrovata la piccola videocamera che si era portato dietro. Non solo era gravemente danneggiata, ma sembrava anche smangiucchiata da qualche animale.

Simon aveva detto a Ethan che confidava molto nelle analisi della polizia scientifica, che avrebbe recuperato le registrazioni di Trent. Lilly aveva riferito tutto a Tucker, tenendolo informato su quanto accadeva. Lei si aspettava una telefonata, dopo l'email in cui gli comunicava del ritrovamento di Trent, invece la telefonata era arrivata solo dopo tre giorni.

"Non posso crederci, fai lo stronzo con me perché non ho filmato il *cadavere* di Trent. Questa è la realtà, Tucker!" Lilly fremeva. "Non siamo in un mondo virtuale in cui le telecamere si spengono e tutti tornano a casa."

"Non avrei mai dovuto lasciarti a Fallport! Avevi solo voglia di aprire le gambe per quel tipo delle ricerche. Te l'avevo detto di essere presente, quando si trovava Trent. Non solo non c'eri, ma non hai registrato *nulla* con il corpo. Avevi tutto il tempo di andarci, mentre la scientifica raggiungeva quello stupido paesino, invece te ne sei fregata. Hai mandato a puttane l'episodio, adesso dovremo inventarci qualcosa per il finale! Spero solo che ci sia qualche scena forte nella videocamera."

"Sì, chissà se te la faranno mai avere, buona fortuna. È un elemento di prova, Tucker."

"Non è più un problema tuo. Adesso mando Joey a sostituirti. Dagli la telecamera e tutto ciò che appartiene alla produzione. Il tuo contratto con noi termina oggi stesso. D'ora in poi non ti pagheremo più le spese."

Prima che Lilly potesse dirgli che stronzo bastardo fosse, lui riprese a parlare.

"Non pensare nemmeno di farmi causa, Lilly, ho così tanta merda su di te da non farti trovare *mai più* lavoro a Hollywood. La verità è che ci hai rovinati. C'erano tutti i presupposti per finire il programma con un episodio da sballo, invece per colpa tua dovremo raffazzonare qualcosa con delle riprese che abbiamo già. Vedi anche di non rompere le palle a Joey, perché gli dirò di riferire direttamente a me se fai qualcos'altro per sabotare il programma. Ti garantisco che i miei avvocati sono molto meglio di quelli che tu ti potrai *mai* permettere."

Lilly ne ebbe abbastanza delle minacce di Tucker. "Senti un po', bastardo, prima di tutto su di me di merda non ne hai *affatto*, perché sono bravissima come operatrice e tu lo sai bene. Ma sono sicura che il sindacato di categoria sarebbe molto contento di sentire tutte le faccende personali che chiedi di sbrigare agli operatori. Tutte faccende che non rientrano nei nostri contratti. Poi, se proprio dobbiamo mettere sulla bilancia la mia e la tua reputazione nel settore, sappiamo bene *entrambi* chi ne uscirebbe meglio... cioè *io*, nel caso ti sia confuso. Dopo un decennio, la mia reputazione è alle stelle. I registi fanno direttamente il mio nome, invece tu? Solo nepotismo, la reputazione di chi... di tuo nonno? Non t'illudere, Tucker: se scoppia un casino ci sarà più gente dalla *mia* parte che dalla tua."

"Non riesco ancora a credere che tu mi abbia *chiesto* di filmare un cadavere. È una bassezza, anche per uno come te. Mica mi puoi far causa, se rompo le palle a Joey... cosa che comunque non farei mai. Parlare con qualcuno non è certo vietato dalla legge. Rifiutarsi di scattare delle foto di una salma o di riprendere qualcuno di nascosto non è un sabotaggio, si chiama decenza! Non hai alcuna base legale per farmi causa, lo sappiamo entrambi."

"Sono stufa delle tue minacce, Tucker. Mi licenzio, a partire da questo stesso istante. Auguro a te e agli altri buona fortuna per il programma, ma io me ne vado. Se solo provi a fare *qualcosa* per cercare di danneggiare la mia carriera, ricordati che so troppe cose sulle falsità che avete usato fin dall'inizio. Mi basterebbe rilasciare un'intervista rivelatrice in esclusiva, svelando tutti i trucchi e i sotterfugi per rendere le puntate più interessanti: la tua carriera sarebbe stroncata prima ancora di decollare. Non metterti contro di me, Tucker, non ti conviene."

A quel punto, Lilly chiuse la conversazione. Non voleva più stare ad ascoltare Tucker e le sue minacce insensate. Era stufa di lui e di quel maledetto programma.

"Brava," disse Ethan tranquillamente dal corridoio.

Lilly si girò; non l'aveva sentito arrivare, né si era accorta che fosse lì ad ascoltare.

Erano nell'appartamento di Ethan, che aveva dormito circa dieci ore in tutto, negli ultimi tre giorni, quindi era di umore tutt'altro che buono. Il fatto che ci fosse una conferenza stampa per la tarda mattinata non lo aiutava di certo. Lui era il fondatore della squadra di ricerca e soccorso Eagle Point, toccava a lui spiegare i dettagli delle ricerche. Anche Simon avrebbe partecipato, per rispondere a eventuali domande e condividere ciò che poteva sulle indagini per la morte di Trent; Lilly però sapeva che Ethan non era affatto entusiasta di quella conferenza stampa.

"Era Tucker," gli disse sospirando. "Ha cercato di licenziarmi perché non gli ho fatto avere alcuna ripresa del corpo di Trent nel bosco e perché non ero presente al ritrovamento."

"Che bastardo," disse Ethan a denti stretti.

"Infatti," confermò Lilly, che poi fece spallucce e respirò profondamente. "Allora gli ho detto che sono io a licenziarmi. Ma sai che c'è? Va bene così. Più che bene."

"Che stronzo," aggiunse Ethan rabbioso, "sei iscritta al sindacato? Non può licenziarti solo perché non sei andata dove non è andato *nessuno*, cazzo, a parte quei due turisti. Peraltro, anche loro adesso saranno spaventati a morte. Il fatto che ti ordinasse di filmare un cadavere per sbatterlo in TV è una boiata unica, è inconcepibile. Chissà cosa penserebbe *lui*, se fossero i suoi parenti a vederlo morto e usato come esca per fare ascolti."

Lilly fece un passo avvicinandosi molto a Ethan e gli mise le mani sul petto. Lui smise di lamentarsi e fece un respiro profondo.

"Sono così incazzato per te che mi si annebbia la vista," le disse stringendo i denti.

"Va tutto bene, Ethan. Sinceramente preferisco così.

Ormai odiavo quel lavoro. Non per il tempo che ho passato con te e con gli altri, o per le camminate, ma perché era tutta una grande bugia, per ingannare gli spettatori del programma. Mentre io rimanevo zitta, dietro la telecamera, Tucker e gli altri inventavano menzogne una dopo l'altra, senza che io intervenissi. Ho visto il produttore manipolare persone, pagarle per farsi raccontare quello che secondo lui gli spettatori volevano sentire. Ho filmato le interviste finte, sono rimasta sulle mie mentre i presentatori sparavano balle grossolane, mentendo spudoratamente su ciò che vedevano o sentivano. Ho persino dovuto collaborare a fabbricare alcune delle loro 'prove'. Ma sapere come Tucker volesse sfruttare la scomparsa di Trent è stata la goccia che ha fatto traboccare il vaso.

"Adesso non ho idea di cosa farò. Di sicuro Tucker cercherà di farmi terra bruciata intorno nel settore, proprio come ha minacciato, ma è un idiota se pensa di riuscirci. Ho una reputazione impeccabile tra i colleghi e anche tra i registi. Nessuno gli darà retta.

"La preoccupazione nell'immediato è che non ho un posto dove stare, perché la produzione smetterà di pagare Whitney per la camera al B&B. Non ho tanta voglia di tornare a casa da mio padre, in West Virginia, anche se ci tornerò, se proprio devo. Tutto sommato, mi sembra di essermi tolta un peso enorme dalle spalle. Ormai avrei dovuto licenziarmi da tempo, finalmente ho fatto la cosa giusta e mi sento bene."

"Vieni qui," disse Ethan prendendola tra le braccia.

Lilly si lasciò abbracciare volentieri, accoccolandosi addosso a lui.

"Rimani qui, a Fallport. Ormai ti vogliono tutti bene."

"Non sono sicura su quel *tutti*," mormorò Lilly, ricordando alcune occhiatacce che aveva ricevuto mentre andava in giro in paese, nelle prime due settimane. Sì, sembravano essersi sciolti un po' tutti nei suoi confronti, dopo che aveva aiutato Elsie e il figlio, ma chissà.

"Le persone che contano ti vogliono bene," le disse Ethan, "ad esempio io."

Lilly trattenne il fiato. Ethan le stava dicendo ciò che lei *pensava*? Alzò la testa e lo guardò negli occhi.

"Ti amo," le disse con tranquillità, "non so come sia successo, ma è la verità. Mi sei entrata dentro, Lil, passare il tempo con te in queste ultime settimane è stato adorabile. Con te ho riso e sorriso più di quanto non avessi fatto mai. Pensa che non vedo l'ora di tornare in questo appartamento del cavolo, mentre in passato trovavo ogni scusa per starmene fuori. Anche per evitare di stare da solo." Fece una pausa. "Sai la casa su cui sta lavorando Rocky?"

Lilly annuì, sopraffatta da tutto ciò che sentiva.

"Il proprietario la sta facendo sistemare per venderla... voglio comprarla io. Per noi, Lilly. Non è molto lontana dal centro, o da mio fratello. Non potrei mai andare a vivere lontano da lui. Manca ancora qualche mese perché sia pronta, ma se pensi di farcela puoi sempre stare qui con me, nel mio appartamento, finché l'affare non sarà fatto. Devo parlare con il proprietario, per vedere se me la lascia comprare senza metterla sul mercato... l'ultima cosa che voglio è cominciare una guerra al rialzo con qualcuno... poi se vuoi venire a vederla, qualche volta, così sei sicura che ti piace, possiamo andarci senz'altro."

"Mi stai chiedendo davvero di venire a vivere con te? Mi stai dicendo che vuoi comprare una *casa* per andarci a vivere con me?" gli chiese lei sbalordita.

"Sì. Ti amo, Lilly. Voglio passare il resto della mia vita con te. Qui a Fallport. Il mio lavoro è flessibile. Non guadagno una fortuna, ma la pensione che mi passa la marina non è male. Non diventerò mai milionario, ma guadagno abbastanza per viverci in due."

Lilly stava facendo fatica a comprendere cosa stesse succedendo. Era passata dalla rabbia al sollievo, fino a rimanere senza parole.

"Lilly?" la chiamò Ethan un po' insicuro.

"Anch'io ti amo!" sbottò lei.

Ethan sorrise e le disse sottovoce: "Allora va bene."

"Non ci conosciamo da tanto, magari prima che mi trasferisca a vivere con te, prima che compri casa, dovremmo assicurarci che il nostro rapporto sia duraturo."

"Durerà," disse subito Ethan.

"Non puoi esserne sicuro," gli disse lei scuotendo la testa. "Ethan, non hai mai nemmeno dormito con me tutta la notte. Non mi hai ancora visto mangiare cereali."

Lui ridacchiò: "Mangiare cereali?"

"Sì, oppure la zuppa. La bevo col risucchio, non so cosa farci. Mio papà e i miei fratelli ci impazziscono. Poi col cucchiaio divento impaziente e di solito finisco per bere direttamente il latte dalla ciotola, o anche la zuppa. Faccio un po' impressione."

Al che, Ethan scoppiò a ridere di gusto. Quando riprese il controllo, scosse la testa. "Non me ne frega niente se bevi col risucchio, Lil, immagino che troverò anche quello carinissimo. I tuoi fratelli si infastidiscono perché sono... i tuoi *fratelli*. Irritarsi con te è nel loro DNA. Se risucchiare la zuppa è la cosa peggiore che puoi pensare di te stessa, allora sono più fortunato di quanto credessi... ma fidati, ci ho pensato un sacco a quanto sono un bastardo fortunato perché stai con me."

"Non voglio essere un peso," gli disse lei.

"Non potrai mai essere un peso," le rispose Ethan, mettendole le mani intorno al viso e avvicinandolo al proprio. "Quel Tucker è uno stronzo, non ha idea della professionista eccezionale che si è perso. Qui troverai qualcosa da fare, ne sono certo. Questa cittadina ha bisogno di te, Lil. *Io* ho bisogno di te. Rimani? Se non ti senti a tuo agio al pensiero di trasferirti e vivere con me... posso anche capirti; questo appartamento è proprio scalcagnato. È solo per avere un tetto sopra la testa, ma coi vicini vado d'accordo, anche se ti giuro che delle volte mi sveglio e mi sembra di essere tornato indietro agli anni Ottanta o qualcosa del genere. Comunque, immagino che Whitney sarebbe contentissima di tenerti al B&B intanto che la casa che voglio comprare viene finita e diventa mia."

Ethan tenne le mani su di lei, un contatto che Lilly amava. La faceva sentire apprezzata, vicina. Gli afferrò i polsi e li tenne stretti, mentre lui le sfiorava le guance coi pollici. "Non posso permettermi i costi che la produzione pagava per la stanza," gli disse Lilly sinceramente, "cioè, ho un po' di soldi messi via, ma non abbastanza per pagare una camera al B&B per un lungo periodo."

"Whitney probabilmente accetterebbe di farti alloggiare per una cifra simbolica," le disse Ethan. "È una signora che vive da sola. Non l'ha mai ammesso, ma non guadagna chissà che da chi alloggia. Fallport non è certo un centro turistico di primo piano e molti dei turisti che ci passano vanno ad alloggiare nello stesso albergo in cui stavano quelli del programma. Le ha fatto molto piacere averti vicina. Sembra più felice, mi ha detto persino che le ha fatto piacere avere qualcuno in casa, per passare il tempo insieme, qualcuno a cui preparare da mangiare. Parlale. Scommetto che ti farebbe pagare un affitto irrisorio, qualcosa che non ti pesi."

"Mi piace molto, è un po' come la mamma che non ho mai avuto," ammise Lilly.

"Allora, rimani? Per vedere come può andare il nostro rapporto? Intanto che pensi se trasferirti da me, se compro quella casa?"

Lilly sentì il cuore che le correva in petto. Lo voleva anche lei. Voleva Ethan. Voleva vivere nella casa che lui stava sistemando col fratello. Voleva trasferirsi a Fallport.

Così sorrise e rispose: "Sì."

"Cazzo che bello!" esclamò Ethan, sbuffando sollevato.

Lilly ridacchiò e gli chiese: "Ma ti stavi preoccupando?"

"Ho temuto il momento della tua partenza da quando ho

capito l'importanza che avevi per me," ammise, "ma vedrai
che affronterò il problema degli incubi, anche se da quando
stai con me non mi è più capitato."

"Mi dà fastidio che te ne vai a metà nottata."

"Dà fastidio anche a me," disse Ethan. "Non c'è niente
che io voglia di più che svegliarmi con te tra le mie braccia.
Per la cronaca, anche se non ti trasferisci da me ufficialmente,
non voglio che tra noi cambi qualcosa. Sei sempre invitata a
dormire nel mio letto ogni volta che vuoi. Oggi ti faccio fare
una copia delle chiavi del mio appartamento. Nel bagno hai
già messo un po' delle tue cose, se vuoi portare anche qualche
vestito va benissimo."

Lilly fece una risatina e gli domandò: "Alla fine, non è
come trasferirsi?"

Ethan spostò il peso, le mise una mano dietro la testa;
l'altra mano era più giù, dietro la schiena, poi passò sotto la
maglia per tirarla più vicina. Lilly poteva sentire l'erezione
contro la pancia, mentre stringeva le braccia intorno a lui.

"Beh, in fondo *siamo* in un paesino del sud. Probabilmente
è meglio aspettare che tu abbia il mio anello al dito, prima di
un trasloco ufficiale."

Lilly quasi si strozzò, a quel riferimento casuale al matrimonio. Nella mente le si aprì l'immagine di loro due, avanti
negli anni, che discutevano per finta su chi dovesse alzarsi per
badare al figlio piccolo che piangeva. Si sforzò per concentrarsi sulla conversazione di quel momento. "Allora un
trasloco sarebbe visto con sospetto, ma dormire insieme nello
stesso letto tutte le notti no? Com'è che funziona?"

Ethan sorrise. "Chi lo sa. Ma a chi importa? A me no. A
me basta abbracciarti e sono felice."

"Questa è stata una giornata folle, e non sono nemmeno le
dieci del mattino," disse Lilly."

"Io mi sono svegliato col mal di testa, ti dico la verità, non
ho proprio voglia di andare a quella maledetta conferenza
stampa, per dover rispondere alle domande sceme sul perché

non abbiamo trovato Trent. Come se trovare una persona dispersa chissà dove in decine di migliaia di ettari sia facile." Alzò gli occhi al cielo. Poi strinse la mano che le teneva dietro la testa. "Ma sentire la mia ragazza dirmi che mi ama e accettare di rimanere a Fallport mi fa pensare che *nulla* di ciò che mi butteranno addosso quei giornalisti mi entrerà dentro."

"Invece *io* sto pensando che magari qualcosa dovrebbe entrare dentro, prima della conferenza stampa... ti farebbe bene" disse Lilly. Fu un'allusione pacchiana, ma funzionò, perché Lilly sentì l'uccello scattare contro di lei.

"Oh, sì," mormorò Ethan, che poi appoggiò la fronte su quella di lei. "Sei sicura di star bene, per quel che è successo con Tucker?"

"È uno schifoso, ma sì, sto bene."

"Trent?"

"Di nuovo, ciò che gli è successo è odioso, ma almeno son contenta che sia stato ritrovato, così la vicenda si è chiusa per tutti."

"Simon è deciso a scoprire cos'è successo e chi l'ha ucciso. A Fallport non esistono casi irrisolti. Mai nulla del genere. Tutti i casi di furto sono stati risolti, persino i pochi omicidi del passato: tutti i responsabili sono finiti dietro le sbarre. È impossibile che Simon lasci il caso della morte di Trent irrisolto per molto tempo."

"Ottimo," commentò Lilly.

"E... mi dispiace andare su questo punto... ma c'è una probabilità piuttosto alta che sia stato qualcuno della produzione, presentatori o assistenti," l'avvertì Ethan.

"Lo so. Mi ha già torchiato l'ispettore che si occupa del caso, lo sai bene. Ma non sono stata io," gli disse con fermezza, "quindi non ho problemi a farmi prendere il DNA o farmi fare altre domande. Aiuterò in ogni modo possibile. Suggeriscimi qualunque cosa io possa dire o fare."

"Ti amo," le disse Ethan di nuovo.

Lilly fece un gran sorriso: non si sarebbe mai stancata di sentirselo dire. "Anch'io ti amo."

Che ne dici di dimenticarsi per un po' di omicidi, giornalisti e televisione, per andarcene a festeggiare la tua decisione di rimanere?"

"Affare fatto," gli rispose lei sottovoce.

Ethan si spostò, la stava già baciando. Parecchi minuti dopo, senza mai staccare le labbra dalla bocca di Lilly, la sollevò di peso e la portò in camera da letto. Lei aveva le gambe penzoloni, che rimbalzavano sulle gambe di Ethan, ma lei se ne accorse appena. Tutto ciò che le interessava era il modo in cui lui la possedeva con le labbra. Quando Ethan la fece appoggiare a terra, vicino al letto che lei non aveva rifatto quel mattino, fecero come a gara per vedere chi si spogliava per primo. Poi si ritrovarono nudi sul letto.

Fecero l'amore rapidamente e con intensità, ma con la stessa soddisfazione di quando lo avevano fatto con meno fretta e per più tempo. Come sempre, Ethan si assicurò di farla venire, prima di occuparsi del proprio piacere. Alla fine si ritrovarono sdraiati uno addosso all'altra, sudati, con Lilly che non riusciva a smettere di sorridere.

"Allora... oggi cosa fai, dato che non devi filmare la conferenza stampa?" le chiese Ethan.

Lilly si fece seria; non ci aveva nemmeno pensato. "Ti dispiacerebbe se venissi lo stesso? Mi piacerebbe starti vicino."

"Dispiacere?" le chiese scuotendo la testa. "Accidenti, mi farebbe piacere averti presente perché *vuoi* esserci, non perché devi."

"Allora ci vengo. A un certo punto dovrò vedermi con Joey. Non so proprio quando arriverà. Per quel che ne so, potrebbe essere già arrivato. Se è *già* a Fallport e sa della conferenza stampa, di sicuro ci verrà con la telecamera."

"Perché devi incontrarti con lui?" le chiese Ethan, sfiorandole la schiena con le dita.

Lilly era sdraiata con la testa appoggiata al petto di lui e una gamba intrecciata a quelle di Ethan. Con l'indice, gli tracciava dei disegni sul petto mentre parlavano. "Devo dargli la mia telecamera e le altre cose di proprietà della produzione. Il computer che usavo per caricare i video, i caricabatterie, queste cose. A proposito, devo portare indietro anche la macchina a noleggio."

"Ah sì, in questo posso aiutarti. Ho sentito Drew che si lamentava perché deve andare a Christiansburg per incontrare un cliente; normalmente non andrebbe di persona, ma il cliente in questione è molto benestante e vuole incontrarlo a quattr'occhi per controllare i libri contabili. Di sicuro non sarà un problema per lui andare con la tua macchina e riportarla dove l'hai noleggiata."

"Poi come fa lui a tornare a Fallport?" gli chiese Lilly preoccupata.

"Chiederò a Rocky di andarlo a prendere."

"Ma è troppo disturbo," disse Lilly scuotendo la testa.

"Non è un problema. A Rocky non dispiacerà, specialmente se è per fare un favore a te."

Lilly alzò lo sguardo per fissare Ethan negli occhi. "Davvero?"

"Sa quanto mi rendi felice, Lil. Mi ha fatto persino sapere che sarei un idiota, se ti lasciassi andar via. Quindi sarà stracontento di sapere che rimani."

"Però mi dispiace. Magari potrei portarcela io e poi torno con Drew, dopo il suo incontro."

"No no, ci penserà Rocky."

"Del resto non ho altro da fare," insisté Lilly.

"Dobbiamo davvero discuterne?" le chiese Ethan, pur dicendolo con un sorriso.

"Evidentemente sì."

"Posso pensare a qualcosa di meglio da fare, magari nudi nel letto," le disse.

"Sei proprio un maschio." Lilly fece un gran sorriso e si sfilò dall'abbraccio per andare a farsi una doccia.

Ethan però la afferrò intorno alla vita e la tirò a sé. "Ecco la verità: Rocky diventa sempre più un solitario, ma a me non sta bene. Non parla con gli altri, a parte gli amici della squadra, se ne sta per conto suo. Sono preoccupato per lui. Ho pensato che se ti fa un favore, se esce, anche solo per andare a Christiansburg, gli farà solo bene. Magari Drew gli può parlare, intanto che tornano, per scoprire se c'è qualcosa che non va, o se è solo un periodo un po' così e poi tornerà a fare il simpaticone che è sempre stato."

A quelle parole, tutta l'irritazione di Lilly si sciolse: "È successo qualcosa a tuo fratello? Sta bene?"

"Non gli è successo niente, che io sappia, ma ho notato un cambiamento lento nell'ultimo annetto circa. Ho cercato di parlargliene, ma lui mi dice sempre che va tutto bene, che non c'è niente di cui preoccuparsi."

"Va bene, allora può riportare lui la mia macchina," disse subito Lilly.

"Grazie."

Lei rise: "Che strano, mi stai ringraziando per l'enorme favore che mi stai facendo *tu*." Scosse la testa. "Non è un bel precedente, per le discussioni che avremo in futuro."

"Io penso che sia fantastico," le disse Ethan.

"Esagerato," gli disse Lilly alzando gli occhi al cielo. "Adesso, per quanto mi piacerebbe rimanere qui sdraiata con te, nuda, per tutto il giorno, abbiamo da fare, dobbiamo andare a incontrare delle persone."

"Eh sì, che iattura."

"Se ti dico che possiamo fare la doccia insieme, è un incentivo per farti alzare dal letto?"

"Sì. A proposito, voglio convincere il proprietario della casa, quella che Rocky sta ristrutturando, a fare un bagno da favola, con tanto di super doccia, come quelle tipo lavaggio macchine. Sai, quelle dove entri e c'è un doccione che viene fuori dal soffitto, più i getti dalle pareti? Così quando ci facciamo la doccia insieme non ci verrà freddo."

"Una meraviglia," commentò Lilly. Le piaceva molto quell'idea. Per quanto amasse Ethan e le facesse piacere dormire da lui, il suo bagno lasciava molto a desiderare. La doccia collocata nella vasca non era abbastanza grande per due persone e non ispirava certo momenti erotici.

"Dato che ti sei offerta di fare la doccia con me solo per pura bontà, non perché ti piace davvero avere il sedere freddo mentre io sto sotto al getto, se vuoi puoi andare prima tu."

"Allora mi ami *davvero*," sbottò lei ridendo.

"Eh sì, ti amo davvero," le disse lui impassibile.

Lilly lo baciò. Come poteva non baciarlo? Poi un bacio tirò l'altro, ma prima che potessero andare troppo oltre lei dovette allontanarsi controvoglia. "Dobbiamo davvero prepararci."

"Lo so," le disse lui con un sospiro. "Vai avanti tu, intanto preparo il caffè. Ho la netta sensazione che ne avremo bisogno."

"Beh, *tu* ne avrai bisogno. Negli ultimi tre giorni non hai dormito molto. Sei sicuro di cavartela?"

"Me la sono cavata anche con meno, quando ero nei SEAL," le rispose Ethan.

"Ma non era questa la mia domanda. Poi non sei più nei SEAL."

"Non so decidermi se era un modo per sfottermi per la mia età, o per dirmi che non sono più in forma come quando avevo vent'anni," le disse con un gran sorriso.

"Non era un modo per sfotterti, tanto lo sai che sei in forma perfetta," gli disse Lilly. "Dico solo che ormai non sei più abituato alle nottate in bianco. Non sei mica un superman, devi dormire come chiunque altro."

"Lo so, dai, ti stavo solo provocando," le disse Ethan. "Hai ragione, *sono* stanco, quasi al limite dello sfinimento. Però dopo questa conferenza stampa pensavo di tornare qui a dormire. Sei contenta?"

"Sì."

"Lil?"

"Sì?"

"Sono solo felicissimo di averti incontrata. Lo so che tra di noi è andato tutto molto alla svelta, che ci sono tante cose di noi che ancora non conosciamo, ma i sentimenti che provo nei tuoi confronti non cambieranno. Mi sei entrata dentro e mi piace tenertici. Mi piace un sacco."

"Vale anche per me," gli disse lei, non trovando un modo migliore per esprimersi.

"Dai, forza, fatti la doccia. Io ti raggiungo appena finisci, lascia pure l'acqua aperta."

"Va bene. Vedrai che oggi andrai alla grande. Ne sono sicura."

"Grazie per la fiducia a priori."

Lilly si trascinò fuori dal letto e nell'incamminarsi nuda verso il bagno sentì solo un pizzico di imbarazzo. Era difficile sentirsi in difficoltà per le imperfezioni del proprio corpo, quando Ethan aveva passato moltissimo tempo ad apprezzare da vicino ogni singola parte che lei riteneva imperfetta... lodandone ogni dettaglio.

———

Joey non riusciva a decidere se essere contento o incazzato di essere stato rimandato a Fallport. In parte, voleva davvero conoscere le informazioni che la polizia era riuscita a scoprire su Trent. D'altro canto, però, sapeva anche che non era il caso di bazzicare troppo nei paraggi, considerato che era stato lui a uccidere il collega.

Trent *meritava* ciò che gli era successo.

Non avrebbe mai dovuto chiedere aiuto a Joey, quella fatidica notte. Trent pensava solo a se stesso, quando era al centro dell'attenzione e tutti gli leccavano il culo... o quando passava agli altri le idee di Joey sul programma, spacciandole per proprie. Quando però si era ritrovato da solo nel bosco a inventarsi qualche cavolata per intrattenere gli spettatori, era uno zero.

Non aveva esitato minimamente e telefonare a Joey. Aveva bisogno di qualcuno che gli salvasse il culo, come sempre.

Beh, Trent aveva ottenuto ciò che voleva. Di sicuro sarebbe diventato famoso... anche se non avrebbe potuto godersi la notorietà in prima persona.

Ormai Joey doveva solo assicurarsi che niente impedisse al programma di avere successo. Era disposto a *tutto* per sfondare.

Decise che era meglio così, era un bene che Tucker l'avesse inviato a Fallport per salvare il salvabile. Lui non aveva paura di registrare le persone di nascosto, a differenza di Lilly.

Solo ripensare a lei fece ribollire a Joey il sangue nelle vene. Che stronza inutile. Non aveva registrato *alcuna* ripresa del corpo di Trent. Anche solo uno spezzone con l'inquadratura della borsa nera con dentro il cadavere sarebbe stato meglio di niente. Lilly aveva affermato che sarebbe stata una mancanza di rispetto per i parenti di Trent, per questo era stata lontana dal sentiero, quando il cadavere era stato portato via.

Che cazzata. Vaffanculo Lilly. Come cameraman, Joey valeva dieci volte lei.

Era stato *lui* a partorire quel programma, anche se nessuno glielo riconosceva. Poi Lilly aveva rischiato di rovinare tutto, solo perché era troppo impegnata a farsi qualche zotico del posto!

Joey però sarebbe arrivato fino in fondo e nella seconda stagione del programma sarebbe stato davanti alle telecamere...

Un'idea gli venne all'improvviso.

Un'idea orribile, ma meravigliosa.

Sapevano tutti che Lilly e Tucker non andavano d'accordo, che lei si era licenziata. La gente poteva pensare che Tucker fosse tanto adirato con Lilly, perché non aveva salvato alcuna ripresa del corpo di Trent, tanto arrabbiato con lei, perché si era licenziata... che aveva superato ogni limite?

E se le persone a finire ammazzate fossero *due*?

Quell'idea brillante germogliò nella testa di Joey, con tanto di immagini e piani che prendevano forma.

Il programma sarebbe diventato ancor *più* famoso. Non solo il pubblico sarebbe stato smanioso di guardare *Indagini Paranormali* per vedere che diavolo fosse successo, ma a un certo punto il caso poteva anche finire in uno dei programmi di maggior successo legati al crimine.

Sarebbero diventati *tutti* famosi. Lui si sarebbe sistemato per tutta la vita! Quello stronzo di Tucker avrebbe avuto ciò che si meritava.

Lilly avrebbe dovuto fare ciò che le era stato chiesto. Così, almeno, forse non avrebbe fatto la fine di Trent.

Era stato molto semplice eliminare l'amico; sarebbe stato ancor più semplice far fuori quella stronza.

CAPITOLO DICIANNOVE

DUE GIORNI DOPO, Ethan era seduto di fronte a Simon Hill che lo aggiornava sul caso Trent Morrison.

Il rapporto della polizia scientifica non era ancora tornato dagli uffici preposti, purtroppo gli esami potevano durare moltissimo, anche dei mesi. I casi irrisolti erano molti e c'erano delle attese prolungate, per quanto il laboratorio stesse lavorando il più rapidamente possibile, le prove da esaminare erano troppe, mentre il personale in servizio non era mai abbastanza.

Però erano arrivati gli esiti dell'autopsia. Ethan non era un poliziotto, ma aveva lavorato insieme a Simon in molte occasioni, casi di persone scomparse, quindi ormai erano alquanto affiatati. Almeno sul lato professionale. Per questo il capo della polizia era disposto a condividere con Ethan i dettagli del caso, specialmente perché quanto era successo a Trent coinvolgeva da vicino anche la donna che Ethan amava.

Anche se Lilly non lavorava più per la produzione del programma, Ethan era ancora molto guardingo. Qualcuno aveva ucciso Trent e Ethan non avrebbe mai lasciato che quel qualcuno indirizzasse la propria attenzione su un altro collaboratore dello stesso programma... magari un'operatrice di ripresa. O un'ex operatrice di ripresa.

"Ci avevamo visto giusto. Morrison è stato ucciso di sicuro," disse Simon.

Ethan annuì. Erano già arrivati alla stessa conclusione.

"È stato difficile raccogliere più dettagli durante l'autopsia, per via della decomposizione, ma aveva l'osso ioide fratturato."

Ecco un dettaglio che sorprese Ethan. "È stato strangolato?"

"Sembra proprio di sì. Non ci sono tracce di lividi, ma soprattutto perché la pelle era troppo danneggiata e non è stato possibile analizzarla. Aveva anche il perone destro fratturato. È difficile capire se se l'è rotto perché è caduto o in un altro modo."

"Tu che ne pensi?" gli chiese Ethan.

"È difficile dirlo con certezza. Spero che la videocamera che aveva ci possa dire di più, ma penso che possa essere caduto, oppure è stato colpito molto forte con un oggetto, apposta per metterlo fuori gioco. È difficile lottare con una gamba rotta. Gli avrà fatto un male cane, un dolore che l'ha reso facile da immobilizzare, immagino."

"Come ha fatto a finire dove l'abbiamo trovato, allora? Non ha certo camminato fin là con una gamba rotta," disse Ethan.

"No, certo che no. C'era andato per trovare prove dell'esistenza di Bigfoot, esatto?" chiese Simon.

Ethan annuì.

"Magari c'è stato un confronto animato con Clyde, dove Trent si era accampato. Clyde non ha ancora ammesso di averlo mai incontrato, ma credo che sia inevitabile che si siano trovati. Magari Clyde si è avvicinato perché Trent stava facendo baccano, tra grida e fregnacce varie, per cercare di chiamare Bigfoot. Si saranno mandati a quel paese, Clyde avrà minacciato Trent e sappiamo bene che non è il caso di avere un nemico come Clyde.

"Oppure... magari Trent ha chiamato qualcuno dei suoi colleghi della TV per farsi aiutare, intanto che era accampato nel bosco. Poi c'è stato un litigio e l'assassino si è incazzato con Trent, lo ha colpito forte con un ramo d'albero, poi lo ha strangolato."

"Allora, come facciamo a capire chi è stato?" chiese Ethan.

"Aspettiamo che quelli della scientifica ci dicano qualcosa. Speriamo che i tecnici che lavorano sulla videocamera facciano in fretta. Voglio beccare questo figlio di puttana," disse Simon con fermezza. "Nessuno viene nella mia città per compiere dei misfatti come questo per poi andarsene indisturbato."

Ethan annuì. Anche lui non era affatto contento di quanto era successo. "Pensi che abbia già ucciso prima? Pensi che lo rifarà?" gli chiese.

Simon si chiuse nelle spalle. "Immagino che ci sia una probabilità del cinquanta per cento che abbia già ucciso o che lo rifarà. Se non era un omicidio premeditato, può essere stato un attimo di follia, qualcosa gli avrà fatto perdere le staffe."

"Gli?" domandò Ethan, sapendo già cosa l'altro stesse per dire, ma volendone conferma.

"Sì. In base a tutto ciò che ho sentito su Morrison, non ce lo vedo a chiedere aiuto a una donna. Non solo, ma serve molta forza per strangolare qualcuno. Per quanto ferito, ho la sensazione che Trent avrebbe combattuto meglio con qualcuno più piccolo e più leggero di lui."

"Può darsi che per strangolare sia stato usato un oggetto, come una cintura, una corda. In questo caso basterebbe meno forza," disse Ethan, facendo come l'avvocato del Diavolo.

"Sì, però il killer doveva comunque mettergli qualcosa intorno al collo. Penso sempre che Trent avrebbe lottato come un dannato per evitare di essere strangolato. L'altra donna che presenta il programma, Michelle, è alta uno e sessantotto e non pesa nemmeno sessanta chili. È impossibile che abbia sopraffatto Morrison di forza. Kate, l'operatrice di ripresa, è un po' più alta e pesante, ma credo comunque sia improbabile."

"E Lilly?" Ethan odiava fare quella domanda, ma doveva.

"Abbiamo già parlato con Whitney, ha confermato tutti gli orari esatti in cui Lilly tornava al B&B e ha confermato che non è mai andata via da sola, ha sempre aspettato che tu andassi a prenderla. Quindi non è sospettata."

"Hai ristretto la finestra temporale in cui Trent è stato ucciso?" chiese Ethan, di nuovo sorpreso. Per quanto ne sapeva, c'era ancora un periodo di due giorni da quando Trent era stato visto l'ultima volta a quando si era capito che era scomparso.

"No. Non sappiamo ancora quando è stato ucciso, ma la conosci Whitney, non dorme bene. Tra i pavimenti in legno che cigolano, il parcheggio proprio sotto la finestra della sua camera, il suono dell'acqua che scorre nelle vecchie tubature di casa sua, se qualcuno tira lo sciacquone o usa il rubinetto... nulla può sfuggirle.

"Non dobbiamo dimenticare che qualche mese fa ha anche seguito il mio consiglio e ha installato delle telecamere di sicurezza intorno a casa, non si sa mai. Sono modelli economici e la qualità video non è delle migliori. Maledizione, l'immagine è estremamente sgranata. Però si vede comunque chiaramente Lilly che arriva, che rimane seduta in macchina e maneggia il cellulare qualche minuto prima di entrare. La tua donna è al di sopra di ogni sospetto, Ethan, rilassati pure."

Ethan non si era nemmeno accorto di essere teso. Si costrinse ad abbassare le spalle e a respirare profondamente. "Allora pensi che sia uno degli altri?"

Simon strinse le labbra e annuì. "Sto lavorando agli alibi, voglio verificarli tutti di nuovo; ho ricevuto dall'albergo svariate ore di filmati di sicurezza. C'era sempre qualcuno del programma che andava avanti o indietro, a ogni ora del giorno e della notte, per via degli orari assurdi in cui registravano. Però è estremamente difficile verificare dove andasse chi usciva dall'albergo. Alcuni dormivano fino a tardi, altri lavoravano al mattino o durante il giorno. In conclusione, chiunque poteva trovare tutto il tempo per andare a raggiungere Morrison e ucciderlo. Non siamo in grado di escludere nessuno. Roger, Chris, Brodie, Tucker, Joey, Andre, sono ancora tutti sospettati."

"Joey è in città," disse Ethan, convinto che il capo della polizia lo sapesse già.

"Ma va là!" esclamò Simon disgustato. "Quel deficiente mi sta implorando per un'intervista. Sai quante volte gli ho già detto di no? Non la finisce. Ho sentito che sta parlando con tutti, in città. Tra l'altro, è proprio fuori luogo. Vorrei che se ne andasse. Come mai è tornato?"

"Probabilmente proprio per i motivi che hai appena detto," rispose Ethan, "sta cercando di registrare le reazioni degli abitanti a quanto è successo."

"Vuole anche sapere dov'è stato trovato Morrison," disse Simon, "vuole che uno dei miei vice lo porti nel luogo del ritrovamento per poter girare delle riprese della zona."

"Non mi sorprende," commentò Ethan, "Tucker non l'ha presa bene, quando Lilly gli ha detto che non era riuscita a fare riprese della scoperta del corpo. Probabilmente ha minacciato Joey dicendogli di andare nel luogo del ritrovamento, altrimenti licenzia anche lui."

"Quasi mi dispiace per quel bastardo," mormorò Simon, "ma non mi importa se ci va o no, tanto ormai abbiamo ripulito la zona. Qualunque traccia che potesse dare dei riscontri di prova anche lontanamente è stata mandata al laboratorio della scientifica."

"Penso che sappia in quale sentiero è stato ritrovato, ma non il punto preciso," disse Ethan alzando una spalla, "potrebbe anche andare in qualunque zona nel bosco e affermare che è quello il punto del ritrovamento. Tanto gli spettatori non potrebbero saperlo. Immagino che finirà per risolverla così. In fondo in quel programma nessuno si è fatto paladino della verità."

Simon ridacchiò per la prima volta: "Che stronzata, Bigfoot. Ma fatemi il piacere. Anche se pensassi che le storie e le leggende fossero vere, io starei dalla parte della bestia. Se gli esemplari di quella specie sono stati così bravi nel rimanere fuori dal nostro radar e non farsi catturare, tanto meglio per loro. Spero solo che le cose non cambino."

Ethan annuì. "Hai già qualche intuizione particolare su *chi* possa essere l'assassino? Te lo chiedo da uomo a uomo, perché voglio bene a Lilly e voglio tenerla al sicuro."

"Ti capisco, detto tra noi, penso che sia quello stronzo del produttore. È un tipo abbastanza viscido da fare qualunque cosa, pur di avere successo con quel programma. È innegabile che se uno dei personaggi di spicco del programma finisce ammazzato proprio durante le riprese, gli ascolti vanno alle stelle. Di sicuro girerà la frittata per far sembrare che sia stato Bigfoot a uccidere Morrison, anche se sappiamo bene tutti che non è stata una creatura mitica a strangolarlo, ma un uomo in carne e ossa. Inchioderò quel bastardo con le mie mani."

"Ottimo. Se hai bisogno di qualcosa, di me o della squadra, non hai altro che da dirlo."

"Lo apprezzo. Grazie anche per le ore che avete trascorso a cercarlo. Non lo dico a sufficienza, ma Fallport è davvero fortunata a poter contare su persone come voi. Ho già proposto al consiglio comunale di stanziare più fondi per voi, l'anno prossimo. So che ci sono altre amministrazioni che, se potessero, vi porterebbero via in quattro e quattr'otto. L'ultima cosa che voglio è che siate costretti ad andarvene per mancanza di fondi."

"Non andiamo da nessuna parte," lo rassicurò Ethan.

"Bene."

Passarono a parlare di altri argomenti, finché, dopo una decina di minuti, Ethan si alzò e strinse la mano di Simon. "Grazie per avermi aggiornato su tutto."

"Ci mancherebbe. Se Lilly sente qualcosa di rilevante dal collega, o da quel bastardo del suo ex capo, portala a parlare con me, va bene?"

"Assolutamente."

"Non mi aspetto che ci siano problemi, ma tienila d'occhio," lo avvertì Simon.

"Ne ho tutte le intenzioni. Al momento si trova all'On the Rocks. Sta diventando amica di Elsie, pranzano insieme durante la pausa tra i turni. Zeke me la tiene d'occhio. Ha detto che dopo pranzo vuole andare a giocare un po' a scacchi con Otto, Silas e Art."

"Si salvi chi può," commentò Simon alzando gli occhi al cielo.

Ethan ridacchiò. "Vedrai che la tormentano per avere informazioni in cambio degli ultimi pettegolezzi, a Lilly farà piacere, anche se non lo ammetterà. Poi torna da Whit e l'aiuta con alcune faccende da sbrigare per la casa. Si sente in colpa perché le fa pagare pochissimo per la camera, anche se poi passa quasi tutte le notti con me, quindi si è offerta di fare un po' di manutenzione domestica. Oggi penso che pulisca i ventilatori a soffitto e cambi alcune delle lampade, Whitney ha difficoltà a lavorare così in alto. Non mi entusiasma sapere che lavorerà sulla scala, ma dato che rimane qui, me la dovrò gestire."

Simon sorrise. "Te ne sei trovata una buona."

"Lo so, credimi. Comunque sia, Lilly sarà tenuta d'occhio tutto il giorno e mi assicurerò che abbia sempre qualcuno vicino, finché non beccherai quel bastardo che ha ucciso Morrison."

"Ottimo. Sto facendo di tutto per ricevere il prima possibile gli esami delle tracce che abbiamo trovato. Spero di avere presto notizie. Per l'analisi del DNA servirà un po' di tempo, ma teniamo le dita incrociate per i dati che dovremmo recuperare oggi dalla videocamera."

"Se ne hai la possibilità, mi farebbe piacere sapere cosa ci avete trovato."

"Certo che ti faccio sapere."

"Grazie. A dopo." Ethan salutò il capo della polizia con un cenno del mento e si diresse verso la porta. Niente di ciò che aveva sentito lo aveva sorpreso più di tanto.

Ethan tirò fuori il telefono e recuperò il numero di Lilly; aveva bisogno di sentire la sua voce, dopo aver discusso del fatto che qualcuno che la conosceva potesse essere il killer. Lilly rispose al primo squillo.

"Ciao!" gli disse con gioia.

Ethan si rilassò immediatamente; la gioia nella voce di Lilly lo rassicurò che stava bene. "Ciao," le disse.

"Com'è andato l'incontro con il capo della polizia?"

"Non male. Ti dico tutto più tardi. Come sta Elsie?"

"Impegnata," disse Lilly con una risata, "ma è chiaro che qui tutti le vogliono bene. Non sono passati nemmeno tre secondi da quando ci siamo sedute e già c'era qualcuno che voleva salutarla... o che ci rimaneva male perché era in pausa e non poteva andare al tavolo."

Ethan ridacchiò: "Eh sì, è uno dei migliori acquisti di Zeke. Comunque, ti chiamo solo per sentirci, per sapere che va tutto bene."

"C'è qualche motivo per cui non dovrebbe andare tutto bene?" gli chiese lei.

"No, in realtà no. Sono solo preoccupato per te, dato che chi ha ucciso Trent è ancora in circolazione."

"Sono al sicuro, garantito."

"Rimanici, va bene?"

Lilly fece una risata. "Va bene. C'è qualcosa che vuoi chiedere ad Art o agli altri?" gli domandò.

"Ehm... no?"

Ethan non si stancava mai di sentirla ridere. "Va bene.

Stasera quando vieni a prendermi ti aggiorno su tutti gli ultimi pettegolezzi di Fallport. A proposito... verresti con me a comprare una macchina? Non una che costa troppo, ma mi serve una macchina *qualunque* per andare in giro, così non devi sempre portarmi tu dappertutto."

"A me non dispiace," le rispose Ethan.

"Lo so e ti ringrazio, ma preferirei comunque essere motorizzata."

"Sono felice di accompagnarti."

"Grazie. Oh, stamattina ho parlato con mio papà... penso che si stia organizzando per venire qui."

"Ah sì?"

"Eh sì. Spero che la cosa non ti spaventi."

"Niente affatto. Ti ho già detto una volta che mi farebbe piacere incontrarlo. Non ho cambiato idea."

"Penso che voglia controllare se sei fantastico come gli ho detto io. Sarà un po' peso, ma è mio padre, quindi lo capisco."

"Lo capisco anch'io. Quindi va bene, Lil."

"Va bene, ma se anche i miei fratelli dicono di voler venire, mi impunto. Non voglio ancora darti in pasto ai miei fratelli."

Ethan ridacchiò. "Sei sicura che Whitney non abbia problemi a venirti a prendere, più tardi?"

"Sì, sta facendo un elenco delle faccende che non è in grado di sbrigare da sola in casa... anche se non è proprio entusiasta. Le ho detto di non trascurare nulla, altrimenti... non so davvero cos'avrei fatto, ma per fortuna la mia minaccia ha funzionato," disse Lilly contenta, "mi sta già facendo un favore enorme, mi fa pagare pochi spiccioli per la camera. Ha detto anche che è contenta di accompagnarmi dove voglio e di venirmi a prendere. Motivo in più per comprarmi una macchina."

"Mi sembra giusto. Sto andando alla casa. Però se succede qualcosa e ti serve un passaggio, fammi un fischio. Posso fare una pausa per venire a prenderti."

"Va bene."

"Ora ti libero, così puoi goderti il resto del pranzo con Elsie. Salutala da parte mia."

"Lo farò."

"Ti amo, Lil."

"Ti amo anch'io. A più tardi."

"Ciao."

"Ciao."

Ethan chiuse la chiamata, soddisfatto di sentire che Lilly aveva tutto il pomeriggio organizzato. Nonostante tutto, strinse le labbra e sperò con tutto se stesso che Simon riuscisse a capire il prima possibile chi aveva ucciso Trent. Voleva la certezza che Lilly fosse al sicuro. Anche per questo bisognava catturare il colpevole. Al più presto.

CAPITOLO VENTI

"Sono felicissima di aver passato un po' di tempo insieme a te," disse Lilly a Elsie.

"Anch'io. Mi piace molto vivere qui, ma non ci sono tante altre donne della mia età con cui fare conoscenza," abbassò lo sguardo, "o che si sentano di diventare mie amiche, sai, per via della mia situazione."

Lilly alzò un braccio per prendere la mano di Elsie. "La tua situazione? Quale? Che sei una mamma single, che ti fai in quattro per lavorare, che ti impegni al massimo per tuo figlio?" le chiese.

Elsie fece spallucce, un po' imbarazzata. "Vivo in un motel, faccio la cameriera, in città mi considerano ancora una nuova arrivata."

"Hai un tetto sulla testa e lavori molto duramente. Non c'è nulla di male, Elsie."

Lei alzò di nuovo le spalle: "Voglio il meglio per Tony."

"Per come la vedo io, Tony è felice, intelligente, ben educato. Non so che altro potresti volere, per lui."

"Grazie," le disse Elsie.

Lilly annuì e strinse la mano della nuova amica.

"Apprezzo che tu ti prenda del tempo per mostrargli delle

cose di cui io non so nulla. Ha davvero bisogno di una figura maschile nella sua vita, ma io non sono pronta a frequentare qualcuno."

Lilly non si sentì affatto offesa. Poteva insegnare a Tony un sacco di faccende, come cambiare una ruota o fare della manutenzione semplice in casa, ma non poteva certo sostituire un modello maschile positivo.

Lilly allungò lo sguardo verso il bancone del locale e vide Zeke di nuovo intento a fissare verso di loro. Sapeva bene che non stava fissando *lei*. Si era accorta alla svelta che Zeke teneva *sempre* un occhio su Elsie. "Sai," le disse con la massima naturalezza, "Zeke è un brav'uomo, sono sicura che non gli dispiacerebbe passare un po' di tempo con Tony."

Elsie arrossì e scosse la testa. "Oh, no, non potrei mai chiederglielo. È già fin troppo generoso con gli orari dei miei turni."

"A me sembra che non gli dispiaccia minimamente," disse Lilly.

Elsie lanciò un'occhiata verso il bancone, le sue guance divennero ancor più rosse quando si accorse che Zeke guardava verso di lei.

"Grazie per essere venuta a pranzare con me," le disse, cercando disperatamente di cambiare argomento.

Lilly ridacchiò. "Va bene, lascio stare. Però sappi che ho passato molto tempo con lui e con i suoi amici nell'ultimo mesetto e te lo dico con tutta franchezza, sono davvero fantastici. Sono persone a posto, divertenti, dei veri gentiluomini."

"Aggiungerei anche belli tosti," disse Elsie con un po' di sarcasmo.

"Sì, anche belli tosti," confermò Lilly, "ma sai quante ne hanno viste, nel lavoro che facevano prima, quindi c'è da aspettarselo."

"Zeke era nei Berretti Verdi," disse Elsie con una voce che lasciava trasparire meraviglia.

Lilly lo sapeva già, ne aveva parlato con Ethan, ma le rispose comunque dicendo: "Davvero?"

"Eh sì. Non parla mai del servizio nell'esercito, ma una volta l'ho sentito parlare con Tal. Si stavano raccontando delle storie." Elsie tremò. "Ha visto delle scene davvero orribili."

"Anche Ethan. A volte gli vengono ancora dei brutti sogni." Le due donne si fissarono negli occhi per un attimo, poi Lilly aggiunse: "Stavo pensando che passare del tempo con Tony potrebbe far bene anche a Zeke. Lo aiuterebbe a dimenticare alcune delle brutte esperienze che ha visto in prima persona."

Era chiaro che Elsie ci stava pensando. Lilly capì di aver fatto abbastanza pressione, almeno per il momento, così si alzò, subito seguita da Elsie, che l'abbracciò. "Oggi non ti affaticare troppo," disse Lilly.

"Va bene. Sono davvero felice che tu rimanga," le disse Elsie.

"Anch'io. Potrei anche chiedere lavoro a Zeke, se non trovo presto qualcos'altro da fare," disse Lilly scherzando.

"Sarebbe bello, ma immagino che non ti piacerebbe molto. Le foto che hai scattato a Tony sono meravigliose. Dovresti provare in quel campo."

Lilly annuì. Anche lei aveva pensato di lavorare come fotografa. Whitney gliene aveva parlato qualche tempo prima, più ci pensava e più l'idea le piaceva. Le era piaciuto molto trovarsi nel bel mezzo del divertimento, alla festa di compleanno di Tony; poi, a Fallport non c'era un fotografo professionista, nessuno che facesse filmati. Magari non avrebbe fatto una fortuna, ma le sarebbe piaciuto molto, moltissimo di più rispetto al lavoro che aveva fatto negli ultimi tempi, di sicuro. "Ci sto pensando."

"Saluta Otto e gli altri da parte mia," le disse Elsie accompagnandola alla porta.

"Va bene, ci vediamo!" Lilly abbracciò Elsie un'altra volta, poi uscì dal locale, trovando una bella giornata di primavera.

Camminò intorno alla piazza, verso l'ufficio postale, godendosi il bel tempo e salutando tutti quelli che incontrava per la via. Sentirsi accettata così presto dagli abitanti di Fallport la faceva sentire bene... specialmente dato che il lavoro che l'aveva portata in quel paesino non era molto apprezzato.

Alcuni degli abitanti, come Harry Grogan, cavalcavano pienamente l'onda del programma. Grogan si era dato da fare per recuperare ogni sorta di merce legata all'immagine del programma, pronto ad accogliere le frotte di turisti che si aspettava visitassero Fallport, dopo la messa in onda dell'episodio su Bigfoot. Lilly gli augurava di fare un sacco di soldi, ma l'opinione generale più diffusa riteneva il programma una rottura di scatole e l'afflusso di gente in cerca di Bigfoot solo un affollamento da temere.

Lilly fece un cenno di saluto a Davis, che stava seduto sul prato in mezzo alla piazza e rispose felice al saluto con un cenno. Ruth e Clara erano dal parrucchiere, al Taglio Perfetto, come sempre. Non le fecero un cenno con la mano, ma le sorrisero quando la videro camminare fuori dalla vetrina. Lilly la prese come una vittoria. Prese un percorso che la tenne lontana dal circolo del biliardo, come le aveva chiesto Ethan, avvertendola; ne fu contenta, perché fuori dalla porta del circolo c'erano alcuni uomini dall'aspetto burbero.

Lilly sorrise appena sentì Silas, Otto e Art che discutevano di qualcosa, seduti ai soliti posti, fuori dall'ufficio postale.

"Salve," disse loro avvicinandosi.

"Era ora che arrivassi," brontolò Art.

Lilly non se la prese. Art aveva sempre un motivo per essere imbronciato. Si abbassò e lo baciò sulla guancia. Lui si lamentò anche di quello, ma era palese che non gli dispiacesse.

Lilly salutò Otto allo stesso modo, ma quando fece per

baciare sulla guancia Silas, lui girò la testa all'ultimo secondo e lei finì per dargli un bacio a stampo sulle labbra.

Silas fece un gran sorriso sornione e si mise una mano sul cuore. "Avete visto, ragazzi? Mi ha baciato!"

Lilly non poté far altro che ridere, a quella spiritosaggine. Fosse stato chiunque altro, si sarebbe arrabbiata, ma non poteva prendersela con un uomo di quasi settantaquattro anni, pressoché calvo, che trascorreva le giornate a sparlare degli altri, passando il tempo con i suoi compari.

"Che maleducato," lo riprese Otto.

"Non è bello," disse Art.

Silas si fece serio e si girò verso Lilly. "Non l'ho fatto con malizia."

"Lo so, non c'è problema," rispose Lilly, "ma se passa Ethan e ti sfida a duello, non venire a frignare da me."

Risero tutti. Silas alzò un braccio e le strinse la mano. "Non lo faccio più."

Lei gli sorrise. "Allora... oggi chi mi insegna a giocare?" domandò. Sapeva bene di alimentare un focolaio di discussioni, chiedendo lezioni di scacchi a quei tre, ma almeno sarebbe stato divertente.

Dopo una mezz'ora di istruzioni, Lilly si sentiva persa proprio come all'inizio. Appena Art le diceva qualcosa, Otto o Silas lo contraddicevano. Poi i tre amici litigavano sulle regole del gioco. Era esilarante... e Lilly se la spassava alla grande.

Tra i tentativi di spiegarle le regole per muovere e come riuscire a vincere, i tre amici le raccontarono anche gli ultimi pettegolezzi. Tutto ciò che si dicevano era alquanto innocuo, Lilly si sorprese, accorgendosi di conoscere davvero alcune delle persone di cui si parlava.

Quando al centro della conversazione arrivò Davis, il solo e unico senzatetto di Fallport, Lilly domandò tranquilla: "C'è qualcosa che possiamo fare per aiutarlo?"

"Non vuole farsi aiutare," rispose Silas.

"Vorrei che accettasse aiuto," commentò Lilly sospirando.

"Anch'io. Dice di avere la testa troppo incasinata per vivere in una casa. Parla di claustrofobia. Tutti i negozianti gli lasciano sempre qualcosa da mangiare, così non soffre la fame, alla centrale di polizia c'è un casottino annesso che gli lasciano usare, quando fuori c'è brutto tempo."

Lilly sapeva già del cibo lasciato per Davis, ne aveva parlato con Ethan, ma non sapeva del casottino. "Come fa d'inverno, quando fa freddo?" chiese preoccupata.

"Il proprietario del Vecchio Garage lo ospita nell'autorimessa," intervenne Otto.

"Ah beh, meglio così," disse Lilly, ancora preoccupata per il veterano, ma contenta che gli abitanti di Fallport facessero il possibile per occuparsi di lui.

"Ho sentito che ieri l'altro tipo delle riprese gli stava parlando. Gli ha offerto dei soldi per parlare di Bigfoot, voleva fargli dire di averlo visto in città," spiegò Otto.

Lilly si voltò per guardarlo. "Davvero? Joey gli ha offerto dei soldi perché gli dicesse qualcosa?"

Otto fece spallucce. "Così ho sentito."

"L'ho sentito anch'io," aggiunse Silas, "passa il tempo vicino alle scuole, cerca di parlare con i ragazzi che escono dopo le lezioni. Il tipo con la telecamera, non Davis."

Lilly non ci vide più dalla rabbia. Un conto era che Tucker facesse lo stronzo, era ovvio che Joey stesse facendo solo ciò che il produttore gli aveva ordinato, ma era davvero troppo. Le riprese per mettere insieme l'episodio erano più che abbastanza; Joey stava solo creando nervosismo.

"Cari signori, perdonatemi, ho dimenticato che dovevo fare qualcosa," disse Lilly per scusarsi, mentre si alzava.

"Va bene, signorina," le disse Art. Lilly sospettò che non gli dispiacesse tornare al suo solito tran-tran.

"Va tutto bene?" le chiese Otto.

"Sì, tutto a posto," rispose Lilly, facendo del suo meglio

per non far capire quanto era incazzata. "Grazie per la lezione di scacchi, verrò presto a giocare. Va bene?"

"Ma certo," le disse Silas, tornando a concentrarsi sulla scacchiera. "Otto, tocca a te."

Lilly salutò i tre amici con un cenno della mano, poi si avviò a passi svelti per la strada, recuperò il numero di Joey dalla memoria del cellulare appena svoltato l'angolo, appoggiando la schiena al muro in laterizio e accertandosi di non essere vista dagli occhi indiscreti dei clienti e dei proprietari dei negozi in piazza.

"Pronto?"

"Joey, sono Lilly. Dobbiamo parlare." Lilly non ci girò attorno, non cercò nemmeno di nascondere la propria irritazione.

"C'è qualcosa che non va?"

"La devi smettere di rompere le scatole alla gente, chiedendo informazioni su Trent e su Bigfoot. Tucker ha già abbastanza riprese per quello stupido episodio. Ti ho dato la mia telecamera l'altro ieri. Come mai sei ancora qui?"

"Tucker vuole più registrazioni," le disse Joey, quasi come scusandosi.

"Beh, avvicinare i ragazzini delle scuole superiori e il povero Davis non è una bella cosa. Quale sarebbe la prossima mossa, avvicinare un bimbo delle elementari per farsi raccontare di quella volta che Piedone gli ha mangiato il cagnolino?"

"Non è così," protestò Joey.

Ma il tono di voce di Joey la fece innervosire ancor di più. "Allora com'è, Joey?"

"Tu lo conosci Tucker, è ossessionato."

"*Certo* che lo conosco," disse Lilly, ormai sfogando parte della rabbia, dato che Joey aveva confermato ciò che lei sospettava... era tutta iniziativa di Tucker.

"Non dovrei fermarmi ancora a lungo. Mi dispiace se ho disturbato qualcuno, ma non so a chi dovrei rivolgermi e a chi no. Vuoi che ci troviamo, così mi puoi dare qualche indicazione? Tu conosci Fallport e la gente che ci abita molto meglio di me."

Lilly sospirò. Non voleva più farsi coinvolgere nella produzione del programma, ma se poteva evitare che qualcuno fosse disturbato, aiutando Joey a fare ciò che doveva per consentirgli di andarsene prima, perché no? "Va bene."

"Grazie mille!" le disse Joey, "adesso?"

"Cosa?"

"Vuoi che ci troviamo anche adesso? Mi piacerebbe concludere. Tucker sta già parlando della seconda stagione del programma, voglio partecipare agli incontri di preparazione. Quindi prima finisco le registrazioni che mi ha chiesto e prima posso tornare in California e assicurarmi di essere incluso nel gruppo dell'anno prossimo."

Lilly controllò l'orologio al polso. Aveva circa un'ora, prima che Whitney venisse a prenderla. "Va bene," gli disse, "ma non ho tutto il pomeriggio, ho da fare."

"Davvero?"

Al tono incredulo di Joey, Lilly rizzò la schiena. "Sì, Joey, ho una vita privata, non ho solo il lavoro."

"Scusa, non intendevo in quel senso. Sono solo sorpreso. Mi sembra che tu abbia deciso di fermarti da queste parti. Comunque, non penso che ci servirà tanto tempo. Dove ti trovi? Passo a prenderti? Hai preso un'altra macchina a noleggio?"

"No, niente auto a noleggio, ma sì, passa pure a prendermi. Che ne dici di trovarci al parco attrezzato per i cani, lo trovi dietro gli edifici di Main Street?"

"Per me va bene. So dove si trova. Dietro il fornaio e la caffetteria. Grazie mille, Lilly, dico sul serio. Arrivo subito."

"A tra poco," gli disse Lilly.

"Ciao."

Lilly chiuse la conversazione e scosse la testa. Non voleva passare il tempo con Joey. Prima di tutto, non voleva assolutamente avere più nulla a che vedere con tutta quella bufala delle indagini paranormali. In secondo luogo... vederlo le dava un po' fastidio. Fino a prima di quell'ultimo impiego, lei si era sempre impegnata al massimo mettendo tutta se stessa nella carriera. Magari così poteva chiudere il cerchio, in un certo senso. Poteva gettarsi alle spalle una volta per tutte la sua vita di operatrice di ripresa. Nel frattempo, poteva anche cercare di onorare la memoria di Trent. Anche se non era mai stata una sua grande amica, odiava che la sua morte fosse sfruttata come esca per attirare spettatori.

Forse, se fosse riuscita a convincere Joey di registrare ciò che la gente ricordava di *Trent*, anche lei si sarebbe sentita meglio. Non doveva essere troppo difficile. Trent non era di Fallport, ma era bravo a farsi voler bene anche dagli estranei. In paese c'erano *alcune* persone che avevano interagito con lui, magari potevano fare dei commenti positivi su di lui, mentre venivano ripresi. Lilly avrebbe incoraggiato Joey a parlare con lo staff dell'albergo e degli altri hotel della zona.

Soddisfatta del piano imbastito, Lilly si diresse verso il parco canino. Non era affatto lontano, ma era comunque una bella camminata e Lilly non vedeva l'ora di comprarsi una macchina. Odiava andare in giro a guardare macchine, ma con l'aiuto di Ethan magari non sarebbe stato così brutto.

Pensando a Ethan, si accorse che magari avrebbe dovuto dirgli del cambio di programma. Cliccò sul nome di Ethan sul cellulare e aspettò che le rispondesse, ma il telefono squillò a vuoto e la chiamata passò in segreteria. Lilly gli lasciò un breve messaggio sull'incontro con Joey, promettendogli di richiamarlo appena terminato. Poi si ficcò di nuovo il telefono in tasca e aspettò.

Joey accostò dopo pochi minuti, guidava una monovolume nera senza i contrassegni della produzione, l'aveva presa a noleggio. Lilly entrò sul sedile del passeggero e sorrise all'ex collega: "Ciao."

"Grazie ancora per l'aiuto, Lilly, lo apprezzo," le disse Joey con un sorriso enorme.

"Ma certo."

Joey ripartì e svoltò verso destra, poi ancora a destra, tornando su Main Street in direzione ovest, allontanandosi dal centro del paese.

"Dove stiamo andando?" gli chiese Lilly.

"Pensavo di trovare un posto tranquillo, immagino dalla tua reazione di non essere molto popolare a Fallport, in questo momento. Quando abbiamo finito di parlare posso accompagnarti dove vuoi."

Lilly si sentì percorsa da un'ondata di disagio. "Va bene. C'è una zona di sosta qui vicino, possiamo fermarci vicino alla strada principale."

Quando però la macchina raggiunse il punto a cui Lilly faceva riferimento, Joey non rallentò.

"Joey? L'abbiamo superato."

"Lo so." A quel punto, la voce di Joey era del tutto inespressiva.

Il disagio che Lilly aveva provato un attimo prima si trasformò in una sensazione molto più forte. "Accosta," gli ordinò, "fermati subito."

"No."

"Joey, non sto scherzando, non sono d'accordo di allontanarmi da Fallport." Joey si stava allontanando dal centro abitato. Anzi, si stava dirigendo proprio verso la zona delle montagne in cui erano state fatte molte delle riprese.

Joey non le rispose, si limitò a fissare la strada e guidare.

Lilly a quel punto era sinceramente spaventata, non sapeva cosa stesse succedendo, ma sapeva che non era nulla di buono. Ripensò alla conversazione avuta con Ethan sul killer di Trent, che poteva essere uno qualunque dei collaboratori del programma. Quando ne avevano parlato, lei non ne era del tutto convinta... ma ormai quell'idea non le usciva più dalla mente.

Tirò fuori di tasca il telefono con un gesto rapido, ma

prima che potesse cliccare sul nome di Ethan, il telefono le fu tolto di mano con uno schiaffo.

Lilly si voltò verso Joey, non gli aveva mai visto in volto lo sguardo di quel momento. Non era più il gentile operatore di riprese che lei aveva conosciuto negli ultimi mesi.

Sembrava totalmente furioso.

"Non pensarci proprio," le disse sogghignando.

Lilly aprì la bocca per dire qualcosa... che cosa, non lo sapeva nemmeno lei. L'istinto le disse che doveva far calmare quell'uomo, per evitare che facesse una follia.

Però non ne ebbe modo: Joey sferrò un pugno verso di lei, colpendola proprio in faccia. Molto forte.

La testa di Lilly sbatté di lato colpendo il finestrino vicino, la macchina sbandò leggermente per il movimento di Joey.

Lilly vide le stelle, mentre la vista minacciava di oscurarsi. Cercò di resistere. Era impossibile prevedere cosa potesse fare Joey, se lei avesse perso i sensi.

Prima che Lilly potesse tornare minimamente lucida, lui la colpì un'altra volta.

Quando la testa di Lilly urtò di nuovo il finestrino, lei perse subito i sensi.

CAPITOLO VENTUNO

ETHAN SI ASCIUGÒ il sudore sulla fronte. Aveva appena passato venti minuti con Rocky, cercando di sistemare una trave di sostegno enorme nella casa in cui lavoravano. La trave non era stata installata correttamente, era un miracolo che la struttura non fosse già crollata. Ethan aveva sentito il telefono squillare qualche volta, ma non era ancora riuscito a rispondere.

Quando tirò fuori di tasca il cellulare, vide che lo avevano chiamato sia Lilly che Simon. Nessuno dei due gli aveva lasciato un messaggio in segreteria, così Ethan cliccò prima sul nome di Simon, sperando di ricevere notizie sul caso. Il capo della polizia gli rispose al primo squillo.

"Che c'è?" gli chiese Ethan.

"La scientifica ci ha mandato il video recuperato dalla videocamera di Morrison," disse Simon senza girarci tanto attorno. "Si vede soprattutto lui che va in giro nel bosco vicino alla tenda. Poi il video è tagliato e dopo un po' lo si rivede nella zona della foresta dove è stato ritrovato dai turisti. Sta camminando, sembra che parli da solo delle tracce di Bigfoot, dice che si sta avvicinando, quando all'improvviso urla e cade. Come sai, è caduto sopra la videocamera quindi non c'è più video... però la registrazione audio funziona."

"Che si sente?" chiese Ethan approfittando di una pausa di Simon.

"Lui che muore. Il suono è molto attutito, probabilmente perché Trent è caduto sopra al microfono, ma lo si sente chiaramente chiedere perché e pregare qualcuno di fermarsi. Poi si sente lottare e lui che viene strozzato."

"E poi?" chiese ancora Ethan, con impazienza. Sapeva che Simon non avrebbe chiamato se non avesse avuto qualche novità importante.

"Il killer non appare nelle registrazioni, ovviamente, ma lo si sente dire 'Grazie per gli Emmy' prima di andare via. Posso solo immaginare che avesse fretta di andarsene e che si sia dimenticato dell' apparecchio di Trent, ma anche se la videocamera era coperta dal cadavere, la voce è chiara. Morrison aveva alzato il volume del microfono al massimo della sensibilità, probabilmente per essere sicuro di catturare ogni minimo rumore, per dire che era Bigfoot che camminava tra gli alberi, qualche cavolata del genere."

"Chi è stato?" chiese Ethan.

"Non ti piacerà," lo avvertì Simon.

"*Chi?*"

"Joey Richards. Ho inviato dei campioni vocali dei collaboratori del programma alla scientifica, li ho presi dagli interrogatori, la sua voce corrisponde con un novantacinque per cento di sicurezza."

"Cazzo," imprecò Ethan, "devo chiamare Lilly."

"Infatti, per questo ti ho chiamato. Ho mandato degli uomini a rintracciare Richards, finora non hanno avuto fortuna."

"Grazie per l'avviso, Lilly si è incontrata con lui un paio di giorni fa per consegnargli la telecamera e il resto della roba. C'ero anch'io. Non ho avuto la minima sensazione che ci fosse qualcosa di strano."

"Stiamo ancora indagando su di lui, ma sembra che conoscesse Morrison da tantissimo tempo. Hanno avuto insieme l'idea per il programma. Lo sapevi che Richards ha cominciato a lavorare a Hollywood stando davanti alla telecamera?"

"No."

"È così. Ha recitato in alcune soap opera, anche alcune parti secondarie in un paio di film. Però non gli è arrivato più niente di importante e si è ridotto a fare l'operatore di riprese. Le parti che ha interpretato risalgono ai tempi del college, prima che decidesse di voler diventare una star. Immagino che la gelosia per l'eventuale successo del programma lo abbia sopraffatto. Morrison era uno dei presentatori di punta, se c'era uno destinato alla fama, era proprio lui. Forse per questo Richards si è incazzato con lui."

Ethan ormai ascoltava solo per metà. Doveva parlare con Lilly. Subito. Doveva dirle di non avvicinarsi per nessun motivo a Joey, di fare attenzione finché lui non fosse stato catturato. "Devo andare."

"Va bene."

"Tienimi aggiornato."

"Certo."

Ethan chiuse la conversazione e cliccò subito sul nome di Lilly sullo schermo.

"Che succede?" gli chiese Rocky.

"È stato Joey," gli rispose in breve.

"Merda," commentò Rocky.

La tensione di Ethan salì a mille, quando il telefono di Lilly passò subito alla segreteria telefonica. Lilly teneva il telefono sempre acceso. Sempre. Le lasciò un breve messaggio, dicendole di richiamarlo appena possibile, poi cliccò sul contatto di Zeke.

"Ehi, che butta?" gli disse Zeke rispondendo.

"Lilly è da te?"

"No, perché?" Tutta la leggerezza sparì subito dalla voce di Zeke.

"Simon crede che il killer di Trent sia Joey. Non riesco a raggiungere Lilly," gli disse Ethan.

"È stata qui, sul presto, ha pranzato con Elsie. È uscito poco dopo l'una e mezza. Aspetta..."

Ethan sentì l'amico che camminava e la campanella sull'uscio del locale che tintinnava, quando Zeke aprì la porta.

"Elsie dice che Lilly andava a passare un po' di tempo con i signori all'ufficio postale, ma non la vedo laggiù. Vuoi che vada a chiedere se l'hanno vista?"

"Sì."

Ethan sentì Zeke che attraversava di corsa la piazza. Nel giro di una trentina di secondi, lo sentì parlare con i tre signori.

"Signori, oggi avete visto Lilly?" chiese Zeke.

"È stata qui, sul presto," gli rispose Otto.

"Quando è andata via? Perché?" chiese Zeke.

"Sarà circa mezz'ora fa," rispose Art.

"Ha detto che aveva da fare," aggiunse Silas.

"Cosa?" domandò Zeke.

"Non l'ha detto," rispose Silas.

"Pensateci. È davvero importante," disse Zeke con tono deciso. "Ha ricevuto una telefonata, qualcos'altro?"

Ci fu un momento di silenzio, Ethan trattenne il fiato.

"No, nessuna telefonata," disse Otto, "ma stavamo parlando di Davis e lei si è davvero preoccupata. Io le ho detto che quando fa freddo Davis rimane al Vecchio Garage."

"Esatto, poi abbiamo cominciato a parlare del tipo della TV, quello che faceva domande a Davis," intervenne Silas, "io le ho detto che quel tipo era andato anche fuori dalle scuole per parlare ai ragazzini."

"A quel punto si è ricordata che aveva qualcosa da fare," disse Art, "succede spesso anche a me. Proprio mentre sto facendo qualcos'altro, anche mentre mi lavo i denti, all'improvviso mi ricordo che dovevo rimettere il cartone del latte in frigo."

"Capito. Grazie, signori," disse Zeke, "hai sentito, Ethan?"

"Sì, ho sentito. Non mi piace affatto."

"Neanche a me." Passò qualche secondo, poi Zeke proseguì: "Non la vedo da nessuna parte."

Proprio allora, Ethan sentì il telefono che gli vibrava in mano. Lo staccò dall'orecchio abbastanza per vedere la notifica di un messaggio vocale in segreteria.

"Aspetta, Zeke, mi è arrivato un messaggio."

"Richiamami," gli disse Zeke con decisione.

"Ti richiamo." Ethan chiuse la conversazione e cliccò subito sull'icona dei messaggi. Controllando l'orologio al polso si accorse che gli era stato inviato quasi quaranta minuti prima. Strinse i denti indispettito. *Odiava* il servizio di telefonia mobile in periferia, andava a intermittenza.

Sentì la voce di Lilly e fu pervaso da un'ondata di sollievo... finché il messaggio non arrivò in fondo. Lilly stava andando a incontrare Joey, proprio l'unica persona al mondo che avrebbe dovuto evitare.

"Cazzo!" imprecò e richiamò subito Zeke.

Quando l'amico rispose, Ethan non si dilungò e gli disse: "L'ha presa."

"Non lo sappiamo ancora."

"Invece sì. Il messaggio che mi è arrivato era di *Lilly*, mi dice che sta andando a incontrare Joey e che mi richiama quando ha finito. Quel maledetto messaggio mi è stato recapitato solo adesso. Dove saranno andati?"

Ethan stava già raggiungendo la macchina, con il fratello al fianco. Il gemello non sapeva esattamente cosa stesse succedendo, ma seguiva e sosteneva Ethan a prescindere.

"All'albergo? Oppure verso Roanoke?" suggerì Zeke.

Ethan si voltò verso Rocky appena entrati in macchina. Collegò il telefono al sistema Bluetooth per poter parlare tutti e tre insieme. "Dove andrebbe Joey, se volesse far del male a Lilly?"

Rocky ci pensò per un momento. "Le montagne."

Ethan sentì una fitta allo stomaco. Era esattamente quello che pensava anche lui. "Sì, ma dove?"

"Pensi che sia tanto stupido da portarla nel posto dove ha ucciso Trent?" chiese Rocky.

"Forse," rispose Zeke, "se vuole dare l'idea che a uccidere Trent e Lilly sia stata la stessa persona... potrebbe portarla nella stessa zona."

Ethan strinse i denti e avviò la macchina, fece una rapida retromarcia per uscire dal vialetto della vecchia casa. Per un secondo, gli sembrò di vivere nell'incubo. Vide davanti a sé la bimba che urlava come una forsennata, sapendo che stava per succedere qualcosa di brutto.

Appena quell'immagine si creò nella sua mente, lui la spinse via.

No. Avrebbero trovato Lilly in tempo. Dovevano.

Però, se si fossero sbagliati nell'intuire il luogo in cui Joey l'aveva portata, ne andava della vita di Lilly.

"Stiamo arrivando," disse Rocky a Zeke.

"Chiamo anche gli altri. Anche Simon. Ci vediamo là. Non aspettateci," disse Zeke.

"Dieci-quattro," disse Rocky, che poi allungò una mano per chiudere la telefonata.

Proseguirono senza parlare. Non c'era molto da dire, erano entrambi persi nei propri pensieri. Ethan pensava a Lilly, al suo sorriso dolce. Alla sua risata, alla sensazione che provava nell'abbracciarla. Non poteva perderla, l'aveva appena trovata. Era impensabile.

La determinazione gli crebbe dentro. Lilly non sarebbe morta quel giorno. Impossibile. Lui avrebbe fatto di tutto per assicurarsene.

———

Lilly si riprese lentamente, non capacitandosi di dove fosse o del perché la testa le facesse tanto male. Alzò in alto una mano... e qualcosa intorno al collo si strinse al punto da impedirle di respirare.

"Non toccare la corda," disse una voce sopra di lei, mentre la pressione intorno al collo diminuiva.

Aprendo gli occhi, Lilly vide la faccia di Joey, era seduto a cavalcioni su di lei, all'altezza dei fianchi, la guardava con una smorfia e teneva tra le mani una corda.

"Joey? Cosa succede?"

Lui si alzò in piedi e invece di rispondere alla domanda le ordinò: "Alzati."

Lei non si mosse abbastanza alla svelta, così lui tirò la corda.

Solo allora Lilly si accorse che la corda tra le mani di Joey era collegata al cappio che le stringeva il collo.

No. Un cappio no. Un maledetto cappio.

Si accorse di essere nella merda fino al collo.

Non avendo scelta, Lilly si mise in ginocchio e poi si alzò in piedi. Oscillava un poco, ma mentre fissava Joey la memoria cominciò a tornarle.

La conversazione coi signori del gossip, la telefonata con Joey, che le aveva chiesto aiuto, lei aveva accettato, se non altro per farlo andar via al più presto da Fallport. Poi lui l'aveva colpita in faccia.

Come per riflesso, si mise una mano in tasca, ma non ci trovò nulla.

Joey se ne accorse. Certo che se ne accorse. "Se stai cercando il tuo telefono, si trova sul ciglio della strada, sfracellato in mille pezzi. Non avrai pensato davvero che ti dessi l'opportunità di telefonare a qualcuno, vero? Oppure pensavi che qualcuno potesse seguirne il segnale? Tanto il cellulare in questa zona non prende. Adesso comincia a camminare."

Joey strattonò di nuovo la corda, facendola annaspare, mentre il cappio si strinse di nuovo intorno al collo. Lilly non riuscì a trattenersi e fece per prenderlo, con l'intento di allentare il nodo di corda ruvida che le stringeva la gola. Però Joey tirò il capo della corda che teneva in mano con tanta forza da costringerla di nuovo con le ginocchia a terra.

"Ho detto di *non toccarla*!" le urlò; il suono della sua voce riecheggiò tra gli alberi. Si trovavano in un parcheggio ghiaioso, sembrava l'imbocco di uno dei tanti percorsi che partivano intorno a Fallport, ma non c'erano altre macchine. Lilly era da sola. "Ogni volta che tocchi la corda, te ne pentirai. Datti una mossa e *cammina*!"

Lilly eseguì l'ordine; non sapeva dove fossero, ma sapeva per certo il motivo per cui ce l'aveva portata... Joey aveva ucciso Trent. Lei non conosceva il movente, ma in quel momento non le importava. Ormai il grande interrogativo era... perché se l'era presa *con lei*? Stava pensando di uccidere anche lei? Era una follia.

Lilly si tenne per sé ogni dubbio e cominciò a camminare nella direzione indicatale da Joey. Era un sentiero stretto, con molta vegetazione, più camminavano e più lei veniva pervasa dalla paura.

Joey le camminava dietro e non scherzava, quando le aveva detto di non toccare la corda perché altrimenti se ne sarebbe pentita: Lilly ne ebbe conferma quando alzò una mano per toccarsi la testa nel punto in cui aveva urtato il finestrino della macchina, quando lui l'aveva colpita.

Joey doveva aver pensato che lei tentasse di togliersi il cappio, perché la strattonò da dietro e lei cadde all'indietro, volando a terra col sedere; Lilly cercò di tenere quanta più aria poteva nei polmoni, perché il nodo scorsoio al collo si stringeva sempre di più.

"Ti avevo avvertita," le disse con un filo di voce, "adesso cammina più veloce, c'è ancora tanta strada."

Quelle parole non la fecero certo star meglio, ma capì che era meglio non scherzare con Joey: non avrebbe più alzato le mani, portandole verso la testa o il collo. Con un altro strattone a tutta forza, Joey poteva anche romperle l'osso del collo.

Però Lilly *poteva* fare qualcosa: poteva lasciare delle tracce abbastanza evidenti, che Ethan e gli altri sarebbero stati in grado di seguire. Li aveva visti lavorare abbastanza da capire cosa controllavano, quando cercavano una persona scomparsa. Tracce sul terreno, ramoscelli spezzati. Così cercò di trascinare i piedi più che poteva, fingendo di faticare a camminare. Mentre superava la vegetazione, fece in modo di strusciarsi contro le foglie e i rami circostanti. Voleva lasciare il proprio odore su quanti più oggetti possibili, così Duke sarebbe riuscito a seguirne il percorso.

Lilly non aveva dubbi: la squadra di ricerca e soccorso Eagle Point l'avrebbe cercata. Sì, ma quando? Ecco la domanda più importante. Per fortuna, Lilly aveva detto a Ethan con precisione dove intendeva andare e quando, poi si sentivano con una certa frequenza.

Gli aveva anche lasciato un messaggio, per fargli sapere che stava per incontrare Joey. Ethan avrebbe capito dove la stava portando?

Lei non lo sapeva, ma le sembrava improbabile riuscire a scappare, quindi doveva sperare che Ethan intuisse dove trovarla. Ne andava letteralmente della sua vita.

Mentre camminavano nella foresta tranquilla e serena, Joey cominciò a parlare.

"Scommetto che ti stai chiedendo perché faccio tutto questo, eh?" le chiese, senza lasciarle il tempo di rispondere. "Ho ucciso Trent. Se lo meritava. Lo sapevi che il programma è stata una *mia* idea? Io e Trent stavamo chiacchierando una sera, prendevamo in giro tutti i programmi sul paranormale che danno in TV. Io gli ho detto che probabilmente facevano molti soldi, anche se erano troppo concentrati su un solo fenomeno. Programmi sui fantasmi, oppure su Bigfoot, o sugli alieni. Allora abbiamo cominciato a parlare di un programma che indagasse su *tutti* i fenomeni. Abbiamo persino delineato gli episodi. Noi due dovevamo essere i presentatori, saremmo stati diversi da tutti gli altri, perché a ogni episodio avremmo davvero *trovato* qualcosa. Non solo un pugno di mosche, come gli altri, che deludono gli spettatori. Noi avremmo trasmesso *vere* apparizioni. Eventi paranormali filmati. Interviste di persone che avevano vissuto quegli eventi in prima persona.

"Quando abbiamo trovato un finanziatore, pensavo che avremmo sfondato. Poi è stato assunto *Tucker* e invece di far presentare a me e Trent, Tucker ha deciso che serviva una donna, per le pari opportunità, anche per attirare di più il pubblico femminile. Di punto in bianco mi sono visto messo da parte... e Trent non ha avuto le palle di impuntarsi, per me! Per le nostre idee. Mi hanno ridotto a operatore di ripresa. *Di nuovo.*

"All'inizio quasi non me ne importava, ero solo contento che il programma decollasse. Poi però ho capito che avrebbe avuto successo, ma Trent non ha fatto niente per riportarmi davanti alla telecamera, anzi, mi trattava di merda! Come uno qualunque. Mi ha *tradito*," concluse Joey con voce tremante dalla rabbia, ormai sembrava impazzito.

"Non avevo pensato di ucciderlo," disse poi, quasi con indifferenza, "ma lui mi ha telefonato dopo la prima notte da solo nel bosco, mi ha implorato di aiutarlo. Odiava stare da solo all'aperto, non gli veniva in mente nulla di interessante da fare, per girare delle scene. Allora l'ho raggiunto, ho fatto un po' di baccano, gli ho fatto filmare i cespugli che si muovevano e i rumori che facevo. Era entusiasta, quel maledetto." Joey sbuffò con sarcasmo. "È stata sua l'idea di venire qui. Quel vecchio gli aveva rotto le palle perché filmava nella zona dove lui tiene i suoi distillati clandestini, ecco perché Trent voleva andare più lontano, per poter filmare con la certezza di non essere interrotto."

"Ho guidato io fin qui, la seconda notte. Mentre lui camminava lungo il sentiero, in cerca di un buon punto, gli ho detto che volevo essere protagonista della puntata che si girava in Canada, che volevo essere davanti alle telecamere, come avevamo programmato fin dall'inizio. Lui si è messo a ridere. Davvero, cazzo, mi ha *riso* in faccia," disse Joey con un filo di voce. "Ha detto che non avevo la stoffa per diventare una star. Mi sono arrabbiato a morte! Ho preso un ramo e l'ho colpito più forte che potevo. L'ho beccato alla gamba, gliel'ho rotta, ho proprio sentito il rumore dell'osso. Ormai non mi importava più. È caduto, gli ho messo le mani intorno al collo prima che se ne rendesse conto. Lo sai quanto tempo serve per strangolare qualcuno?"

Lilly aveva la nausea, non riusciva a rispondere.

"Ho *detto*, lo sai quanto tempo serve per strangolare qual-cuno?" le chiese di nuovo Joey, tirando leggermente la corda.

Lilly si trattenne per non alzare una mano verso la corda e rispose sussurrando: "No."

"Dai quattro ai cinque minuti. Ah, ma lui ha perso i sensi molto prima, però è passato un bel po', sempre con le mani a strozzarlo, prima che morisse davvero."

Lilly ormai era orripilata completamente.

"Che sensazione *bella*!" esclamò Joey ridendo, mentre continuavano a camminare. "Se non posso avere successo nel programma che ho ideato *io stesso*, allora nemmeno lui può sfondare."

Lilly non riusciva a credere alle proprie orecchie.

"Ma adesso *sei tu* che stai mettendo in pericolo il program-ma," disse Joey aspramente, "e io non te lo permetterò. Tucker sa il fatto suo. Questo sarà il programma più discusso a livello nazionale. Il povero Trent è stato attaccato da Bigfoot, che l'ha ammazzato. Sono tutti dispiaciuti, stiamo programmando un intero episodio in suo onore. Ma *tu* hai mandato tutto all'aria e non hai ripreso le scene che ci servivano per il finale drammatico! Il momento in cui il corpo di Trent veniva ritro-vato. Ridotto a brandelli, azzannato da Bigfoot sulle monta-gne. Hai mandato a puttane il mio programma! Adesso però... con *due* persone che finiscono ammazzate... ne parleranno tutti. Finiremo in apertura di tutti i telegiornali, avremo spazio in tutti i talk show. Finalmente avrò il riconoscimento che mi merito, il riconoscimento che Trent voleva *rubarmi*."

Ormai Joey non era più la persona che Lilly conosceva. Era andato oltre ogni limite, completamente farneticante. Era diventato un *mostro*. Lilly doveva pensare alla svelta, se voleva sopravvivere. Doveva farsi venire in mente qualcosa.

Mentre Joey continuava a insultarla, perché non aveva trovato il modo di sapere il luogo e l'orario esatto in cui due turisti qualunque avrebbero trovato il cadavere di Trent, Lilly cercò freneticamente di pensare a come sfuggirgli. Se solo fosse riuscita a strattonare la corda per strappargliela di mano, poteva mettersi a correre nella foresta. Lei era più in forma di Joey, che però era più grosso e più forte. Ma se solo si fosse azzardata ad alzare una mano per avvicinarla alla corda, lui avrebbe tirato, magari fino a spezzarle il collo.

No, doveva aspettare e fare del suo meglio per scappare di corsa, non appena Joey avesse abbassato la guardia. Le serviva solo un'opportunità, un momento buono per svignarsela. Fino a quel momento, doveva fare la brava, obbedire e non far irritare Joey, non fargli fare qualcosa di inconsulto.

Lilly perse la sensazione del tempo e non ricordò per quanto avessero camminato, quando finalmente Joey tirò la corda per farla fermare. Lei trattenne il fiato, pronta a lottare per la vita, se lui avesse cercato di strangolarla come aveva fatto con Trent.

Lui invece si limitò a sorridere. Aveva un ghigno sinistro che fece accapponare la pelle a Lilly.

"Adesso viene il bello."

"Joey, non farlo," lo implorò, spaventata oltre l'inverosimile.

"Ma io non farò un bel niente," le disse con calma, "tu sei talmente distrutta perché la tua carriera è finita e lo spettacolo sarà una bomba anche senza di te, che non reggi lo smacco. Quindi sei venuta qui per ucciderti."

Lilly lo fissò incredula. Stava scherzando?

No, non scherzava affatto.

"Ma certo, se Tucker non mi lascia prendere il posto di Trent, anche lui si meriterà una bella lezione. Quindi magari arriverà una soffiata alla polizia, qualcuno dirà che è stato lui a ucciderti in un momento di sfogo, era arrabbiato perché gli hai quasi mandato a rotoli il programma. In un modo o nell'altro... ci sarà da divertirsi. Adesso girati."

Lei lo fissò terrorizzata. Non voleva girarsi per dargli le spalle. Quel Joey non era più l'uomo con cui lei scherzava per le stupidaggini che Tucker si inventava per il programma. Non era il tipo con cui lei aveva cenato, con cui si era lamentata per le camminate lunghe chilometri, con cui aveva sudato per ore sotto il sole del New Mexico. Ormai era un estraneo, qualcuno che lei non conosceva.

"Ho *detto* girati," ripeté Joey con voce profonda e roca, quasi un ringhio.

Non sapendo che altro fare, Lilly si girò. Tremava così tanto che non le sembrava vero di essere ancora in piedi. Sentì Joey che si muoveva dietro di lei, chiuse gli occhi e si domandò se quella morte facesse male.

In quel momento se la prese con se stessa. Avrebbe dovuto lottare, correre, attaccare Joey. Almeno fare *qualcosa*. Invece la paura l'aveva bloccata. I fratelli le avevano insegnato a lottare, ma loro non si erano mai trovati in una situazione del genere. Mandando giù il dispiacere, aspettò.

"A posto, ora si comincia," disse infine Joey con voce più leggera, quasi cordiale.

Lilly aprì gli occhi, ma non ebbe modo di voltarsi, perché il nodo cominciò a stringersi. Si sentì tirare indietro per qualche passo.

Poi si accorse con grande orrore che i piedi cominciavano a sollevarsi da terra.

Girando la testa freneticamente, vide Joey che rideva e

tirava la corda. L'aveva gettata su un grosso ramo e la stava issando di peso.

Alzò le mani senza pensarci, si aggrappò alla corda che le stringeva la gola, ma ormai il nodo era troppo stretto. Ormai l'aria non passava più in gola, Lilly non riusciva a respirare.

Per un attimo, Lilly andò nel panico. Era finita... stava per morire.

Poi l'istinto la spinse ad alzare un braccio sopra la testa per aggrapparsi alla fune. Si tirò su, togliendo il peso dal collo. Ansimò per respirare, tossì e inspirò profondamente.

Uno strano suono riecheggiò tra gli alberi. Le servì un momento per capire che era Joey che rideva come un maniaco, mentre la guardava.

"Ecco, brava. Per un po' puoi anche salvarti, ma quanto tempo resisterai a tirarti su di peso? Non per sempre, immagino. Finirai per mollare, così il nodo si stringerà e non riuscirai più a respirare. Poi ti tirerai su ancora... ma ogni volta sarai sempre più debole, finché non ce la farai più. Povera Lilly, si è uccisa perché era una fallita."

Sommersa dalla paura, Lilly capì che Joey aveva ragione. Lei era in ottima forma e non aveva le mani legate, quindi poteva tirarsi su di peso aggrappandosi alla corda, ma non era abbastanza forte da rimanere su per sempre. La corda era troppo lunga, non poteva fare leva o scalarla.

Non poteva fare altro che dondolare appesa alla fune, cercando di tenersi su il più possibile, per non strozzarsi.

Sarebbe morta... e Joey sarebbe rimasto là seduto a guardarla.

Voleva piangere, voleva urlare che non era giusto, ma nulla l'avrebbe aiutata. Lilly non voleva arrendersi. Impossibile. Più a lungo sarebbe riuscita a resistere, più probabilità aveva Ethan di trovarla.

Joey legò l'altro capo della fune intorno alla base del tronco di un altro albero, poi alzò lo sguardo con le braccia incrociate e con un sorriso inquietante in faccia.

Lilly sentiva le braccia bruciare per lo sforzo di tenersi sollevata di peso. L'unico aspetto positivo in quella situazione assurda era che nessuno sano di mente avrebbe mai creduto che avesse fatto tutto da sola. Nessuno avrebbe mai creduto che si fosse uccisa. Ethan avrebbe *capito* che non si era uccisa.

Le sembrava una sciocchezza sperare che Ethan riuscisse chissà come a capire dov'era per venirla a salvare, ma lei aveva fiducia in lui. Whitney doveva passare in città per venirla a prendere, ma non l'avrebbe trovata, quindi avrebbe telefonato a Ethan. Lui avrebbe immaginato che ci fosse qualcosa che non andava e avrebbe chiamato anche gli amici. Erano tutti tipi tosti, ex militari, potevano seguire il segnale del suo telefono per un po', tanto da capire in che direzione Joey l'aveva portata. C'era la macchina al parcheggio, l'avrebbero trovata e sarebbero venuti a cercarla lungo il sentiero.

Doveva solo resistere. Aggrapparsi a quella speranza.

Ethan l'avrebbe trovata. L'alternativa era inaccettabile.

CAPITOLO VENTIDUE

ETHAN TRATTENNE il fiato mentre la macchina entrava nel parcheggio all'imbocco del sentiero di Eagle Rock.

"Grazie a Dio," disse, intravedendo la macchina presa a noleggio da Joey.

"È qui," aggiunse Rocky soddisfatto.

Ethan tirò il freno a mano e saltò fuori di fretta. Corse verso l'altro veicolo... ma imprecò appena vide tracce di sangue sul finestrino del passeggero. Joey aveva fatto del male a Lilly. L'avrebbe pagata.

"Guarda," disse Rocky facendo un cenno verso il terreno circostante all'imbocco del sentiero. Il terriccio era segnato, c'erano tracce come di una lotta. Però non c'erano gocce di sangue o altri indizi della presenza di Joey o di Lilly.

Ethan voleva gridare, ma sapeva che era anche la cosa peggiore da fare. Lui e Rocky dovevano approfittare del silenzio per avvicinarsi a Joey indisturbati. Dovevano anche fare alla svelta. Se Lilly era ferita, forse il piano di Joey procedeva più a rilento, ma non c'era comunque tempo da perdere. Lilly poteva essere ferita di nuovo, in qualunque momento.

Senza fermarsi per preparare un piano d'azione, Ethan e Rocky cominciarono a percorrere il sentiero a passo svelto. Si erano già mossi allo stesso modo molte volte, nei SEAL della marina, ma almeno non avevano più il peso dello zaino sulle spalle e delle altre attrezzature tattiche. Erano entrambi perfettamente in grado di uccidere anche a mani nude, quindi, pur non avendo con loro delle armi, non esitarono nemmeno un secondo.

Corsero a ritmo tranquillo facendo attenzione a tutto per circa tre chilometri, poi sentirono un suono diverso dal cinguettare degli uccelli e dal fruscio del vento tra le foglie, un suono che catturò la loro attenzione. Ethan si fermò subito, non aveva nemmeno il fiatone; alzò la mano per indicare al fratello di fermarsi, ma anche Rocky aveva smesso subito di correre.

Ethan inclinò la testa, cercando di capire cosa fosse quel rumore. Poi lo sentì di nuovo.

Era una risata.

Un uomo rideva follemente da qualche parte, più avanti. Non erano lontani dal punto in cui era stato trovato il cadavere di Trent, ma mancava ancora un po' di strada. Joey si era fatto impaziente, oppure aveva in mente qualcosa di diverso per Lilly. Dal suono di quella risata, era probabilmente la seconda ipotesi.

"Calma," disse a Rocky, che cominciava a muoversi. Ethan aveva perso tanti amici e colleghi che si erano mossi prima di valutare a fondo la situazione, non aveva certo intenzione di perdere il fratello. Erano due contro uno, ma né Ethan né Rocky sapevano che assi avesse Joey nella manica.

Proseguirono in sordina, tenendosi lontani dal sentiero nella speranza di non essere visti. Rocky si allontanò, camminando più distante per cercare di accerchiare Joey. Ethan si sforzò di sentire la voce di Lilly, ma non sentiva altro che una risata continua.

Quando finalmente fu abbastanza vicino da intravedere la scena, si bloccò inorridito.

La sua Lilly era appesa a un cappio, a circa tre metri da

terra. Stava facendo di tutto per tenersi sollevata, in modo da non strozzarsi, ma chiaramente faceva fatica.

Il primo pensiero di Ethan fu di correre da lei.

Chiuse gli occhi e respirò a fondo per mantenere il controllo. Accorrendo senza un piano, rischiava di dare a Joey l'opportunità di ucciderla. In quel momento, Lilly era ancora viva. Per quando fosse odioso vederla soffrire, era meglio dell'alternativa.

Guardando più in là, oltre la piccola radura, Ethan intravide Rocky sotto a un albero, anche lui con lo sguardo inorridito. Dovevano muoversi alla svelta. Non avevano idea di come Lilly fosse finita appesa a quel ramo, ma le si vedevano bene le braccia tremanti, la si sentiva piangere e disperarsi.

I due gemelli comunicarono facendo dei segnali con le mani, poi Ethan annuì.

Fece un respiro profondo... poi uscì da dietro l'albero dove si era nascosto.

"Falla scendere!" gridò.

Come previsto, Joey si voltò di scatto verso di lui, togliendo gli occhi da Lilly.

Proprio quello che volevano. Ora Joey era totalmente concentrato su Ethan.

"Stai lontano!" gli gridò Joey, sul viso una maschera di rabbia. Si abbassò di scatto per prendere un ramo vicino ai piedi, ma prima ancora che arrivasse a toccare quell'arma improvvisata, Rocky lo raggiunse da dietro.

Joey cadde a terra con forza, sbattendo fece un tonfo forte.

L'attenzione di Ethan passò subito a Lilly. Non gli importava un fico secco di Joey, ci avrebbe pensato Rocky.

Lilly aveva le gambe a penzoloni, Ethan scattò verso di lei e gli sembrò che lo chiamasse. Capì d'istinto che la donna che lui amava più della sua stessa vita era letteralmente a pochi secondi dal lasciarsi morire, proprio davanti a lui.

"Togliti!" urlò Joey. "Mi hanno tagliato le gambe, il programma era mio! È stata tutta una *mia idea* e mi hanno sbattuto in un angolo! Un nome minuscolo nei titoli di coda! Non è giusto! Lei ha mandato tutto a puttane! Doveva esserci, quando hanno trovato Trent! Pensavo che voi foste *bravi*. Dovevate trovarlo nel giro di una settimana! I filmati sarebbero stati mitici! Adesso il finale farà schifo per colpa *sua*. *La deve pagare!*"

Ethan non aveva idea di che diavolo stesse dicendo Joey, ma non gli riservò un briciolo di attenzione. A lui importava solo di togliere Lilly da quel maledetto cappio. Nell'avvicinarsi, Ethan capì di non poterla raggiungere da sotto. Joey l'aveva tirata troppo in alto, i piedi di Lilly erano a quasi tre metri da terra. Lilly non poteva appoggiargli i piedi sulle spalle. L'unico modo per tirarla giù era slegare la corda dal tronco d'albero a cui era fissata.

"Resisti, Lil! Ti tiro giù tra un secondo."

Ethan si accorse che Lilly era vicinissima a perdere le forze per tenersi issata di peso. Proprio mentre la guardava, le mani le scivolavano sulla corda, mentre lei si agitava freneticamente per sostenersi e togliere peso al cappio.

Prima di allungare le mani un'altra volta, Lilly fece un verso strozzato.

Cazzo. Doveva tirarla giù subito.

Ethan corse nel punto in cui Joey aveva legato la corda e cercò di sciogliere il nodo. Tuttavia, il peso di Lilly all'altro capo della corda aveva stretto il nodo così tanto, che per quanto Ethan facesse, non riusciva ad allentarlo. Ogni secondo perso era un secondo di sofferenza per Lilly.

"Merda! Rocky, non ce la faccio, mi serve un coltello!" gli gridò.

Ethan alzò lo sguardo e vide il fratello che stringeva ai polsi di Joey con delle fascette di plastica... con uno sguardo di rimpianto che il gemello capì al volo.

"Non ce l'ho. L'ho usato alla casa per fare qualcosa e poi

siamo partiti in fretta e furia, non ho nemmeno pensato di prenderlo con me."

Ethan si guardò attorno nel bosco, in cerca di qualcosa, qualunque cosa con cui poter tagliare la corda. Non vedendo nulla di utile, cominciò a essere preso dal panico... una sensazione mai provata prima, anche in situazioni di pericolo di vita o di morte. Non riuscì a trattenere l'urlo di angoscia che gli sfuggì dalle labbra.

Rocky lo raggiunse al fianco e lo tirò da parte fino a farlo mettere proprio sotto i piedi di Lilly. "Salì sulle mie spalle," gli ordinò, "così salirai abbastanza in alto, lei potrà appoggiarti i piedi sulle spalle, si toglierà il peso dal collo e avrà le braccia libere per poter allentare il cappio."

Per una frazione di secondo, Ethan guardò Joey. Era sdraiato per terra con le braccia bloccate dietro la schiena, ma aveva ancora le gambe libere. Rocky non gli aveva legato le caviglie, quindi poteva ancora scappare.

Joey quasi si accorse allo stesso tempo di avere una possibilità di fuga, così si rotolò per terra fino a trovarsi in ginocchio, poi riuscì a mettersi in piedi pur non potendosi aiutare con le mani, ancora legate ben strette dietro la schiena. Poi si mise a correre goffamente verso il sentiero che portava alla zona di parcheggio.

A Ethan non importava, a lui interessava solo Lilly.

Rocky si mise in ginocchio, Ethan non esitò e gli salì sulle spalle. Quando si fu sistemato, Rocky si alzò in piedi. Ethan oscillò per un attimo, cercando l'equilibrio, senza però temere che il fratello lo facesse cadere.

Rocky aveva ragione. Stando in piedi sulle sue spalle, Ethan era abbastanza in alto da raggiungere le gambe di Lilly. La prese per le ginocchia e se le mise sulle spalle.

"Appoggiati a me, Lilly," le ordinò, "togli il peso dalle braccia."

Lei si appoggiò subito, Ethan sentì Rocky che sbuffava

per l'aumento del peso e cercava di rimanere fermo, con tutto quel peso sulle spalle e sulle gambe.

Ethan afferrò Lilly per le cosce e cercò di rassicurarla "Ti tengo, Lil. Adesso puoi staccarti. Fai un bel respiro. Ecco, un altro. Adesso sei al sicuro."

"Joey..." disse lei tossendo.

"Non preoccuparti di lui, adesso pensa solo a respirare," le disse Ethan.

Proprio in quel momento, Ethan si accorse che il pericolo poteva peggiorare: Joey poteva riuscire a tagliare le fascette, poteva recuperare un'arma dalla macchina e tornare, per ucciderli tutti. Non erano ancora riusciti a trovare il modo di far scendere Lilly, Rocky non poteva sostenere per sempre il peso di due persone.

Eppure, per un momento, per quell'attimo, a Ethan interessava solo che Lilly stesse respirando e che non si strozzasse.

Passarono un paio di minuti, poi Lilly disse: "E adesso?"

Ethan non era mai stato tanto orgoglioso di qualcuno quanto lo era di lei in quel momento. In quella situazione, Lilly poteva anche dare di matto, invece era rimasta calma. "Riesci ad allentare il nodo?" le chiese.

La sentì muoversi sopra di lui per qualche secondo, poi la sentì dire: "No. Il nodo non si allenta!"

Ethan alzò lo sguardo e capì che Joey non aveva fatto un normale nodo scorsoio per creare il cappio. Era difficile capire *come* avesse annodato quella corda, ma ormai era una questione di lana caprina, se Lilly non riusciva ad allentarlo. "Va bene, senti, se ti metto le mani sotto i piedi e ti sollevo, puoi raggiungere il ramo che hai sopra la testa e salirci sopra?"

La sentì fare un respiro profondo, poi alzò lo sguardo orientando la testa all'indietro, proprio mentre lei guardava in basso. Quando i loro occhi si incontrarono, lui si sentì come percorso da una nuova forza. Era andato vicinissimo a perderla, anzi, poteva ancora perderla, se qualcosa andava storto. Il pericolo non era ancora scampato, ma Ethan era disposto a tutto per toglierla da quella situazione.

"Forse sì," gli rispose lei.

Quella risposta fu sufficiente.

"Rocky? Ce la fai?"

"Dai," gli rispose il fratello, "ce la faccio."

Ethan non capì se il fratello stesse o meno resistendo, ma in quel frangente non poteva far altro che fidarsi. Non avevano alcuna alternativa. L'ultima cosa che Ethan voleva era lasciare Lilly appesa e scendere dalle spalle di Rocky per arrampicarsi su quel maledetto albero.

Alzò le mani portandosele alle spalle, poi disse: "Va bene, alza la gamba destra e metti il piede nella mia mano. Brava. Adesso l'altro piede." Quando ebbe i piedi di Lilly sulle mani, Ethan fece un respiro profondo. "Va bene. Conto fino a tre poi ti sollevo. Sei pronta?"

"No, ma sì," gli rispose Lilly con la voce tremante.

"Dai che ce la fai, Lily. Va bene. Uno, due..."

Il conto alla rovescia fu interrotto bruscamente quando sentirono un urlo provenire dal sentiero tra i boschi.

Per la prima volta da quando si era accorto che Lilly era scomparsa, Ethan cominciò a sentirsi meglio. Aprì la bocca per urlare, ma Rocky lo batté sul tempo.

"Siamo qui!"

"Resisti, Lil, il calvario è quasi finito," disse Ethan.

La sentì tirare su col naso, venne quasi da piangere anche a lui.

In meno di un minuto, la radura si affollò, era lo spettacolo migliore a cui Ethan avesse mai assistito in vita sua: Zeke, Drew, Raid e Duke, il quale, sempre con la bava alla bocca, cominciò ad abbaiare appena sentì vicino l'odore di Lilly.

"Dove sono Tal e Brock?" domandò Rocky; a quel punto Zeke capì cosa stesse succedendo e si mosse immediatamente verso l'albero a cui era legata la fune, tirò fuori dalla fondina che aveva al fianco il coltello tattico e cominciò a segare la corda.

"Si stanno occupando di Richards. Quel maledetto ci ha visti, si è messo a correre fuori dal sentiero ed è andato a sbattere quasi subito contro un albero. Si è messo fuori gioco da solo," disse Drew mentre con Raid afferrava Rocky per le braccia, per tenerlo fermo.

"L'hai presa?" domandò Zeke.

"Sì," rispose Ethan, che aiutava Lilly a rimettergli i piedi sulle spalle per poi afferrarle i polpacci. "Resisti, Lilly, Zeke sta tagliando la corda, io ti tengo stretta. Tieniti forte per qualche secondo ancora."

"Gioco da ragazzi," mormorò lei.

Ethan voleva sorridere, ma non poteva. Non ancora. Non prima di averla portata da un medico e poi a casa, al sicuro, nel suo letto, tre le sue braccia.

La corda fu recisa in breve; Drew e Raid aiutarono Rocky a inginocchiarsi, poi presero Ethan per le braccia, per aiutarlo a non cadere, mentre scendeva dalle spalle del fratello.

Infine i due presero Lilly, per aiutarla a scendere, sollevandola dalle spalle di Ethan.

Il tutto durò appena qualche secondo, ma sembrò durare ore.

Drew e Raid la misero a terra lentamente, poi Ethan si inginocchiò e le mise le mani intorno al viso, fissandola negli occhi.

"*Cazzo*," disse, poi imprecò di nuovo. Sembrava incapace di mettere insieme due parole, formare frasi complete era *totalmente* al di là delle sue capacità.

La tirò a sé, stringendola al petto con veemenza, Lilly si sciolse in lui. Mentre l'abbracciava, Ethan chiuse gli occhi e affondò il viso nei capelli di Lilly.

L'aveva quasi persa, c'era andato troppo vicino. Maledettamente vicino. Se non avesse telefonato subito a Simon... se non avessero intuito dove Joey l'aveva portata... se avessero corso un po' più lentamente...

C'erano troppe variabili che potevano determinare la morte di Lilly, prima che Ethan la raggiungesse in quella radura. Era stato fortunato. Erano stati fortunati *entrambi*.

Ethan si accorse che Lilly stava tremando dalla testa ai piedi, tutto il corpo gli vibrava tra le braccia. Non voleva lasciarla andare, ma doveva controllare che stesse bene. Stava avendo un attacco? Le era arrivata poca aria al cervello?

Ethan si staccò. "Lil?"

"Sto... sto bene," mormorò lei, "pe... penso si... sia una reazione ritardata."

"Aspetta che le tolgo la corda di dosso," disse Zeke con delicatezza.

"Attento," lo avvertì Ethan, "non tagliarla."

"Figurati," rispose Zeke, che allentò in fretta il cappio, togliendoglielo dal collo.

Sia Lilly che Ethan sospirarono per il sollievo. Lilly aveva il collo molto arrossato, graffiato, marcato dalla corda, aveva un po' di sangue tra i capelli, vicino alla tempia, chiaramente era stata colpita in faccia. Le sarebbero venuti dei lividi infernali... al solo vederla, Ethan sentì l'istinto di andare a beccare Joey per ammazzarlo.

"Dobbiamo farla visitare," disse Raid, "Possiamo portarla a turno."

"Ma sto bene," protestò Lilly.

La ignorarono tutti.

"Magari possiamo chiamare l'elicottero di soccorso?" chiese Ethan.

"Posso tornare di corsa al parcheggio e vedere se mi prende il cellulare," disse Drew.

"No!" disse Lilly con più forza nella voce, per quanto ancora roca. Ethan sentì di nuovo l'impulso di tornare dieci minuti indietro nel tempo per uccidere Joey. "Posso camminare, ce la faccio."

"No," dissero tutti e cinque gli uomini allo stesso tempo.

Lilly non si lasciò intimidire. "Sentite, è stato brutto, va bene? Lo ammetto. Pensavo fosse finita. Credevo di non rivedervi mai più... ma non ce l'ha fatta. Mi fa male la gola, starà gonfia per una settimana se non di più, ma non ho intenzione di abbandonarmi e fare la vittima."

"Decidi tu," disse Rocky a Ethan.

Ethan strinse i denti e fissò Lilly. Voleva portarla in ospedale in meno di un secondo, per controllare che stesse bene, ma capiva anche la sua necessità di riprendere il controllo della situazione, scampato un pericolo su cui non aveva *alcun* controllo.

"Non ho lottato," sussurrò Lilly fissando Ethan negli occhi, "volevo, ma ho avuto paura. Mi sono bloccata, non avrei nemmeno dovuto lasciarlo avvicinare. Mi ha colpito nella macchina e quando ho ripreso i sensi avevo già la corda intorno al collo. Continuava a tirare, avevo paura mi spezzasse il collo, se non facevo ciò che mi ordinava. Quando siamo arrivati qui, mi ha detto di girarmi... e io..." barcollò per un attimo, Ethan dovette farsi forza per non disperarsi, vedendola ridotta male.

Però la sua Lilly fece un respiro profondo e raddrizzò la schiena. "Andiamo dal medico. Mi fa male la gola, ma riesco a respirare. Anche a deglutire, quindi sto bene. Per favore, Ethan, ho bisogno di camminare, voglio uscire dal bosco in piedi."

Ethan si sporse in avanti e la baciò sulla fronte, poi esaminò i terribili graffi rossi che aveva intorno alla gola. Infine la prese per mano e le baciò dolcemente la pelle rossa dei palmi. Lilly si era salvata la vita con le proprie mani. Le annuì: "Va bene, ma faremo molte pause."

Lei acconsentì, poi sussultò.

"Quando torniamo a Fallport andiamo direttamente a farti visitare."

"Va bene."

"Dovrà parlare anche con Simon. Immagino che ormai abbia raggiunto Tal e Brock all'inizio del sentiero," disse Zeke.

"Non è venuto con voi?" domandò Rocky, palesemente sorpreso.

"È venuto con noi," rispose Raid, "ma ci ha detto di andare avanti, perché andavamo nettamente più veloci di lui e dei suoi colleghi."

Ethan guardò di nuovo Lilly negli occhi e le disse sottovoce: "Ti amo."

"Ti amo anch'io. Lo *sapevo* che saresti arrivato," gli disse, "dovevo solo resistere, tenermi aggrappata abbastanza perché mi raggiungessi."

Quella fiducia assoluta in lui fece quasi piangere Ethan.

"Hai fatto un ottimo lavoro, lasciando tracce lungo il sentiero," disse Raid, "Duke è partito come un fulmine e non si è più fermato."

Lilly lo guardò: "Vi ho visti lavorare insieme, ho fatto del mio meglio per strofinarmi contro tutti i cespugli e le piante che trovavo."

"Ha funzionato," le disse Raid sorridendo.

Duke scelse proprio quel momento per avvicinarsi a Lilly e darle una bella leccata bavosa sulla guancia. Lei ridacchiò e Ethan capì di non aver mai sentito un suono più bello in tutta la sua vita.

"Non so voi, ragazzi, ma io sono pronto a filarmela da qui," disse Rocky, che poi si voltò verso il fratello. "Comunque dovresti perdere peso."

"Sta' zitto," gli rispose Ethan alzando gli occhi al cielo, anche se apprezzava che il fratello cercasse di alleggerire l'atmosfera. Ethan si alzò in piedi e si avvicinò a Lilly. Appena anche lei si fu alzata, lui le mise un braccio intorno alla vita e la tirò vicina. "Andiamo pian pianino. Se senti che stai cedendo, se ti fa male, dimmelo."

"Va bene," rispose lei avvolgendolo con un braccio in vita e appoggiandosi un po' a lui.

Anche se era determinata a tornare alla macchina camminando con le sue gambe, chiaramente non era ancora del tutto in equilibrio. Ethan strinse i denti, deciso ad accontentarla, poi si avviò verso il sentiero. Si guardò una volta alle spalle e vide il pezzo di corda ancora legato intorno al tronco dell'albero, mentre Zeke prendeva da terra il cappio e il resto della corda. Simon poteva aver bisogno di prove materiali, per montare il caso contro Joey. Ethan sapeva che Zeke si sarebbe incaricato di consegnare quelle prove alla polizia.

La sensazione di Lilly appoggiata al fianco lo calmò di gran lunga. Quel giorno avevano combattuto contro il male e ne erano usciti vincitori. Gli eventi dell'ultima ora avevano dato a Ethan ancor più certezze sul suo amore per Lilly. Non si era mai sentito così spaventato. Mai.

Era quasi divertente, che una situazione di vita o di morte potesse chiarire cosa fosse davvero importante. Lilly era ormai diventata per Ethan la priorità assoluta. Non voleva vivere senza di lei, voleva passare il resto della vita a farle capire fino in fondo quanto l'amasse. Gli apparteneva, tanto quanto lui apparteneva a lei.

La tensione che aveva pervaso Ethan dal momento in cui non era riuscito a raggiungerla finalmente cominciò a scemare, gli sembrò di essere tornato a respirare. Si abbassò, baciò Lilly sulla tempia mentre camminavano affiancati. Ethan non era mai stato tanto orgoglioso di qualcuno. Anche se lei non aveva lottato contro Joey, non si era ribellata, perché chissà cos'avrebbe potuto farle. Poteva anche ucciderla nel parcheggio, prima che potessero raggiungerla.

In fin dei conti, quando Lilly aveva visto la morte in faccia, non si era arresa: aveva lottato come un'indemoniata per sopravvivere.

"Ethan?" lo chiamò sottovoce.

"Sì?"

"Non ho avuto modo di cambiare le lampadine a casa di Whitney, probabilmente proverà a salire lei sulla scala, da sola."

Ecco Lilly che si preoccupava subito per qualcun altro.

"Ci pensiamo noi," le disse Rocky da dietro.

Eh sì, quando Lilly era arrivata a Fallport, per Ethan era stato un colpo di fortuna e lui lo sapeva bene. Rocky lo sapeva bene. Accidenti, tutti gli amici della squadra lo sapevano. Non solo lei si era trovata un compagno, ma un'intera squadra di amici che le sarebbero sempre stati vicini.

La giornata era cominciata alla grande, poi era andata in malora, ma stava finendo bene. Ethan non poteva chiedere niente di più.

EPILOGO

LILLY FU SORPRESA per il gran parlare che si faceva di lei in paese. Non capitava tutti i giorni che un assassino circolasse per Fallport, ma lei pensava di essersi comportata come chiunque altro avrebbe fatto, nella stessa situazione.

Era stata fortunata. Assai fortunata. Il medico gliel'aveva confermato.

Lilly era riuscita a tornare a casa la sera stessa; per la prima volta, Ethan non si era alzato in piena notte per andare a dormire sul divano. Da quella notte in poi, l'aveva tenuta abbracciata stretta, quasi temendo di lasciarla andare. Lei vedeva il tremendo dolore nei suoi occhi, ogni volta che lui le guardava il collo infiammato e livido, Lilly sapeva che faceva male a lui tanto quanto a lei.

Ormai era passato un mese da quella giornata tremenda, Lilly era prontissima a voltare pagina. Era al centro dei pettegolezzi di Fallport da settimane, ma la voce si stava finalmente calmando. Anche grazie allo scandalo del preside delle superiori, che aveva una storia non con una, non con due, ma con tre docenti allo stesso tempo.

Joey era in prigione in attesa di processo, Lilly era più che pronta a testimoniare contro di lui. Nulla l'avrebbe tenuta

lontana dall'aula del tribunale. Il processo per l'omicidio di
Trent avrebbe avuto di sicuro la precedenza sul rapimento e
sul tentato omicidio, ma Lilly era comunque pronta a fare la
sua parte.

Il programma sugli eventi paranormali invece... probabilmente sarebbe andato in onda comunque come previsto. Una
schifezza. Del resto, Tucker non aveva violato alcuna legge,
anche se moralmente era sottozero. Lilly non aveva dubbi che
il produttore avrebbe sfruttato al massimo l'accaduto, per
trarne ogni vantaggio possibile. La vita a Fallport sarebbe
stata un inferno, dopo la messa in onda dell'episodio su
Bigfoot, si sarebbe riempita di curiosi e di cacciatori di eventi
paranormali, ma la cittadina (insieme a Lilly e a tutti gli
abitanti) avrebbe affrontato e superato tutto.

Un pomeriggio, Lilly era seduta con Otto, Silas e Art
mentre Ethan lavorava alla loro casa futura, quando Harry
Grogan l'aveva avvicinata. Le era sembrato nervoso e le aveva
chiesto di parlare. Lei non immaginava di cosa volesse
parlare... ma poi le aveva mostrato il disegno di Piedone che
intendeva includere nella merce che vendeva in negozio.
Quando Grogan le aveva chiesto se era meglio non seguire il
piano che le aveva esposto, Lilly si era sciolta.

Alla fine aveva trascorso una buona mezz'ora a parlare con
lui di strategie di marketing, mentre modificava quel disegno.
Si era talmente entusiasmata da prenotare magliette, cappelli
e tazze per sé, una volta pronta la merce. Era anche d'accordo
al cento per cento di spremere i turisti in ogni modo possibile: vendendo merce, organizzando camminate lungo il
sentiero di Fallport Creek in cerca di Bigfoot, dando il nome
della famigerata creatura bestiale a cibi e bevande... quasi non
vedeva l'ora.

La cittadina non poteva certo impedire la messa in onda
di quel programma, ma gli abitanti potevano di sicuro approfittarne per trarne il massimo beneficio, impegnandosi.

Lilly si era trasferita più o meno in via ufficiale nell'appartamento di Ethan, anche se non era quello il piano. Nessuno dei due poteva più sopportare la distanza; dato che comunque dormivano ogni notte nello stesso letto, era logico tentare un passo in più e trasferire da lui tutti i vestiti e il resto.

Ethan aveva parlato con il proprietario della casa in ristrutturazione, quella a cui lavorava con Rocky, aveva trovato un accordo per comprarla prima che fosse terminata. Quindi le carte erano già pronte. Nel giro di non molto tempo, avrebbero traslocato nella nuova casa e cominciato la loro vita insieme, ufficialmente.

Prima che potesse avvenire il trasloco, però, Ethan doveva incontrare i parenti di Lilly. Tutti i fratelli e il padre volevano partire per Fallport già quando avevano saputo di Joey e del rapimento, ma l'ultima cosa che lei voleva era vederli dare di matto per le ferite al collo. Quindi era riuscita in qualche modo a rinviare il loro viaggio per un mese, ma finalmente era giunto il giorno in cui dovevano arrivare.

Il B&B di Whitney si sarebbe riempito al massimo della capienza, perché insieme ai fratelli di Lilly sarebbero arrivate anche le relative mogli con i figli. Lilly aveva cercato di convincere i fratelli a non venire a farle visita tutti allo stesso tempo, ma quando i Ray si mettevano in testa qualcosa, era impossibile fargli cambiare idea.

Lilly era nervosa per quell'incontro tra i parenti e i nuovi amici, voleva che i fratelli e il padre amassero Fallport tanto quanto l'amava lei, ma era ancor più nervosa perché Ethan non faceva l'amore con lei dal giorno del rapimento.

All'inizio a lei faceva piacere sentirsi solo abbracciata; era molto indolenzita, tanto che le faceva male qualunque sforzo alle braccia, persino tirarle in alto, sopra la testa; ma ormai stava meglio da settimane, eppure Ethan la trattava ancora come una statuina di cristallo.

Lilly era stufa di quell'esagerazione.

Era ancora presto, il sole stava facendo capolino dai picchi circostanti Fallport e lei sapeva che mancavano ancora alcune ore all'arrivo dei parenti. L'aspettava una settimana piena di risate, una settimana in cui lei avrebbe rassicurato i suoi cari che stava davvero bene, in cui avrebbe presentato ai parenti i nuovi amici e il fascino di Fallport. Prima, però, doveva vedersela con Ethan: era determinata a mostrargli quanto lo amava.

Muovendosi lentamente per non svegliarlo, Lilly si alzò sulle ginocchia e si tirò su la maglia, sfilandola da sopra la testa. Sotto non indossava nulla. Appena si mise a cavalcioni sulle cosce di Ethan, i capezzoli le si indurirono subito. Lui si mosse sotto di lei, Lilly capì che si sarebbe svegliato nel giro di tre secondi e che avrebbe fatto del suo meglio per coccolarla.

Così gli afferrò con una mano i boxer e glieli tirò giù, afferrandogli con l'altra mano l'uccello semiduro. L'aveva già fatto prima, lo aveva già svegliato in quel modo e aveva funzionato benissimo, così si affidò a ciò che sapeva.

Lilly abbassò la testa e lo prese tra le labbra.

Lo sentì gemere, ma non smise di fare ciò che stava facendo. Fu orgogliosa e soddisfatta, sentendolo crescere subito in bocca.

"Lilly... ma cosa fai?" le chiese Ethan mettendole una mano nei capelli.

Temendo che stesse per tirarla via, Lilly succhiò più forte.

Lui non cercò di fermarla, si limitò a gemere ancora.

Lei si impegnò al massimo in quel pompino, gustandoselo. Le era mancato quel sapore adorabile. Sì, le piacevano le coccole, ma si eccitava al pensiero di essere l'unica a cui era permesso prenderlo in bocca in quel modo. Si eccitava molto.

In passato, Ethan l'aveva sempre fermata prima che lo facesse venire, ma quel mattino sembrava non avere più il controllo. Dall'uccello gli uscivano di continuo piccoli spruzzi di liquido, Lilly se li gustava famelica.

"Sto per venire!" le disse ansimando.

Lilly non si tolse, anzi, lo prese in bocca di più, succhiandolo con maggiore intensità.

Dopo dieci secondi, Ethan fece un verso gutturale mentre spruzzi di sperma le riempivano la bocca. Lilly non lo lasciò mai andare, lo tenne stretto con una mano, mentre gemeva e deglutiva il godimento di Ethan.

Dopo un'ultima leccata, stava per alzare la testa quando Ethan si mosse. La prese per le braccia, la fece girare e quasi la gettò sul letto di schiena. Poi si abbassò su di lei, affondandole la testa tra le gambe. Lilly non poté far altro che starsene ferma, mentre lui praticamente la divorava.

Ogni leccata, ogni succhiata era dedicata a lei, per farle perdere la testa. Infatti così fu. Lilly non se lo ricordava così insaziabile, per quanto gli piacesse sempre dedicarsi a lei in quel modo.

"Ethan!" urlò Lilly quando lui si attaccò con la bocca al clitoride e cominciò a succhiarlo, mentre con la lingua lo leccava allo stesso tempo.

Lui non si fermò: alzò lo sguardo sensuale per guardarla negli occhi, ma tenne la bocca dov'era.

Erano sensazioni troppo forti. Lilly si era già eccitata praticandogli sesso orale, anche perché era passato tanto tempo dall'ultima volta che avevano fatto l'amore. Il modo deciso con cui si dedicava a lei tra le gambe era eccitantissimo. Lilly si spinse verso di lui, stringendo le cosce intorno alla testa di Ethan, poi venne. Fu un orgasmo forte.

Quando finalmente cominciò a calmarsi, si accorse che Ethan si era messo in ginocchio con l'uccello duro in mano, pronto a penetrarla. Non gli capitava sempre, dopo essere venuto, che gli tornasse duro così presto, ma lei immaginò che anche lui fosse bello carico. Ethan esitò, aspettando che lei gli desse il via.

"Dai, Ethan, vieni dentro di me."

Proprio le parole che lui aspettava: scivolò tra le pieghe calde e fradice con una sola spinta forte.

Gemettero entrambi in estasi.

"Ti fa male?" le chiese a denti stretti.

"Non mi fai *mai* male," gli rispose, "adesso zitto e scopami."

Ethan fece un gran sorriso e le obbedì.

Poi, quando furono entrambi sudati e ansimanti, Ethan si sdraiò e per una volta fu lui a metterle la testa sulla spalla, tenendole una mano sul seno e l'altro braccio sotto il collo, abbracciata stretta, tenendosi contro di *lei*. Non gli importava di altro. Lilly non l'aveva mai sentito tanto vicino.

"Ti amo," le disse Ethan tranquillamente.

"Ti amo anch'io," gli rispose lei, rassicurandolo.

Ethan alzò la testa. "Hai intenzione di sposarmi, vero?"

Lilly sbatté le palpebre: "Cosa?"

"Pensavo di parlarne con tuo papà la settimana ventura, a un certo punto, dopo che mi avrà conosciuto, gli chiederò il permesso di farti diventare mia moglie."

"E se ti dice di no?" gli chiese Lilly, sapendo bene che era impossibile che suo papà dicesse di no. Sarebbe stato pronto a concederla a Ethan anche cinque minuti dopo averlo conosciuto, lei non ne dubitava.

Ethan fece spallucce e sorrise contro la pelle di Lilly, dicendole semplicemente: "Ti sposo lo stesso."

"Ah, va bene," gli disse lei.

Lui allora alzò la testa. "Va bene? Tutto qui? Niente grida? Niente baci? Niente abbracci appassionati ed esplosioni di gioia?"

Lilly fece una risatina: "Mi risparmio tutto per quando vedrò l'anello."

Allora lui le fece un gran sorriso, poi si fece serio. "Non mi è più venuto l'incubo, ormai è un mese."

"Lo so," gli rispose lei altrettanto seria.

"Sono ancora preoccupato, potrebbe tornare, ma non ho più paura di farti del male."

"Perché?"

"Perché quando ti ho vista appesa a quell'albero, attaccata a quella corda, la mia coscienza si è aperta chiaramente rivelandomi che non potrei *mai* vederti sofferente. Però te lo dico, se anche solo inciampi e ti fai male al mignolo del piede, vedrai come saprò diventare ossessivo e preoccupato."

Fu una dichiarazione dolce e ridicola, Lilly glielo disse.

Ethan si chiuse nelle spalle e le ribadì semplicemente: "Ti amo, non posso sopportare di vederti soffrire."

"Allora come pensi di cavartela, quando partorirò i nostri figli?" gli chiese accigliandosi. "Non ho intenzione di vivere la gravidanza senza di te al mio fianco ogni secondo. Se devo sopportare il dolore, lo devi sopportare anche tu."

Ethan impallidì in volto, sempre guardandola negli occhi. "Sono combattuto," le disse, stranito.

"Come?"

"Sono combattuto tra l'emozione enorme e avvincente di parlare dei nostri futuri figli e la voglia di insistere di non averne, solo per evitarti tutto quel dolore."

Erano parole dolci, ma Lilly non si fermò: "Non sto dicendo che voglio soffrire come quel giorno, mai più, però non voglio nemmeno farmi rinchiudere in una torre d'avorio. La vita riserva tante difficoltà, Ethan, ma quando succederà, so che sarai sempre al mio fianco per aiutarmi a superare ogni problema, proprio come io sarò al tuo fianco sempre. Ti dico la verità, l'idea di avere dei figli adesso mi spaventa, ma quando penso a un figlio con i tuoi occhi, a una figlia che ti fa fare quello che vuole solo guardandoti, sono pronta a tutto per arrivarci. Aspetta... ma tu vuoi dei figli?"

"Sì, voglio avere figli, anzi, li ho pure sognati," le disse Ethan. "Ti amo, Lilly, non sono sicuro di meritarti, ma non voglio nemmeno rinunciare a te. Mai e poi mai."

Lei scoppiò a ridere. "Ottimo, perché non ho intenzione di andare da nessuna parte. Adesso sei incastrato."

"Sei l'unica con cui voglio rimanere incastrato," la rassicurò. Poi alleggerì l'espressione in volto e si abbassò per baciarla. Fu un bacio lungo, lento e intenso. Quando Ethan si staccò da lei, Lilly era rossa dall'imbarazzo, così lui le disse:

"Allora abbiamo già deciso che ci sposiamo, che avremo almeno due figli e che il mio nuovo modo preferito di svegliarmi è con te che me lo prendi in bocca, giusto?"

Lei gli sorrise: "In pratica, sì, è così."

"Solo per sicurezza. Abbiamo un po' di tempo prima di doverci preparare a incontrare i tuoi da Whitney, vero?"

"Sì, perché?"

"Perché penso che la mia donna non sia ancora del tutto soddisfatta." A quel punto, Ethan infilò le mani tra gambe di Lilly, tra le labbra.

Lei si lasciò sfuggire un gridolino, ma spalancò subito le gambe per lasciargli più facile accesso.

Si poteva davvero dire che Lilly non era mai stata tanto felice in vita sua.

———

Zeke era in piedi dietro il bancone del bar e sorrideva. La stagione si stava scaldando... all'interno dell'On the Rocks c'era ancora più caldo. C'era Lilly con tutti i parenti, l'atmosfera nel locale era molto allegra. Fratelli, cognate, nipoti, anche il padre di Lilly. Ethan aveva raccontato a Zeke che i parenti di Lilly volevano venire a Fallport immediatamente, appena saputo quanto le era successo, ma lei era riuscita in qualche modo a convincerli ad aspettare, organizzando invece un enorme ritrovo di famiglia per quella settimana.

C'erano anche gli altri sei uomini della squadra di ricerca e soccorso Eagle Point, ridevano coi parenti di Lilly e si divertivano. Zeke era felicissimo di vedere Ethan così contento. Se lo meritava. Zeke non conosceva tutti i dettagli delle missioni a cui Ethan aveva partecipato, che ovviamente lo avevano segnato... ma non aveva bisogno di sentirseli raccontare, per capirlo. Anche lui, nei Berretti Verdi, aveva partecipato a molte missioni non andate come previsto. Era bello vivere in modo più rilassato, più normale, a Fallport.

Il locale era pieno anche di residenti che volevano un posto in prima fila in quell'allegra rimpatriata per poterne chiacchierare meglio in seguito. Faceva tutto parte del fascino della vita di paese. Si conoscevano tutti tra loro, tutti si sentivano in diritto di parlare degli altri.

Reina, Tiana, Elsie e Valerie, le cameriere del locale, si davano da fare per accontentare tutti i presenti. Zeke era stato molto fortunato nell'assumerle: non si lamentavano e si impegnavano sempre al massimo per regalare a tutti un sorriso, sia perché erano contente di ciò che facevano, sia perché speravano di ricevere mance abbondanti. Erano tutti di buon umore, nonostante ciò che era capitato a Lilly.

Tutti gli abitanti di Fallport avevano reagito al rapimento prendendolo come un fatto personale: trovavano difficile credere che qualcuno avesse portato via una persona proprio sotto al loro naso. Anche se Lilly non viveva da tanto tempo in paese, ormai era diventata una di loro.

Lo sguardo di Zeke andò più volte verso Elsie, non riusciva a evitare di guardarla, ogni volta che Elsie aveva il turno di lavoro. Era una delle cameriere più impegnate che avesse mai lavorato da Zeke, tanto che a volte lui si vedeva costretto a chiederle di staccare. Elsie voleva guadagnare di più perché aveva bisogno di soldi, Zeke lo sapeva, ma si preoccupava per lei, temeva che arrivasse all'esaurimento, senza rilassarsi ogni tanto.

Ormai Elsie era a Fallport da un anno e mezzo e gli si era avvicinata pian piano. Lavorava duramente per mantenere il figlio Tony, perché era una mamma determinata a dare al figlio una vita migliore, anche se, per il momento, vivevano in periferia, al Motel Mangree. A Zeke non importava che lei vivesse in quel posto, ma era chiaro che a Elsie importava.

La guardò sorridere con gentilezza a uno degli uomini seduti al tavolo, mentre si segnava i loro ordini; Zeke si sentì colpito da una forte gelosia e si dovette sforzare per non

raggiungerla di corsa, baciandola con passione travolgente...
per far sapere a tutti che non dovevano provarci con lei.

Ultimamente, quel pensiero gli veniva sempre più spesso.
In principio, gli aveva dato fastidio sentirsi attratto da lei,
non era un buon inizio, in un rapporto personale e di lavoro.
Ripensare all'ex moglie era sempre un buon modo di ricor-
darselo. Col tempo, però, più Zeke conosceva Elsie e più
faceva fatica a starle lontano, o a non parlarle dei propri
sentimenti.

Zeke non sapeva molto di lei, ma gli piaceva tutto ciò che
sapeva. Elsie amava il figlio più di ogni altra cosa al mondo e
avrebbe fatto qualunque cosa per lui. Era una donna che non
beveva, non faceva amicizia facilmente, non chiacchierava
degli altri abitanti di Fallport. Aveva una risata bellissima.

Anche lei, come Zeke, era uscita da un brutto rapporto,
quindi era facile immaginare di pensarla allo stesso modo, sui
rapporti seri.

Zeke vedeva in lei qualcosa che lei cercava di nascondere
agli altri. Le leggeva negli occhi un certo dolore, un dolore
che lui conosceva perché ne soffriva anche lui.

Elsie mostrava al mondo una personalità allegra, ma era
una facciata per non far preoccupare il figlio. Zeke però aveva
la netta sensazione che la sera, quando era da sola a letto, il
passato tornasse a tormentarla... proprio come tormentava
lui.

Zeke aveva voglia di alleviare i tormenti di Elsie. Voleva
aiutarla a sconfiggere i demoni del passato, ma in parte, in
gran parte, la temeva.

Una follia. Lui era alto quasi uno e novanta, lei sul metro e
sessantacinque, eppure lui sospettava che Elsie potesse fargli
male, più dei proiettili, più dei pugni.

Zeke sentì una risata scoppiare da un uomo al tavolo che
Elsie stava servendo, si girò appena in tempo per vedere uno
degli uomini passarle una mano dietro la schiena per andare a
palparle il sedere.

Elsie si spostò in avanti, andando a colpire col fianco l'angolo del tavolo.

Zeke non ci vide più. *Nessuno* metteva le mani addosso alle cameriere senza il loro permesso. Elsie era palesemente a disagio e non voleva avere su di sé le attenzioni di quel tipo.

Zeke arrivò quasi al tavolo prima ancora di rendersene conto.

Si fermò dietro a Elsie e le mise un braccio intorno alla vita, facendola allontanare dal tavolo... e dall'uomo che l'aveva molestata. Lei incespicò, ma non si irrigidì tra le braccia di Zeke, altrimenti lui l'avrebbe lasciata subito andare. Anzi, Elsie sembrò quasi sciogliersi contro di lui e gli appoggiò un palmo caldo sull'avambraccio.

"Se vuoi rimanere, tieni le mani a posto," disse Zeke quasi ringhiando, con una voce profonda quanto l'inferno. Non si rendeva conto nemmeno lui di cosa l'avesse preso, ma si sentiva possessivo, anche troppo protettivo nei confronti di Elsie.

"Lei non si stava mica lamentando," gli rispose l'altro con una smorfia.

Zeke dovette concentrarsi al massimo per evitare di dare un pugno in faccia a quel tipo. Aprì la bocca per dirgli di andarsene fuori dal locale, ma Rocky arrivò come dal nulla.

"Ci penso io," disse a Zeke, facendo un cenno col capo verso il corridoio e l'ufficio.

Zeke non aveva mai desistito da un confronto, quando andava a dire a qualcuno di andarsene e non tornare mai più all'On the Rocks, ma in quel frangente la sua attenzione era tutta rivolta alla donna che teneva tra le braccia. Si girò con Elsie al fianco e la accompagnò in ufficio.

Fece un cenno col mento a Reina e fu sollevato nel vederla annuire. Avrebbe pensato lei a gestire il bar, mentre lui era via.

Elsie non disse una parola, mentre lui la accompagnava per il corridoio, fino all'ufficio. Zeke chiuse la porta e fece un respiro profondo. Ormai avrebbe dovuto calmarsi, invece non era minimamente tranquillo. Continuava a vedere la mano di quell'uomo che palpeggiava il sedere di Elsie... e lo sguardo allarmato di lei.

Le mise le mani sulle guance e le fece alzare lo sguardo. Come sempre, lei non si era messa alcun trucco in viso. Aveva la pelle liscia, senza alcuna imperfezione, alcune ciocche di capelli castani erano uscite dalla solita coda di cavallo, gli occhi marroni profondi lo studiavano, senza alcuna traccia di paura. Zeke fu rattristato dalle borse sotto gli occhi di Elsie, che chiaramente non dormiva abbastanza, ma la capiva, era una mamma che faceva di tutto per rendere la vita del figlio una vita migliore.

A quel punto, Zeke fu colpito. Come travolto da un treno merci.

Era stufo di starle lontano.

Aveva visto Ethan trovare il modo di far funzionare il rapporto con Lilly, anche lui voleva quel tipo di rapporto. Forse aveva capito di poterlo avere.

"Zeke?" lo chiamò Elsie tentennante.

Non si stava allontanando da lui. Erano in piedi, tranquilli, lei gli aveva afferrato i polsi e non si allontanava... lo fissava negli occhi.

"Stai bene?" le chiese Zeke.

Lei annuì. "Ehm... e tu?"

"Adesso sì. *Nessuno* ti mette le mani addosso, Elsie."

Lei accennò un sorriso e scherzò: "*Tu* mi hai messo le mani addosso."

"Scusa. Forse dovrei chiarire... nessuno ti mette le mani addosso, a parte me."

Al che, lei sbatté le palpebre, fissandolo per un lungo momento. "Che sta succedendo?" gli sussurrò, ormai senza più traccia di umorismo nella voce.

"*Noi* stiamo succedendo," la informò, prima di abbassare la testa lentamente.

Zeke aspettò, per darle modo di allontanarsi, di protestare, di urlare, di fare qualcosa. Invece lei non fece nulla di tutto ciò, anzi, chiuse gli occhi e sospirò, alzando il mento.

Eh sì, la vita di Elsie Ireland era appena cambiata... in meglio. Forse in quel momento non se n'era resa ancora conto, ma avrebbe capito il significato di quel bacio.

Zeke si era ripromesso di non farsi mai più coinvolgere in un rapporto serio, non dopo l'esperienza disastrosa con l'ex moglie. Però in quel momento, mentre spingeva le labbra su quelle di Elsie, per la prima volta dopo tanti anni, ebbe un buon presentimento su ciò che gli riservava il futuro.

NOTE

CAPITOLO SEI

1. Disturbo da stress post-traumatico. [NdT]

Also by Susan Stoker

Armi e Amori

Proteggere Caroline
Proteggere Alabama
Proteggere Fiona
Il Matrimonio di Caroline
Proteggere Summer
Proteggere Cheyenne
Proteggere Jessyka
Proteggere Julie
Proteggere Melody
Proteggere il Futuro
Proteggere Kiera
Proteggere i figli di Alabama
Proteggere Dakota

Forze Speciali alle Hawaii

Trovare Elodie
Trovare Lexie
Trovare Kenna
Trovare Monica (10 Maggio 2022)
Trovare Carly
Trovare Ashlyn
Trovare Jodelle

Mercenari di Montagna

Difendere Allye
Difendere Chloe
Difendere Morgan
Difendere Harlow
Difendere Everly
Difendere Zara
Difendere Raven

Ace Security

Il riscatto di Grace

Il riscatto di Alexis
Il riscatto di Bailey
Il riscatto di Felicity
Il riscatto di Sarah

Una raccolta di storie brevi

Un momento nel tempo

BIOGRAFIA

L'autrice best seller del *New York Times*, *USA Today,* e *Wall Street Journal*, Susan Stoker ha un cuore grande come lo stato del Texas, dove vive, ma questa tipica ragazza americana ha trascorso gli ultimi quattordici anni vivendo nel Missouri, in California, in Colorado, e nell'Indiana. È sposata con un ex militare dell'esercito, che ora la segue in tutto il Paese.

Ha debuttato con la sua prima serie nel 2014, seguita dalla serie SEAL of Protection, che ha consolidato il suo amore per la scrittura, e la creazione di storie in cui i lettori possono perdersi.

Se ti è piaciuto questo libro, o qualsiasi libro, per favore considera di lasciare una recensione. Gli autori lo apprezzano più di quanto tu possa immaginare.

www.stokeraces.com
susan@stokeraces.com

www.ingramcontent.com/pod-product-compliance
Lightning Source LLC
Chambersburg PA
CBHW060315100726
47907CB00002B/402